Katie Ganshert

Unter samtweichem Himmel

francke

Über die Autorin:
Katie Ganshert war Lehrerin, bis ihr der Durchbruch als Romanautorin gelang. Sie ist verheiratet und hat zwei Kinder. Für »Das Motel der vergessenen Träume« bekam sie in den USA einen Preis für den besten zeitgenössischen christlichen Roman des Jahres verliehen.

Bibliografische Information Der Deutschen Nationalbibliothek
Die Deutsche Nationalbibliothek verzeichnet diese Publikation in der Deutschen Nationalbibliografie; detaillierte bibliografische Daten sind im Internet über https://dnb.dnb.de abrufbar.

ISBN 978-3-96362-079-9

Originally published in English under the title
Wildflowers from Winter
This translation published by arrangement with WaterBrook,
an imprint of the Crown Publishing Group,
a division of Penguin Random House LLC

Deutsch von Dorothee Dziewas
Umschlagbilder: © iStockphoto.com / Jasmina007
© shutterstock.com / biletskiy; Dan Lewis; luck luckyfarm
Umschlaggestaltung: Verlag der Francke-Buchhandlung GmbH /
Christian Heinritz
Satz: Verlag der Francke-Buchhandlung GmbH
Printed in Czech Republic

www.francke-buch.de

Für Ryan, den süßen Paketboten, der mein Mann wurde.

*

Wer hätte gedacht, was Gott mit uns vorhat,
als du das erste Päckchen geliefert hast?

Prolog

In dem Sommer, in dem ich zwölf wurde, habe ich versucht, mir das Leben zu nehmen. Jedenfalls hat der Rettungsschwimmer das dem Sanitäter erzählt und der Sanitäter den Ärzten und die Ärzte meiner Mutter. Ich leugne nicht, dass ich auf den Grund des Schwimmbeckens getaucht bin. Ich leugne nicht einmal, dass ich beschloss, dort zu bleiben. Ich verteidige nur meine Gründe. Meine Entscheidung hatte viel weniger damit zu tun, dass ich dieser Welt entfliehen wollte, als vielmehr damit, in eine andere Welt zu gelangen.

Ich finde, das sollte man mir anrechnen.

Als ich das Bewusstsein wiedererlangte und die Augen aufschlug, sah ich in zwei verschwommene Gesichter. Meine Mutter mit ihren ständig zusammengekniffenen Augenbrauen, die sich auf die geschwollene Unterlippe biss. Und Grandpa Dan – dessen Gesicht so aussah wie das meines Vaters, nur zwanzig Jahre älter. Seine schwielige Hand war durch das Krankenhaushemd auf meiner Schulter zu spüren und verankerte meinen Körper in einer Wirklichkeit, der ich nicht ins Auge sehen wollte. Allmählich erwachten meine Sinne, sodass ich das steife Laken bemerkte, das an meinen Zehen rieb, die piepsenden Monitore und den Geruch von Desinfektionsmitteln. Und ich sah einen Mann, den ich nicht kannte.

Er musterte mich über den Rand einer Bifokalbrille und tippte mit einem Stift auf sein Klemmbrett. Wann immer ich etwas sagte oder seufzte oder komisch atmete, machte er sich rätselhafte Notizen. Er hieß Dr. Nowels und hatte einen Schnurrbart in genau derselben Farbe wie die tote Maus, die ich an Ostern hinter unserem Trailer gefunden hatte.

Nachdem ich aus dem Krankenhaus entlassen worden war, bestand meine Mutter darauf, dass ich jeden Dienstag nach der Schule eine Stunde lang zu ihm ging. Ich versuchte sie davon zu überzeugen, dass ich keinen Psychiater brauchte. Dass sie ihr Geld zum Fenster hinauswarf. Oder vielmehr Onkel Phils Geld. Aber nach dem Fiasko im Schwimmbad hatte ich alle Glaubwürdigkeit verloren.

Zu Beginn jeder Sitzung lehnte Dr. Nowels sich auf seinem Stuhl zurück, schlug das eine dünne Bein über das andere und tippte sich mit dem Stift ans Kinn. »Wie fühlst du dich heute, Bethany?«

Ich überlegte immer, was ich Kreatives sagen könnte. Irgendetwas, das ihn dazu brächte, seinen Stift hektisch über das Papier kratzen zu lassen. Aber mir fiel nie etwas ein. Also starrte ich stattdessen auf dieselbe Stelle, die ich immer anstarrte. Seine Haare. Ich glaubte keine Sekunde lang, dass diese Haare echt waren. Die ganzen sechzig Minuten, während er mir Fragen stellte, malte ich mir aus, wie ich zu ihm gehen, die Finger in seine Haare krallen und kräftig ziehen würde. Ich war todneugierig, wie Dr. Nowels kahlköpfig aussah.

Wann immer ich das meiner Mom erzählte, biss sie sich auf die Unterlippe und bat mich, dieses Wort nicht zu benutzen – tod. Zehn Minuten, bevor unsere Sitzung zu Ende war, stellte Dr. Nowels mir jedes Mal dieselbe Frage: »Bist du bereit, darüber zu reden, warum du es getan hast, Bethany?« Es machte mich wahnsinnig, dass er jede seiner Fragen mit meinem Namen beendete.

»Ich weiß nicht, warum, Dr. Nowels«, sagte ich dann, wobei ich mich bemühte, den nervigen Tonfall seiner Stimme so gut wie möglich nachzuahmen. Manchmal sah er mich an, als hätte ich etwas sehr Tiefgründiges gesagt, und fing an zu kritzeln, während ich einen letzten prüfenden Blick auf seinen Haaransatz warf. Falls es wirklich sein Haaransatz war.

Und so liefen unsere Sitzungen ab. Ein ganzes Jahr lang.

Nicht ein einziges Mal sah ich Dr. Nowels ohne sein Toupet. Nicht ein einziges Mal erzählte er mir, was er in all den Stunden über mich aufschrieb. Und nicht ein einziges Mal erklärte ich ihm, warum ich es getan hatte.

Kapitel 1

Vielleicht war es der Winkel oder die Nähe, aber Bethany Quinn war noch nie so versucht gewesen, dem Haarteil von Jeff McKinley einen ordentlichen Schubs zu geben. Oder es wenigstens unauffällig mit dem Ellbogen zu berühren. Es half nicht, dass er einen Donut mit Puderzucker über den Zeichnungen schwenkte, an denen sie in der vergangenen Woche gearbeitet hatte, sodass eine zuckrige Schicht darauf liegen blieb. Sie packte die Rückenlehne seines Stuhls und sah über seine Schulter. »Was gefällt dir denn an meinem Entwurf nicht?«

Er wedelte weiter mit seinem Donut und fuhr mit den freien Fingern über ihre Zeichnung mit der abgehängten Deckenkonstruktion. »Er ist ein bisschen raffiniert.«

Sie ließ seinen Stuhl los und richtete sich auf. »Und?«

»Ich hatte den Eindruck, dass dieser Kunde etwas … Praktischeres wollte.«

»Niemand hat von *praktisch* gesprochen. Was sie gesagt haben, war *billig*.«

»Das ist dasselbe.«

»Es ist kein Lagerhaus, Jeff. Wir renovieren einen von Chicagos beliebtesten Tanzsälen. Eindrucksvoll muss nicht teuer sein.«

»Wenn es gut aussehen soll, schon.« Er legte den Rest des Donuts ab und faltete die Hände hinterm Kopf. Sein Haaransatz rutschte auf der Stirn nach oben. »Wie viel Zeit haben wir noch bis zu dem Treffen?«

Bethanys Gesäßtasche vibrierte. »Wir haben die Besprechung für drei Uhr angesetzt«, sagte sie, während sie ihr Handy herauszog. Der Name ihrer Mutter stand auf dem Display. Sie runzelte die Stirn. Warum in aller Welt rief ihre Mutter sie an einem Montagmorgen um zehn Uhr an? Mom wusste doch, dass sie bei der Arbeit nicht gestört werden wollte. Bethany ließ die

Mailbox anspringen, während ihre Gedanken zu ihrem Bruder David rasten.

»Dann überleg mal, was dir bis dahin noch einfällt. Es wäre das Beste, wenn sie aus mehreren Alternativen wählen könnten, meinst du nicht?«

Sie vernahm Jeffs Worte, aber in ihrem Kopf überschlugen sich die Gedanken an ihren Bruder, sodass sie sich unmöglich konzentrieren konnte. David war vor drei Wochen nach Afghanistan aufgebrochen. Und jetzt rief ihre Mutter an.

»Wir können es uns im Moment nicht erlauben, einen Kunden zu verlieren. Bei all dem Gerede von Personalabbau wäre das für uns alle nicht gut.«

Bethany nickte.

»Sag mal, ist alles in Ordnung?«

»Ja. Ich ... ich muss nur kurz telefonieren.« Ihre Knie zitterten, als sie die Zeichnungen nahm und den kurzen Weg zu ihrem Schreibtisch zurückging. Sie legte die Blätter auf den Tisch und sah, dass der Anrufbeantworter ihres Bürotelefons rot blinkte. Als auch auf diesem Display die Nummer ihrer Mutter erschien, schloss Bethany die Augen und schickte einen flehentlichen Gedanken ins Weltall.

Bitte mach, dass es nichts mit David zu tun hat ...

Sie glaubte nicht an einen liebenden Gott, der Gebete erhörte, aber manchmal ertappte sie sich dabei, wie sie versuchte, mit dem Universum zu handeln – wie eine Art Bestechung, nur dass sie nichts im Gegenzug anbieten konnte. Sie hörte ihre Mailbox ab und wartete, bis die Stimme ihrer Mutter an ihr Ohr drang. »Hier ist deine Mutter, Bethany. Ruf mich bitte an.«

Sie nahm das Handy vom Ohr und starrte darauf. Das war alles? Keine Einzelheiten? Keine Andeutung, weswegen sie angerufen hatte? Kein *Hallo, Bethany, mach dir keine Sorgen; ich rufe nicht wegen deines Bruders an*?

Unklarer ging es ja wohl nicht! Die Muskeln in Bethanys Schultern verkrampften sich. Weil ihre Mutter so kurz angebunden gewesen war, blieb ihr nichts anderes übrig, als zurückzurufen. Sie nahm das Bürotelefon, wählte Moms Nummer und spielte mit dem Deckel eines halb leeren Starbucksbechers. Der Becher kippte um, sodass lauwarme Flüssigkeit herausschwappte, über den Mahagonischreibtisch lief und ihre Zeichnungen ertränkte.

Sie sog scharf die Luft ein, stellte den Becher wieder auf und nahm dann schnell ihre Entwürfe vom Tisch. Einhändig zerrte sie mehrere Papiertaschentücher aus der Schachtel neben ihrem Computer und tupfte auf den Blättern herum. Es nützte nichts. Der verschüttete Kaffee hatte die makellos weißen Seiten in einen aufgeweichten braunen Haufen verwandelt.

»Bethany? Bist du das?«

Bethany umklammerte den Hörer mit beiden Händen. »Mom? Warum hast du angerufen? Ist was mit David?«

»Bist du bei der Arbeit?«

»Wo sollte ich denn sonst sein?«

»Es ist nur, weil Montag ist, und ich dachte ...«

»Mom, sag mir, was los ist. Geht es um David?«

Eine kurze Pause. »Nein, nein. Deinem Bruder geht es gut.«

Bethanys Anspannung löste sich. Sie sank auf ihren Stuhl und rieb sich die Nasenwurzel. Sie hasste dieses Gefühl. Sich Sorgen um ihren Bruder zu machen. Jedes Mal eine panische Angst zu bekommen, wenn ihr Telefon klingelte. Wie sollte sie das ein ganzes Jahr lang aushalten?

»Ich rufe nicht wegen David an. Es geht um Robin.«

Bei der Erwähnung dieses Namens regten sich Erinnerungsfetzen, aufgeschreckt aus einem zehnjährigen Winterschlaf. Warum in aller Welt rief Mom sie wegen Robin bei der Arbeit an?

»Hast du gehört, was ich gesagt habe?«

»Ja, habe ich.«

»Willst du nicht wissen, was los ist?«

Wenn sie *doch* sagte, würde sie sich die nächste halbe Stunde Moms Hysterie anhören müssen. Sagte sie *Nein*, würde sie den Eindruck vermitteln, herzlos zu sein. Für Ersteres hatte sie keine

Zeit, für Letzteres keine Energie, also nahm sie einen Stift und spielte mit der Pfütze, die sich ihrem Bleistiftköcher näherte, während die kurzlebige Erleichterung, dass David nichts passiert war, einem dumpfen Schmerz hinter der Stirn wich.

In der Leitung dehnte sich die Stille aus.

Sie blickte zu den Blaupausen auf ihrem Zeichenbrett hinüber. Ihr Chef wollte bis vier Uhr Einzelheiten zu dem River-Oaks-Projekt auf seinem Schreibtisch haben, Jeff McKinley mit den falschen Haaren wollte »praktische« Ideen für den Ballsaal der Stadt brainstormen, und Mom würde nicht aufgeben, bis Bethany ihr erlaubte, ihre Neuigkeiten über Robin loszuwerden, wie auch immer die aussehen mochten.

»Sie war deine beste Freundin.«

War. Vergangenheit.

»Jedes Mal, wenn ich sie sehe, fragt sie nach dir. Ob dir Chicago gefällt. Wie es bei der Arbeit läuft. Ob du glücklich bist …«

»Natürlich bin ich glücklich.« Die Worte waren zu schnell gekommen. Klangen beinahe defensiv. Bethany massierte ihre pochenden Schläfen mit kreisförmigen Bewegungen und begleitete die unvermeidliche Frage mit einem lang gezogenen Seufzer. »Was ist mit Robin?«

Hinter ihr ertönte ein lautes Räuspern. Sie fuhr herum und sah ihren Vorgesetzten dort stehen, den Mund missbilligend gespitzt. Sie legte auf und erhob sich, während sie spürte, wie ihre Ohren warm wurden. Moms Neuigkeit würde warten müssen. »Ist alles in Ordnung?«

»Brainstorming für *First State Investments* um zehn. Hast du das vergessen?«

Ihr drehte sich der Magen um. Moms rätselhafter Anruf hatte sie aus dem Konzept gebracht. »Nein, natürlich nicht. Ich habe nur gerade mit …«, sie befingerte die Blaupausen auf ihrem Zeichentisch, »der Marketingabteilung telefoniert, wegen *River Oaks.*«

Martin grunzte und betrachtete das Durcheinander auf ihrem Schreibtisch.

Ein verlegenes Lachen entwich Bethanys Lippen. Sie trat zwischen ihn und die Kaffeepfütze und holte eine Akte aus einer ihrer Schreibtischschubladen. »Ich habe letzte Woche ein paar Ideen durchgespielt«, sagte sie und zeigte in Richtung Flur. »Ich komme gleich mit.«

Als sie den Konferenzraum betrat, strich sie ihren Rock glatt und beschloss, nicht länger an das Telefonat zu denken. Was auch immer Robin für Probleme hatte, sie würde schon allein damit fertigwerden. Bethany wüsste nicht, wie sie da helfen sollte. Robins Sorgen hatten nichts mit ihr zu tun. Nicht mehr.

Bethanys Hände zitterten, als sie einen Streifen Pfefferminzkaugummi auspackte und sich in den Mund schob. Sie zerknüllte das Papier und lehnte sich an die Motorhaube ihres Audis, während sie über den zweiten Anruf ihrer Mutter nachdachte. Ausnahmsweise hatte Mom nicht übertrieben. Sie atmete tief aus und sah zu, wie ihr gefrorener Atem wie Nebel in den Nachthimmel aufstieg.

Die Kälte stach ihr in den Ohren, während sie mit einem Fuß auf dem Asphalt des Parkplatzes hinter dem Kaufhaus wippte und die Kontur der Beileidskarte betrachtete, die in der kleinen Papiertüte steckte. »Ich denke an dich«, stand in großen geschwungenen Buchstaben vorne drauf. Innen war die Karte weiß und leer. Ein Symbol dafür, was aus ihrer Freundschaft mit Robin geworden war. Was hatte sie sich nur dabei gedacht, als sie diese Karte gekauft hatte? Was konnte sie schon schreiben, das so viel Raum füllte, wenn es doch nichts zu sagen gab?

Sie zog ihren Schlüssel aus der Handtasche und stieg in ihren Wagen. Vielleicht könnte sie zu Dominic fahren und, wenn er von der Arbeit heimkam, ihre Schuldgefühle rauslassen. Vielleicht könnte sie dadurch die Gedanken, die ihr durch den Kopf spukten, wieder loswerden und ihr inneres Gleichgewicht zurückgewinnen. Sie ließ den Motor an und fuhr auf die Straße, wobei sie sich zwang, dem Nachrichtenmoderator zuzuhören, der im Radio über die schwächelnde Konjunktur sprach.

Dreißig Minuten später betrat Bethany Dominics Wohnung, aus der Licht und der Duft von chinesischem Essen drangen. Nachdem sie ihre hochhackigen Schuhe abgestreift hatte, sah sie ihn, wie er in einer Pyjamahose und mit Brille auf der Nase über den Esstisch gebeugt dasaß, umgeben von einem Stapel Papier, den halb leer gegessenen Pappkarton mit Chopsuey neben dem einen Arm und eine Schachtel Taschentücher neben dem anderen.

Sie legte ihre Handtasche auf den Tisch bei der Tür. »Bist du krank?«

Er machte Anstalten zu antworten, hustete aber stattdessen. Als der Hustenanfall nachließ, zog er ein Taschentuch aus der Schachtel und schnäuzte sich die Nase. »Nein, aber Patrick hat mich trotzdem nach Hause geschickt.« Dominic sah sie quer durchs Wohnzimmer an. »Bist du schon mit der Arbeit fertig?«

Sie warf einen Blick auf die Wanduhr. Es war halb acht. »Ich hatte einen produktiven Tag.« Das war natürlich gelogen. Aber wie sollte Dominic ihren Mangel an Konzentration verstehen, wenn sie ihn sich nicht einmal selbst erklären konnte?

Sie ging ins Wohnzimmer und ließ sich auf einen der Stühle fallen. Dann griff sie nach dem weißen Pappkarton, während Dominic eine dicke Mappe aus seinem Aktenkoffer zog und auf den schon jetzt gefährlich hohen Stapel auf dem Tisch legte.

»Das würde ich nicht essen.« Er unterdrückte ein weiteres Husten, indem er sich den Arm vor den Mund hielt, und zeigte, ohne von seinen Unterlagen aufzusehen, mit dem Kopf in Richtung Kühlschrank. »Für dich habe ich Lo Mein besorgt. Stäbchen liegen auf der Küchenzeile.«

Ihr Magen knurrte dankbar. Sie machte ihr Abendessen in der Mikrowelle warm und kehrte dann ins Wohnzimmer zurück, wo sie zu essen begann, während Dominic in dem Aktenstapel vor ihm kramte. Nach dem fünften oder sechsten Bissen ließ Bethany die Stäbchen sinken und öffnete ihren Glückskeks.

Etwas, das du verloren hast, wird bald wieder auftauchen.

Sie rollte den weißen Zettel zusammen und schnaubte.

Dominic ignorierte sie.

»Woran arbeitest du?«, fragte sie.

»Verträge.«

»Was für Verträge?« Sie pickte einige Kekskrümel von ihrem Tischset und faltete sie in ihre Serviette. Als er nicht antwortete, rutschte sie auf ihrem Sitz herum. »Dom?«

»Was?« Die einzelne Silbe knallte auf den Tisch.

Bethany zog die Augenbrauen hoch und presste die Lippen aufeinander.

Er nahm seine Brille ab und fuhr sich mit der Hand über die Bartstoppeln an seinem Kinn. »Mensch, Bethany, ich hab zu tun.«

So viel dazu, dass sie ihm ihr Herz ausschütten könnte.

Sie griff nach seinem Pappkarton und stieß sich vom Tisch ab, wobei die Beine ihres Stuhls über den Holzboden kratzten.

Dominic stöhnte.

Sie stapfte in die Küche und ließ alle Reste in den Mülleimer fallen. Vielleicht sollte sie besser nach Hause fahren. Ausnahmsweise mal in ihrem eigenen Bett schlafen und noch einmal über das lange Gespräch nachdenken, das Dominic und sie an Thanksgiving geführt hatten – dass sie zusammenziehen könnten, wenn ihr Mietvertrag am Ende des Jahres auslief. Warum sollte sie bei ihm einziehen, wenn sie ihm nur lästig war?

Bethany schloss den Deckel der Müllpresse und ließ in der Spüle Wasser über einen Teller laufen. Wenn Erinnerungen sich doch nur auch so leicht wegwischen ließen. Wenn ein bisschen Wasser sie in den Ausguss spülen könnte. Wenn sie doch nur diese dämliche Karte schicken und diese ganze Robin-Sache zu den Akten legen könnte. Sie hatte gerade nach einem Handtuch gegriffen, als sich ein Paar starker Arme um ihre Taille legte.

Sie erstarrte.

Dominic ließ sie los. »Ach komm, Beth, sei nicht sauer.«

Wie er ihren Namen sagte, löste die Anspannung in ihrer Brust ein wenig.

»Ich ertrinke in Arbeit und fühle mich hundeelend. Ich hasse es, krank zu sein.«

Sie verdrehte die Augen. »Ich dachte, du wärst nicht krank.«

»Ich will es nicht sein.« Er nahm ihr den Teller ab und stellte ihn in die Geschirrspülmaschine. »Du weißt doch, wie das ist.«

Sie zerknüllte das Handtuch. Vielleicht würde er ihr jetzt zuhören, wo seine Arbeit in einem anderen Zimmer lag. »Erinnerst du dich an Robin Price?«

Dominic legte die Stirn in Falten.

»Robin aus Peaks? Die mir jedes Jahr zu Weihnachten eine Karte schickt? Und zum Geburtstag und zu Ostern auch?« Ein unbehagliches Gefühl machte sich in ihr breit. Warum hatte sie nie geantwortet? Klar, die Dinge hatten sich geändert – Robin hatte sich geändert –, aber war es wirklich so schwierig, eine Karte zu schicken?

»Du weißt doch, dass ich mir so was nicht gut merken kann.«

»Sie war in der Schulzeit meine beste Freundin. Wir waren praktisch unzertrennlich.«

Er nahm ein neues Taschentuch aus der Schachtel auf der Küchenzeile und putzte sich die Nase.

»Ihr Mann hatte wohl eine Art Aneurysma und jetzt liegt er im Koma.« Bethany wartete auf eine Reaktion, aber der ausdruckslose Blick in Dominics Augen verriet ihr, dass sie vergebens wartete. Sie verschränkte die Arme und sah ihn mit hochgezogenen Augenbrauen an.

»Ich kann mich nicht erinnern, dass du von ihr erzählt hast.«

»Wir haben schon länger nichts mehr miteinander zu tun.«

Er nahm ein Weinglas von der Arbeitsplatte und schob sie von der Spüle weg. »Und warum nimmt dich das dann so mit?«

»Ich weiß nicht.« Sie fuhr mit dem Finger über die Ecke der

Marmorplatte. »Ich habe nur irgendwie das Gefühl, dass ich sie besuchen sollte. Vielleicht ein paar Tage Urlaub nehmen und nach Peaks zurückgehen.«

Dominics Hände erstarrten unter dem Wasserstrahl. »Nach Peaks zurückgehen?« Er drehte sich um und sah sie an. »Ich dachte, du hasst Peaks.«

Sie lachte angesichts dieser Untertreibung.

»Schick ihr doch eine Karte oder so was.«

»Das wollte ich ja. Aber die Karten sind alle so … ich weiß nicht. Keine passt so richtig.«

»Also, damit ich das richtig verstehe.« Er drehte das Wasser ab und schüttelte das Glas ein wenig. Tropfen spritzten auf den Rand der Spüle. »Du willst gleich mehrere deiner wertvollen Urlaubstage opfern und in eine Stadt fahren, die du hasst, nur um Zeit mit einer Frau zu verbringen, die nicht mehr deine Freundin ist?« Er nahm das Handtuch und trocknete sich die Hände daran ab. »Tut mir leid, Beth, aber das verstehe ich nicht.«

In ihr machte sich Frust breit. Sie wollte, dass er es verstand. Denn wenn er nicht begriff, welches Ausmaß ihre frühere Freundschaft zu Robin gehabt hatte, würden seine Versuche, sie von einer Reise nach Peaks abzuhalten, nichts nützen. Und sie brauchte dringend jemanden, der ihr die Sache ausredete. »Was wäre, wenn du hören würdest, dass Shawn was Schlimmes durchmacht? Hättest du nicht auch das Gefühl, dass du etwas mehr tun solltest, als nur eine Karte zu schicken?«

Dominic senkte das Kinn. »Shawn ist mein Bruder.«

»Ich weiß. Und Robin war wie eine Schwester für mich. So nah standen wir einander.«

»Wenn ihr so eng befreundet wart, warum ist dann der Kontakt abgerissen?«

»Das ist kompliziert.«

Er starrte sie einen Moment lang an, seine Nase so rot wie die von Rudolph, dem Rentier, dann zuckte er mit den Schultern. »Na ja, wenn du meinst, du musst das machen, dann werde ich dich nicht davon abhalten. Du kannst nach Peaks fahren, wenn du willst.«

Sie blinzelte verdutzt. Dachte Dominic, darum ginge es ihr? Seine *Erlaubnis* einzuholen?

»Hör zu, ich muss diesen Vertragskram heute Abend noch fertig machen. Aber bleib trotzdem hier.« Er gab ihr einen Kuss auf die Wange und floh ins Esszimmer.

Sie starrte ihm hinterher, eine Hand auf der Küchenzeile, die andere in ihre Taille gestemmt, bis ihr klingelndes Telefon die Gedanken, die in ihrem Kopf kreisten, abrupt zum Stillstand brachte. Sie ging zur Wohnungstür und griff in ihre Handtasche. Zum dritten Mal an diesem Tag stand der Name ihrer Mutter auf dem Display. Bethany stöhnte. Was konnte Mom denn noch über Robin sagen?

Das Display wurde schwarz.

Sie schob das Telefon in ihren Händen hin und her und fragte sich, ob es diesmal vielleicht doch um David ging. Sobald das Handy piepste, hörte sie ihre Mailbox ab. Wenn es wieder eine uneindeutige Nachricht war, würde sie einen Schreikrampf kriegen.

»Bethany? Ich weiß, dass wir vorhin erst miteinander gesprochen haben. Und ich will dich auch wirklich nicht stören. Aber ich habe heute Abend etwas gehört und dachte mir, das sollte ich dir sagen.«

Der übliche sorgenvolle Unterton in Moms Stimme war verschwunden, so als hätte sie ihre Worte in Bleiche getaucht und sauber geschrubbt. Bethanys Herzschlag beruhigte sich. Es konnte nichts mit David zu tun haben.

»Dan wurde vorgestern ins Krankenhaus eingeliefert. Es war wohl ein Herzinfarkt. Offenbar geht es ihm gut. In ein paar Tagen darf er nach Hause, also brauchst du dir keine Sorgen zu machen. Ich wollte nur, dass du Bescheid weißt.«

Grandpa Dan? Wann hatte sie das letzte Mal mit ihrem Großvater gesprochen? Ihre Gedanken wanderten mehrere Monate zurück bis zu dem Tag, an dem sie ihn angerufen hatte, um ihm zum Geburtstag zu gratulieren. Seine Stimme zu hören, hatte eine Menge Erinnerungen in ihr aufsteigen lassen: an das Füttern der Kälber; wie sie ihm und seinem Cousin Ray beim Heustapeln in der Scheune zugesehen hatte; seine Erklärungen, als er ihr beibrachte, wie man ein Pferd striegelte, sattelte und ritt. Jedes Mal, wenn sie ihn am Telefon hatte, überkam sie ein unerklärliches Heimweh – wie eine Wolke, die sich vor die Sonne schiebt. Jetzt lag er im Krankenhaus und dasselbe merkwürdige Gefühl kroch durch ihren Körper. Es ergab keinen Sinn. Wie konnte sie Heimweh nach einem Ort haben, den sie hasste?

Sie ließ sich auf das Ledersofa fallen und stützte die Ellbogen auf die Knie. Sie hatte ihre Gründe dafür, dass sie Mom und Robin aus dem Weg ging. Und gute Gründe dafür, warum sie nicht nach Peaks wollte. Aber Grandpa Dan? Ihn konnte sie nicht aus ihrem Leben verbannen.

Bethany schaltete ihr Handy aus und lehnte sich in die Sofakissen. Sie sehnte sich danach, diesen ätzenden Tag endlich hinter sich lassen. Aber sosehr sie es auch versuchte – ihr Gehirn wollte einfach keinen Feierabend machen. Der Gedanke, nach Peaks zu reisen, kehrte zurück, und diesmal war das drängende Gefühl stärker. Sie konnte es nicht ignorieren. So wie sie Robin und ihren Großvater nicht ignorieren konnte. Aus irgendeinem Grund wollte Peaks sie zurückhaben.

Drei Fragen drehten sich in ihrem Kopf wie ein Nachrichtenticker und hielten sie bis weit nach Mitternacht wach. Sollte sie wirklich hinfahren? Würde sie mit sich selbst leben können, wenn sie es nicht tat?

Würde sie mit sich selbst leben können, *wenn* sie es tat?

Kapitel 2

Gepflügte Felder, früher einmal voller Heu und Mais, waren mit weißen Flecken übersät und machten sich bereit für einen langen Winterschlaf. Anfang Dezember verströmte das Land immer ein Gefühl der Lethargie. Bethany gähnte, während sie über die zweispurige, gewundene Straße fuhr. In kurzen, aber regelmäßigen Abständen unterbrach eine Scheune oder ein Silo die Monotonie. Immer wenn sie an einem dieser Gebäude vorbeifuhr, die lediglich ein paar laublose Eichen als Gesellschafter hatten, stieg ein Gefühl der Einsamkeit in ihr auf. Ein Gefühl, das ihr aus ihrer Kindheit sehr vertraut war.

Bethany schüttelte die Erinnerungen ab, die in ihr aufsteigen wollten, lenkte den Wagen um eine scharfe Kurve und erblickte vor sich eine Scheune mit abblätternder Farbe, vor der drei Shetlandponys mit gesenktem Kopf an einem Trog standen. Das war die alte Farm der Masons. Und obwohl die Pferde andere waren, hatte sich nichts an der Tatsache geändert, dass dies ein Meilenstein war. Jetzt waren es nur noch fünf Minuten bis nach Peaks.

Sie atmete tief und langsam ein. Eine Woche. Eine Woche konnte sie aushalten. Sieben Tage, um ihre Pflicht zu tun, und dann wieder zurück in ihr Leben in Chicago. Während sie sich Mut zusprach, neigte sie den Kopf erst zur einen Schulter, dann zur anderen, in einem erbärmlichen Versuch, die Verspannung von der dreistündigen Fahrt zu lockern.

Der Wasserturm von Peaks wurde über einer verlassenen Scheune sichtbar. Bethanys Fuß ging vom Gas auf die Bremse, als sie an eine vertraute Kreuzung kam – die mit Jorners Gemischtwarenhandlung an der Ecke. Der Anblick des alten Kramladens hinter dem unveränderten Schild mit der Einwohnerzahl von Peaks weckte Empfindungen in ihr, die in den vergangenen zehn Jahren nicht zum Vorschein gekommen waren. Die vaterlose Bethany aus dem Trailerpark von früher drohte wieder in Erscheinung zu treten. Sie umklammerte das Lenkrad fester und stieß dieses Mädchen zurück in die Tiefe. Das war sie nicht mehr.

Bethany bog von der Hauptstraße ab und lauschte dem Klackern des Schotters am Unterboden ihres Wagens, während sie darauf wartete, dass Dans Bauernhaus hinter einem großen Schuppen für landwirtschaftliche Fahrzeuge hervorlugte. Im Rückspiegel konnte sie zwei Border Collies sehen, die sie nicht kannte und die jetzt neben ihren Hinterrädern entlangtrotteten. Sie rutschte auf ihrem Sitz herum. Dieser Ort war wie eine Fotografie, die nicht vergilbt. Zehn Jahre lang hatte sie die Farm nicht gesehen, aber sie sah noch genauso aus wie früher. Schwarze Fensterläden vor weißer Holzvertäfelung, geblümte Vorhänge, die hinter den Fenstern im zweiten Stock zu sehen waren, der Schaukelstuhl, der auf der um das Haus herum verlaufenden Veranda Wache hielt. Selbst der Reifen, den Dan für David und sie aufgehängt hatte, hing noch von einem Ast der Ulme vor dem Haus. Auch wenn der Zahn der Zeit an allem anderen genagt hatte, war dieser Hof seinen Fängen irgendwie entronnen.

Sie hielt neben einem schwarzen Ford Ranger, der den Platz einnahm, auf dem sonst immer Dans rostiger Pick-up gestanden hatte, und stieg aus ihrem Wagen. Neben ihr summte und zischte ein verdreckter Ford Bronco mit einem Kühlergrill, auf dem jede Menge Insekten klebten. Offenbar hatte der Besitzer den Motor gerade erst ausgestellt.

Unbehagen machte sich in ihr breit. Als sie Dan gestern angerufen hatte, war nicht von irgendwelchen Besuchern die Rede gewesen. Sie hatte gehofft, sie würde mit Dan allein sein, während sie in Peaks war. Sie hatte nicht den Wunsch, alte Bekannte wiederzusehen.

Die Hunde folgten ihr, als sie ihren Koffer über den unebenen Boden zog. Sie stieg die Stufen zur Veranda hinauf, wischte sich nacheinander die Hände an ihrer Jeans ab und hob dann die Faust. Bevor sie klopfen konnte, wurde die Tür aufgerissen. Ein

Mann erschien im Türrahmen und blickte über die Schulter zurück ins Haus.

Bethanys Muskeln zuckten wie bei einem heftigen Schluckauf. Ihre Hand fuhr zu dem Koffer, für den Fall, dass der Mann herausgestürzt kam, ohne sie zu sehen.

Der Fremde drehte sich um und wich schnell einen Schritt zurück.

»Wer sind Sie?«, fragten sie beide gleichzeitig. Seine tiefe Stimme übertönte ihre überraschte.

Er blickte auf ihr Gepäck hinunter und sah dann wieder Bethany an. Sein Kinn war voller Bartstoppeln und er hatte dunkle Ringe unter den Augen. Der Mann sah aus, als könnte er drei Wochen Schlaf am Stück gebrauchen, gefolgt von einem langen Nickerchen. Und selbst dann würde er wahrscheinlich noch erschöpft aussehen. Sie blinzelte, um sich wieder zu konzentrieren, und streckte dann die Hand aus. »Ich bin Bethany. Dans Enkelin.«

In den Augen des Mannes flackerte etwas auf, dann war sein Blick wieder ruhig. »Es gibt Sie also wirklich. Sieh mal einer an.«

Sie straffte die Schultern und wollte ihre Hand zurückziehen, aber da hatte er sie schon mit seinen schwieligen Händen umfasst. »Und wie heißen Sie?«, fragte sie.

»Evan. Ich führe den Hof.«

Der Name kam ihr bekannt vor. Dan musste ihn bei einem ihrer Telefonate erwähnt haben, aber sie konnte sich nicht daran erinnern.

Jetzt verschränkte Evan die Arme und lehnte sich an den Türrahmen. »Dan spricht viel von Ihnen und Ihrem Bruder. Aber seit ich hier arbeite, habe ich weder Sie noch ihn jemals zu Gesicht bekommen.«

»David ist in Afghanistan.«

»Und Sie sind in Chicago. Wo Sie als erfolgreiche Architektin arbeiten.«

Sie verlagerte ihr Gewicht auf ihre Fersen, um etwas mehr auf Abstand zu ihm zu gehen. Es gefiel ihr nicht, dass dieser Fremde Dinge über sie wusste, während sie von ihm überhaupt nichts wusste. Und sein Tonfall missfiel ihr ebenfalls.

»Was führt Sie denn nach Peaks zurück?«, fragte er jetzt.

»Dan hatte einen Herzinfarkt.«

Er kratzte sich am Kinn und musterte sie, so als wisse er nicht, ob er ihr glauben sollte.

»Es ist übrigens kalt hier draußen.«

Er deutete mit einer Handbewegung in Richtung Hausflur. »Klar, kommen Sie rein.«

»Danke für die großzügige Erlaubnis«, murmelte sie und zog an ihrem Koffer.

»Es bringt ihn um.«

Bethany blieb stehen. »Sein Herz?«

»Nein.« Evan streckte die Hand aus, um ihr zu helfen, aber sie ließ den Griff nicht los. Immerhin hatte sie nicht um seine Hilfe gebeten. Doch obwohl sie sich weigerte, den Koffer herzugeben, hob er ihn mit einer mühelosen Bewegung über die Schwelle. »Das Ausruhen. Er will die Anweisungen des Arztes nicht befolgen. Gestern habe ich ihn dabei erwischt, wie er versucht hat, das Futter für die Rinder zu tragen, und diese Eimer sind nicht gerade leicht.«

»Glauben die Ärzte, dass er wieder ganz gesund wird?«

»Er ist fünfundsiebzig. Er hat zu hohen Blutdruck und noch höhere Cholesterinwerte.«

»Der Hof hält ihn doch in Bewegung, oder?«

»Der Hof hat ihn auch jeden Tag seines Lebens, seit er klein war, mit Fleisch und Kartoffeln versorgt. Nicht so toll für die Arterien.« Evan musste gemerkt haben, dass sie etwas sagen wollte, denn bevor sie die Worte herausbrachte, hob er die Hände. »Keine Angst. Dan muss sich nur erholen und weniger Speck essen, das ist alles. Die Ärzte sagen, er kann noch zwanzig Jahre leben.«

Er kann. Das heißt, sicher ist das nicht. Aber Bethany verkniff sich die Bemerkung.

»Und er wird hier gut versorgt. Also, wenn dieses« – er wedelte mit der Hand durch die Luft –, »neu erwachte Pflichtgefühl mit Ihren Plänen kollidiert, können Sie ohne Schuldgefühle nach Chicago zurückfahren.«

Sie starrte ihn mit offenem Mund an, aber bevor sie ihre Gedanken in Worte fassen konnte, trat Evan auf die Veranda hinaus und nickte ihr zu. »War mir ein Vergnügen.«

Er stieß einen scharfen Pfiff aus. Augenblicklich kamen die zwei Border Collies, die irgendwo hinter dem Haus unterwegs gewesen waren, angerannt und gesellten sich zu ihm. Er stieg in keinen der beiden Wagen. Stattdessen ging er in Richtung Weide. Auf dem Weg dorthin schlug er mit der flachen Hand auf ihren Audi.

»Schöner Wagen«, rief er über die Schulter zurück.

Die Belustigung in seiner Stimme entging ihr nicht.

Die Treppe knarrte unter Bethanys Schritten. Immer, wenn sie als Kind diese verzogene Holztreppe hinaufgeschlichen war, hatte sie sich vorgestellt, dass sie in eine geheime Höhle ging. David und sie hatten die Stufen erklommen und sich in einem Fach im Wandschrank ihres Großvaters versteckt. Sie hatten in der Ecke gekauert und mit ihren Taschenlampen helle, tanzende Kreise auf die von Spinnweben überzogenen Wände gemalt. Als Erwachsene hatte sie jetzt das gleiche Gefühl. Nur wusste sie diesmal, dass im zweiten Stock nichts Geheimnisvolles auf sie wartete.

Nur Grandpa Dan.

Ihre Kehle war wie zugeschnürt, als sie den schmalen Flur hinunterging, vorbei an der sich ablösenden Tapete mit dem Rosenmuster, und durch den schmalen Spalt der nur leicht geöffneten Tür spähte. Dan lag im Bett, gestützt von einigen Kissen, und zappte durch stumm gestellte Fernsehsender. Silber kroch seine Schläfen empor und überzog sein früher dunkelbraunes Haar mit einem glänzenden Grau. Das schwache Sonnenlicht ließ sein

Profil hervortreten, und sie sah dieselbe markante Nase, dasselbe gespaltene Kinn und dieselbe breite Stirn, die sie aus ihrer Kindheit in Erinnerung hatte. Erst als sie seinen Arm sah, schnappte sie nach Luft. Früher war er stark und sonnengebräunt gewesen, aber jetzt wirkte er kraftlos und blass, schlaff anstatt straff.

Sanft klopfte sie mit den Fingerknöcheln an den Türrahmen. Das Geräusch musste seine Aufmerksamkeit erregt haben, denn er wandte sich vom Fernseher ab. Seine Augen flackerten auf, dann blinzelte er mehrmals. Er schüttelte den Kopf, als wäre sie womöglich nur eine Erscheinung. Dann verzog sich sein Gesicht zu einem Grinsen – einem Grinsen, das bis zum Haaransatz reichte.

»Bethany.«

Nur ihr Name. Sonst nichts. Aber in diesen drei Silben lag eine Flut unausgesprochener Gefühle. Freude. Liebe. Erleichterung. Einladung.

All die Angst in ihrer Brust – die Sorge, dass zehn Jahre Vernachlässigung ihr Wiedersehen trüben würden – verwandelte sich in das überwältigende Bedürfnis, bei ihm zu sitzen, die Hand auf sein stetig pochendes Herz zu legen. Sich davon zu überzeugen, dass er gesund und munter war. Sie eilte zu ihm, nahm seine Hand und atmete den vertrauten Geruch von Tabak und Pfefferminz ein.

Zu Hause.

Er drückte ihre Hand. »Du bist es wirklich.«

»Ich bin es wirklich«, erwiderte sie.

Sie betrachtete ihn einen Moment lang liebevoll und registrierte all die Dinge, die sich verändert oder auch nicht verändert hatten. Obwohl neue Falten seine blassen Züge zierten, war er immer noch ihr Grandpa Dan.

»Wie geht es dir in Chicago?«

»Super.« Die automatische Antwort war heraus, bevor sie groß darüber nachgedacht hatte, blieb ihr aber im Nachhinein fast im Hals stecken. War wirklich alles super? Sie war Architektin geworden, um Museen und Hotels und Wolkenkratzer zu entwerfen. Nicht um heruntergekommene Gebäude etwas weniger heruntergekommen aussehen zu lassen. Doch sie schüttelte den Pessimismus ab. Schließlich war sie erst achtundzwanzig. Mit ein bisschen Zeit und fleißiger Arbeit würde sie ihr Ziel erreichen. »Wie geht es dir? Sagen die Ärzte …«

Dan machte eine abwehrende Handbewegung. »Mir geht es gut. Hab eine Konstitution wie ein Pferd. Wenn Evan nicht wäre, würde ich jetzt rausgehen und meinen Traktor reparieren.«

»Grandpa.« Sie senkte den Kopf ein wenig und sah ihn eindringlich an. »Du hattest einen Herzinfarkt.«

Er legte eine Hand auf seinen Brustkorb. »Dem Herzen geht es gut. Gott wollte sich nur mal melden. Und mich daran erinnern, dass ich nicht alles für selbstverständlich halten soll.«

»Ich bin mir nicht sicher, ob mir seine Methode, sich zu melden, gefällt.«

Dan lachte. »Bist du deshalb zurückgekommen? Um dafür zu sorgen, dass ich mich benehme?«

»Ich wollte dich sehen. Mich ein paar Tage um dich kümmern.«

»Und dafür liebe ich dich, Bethany. Wirklich. Aber ich brauche niemanden, der sich um mich kümmert.« Er tätschelte ihre Hand. »Du kannst so lange bleiben, wie du magst. Aber als Gast. Nicht als meine Krankenschwester.«

»Ich habe mir nicht eine Woche freigenommen, um hier herumzusitzen und anderen zur Last zu fallen. Ich kann putzen. Oder dir Gesellschaft leisten, während du ans Bett gefesselt bist.« Beinahe hätte sie gelacht, als sie die sorgenvollen Falten auf seiner Stirn sah – als wäre sie diejenige mit dem Herzinfarkt und nicht er. »Außerdem ist das eine gute Gelegenheit, mal etwas langsamer zu machen.« Und herauszufinden, was sie zu Robin sagen sollte.

»Das ist natürlich etwas anderes. Aber ich brauche wirklich nicht noch jemanden hier, der mich in Watte packt. Das macht Evan schon zur Genüge.«

»Darüber braucht Evan sich jetzt keine Gedanken mehr zu machen. Das kann er mir überlassen. Dann kann er mehr Zeit zu Hause verbringen. Bei seiner Familie.«

Dan runzelte die Stirn. »Das hier *ist* sein Zuhause, Bethany.«

»Wie meinst du das?«

»Evan wohnt schon seit fünf Jahren hier.«

Kapitel 3

Bethany zog sich die Steppdecke über den Kopf und drehte sich zur Wand, weg von den Sonnenstrahlen, die durch die Jalousien drangen. Sie war erst spät schlafen gegangen. Sehr spät. Vorher hatte Evan das Abendessen gekocht. Nach der unbehaglichen Mahlzeit hatte sie es sich in dem durchgesessenen Fernsehsessel neben Dans Bett gemütlich gemacht. Sie hatten zuerst geredet und dann alte Sitcoms geguckt, die er im Laufe der Jahre aufgenommen hatte. *Drei Jungen und drei Mädchen. MASH. Bezaubernde Jeannie.* Evan hatte die Kiste mit den Videokassetten aus dem Keller geholt und die Serien schienen das Einzige zu sein, das ihren Großvater davon überzeugen konnte, den Abend im Bett zu verbringen.

Obwohl Dan früh eingeschlafen war, hatte Bethany noch lange in dem Sessel gesessen und auf den Bildschirm gestarrt, während ihr Kopf sich eine dringend benötigte Auszeit von der ständigen Hektik gönnte. Aus früh wurde spät und aus spät wurde mitten in der Nacht, bis sie dem Bett, in dem sie jetzt lag, nicht mehr widerstehen konnte. Falls Evan es merkwürdig fand, dass sie sich fünf Folgen *MASH* hintereinander angesehen hatte, war es ihr egal.

Sie zog die Bettdecke bis zu den Schultern hinunter und reckte sich. Es war die Art recken, bei der der Rücken ein Hohlkreuz bildete und die Zehen über das Fußende des Bettes hinausragten. Am liebsten wäre sie hiergeblieben, in diesem Zimmer. Draußen warteten Peaks und alles, was dazugehörte. Ihre Mutter. Der Kleinstadttratsch. Ihr Besuch bei Robin. Drinnen gab es Trost. Frieden. Eine beruhigende Vertrautheit.

Ein leises Klopfen drang durch die Wände des Schlafzimmers und bedrohte die friedvolle Atmosphäre, die sie beim Aufwachen um sich herum geschaffen hatte. Bethany gähnte und vergrub sich wieder unter ihrer Decke. Während der schwere Stoff sie in Dunkelheit hüllte, tat sie so, als hätte sie das Geräusch nicht gehört. Aber das Klopfen wurde lauter. Drängender. Sie schob den Arm zu ihrem Handy und warf einen Blick auf die Uhrzeit. 10.00 Uhr.

Seufzend schwang sie die Füße über die Bettkante. Ihre Zehen krümmten sich, als sie den kalten Boden berührten. Kurz darauf kramte sie in ihrem Koffer und holte einen Kaschmirpulli und ihre Lieblingsjeans von Calvin Klein heraus. Sie zog sich an, band die Haare zu einem ordentlichen Pferdeschwanz zusammen und reinigte sich kurz das Gesicht und die Zähne, bevor sie auf Zehenspitzen die Treppe hinunterschlich. Als sie an der Haustür angekommen war, klang das Klopfen schon regelrecht panisch. Bethany schlang einen Arm um ihre Taille, dann griff sie mit der anderen Hand nach der Türklinke und zog.

Bethany hatte ihre Mutter seit zwei Jahren nicht gesehen und plötzlich stand sie da. Ausgerechnet auf der Veranda von Grandpa Dan. Moms Gesicht wurde bleich. Eine Hand fuhr erst zu ihrem Hut, dann zu ihrer Kehle und fiel schließlich herab. »Es stimmt also. Du bist in der Stadt.«

Ein Stöhnen formte sich in Bethanys Brust, aber sie presste die Lippen aufeinander, damit der Laut nicht entweichen konnte, und trat zur Seite. Sie war noch keine vierundzwanzig Stunden hier und trotzdem hatte ihre Mutter bereits irgendwie davon erfahren. Aber warum überraschte sie das eigentlich? Vielleicht hatten zehn Jahre Abwesenheit ihre Erinnerung getrübt, aber das war schließlich Peaks. Hier konnte man sich nicht verstecken.

Mom zögerte, bevor sie eintrat, so als gäbe es im Haus Gespenster. »Wann wolltest du mir denn sagen, dass du hier bist?«

Bethany ließ die Hand auf dem Türgriff liegen. »Woher wusstest du, dass ich hier bin?«

»Evan hat es mir erzählt. Warum wohnst du nicht zu Hause?«

»Evan? Woher kennst du Evan?«

»Er ist mein Mechaniker.«

Bethany zeigte auf den Fußboden. »Ich dachte, er arbeitet hier, auf Dans Hof.«

»Er repariert auch Autos. Meins ist heute Morgen nicht angesprungen, da hat er mir mit dem Überbrückungskabel geholfen.« Mom beugte sich vor, als wollte sie Bethany umarmen, wusste aber nicht, wie sie es anstellen sollte. Stattdessen biss sie sich auf die Unterlippe und dabei erschienen mehrere Grübchen an ihrem Kinn. »Er hat mir gesagt, dass du hier bist.«

»Nimm es nicht persönlich, Mom. Es war eine spontane Entscheidung herzukommen. Ich wollte dich gerade anrufen, als du geklopft hast.«

»Und warum kommst du dann nicht nach Hause und wohnst bei mir?«

Lieber hätte Bethany bei Dr. Nowels und seinem albernen Toupet gewohnt. Zwar hatte sie neun Jahre dort gelebt, aber ein Zuhause war der Trailer nie gewesen. »Weil hier mehr Platz ist. Und ich will mich um Dan kümmern.«

»Er ist erwachsen, Bethany. Er kann für sich selbst sorgen.«

»Er hatte einen Herzinfarkt.«

»Das liegt daran, dass er in seinem ganzen Leben noch keine gesunde Mahlzeit zu sich genommen hat. Es ist nicht deine Aufgabe, dich um ihn zu kümmern, jetzt, wo er die Früchte seines Verhaltens erntet.«

Bethanys Augen verengten sich zu Schlitzen. »Hast du diesen Satz von Pastor Fenton oder hast du ihn dir selbst ausgedacht?«

»Ich weiß nicht, wovon du redest.«

»Die ›Früchte seines Verhaltens‹? Hörst du eigentlich, was du da sagst?«

»Dans Leib ist ein Tempel des Herrn, und er isst nur Speck und Teig …«

»Woher willst du das wissen? Du hast doch kaum mit ihm gesprochen, seit ich neun Jahre alt war.«

Moms Rücken streckte sich langsam, bis sie mindestens zwei

Zentimeter größer wirkte. »Ich glaube kaum, dass seine Essgewohnheiten sich im Laufe der Jahre geändert haben.«

»Also bekommt Dan nur, was er verdient? Wie der Vater, so der Sohn – willst du das damit sagen?«

»Dein Vater war ein guter Mann.«

Bethany legte den Kopf in den Nacken und lachte, woraufhin auch das letzte bisschen Farbe aus dem Gesicht ihrer Mutter wich. »Die Liebe wächst wirklich mit der Entfernung.«

»Ich habe deinen Vater geliebt.«

»Das kannst du ruhig weiter behaupten, aber es ändert nichts an den Tatsachen.«

Mom knetete ihren Hut. »Was mit ihm geschehen ist, war nicht meine Schuld.«

»Natürlich nicht. Es war *seine* Schuld, weißt du nicht mehr? Er hat die *Früchte seines Verhaltens* geerntet.« Sie malte Anführungszeichen in die Luft, als sie die Formulierung ihrer Mutter benutzte. »Habt Fenton und du jemals herausgefunden, was er falsch gemacht hat?«

»Pastor Fenton wollte nur helfen. Das will er immer.«

Vor Bethanys Augen begann alles zu verschwimmen. »Helfen?«

»Du siehst das nicht, weil dein Großvater dich mit seinen giftigen Bemerkungen gegen Pastor Fenton aufgebracht hat.«

Jetzt platzte ihr endgültig der Kragen. Genau aus diesem Grund war sie gegangen. Genau deshalb konnte sie es nicht mit ihrer Mutter aushalten. Sie würde nicht länger in Dans Flur stehen – in dem Haus, das ihrem Vater hätte gehören sollen – und zuhören, wie Mom den Mann verteidigte, dessen Lügen ihre Familie auseinandergerissen hatten. Sie öffnete ruckartig die Tür. »Danke für deinen Besuch. Aber ich kann mit dir nicht darüber reden, Mom. Das konnte ich noch nie.«

In Bethanys Schläfen pochte ein dumpfer Schmerz, während sie die Schüssel schrubbte und sich bemühte, den verkrusteten Haferbrei von den Wänden der Schale zu lösen. Leider konnte kein Schrubben oder Kratzen die Worte ihrer Mutter wegwischen. Sie hielt inne und blickte zum Küchenfenster hinaus. Evan kam in seinem Bronco die lange Auffahrt heraufgefahren und hielt neben ihrem Wagen. Als er das Haus betrat, blieb sie mit dem Rücken zu ihm am Spülbecken stehen und konzentrierte sich auf das heiße Wasser, das in die Schüssel plätscherte.

»Morgen.« Seine kurze Begrüßung klang rau, so als müsste er sich dringend räuspern.

Bethany drehte das Wasser ab und stützte beide Hände auf den Rand der Spüle. »Guten Morgen.« Sobald sie ihren Mut zusammengenommen hatte, würde sie sich umdrehen und ihm sagen, dass er sich um seine eigenen Angelegenheiten kümmern sollte. Er hatte kein Recht, ihrer Mutter zu erzählen, dass sie in der Stadt war.

Evan stapfte hinter ihr entlang. Seine Stiefel quietschten auf dem Linoleum. Dann fiel sein Schlüsselbund auf die Küchenzeile. Die Kühlschranktür ging auf und schloss sich wieder, etwas wurde aufgebrochen, und als Bethany schließlich herumfuhr, hatte Evan eine matschige Schneespur durch die Küche gezogen, die sie gerade geputzt hatte.

Sie folgte dem Dreck bis ins Wohnzimmer, wo Evan mit in den Händen vergrabenem Kopf dasaß, eine Dose Pepsi vor sich auf dem Couchtisch.

»Warum haben Sie meiner Mutter erzählt, dass ich hier bin?«

Er fuhr sich mit den Fingern durch die dicken Haare, antwortete aber nicht.

»Haben Sie mich gehört?«

Er blickte von seinen Händen auf, erschrocken, so als sähe er Bethany zum ersten Mal. Aus irgendeinem Grund sahen seine blutunterlaufenen Augen heute noch schlimmer aus als gestern. »Was?«

Die Wut, die sie gefüttert hatte, seit sie ihre Mutter aus Dans Haus geworfen hatte, verlor etwas von ihrer Wucht. Hatte dieser Mann ein Alkoholproblem? »Ich will wissen, warum Sie meiner Mutter erzählt haben, dass ich hier bin.«

Er lehnte sich zurück und fuhr sich mit beiden Händen übers Gesicht.

Sie starrte ihn an und wartete, kurz davor, ungeduldig mit dem Fuß auf den Boden zu klopfen. Je länger sie wartete, desto mehr Zeit hatte sie, die Unterhaltung mit ihrer Mutter vor ihrem geistigen Auge Revue passieren zu lassen. Über Dan. Ihren Vater. Pastor Fenton. Wenn jemand an Gott glauben wollte, okay. Aber sobald dieser Jemand seinen Glauben dazu benutzte, einen Menschen anzugreifen, den Bethany liebte, hörte es auf, okay zu sein. Ihre Wut kehrte zurück und brauchte ein Ziel, und Evan saß einfach da und ignorierte sie. Es wirkte fast so, als hätte er nicht die Absicht zu antworten.

»Können Sie meine Frage mal beantworten?«

»Ich habe Ihren Namen erwähnt, weil Sie ihre Tochter sind. Ich dachte, Ruth wüsste, dass Sie hier sind. Und es war etwas, worüber wir reden konnten. Als mir mein Fehler bewusst wurde, war es schon zu spät.« Er betrachtete sie einen Moment lang. »Es ist eigentlich ziemlich normal, den eigenen Eltern Bescheid zu sagen, wenn man zu Besuch kommt.«

»Meine Beziehung zu meiner Mutter geht Sie gar nichts an. Sie hätten nichts sagen dürfen.« Bethany nahm einen Untersetzer vom Ende des Tisches und stellte Evans Pepsidose darauf, aber mehr, um seinem finsteren Blick zu entrinnen, als aus echter Sorge, er könnte den Couchtisch ruinieren. Sie wusste nicht, warum er sie so anfunkelte. Sie war schließlich nicht diejenige, die sich falsch verhalten hatte. Sie nahm die Wolldecke von der Armlehne des Sofas und schüttelte sie aus. »Sie war heute Morgen aufgebracht und Ihretwegen musste ich mich mit ihr auseinandersetzen.«

»Wow.« Die Federn des Sofas quietschten.

»Wie bitte?«

»Ich habe ›wow‹ gesagt.«

Sie drehte sich um und erschrak. Evan stand direkt hinter ihr – viel zu nah – und unter all den Bartstoppeln war sein Gesicht geradezu lächerlich symmetrisch.

»Tut mir sehr leid, dass ich Ihnen Umstände gemacht habe«, sagte er.

Sie merkte, dass die Ader an ihrem Hals zu pochen begann, trat einen Schritt zurück und verbarg die alberne Reaktion mit einer Hand.

»Ich habe eine Menge um die Ohren.« Er sah aus, als wollte er noch mehr sagen, zum Beispiel ausführen, was sie nicht verstand oder angeblich falsch machte, aber bevor er fortfahren konnte, ging die Haustür auf und ein Schwall kalter Luft wehte herein.

Dan wischte sich an der Fußmatte auf der Veranda den Schneematsch und Dreck von den Schuhen. Als er sie beide sah, lächelte er.

»Wo warst du denn?« Bethanys Frage klang unfreundlicher, als sie beabsichtigt hatte.

»Ich habe den Traktor repariert.« Er trat ein und rieb sich die Hände. »Da draußen ist es kälter, als ich dachte. Ich glaube, es wird ein langer Winter.« Er blickte zwischen Bethany und Evan hin und her und sein Lächeln wurde breiter. »Macht ihr beide euch besser miteinander bekannt?«

Wenn er es so nennen wollte …

Dan kam näher und setzte sich in den Sessel. Er grunzte, als er in die Kissen sank. »Euch zwei habe ich es zu verdanken, dass ich steif wie ein Brett bin. Dieser alte Körper ist nicht dafür gemacht, im Haus zu bleiben.«

Keiner von ihnen antwortete.

»Irgendwelche Neuigkeiten?« Dan richtete die Frage an Evan.

Evan kehrte zum Sofa zurück, sodass Bethany allein mitten im Wohnzimmer stehen blieb. Wenn sie sich setzen wollte, war nur noch neben ihm Platz. Also setzte sie sich dorthin. Die gefaltete Wolldecke behielt sie auf ihrem Schoß. Ihre steife Haltung war genau wie die ihrer Mutter. Gerader Rücken. Finger, die sich in die Oberschenkel gruben. Nur dass dies keine Kirche war. Das hier war früher ihr Zufluchtsort gewesen. Und Evans Anwesenheit brachte alles aus dem Gleichgewicht.

Er schüttelte den Kopf. »Immer noch wie gehabt.«

Dan wirkte enttäuscht.

Sie suchte nach einer Ausrede, um aufstehen und gehen zu können, damit die Männer in Ruhe über die Ernte oder das Vieh oder welche Farmangelegenheit auch immer sprechen konnten.

»Evan hier weiß übrigens eine Menge über dich, Bethany.«

Die Bemerkung ließ sie aufhorchen.

Dan kramte in seiner Gesäßtasche, zog eine Dose mit Schnupftabak heraus und klopfte mit der Fingerspitze darauf. »Ich habe ihm alle möglichen Geschichten über Robin und dich erzählt. In was für Schwierigkeiten ihr beide hier auf dem Hof geraten seid, wenn ihr zu Besuch wart.«

Bethany zog die Stirn kraus. Warum hatte Dan Evan alberne Geschichten über Robin und sie erzählt? Was interessierte das Evan?

Dans Mundwinkel wanderten nach unten. »Dann geht es Micah also nicht besser?« Micah. Robins Mann. Nur dass Dan die Frage nicht an sie gerichtet hatte. Bethany fuhr herum und starrte den Mann neben ihr an.

»Ich komme gerade aus dem Krankenhaus.« Evans Stimme klang belegt. Er räusperte sich und schüttelte den Kopf. »Robin will nicht glauben, was die Ärzte sagen.«

Sie blickte zwischen den beiden Männern hin und her, während sie versuchte, die Puzzlestücke zusammenzufügen.

»Bist du dir sicher, dass die Ärzte recht haben? Gibt es wirklich keine Chance?«, fragte Dan.

Evan starrte auf den Teppich. »Zuerst wollten sie abwarten. Ich glaube, die Ärzte hofften, er würde von alleine sterben.« Er holte tief Luft und atmete dann langsam wieder aus. »Sein Herz schlägt zwar noch, aber Micah ist nicht mehr da. Das Einzige, was ihn am Leben erhält, ist das Beatmungsgerät. Wir warten nur darauf, dass Robin die Entscheidung trifft. Dass er nach Hause gehen kann.«

Ihre Verwirrung bahnte sich einen Weg durch Bethanys Kehle. »Woher kennen Sie Robin?«

»Micah und Evan sind Brüder«, sagte Dan. »Hat er dir das nicht erzählt?«

Der Raum drehte sich. Plötzlich ergab alles einen Sinn. Evan starrte sie an und mit einem Mal verstand sie seine unterschwellige Feindseligkeit ihr gegenüber. Von Dan wusste Evan, dass Robin und sie beste Freundinnen gewesen waren. Und ihm war mit Sicherheit nicht entgangen, dass sie seit ihrer Ankunft nicht ein einziges Mal nach Robin und ihrem Mann gefragt hatte.

Schuldgefühle und Scham durchströmten sie. Robins Mann lag im Krankenhaus, würde, so wie es aussah, nicht mehr gesund werden, und sie regte sich über einen Streit mit ihrer Mutter auf. Beinahe hätte sie sich auf die Lippe gebissen. Beinahe. Aber sie würde sich in einem Moment wie diesem nicht in ihre Mutter verwandeln.

»Wir fahren heute Abend zu ihr. Ihr Vater ist heute Morgen abgereist, weil er nach Ohio zurückmusste. Also ist das ihre erste Nacht allein.«

Bethany krallte die Finger um die Armlehne der Couch und zwang sich, ihre Gedanken zu ordnen. Sosehr sich ihr bei dem Gedanken, Robin wiederzusehen, auch der Magen umdrehte, irgendwann musste sie zu ihr gehen. Natürlich war sie Dans wegen nach Peaks zurückgekommen. Aber auch wegen Robin. Und Evan bot ihr gerade die perfekte Gelegenheit. »Wenn Sie nichts dagegen haben, würde ich gerne mitkommen«, sagte sie.

Sein Kopf fuhr hoch. »Was?«

»Ich möchte mitkommen, wenn Sie sie besuchen.«

»Das ist ein Witz, oder?«

»Es wäre kein sehr lustiger Witz.«

Seine Augen verengten sich. »Wieso wollen Sie Robin sehen? Sie haben doch seit Jahren keinen Kontakt mehr.«

Das Misstrauen und die Ungläubigkeit in seinem Gesicht ließen etwas in ihrer Brust aufflackern. »Robin ist einer der Gründe, warum ich zurückgekommen bin.«

»Dass ich nicht lache. Sie sind nur wegen *sich selbst* hergekommen.«

Seine Anschuldigung traf sie tief. »Sie wissen doch überhaupt nichts über mich.«

»Ich weiß genug.«

Sie schob trotzig das Kinn vor.

Dan rutschte auf dem Sessel nach vorn und verteilte dabei einige Strohhalme, die noch an seinen Schuhen klebten, auf dem Teppich.

Evan krallte die Finger in seine Knie. »Hören Sie zu. Robin kann Ihre kleine Wiedersehensfeier gerade gar nicht gebrauchen und will sich bestimmt nicht mit Ihnen abgeben. Sie hat schon genug Sorgen.«

»Sie muss sich nicht mit mir abgeben. Ich bin gekommen, um ihr mein Beileid auszusprechen. Sie war meine beste Freundin …«

»Und wo waren Sie dann in den letzten zehn Jahren?«

Seine Frage raubte ihr den Atem.

»Ich bin mir sicher, der Zusammenbruch meines Bruders und Dans Herzinfarkt haben Ihre Pläne ganz schön durcheinandergebracht …«

Dan stand auf und hob die Hände. »Also, jetzt hört aber auf. Alle beide.« Er trat vor. »Ich weiß, dass du erschöpft bist und dass die Situation deines Bruders dich mitnimmt. Aber ich werde nicht zulassen, dass ihr beide euch hier in meinem Wohnzimmer streitet.«

Evan sank mit hängenden Schultern in die Sofakissen und musterte Bethany mit müden Augen. »Können Sie sich nicht eine Woche lang um Dan kümmern und es dabei belassen?«

Seine Haltung löschte das Feuer der Wut in ihrer Brust, sodass nur noch Glut zurückblieb. Evan und Micah waren Brüder. Wie würde sie sich fühlen, wenn es David wäre, der dort im Krankenhaus lag? Bei dem Gedanken erschauerte sie – zumal es eine durchaus realistische Möglichkeit war.

Trotzdem war sie nach Peaks gekommen, um ihr Mitgefühl auszudrücken. Sie war nicht bis hierhergekommen, um jetzt wieder kehrtzumachen und Robin doch noch die Karte zu schicken, die sie letzte Woche gekauft hatte. Evan mochte ihren Motiven nicht trauen, aber das bedeutete nicht, dass er das Recht hatte, ihr zu sagen, was sie tun sollte. »Ich muss sie besuchen. Wenn Sie nicht wollen, dass ich heute Abend mitkomme, gehe ich eben ein andermal.«

Er lehnte den Kopf zurück und starrte zur Decke hinauf. Als er sie schließlich wieder ansah, war sein Gesicht angespannt und weiß. »Dann kann ich wohl nichts machen.«

Sie erwiderte seinen Blick. »Das können Sie wohl nicht.«

Kapitel 4

Evan schwang die Axt und ließ seinen ganzen Frust an der Eisschicht aus, die den Wassertank bedeckte. Da die Heizung kaputt war, konnte das Vieh nicht trinken. Also hackte er drauflos und hoffte, dass seine schmerzenden Muskeln ihn von seiner Trauer ablenken würden. Er holte aus und schlug erneut zu. Der gefrorene Block knackte und zerbrach dann. Wenn doch nur sein Kummer dasselbe täte.

Er fuhr sich mit der behandschuhten Hand über die Stirn, um den Schweiß fortzuwischen. Dann sah er sich nach etwas anderem um, auf das er einschlagen könnte, und sein Blick fiel auf einen Stapel Holz neben dem Gerätehaus. Während er anfing, das Holz zu hacken, versuchte er den Anblick seines Bruders aus seinen Gedanken zu verdrängen … eine warme Leiche, umgeben von Schläuchen und piepsenden Monitoren. Und den Anblick von Robin, die mit angezogenen, mit den Armen umschlungenen Knien dasaß und beobachtete, wie Micahs Brustkorb sich von den künstlichen Atemzügen hob und senkte.

Evan packte den Griff fester, hob die Axt über seinen Kopf und hieb mit voller Wucht zu. Das Holzscheit splitterte und spaltete sich. Er war wütend – empfand dieselbe Art Wut wie auf der Highschool, als sein Freund bei einem Autounfall ums Leben gekommen war. Er konnte spüren, wie das vertraute Gefühl sich in ihm ausbreitete und nach einem Ventil suchte. Nur war er diesmal zwölf Jahre klüger.

Und diese klügere Version von ihm verstand, dass der Tod wie der Winter war. Auf Micah wartete etwas Besseres. Ein ewiger Frühling – neues Leben. Evans Verstand wusste das alles. Aber sein Herz kam nicht so gut damit klar. Ein Leben ohne einen seiner Brüder erschien ihm sinnlos. Er ließ die Axt auf den Hackklotz niedersausen. Die geschärfte Klinge blieb im Holz stecken.

Er musste Dans alter Stute Storm eine Decke überlegen und sich waschen, bevor er zu Robin fuhr. Während Evan auf die Weide zuging, wanderten seine Gedanken zu Dans Enkelin, die ihn begleiten würde, wie es aussah.

Gestern hatte Bethany auf der Veranda gestanden wie ein Stück Glas, das vorgab, aus Stahl zu sein, verborgen hinter einem Designermantel und einem teuren Auto. Auf den ersten Blick war es unmöglich gewesen, etwas so unbewusst Zerbrechliches nicht zu mögen, aber seine Belustigung war im Laufe des Abends verflogen.

Sie hatte nicht nach Robin oder nach seinem Bruder gefragt. Nicht ein einziges Mal.

Während er in den Pferdestall ging, knirschten die vereiste Erde und die Heureste unter seinen Füßen. Plötzlich blieb er wie angewurzelt stehen. Bethany war im Stall, hoffnungslos verloren in Dans übergroßem Parka, die kastanienbraunen Haare aus dem Gesicht gebunden, mit großen braunen Augen, als hätte er sie mit einer Waffe in der Hand erwischt und nicht mit einem Pferdestriegel.

Sie ließ die Bürste sinken. »Tut mir leid.«

»Was?«

Eine schwache Röte trat auf ihre Wangen. Sie zog die Unterlippe zwischen ihre Zähne, ließ sie aber gleich wieder los, so als hätte sie irgendeinen Fehler gemacht. So als wäre es völlig unangebracht, sich auf die Lippe zu beißen.

Er neigte den Kopf ein wenig zur Seite. Bethany wirkte auf ihn nicht wie ein Mensch, der in der Kälte das Haus verließ, um ein Pferd zu striegeln. Genau genommen wirkte sie auf ihn nicht wie jemand, der überhaupt jemals das Haus verließ, um ein Pferd zu striegeln, egal bei welchem Wetter. Er trat näher und tätschelte Storms Flanken. »Das alte Mädchen genießt die Zuwendung, da bin ich mir sicher.«

Bethany wich einen Schritt zurück. »Ich bin als Kind auf ihr geritten.«

Evan versuchte sich das bildlich vorzustellen, aber es fiel ihm schwer.

»Sie sehen so aus, als glaubten Sie mir nicht«, sagte sie.

»Ich kann mir das nicht gut vorstellen.«

»Warum nicht?«

Er warf einen Blick auf ihre teuren Stiefel. »Sie wirken auf mich nicht wie ein Outdoortyp.«

»Das bin ich auch nicht.« Bethany zupfte an den Borsten der Bürste, trat unauffällig noch einen Schritt zurück – ein kaum merkliches Zurückweichen – und blickte zu den Dachbalken hinauf, während ein merkwürdiger Ausdruck über ihr Gesicht huschte. Irgendwie sanft und sentimental. »Jedenfalls nicht mehr.«

Er fragte sich, woran sie wohl gerade dachte, aber bevor er fragen konnte, verschwand der Ausdruck. »Wann fahren wir zu Robin?«, fragte sie.

»In einer Stunde.«

»Ich kann hinter Ihnen herfahren.«

»Und Ihr Auto schmutzig machen?«

Ihre Augen funkelten wütend.

Er ärgerte sich über seine Unfreundlichkeit. Wie auch immer Bethanys Beziehung zu Dan und Robin aussah – er hatte nicht das Recht, sie dafür zu verurteilen und zum Sündenbock zu machen. Es war nicht sie, auf die er wütend war. In seinem tiefsten Innern. Er ging in die Sattelkammer, nahm eine der schweren Decken vom Regal und legte sie über Storms Rücken. »Wir wollen beide zum selben Ort. Es gibt keinen Grund, warum wir nicht zusammen fahren sollten.«

Bethany blickte zu Boden, als hoffe sie, irgendwo zu Storms Füßen eine Ausrede zu finden. Als offensichtlich war, dass auch ihr kein Grund einfiel, fuhr sie mit ihrer manikürten Hand über den Hals des Pferdes und verließ den Stall.

Evan sah ihr mit leicht zusammengekniffenen Augen nach, die Muskeln nicht länger vor Wut verkrampft.

Bethany streckte die Hand nach der Beifahrertür von Evans Ford aus, aber er war schneller. Er riss die Tür auf und deutete mit einer schwungvollen Handbewegung auf den Sitz, als wäre sie nicht in der Lage, selbst den Griff zu betätigen und ohne Hilfe einzusteigen. Sie setzte sich auf den Beifahrersitz und stieß dabei mit dem Schuh gegen eine zerbeulte Pepsidose. Während sie auf ihren Platz rutschte und den Sicherheitsgurt über ihre Brust zog, spürte sie kaltes Vinyl unter ihren Handflächen und den Oberschenkeln.

Evans Tür knallte zu. Als er den Motor anließ, dröhnte Musik aus den Lautsprechern – ein schrecklich näselnder Klang, der ihre Trommelfelle malträtierte. Sie ballte die Hände zu Fäusten und vergrub sie auf ihrem Schoß, während sie beim Anblick des silbernen Kreuzes, das vom Rückspiegel baumelte, die Stirn runzelte.

»Was? Sie mögen Kenny Chesney nicht?«

»Herzschmerz und sexy Traktoren? Nein, danke.«

Evan ließ die linke Hand am Lenkrad liegen und fischte mit der rechten etwas unter seinem Sitz hervor. Es war ein dickes CD-Futteral. Das ließ er auf ihren Schoß fallen. »Dann suchen Sie sich was anderes aus.«

Sie starrte verdutzt auf das Geschenk. Irgendwie bezweifelte sie, dass sie darin etwas finden würde, was sie interessierte.

»Ich verspreche, sie beißen nicht.«

Mit düsterer Miene öffnete sie die Tasche und ging die CD-Cover durch. Als sie am Ende angekommen war, fuhr Evan auf einer asphaltierten Straße, sodass keine Steinchen mehr gegen die Karosserie sprangen. Ihr anfänglicher Verdacht hatte sich bestätigt. »Das ist alles Country und Western.«

»Und?«

»Ich mag kein Country und Western.«

Evan tippte auf die Taste, mit der die CD ausgeworfen wurde, und warf die Scheibe von Kenny Chesney auf die Tasche.

Jetzt füllte Stille den Wagen. Bethany drehte sich auf ihrem Sitz um und starrte in die dunkler werdende Landschaft hinaus, die an ihrem Fenster vorbeizog. Schmutzig graue Schneewehen bedeckten die blassbraunen Felder. Warum sollte sich irgendjemand freiwillig dafür entscheiden, hier zu leben? Sie knibbelte an der CD-Tasche herum.

Robin hatte es getan.

Und jetzt, nach zehn Jahren, war alles, was sie von ihrer ehemaligen besten Freundin trennte, eine kurze Fahrt in Evans Bronco. Sie hatte sich an ihn drangehängt, fest entschlossen, diese Aufgabe von ihrer To-do-Liste abzuhaken, aber jetzt, wo sie auf dem Weg zu Robin neben Evan saß, ein baumelndes Kreuz vor der Nase … die Ironie war nur schwer zu übersehen.

Sie legte die CD-Tasche auf den Boden, während Evan bremste und auf die Durchgangsstraße von Peaks abbog – eine vierspurige Straße, auf der es keine Ampeln gab. Nach ihrer langen Abwesenheit hatte sie erwartet, dass manches anders aussehen würde. Es vielleicht ein neues Restaurant oder neue Schaufenster gab. Aber nein. Nichts hatte sich verändert. Um die tiefgefrorenen Bäume, die auf beiden Seiten derselben langweiligen Straße wuchsen, waren dieselben bunten Weihnachtslichter gewickelt wie immer. Selbst der schrill beleuchtete Weihnachtsmann, der auf dem Rasen vor Artons Juwelierladen vor sich hin winkte, war noch derselbe. Die Stadt schwelgte in ihrer Beständigkeit. Und doch war Bethany in keinerlei Hinsicht mehr so wie früher. Und ihre Beziehung zu Robin war es auch nicht.

Sie fuhr mit dem Finger über den elektrischen Fensterheber in ihrer Armlehne, und die Frage, die sie längst hätte stellen sollen, brach aus ihr heraus. »Wie geht es Robin?«

»Nicht gut.«

Plötzlich stieg in Bethany der Wunsch auf, alles zu wissen, so als könnten diese Informationen sie mit den richtigen Worten versorgen. »Sie haben zu Dan gesagt, es gäbe keine Chance mehr, dass Micah wieder gesund wird.«

»Es ist eine Woche her. Und es gibt keine Veränderung.«

»Und jetzt wollen Sie, dass Robin die Maschinen abstellt, an denen er hängt?«

Ein Muskel in Evans Unterkiefer zuckte. »Er würde nach Hause gehen wollen.«

»Das sagen Sie jetzt schon zum zweiten Mal. Was meinen Sie mit ›nach Hause‹?«

»In den Himmel.«

Sie schnaubte.

»Sie glauben nicht an den Himmel?«

»Wenn ich an den Himmel glauben würde, müsste ich auch an die Hölle glauben.« Sie verschränkte die Arme, weil ihr mit einem Mal kalt war. »Da passe ich lieber.«

Die Scheinwerfer eines entgegenkommenden Autos holten Evans Gesicht aus dem Schatten. Er sah sie an und sein Blick war auf eine Weise durchdringend, die ihr unangenehm war.

»Tut mir leid, wenn ich Sie beleidigt habe«, sagte sie.

»Das haben Sie nicht.«

»Nein?«

»Es ist eine berechtigte Überlegung. Sie sind nicht die Einzige, die Probleme damit hat.«

Sie betrachtete sein Profil und hielt nach einem Anzeichen dafür Ausschau, dass er log, aber in seiner Miene lag nichts als Ehrlichkeit. Diese ganze Unterhaltung brachte sie völlig durcheinander, warf sie aus dem Gleichgewicht. Sie bemühte sich darum, ihre Fassung wiederzuerlangen, während Evan in eine Sackgasse einbog, die auf beiden Seiten von zweigeschossigen Backsteingebäuden gesäumt wurde. Er hielt vor einem von ihnen, das genauso aussah wie die anderen, und stellte den Motor aus.

Sie waren da? Jetzt schon?

Bethany umklammerte mit beiden Händen ihre Knie und schloss die Augen. Sie würde jetzt keinesfalls in Panik verfallen. Sie schaffte das. Eine Umarmung. Eine Hand auf der Schulter. Ein leeres Versprechen, da zu sein, wenn Robin sie brauchte, und dann würde sie sich in den Hintergrund zurückziehen, während Evan und seine Familie Robins Hand hielten. Morgen früh würde sie all das hinter sich haben.

Trotz des aufmunternden Vortrags, den sie sich selbst hielt, kroch ein Schauer ihr Rückgrat hinauf. Ihre Zähne klapperten, als wollten sie einen unverständlichen Morsecode funken, der nicht enden wollte.

»Alles in Ordnung?«

Bethanys Handflächen waren schweißnass. Sie war tatsächlich hier. Keine zehn Meter von Robins Haustür entfernt. Sie versuchte zu schlucken, aber die Muskeln in ihrer Kehle gehorchten ihr nicht.

Evan sagte etwas. Das Geräusch seiner Stimme drang gedämpft an ihre Ohren, aber die Worte konnte sie nicht verstehen. Was, wenn das alles ein schrecklicher Fehler war? Wenn Robin ihr die Tür vor der Nase zuschlug? Was, wenn sie nicht wusste, was sie sagen sollte? Sie atmete tief ein und versuchte die Fassung zu bewahren, die aus ihren Poren zu sickern schien, während sie nach der professionellen Bethany suchte. Nach der Bethany, die sich Ziele setzte und diese auch erreichte. Denn mehr war das hier auch nicht. Etwas, das sie zu erledigen hatte, damit sie ohne weitere Ablenkungen nach Chicago zurückkehren konnte. Natürlich tat Robin ihr leid, aber sie konnte doch ohnehin nichts tun. Also würde sie allgemeine Nettigkeiten von sich geben, Robin umarmen, ihr über die Schulter streichen. Und dann wieder verschwinden.

Einfach rein und wieder raus.

Evans dumpfe Stimme verstummte. Er streckte die Hand nach seinem Türgriff aus und setzte Bethanys gelähmte Synapsen dadurch wieder in Bewegung. Hastig schnallte sie sich ab und sprang aus dem Wagen, bevor er die Gelegenheit hatte, ihr wieder die Tür zu öffnen. Mit gesenktem Kopf und tief in den Manteltaschen vergrabenen Händen eilte sie zur Haustür, während ein grausamer Wind ihr einige lose Haarsträhnen ins Gesicht peitschte. Evan stieg die Treppe zur Veranda hinauf und klopfte, während Bethanys Herz in ihrem Brustkorb hämmerte.

Das Licht auf der Veranda ging flackernd an. Bethany musste angesichts der plötzlichen Helligkeit die Augen zusammenkneifen. Im Inneren des Hauses wurde eine Kette ausgehängt. Die Tür ging auf. Evan schlang die Arme um Robin und trat dann zur Seite, sodass kein Hindernis mehr zwischen ihnen stand.

Robins Fingerspitzen fuhren an ihre Lippen. Sie riss die Augen auf.

Und Bethanys Plan? Ihr Ziel, alles schnell hinter sich zu bringen? Verschwand in weite Ferne. Löste sich auf mit den Millionen unausgesprochener Worte, die in den kurzen Sekunden, die Robin sie verwirrt anstarrte, zwischen ihnen hin- und herflogen. Hinter der Verwirrung erblickte sie Schmerz. Einen quälenden Kummer in ihren Augen. Bethany zerriss es das Herz. Ihre Freundin – ihre Seelenverwandte über so viele Jahre – sah nur noch aus wie ein Häuflein Trauer, ihre gequälten Augen zwei Höhlen der Verzweiflung.

Robin machte den Mund zu. Ihr Kinn zitterte ein wenig. Ihre Schultern zuckten und hoben sich dann. Evan hob eine Hand, als wollte er sie am Ellbogen fassen, aber Bethany trat an ihm vorbei, vorbei auch an ihrem eigenen Zögern, und war bei Robin, bevor er ihr zuvorkommen konnte. Und als Robin unter der Last ihrer Tränen zusammenbrach, nahm Bethany die in Scherben liegende, erschöpfte Seele ihrer Freundin in die Arme und drückte sie fest an sich.

Kapitel 5

Robin hätte zu keinem besseren Zeitpunkt in mein Leben treten können. Das Problem, wenn man in Peaks, Iowa, mit seinen 1.539 Einwohnern lebte, wie es auf dem Schild an Jorner's Corner stand, war, dass die Leute redeten. Und alles, was auch nur ansatzweise ungewöhnlich war, versetzte die Bewohner von Peaks in eine regelrechte Tratscheuphorie. Als ich beschloss, bis auf den Grund des Schwimmbeckens zu tauchen, hatte das schlimmere Folgen als nur die Tatsache, dass ich Dr. Nowels jede Woche sechzig Minuten lang dabei zusehen musste, wie er geheimnisvolle Notizen über mich auf sein Klemmbrett kritzelte.

Mein Verhalten katapultierte mich unfreiwillig ins Scheinwerferlicht. Das Getuschel lauerte an jeder Straßenecke auf mich. Mit der Zeit erwartete ich diese nicht sehr diskreten Blicke über die Schulter schon, wann immer ich an einer Mutter oder einem Kind oder – was am schlimmsten war – einer alten Dame vorbeiging. Am schlimmsten deshalb, weil diese ihren Blicken Worte folgen ließen wie: »Ach, bist du nicht Bethany Quinn? Wie konntest du deiner armen Mutter nur so etwas antun? Hat sie nicht schon genug durchgemacht?«

Als ob man die letzten beiden Fragen hätte beantworten können.

Trotz meiner traurigen Berühmtheit war ich in dieser Zeit sehr einsam. Debbie Carter, eine meiner Klassenkameradinnen, wurde in jenem Herbst dreizehn, und Bobby Fenway und ich waren die Einzigen aus unserer Klasse, die nicht eingeladen waren. Bei Bobby Fenway konnte ich das verstehen. Er wischte sich die Nase am Ärmel ab und produzierte Luftblasen aus Spucke, wenn er hinten in der Klasse saß. Aber ich? Zu ihrem zwölften Geburtstag hatte Debbie mich eingeladen. Da hatte ihr Vater für den Tag eine

Flussfahrt gebucht mit einer echten Band. Ich verstand nicht, was sich geändert hatte, abgesehen von dem Schwimmbadfiasko.

Mein Unterbewusstsein muss erkannt haben, wie bedeutsam es war, dass ich Robin begegnete. Denn der Tag, als wir uns kennenlernten, war wie ein Schnappschuss, den ich jederzeit aus meinem Kopf holen und genau untersuchen konnte. Ich erinnere mich noch an alle Einzelheiten.

Als ich aus unserem Trailer trat, knirschten Eis und Steine unter meinen Stiefeln, und die gefrorene Luft verwandelte meine feuchten Haarspitzen in Eiszapfen.

Mom war gerade damit beschäftigt, einen Haufen dreckiger Wäsche auf den Rücksitz unseres zweitürigen rostigen Ford Pinto zu verfrachten. Sie hielt lange genug inne, um mit mir zu schimpfen. »Bethany Rachel Quinn, geh wieder rein! Deine Haare sind nass.« Mom zeigte mit einer Hand auf unseren Trailer, als wollte sie mich zurückscheuchen. »Du holst dir noch eine Lungenentzündung«, fügte sie hinzu und versuchte, mit dem Fuß die dicke Tasche hinter dem Beifahrersitz vorbeizuquetschen. Selbst unter den Lagen aus Thermounterwäsche, Jeans, langärmeliger Bluse, Sweatshirt, Wintermantel und Schal wirkte die Gestalt meiner Mutter schmächtig.

Ein hartnäckiges Blatt klammerte sich noch an die kahlen Äste der Eiche, die in unserem Vorgarten wuchs. Es flatterte einige Male hin und her, dann wurde es in den grauen Himmel davongetragen. Ich sah meine Mutter an und ertappte mich bei dem Gedanken, ob der Wind, wenn er genau richtig wehte, sie ebenfalls in die Luft wirbeln und fortwehen könnte.

Ich beschloss, sie zu ignorieren, und vergrub die Hände in den Tiefen meiner Manteltaschen, während ich auf sie zuging. Es war Samstag. Mein Bruder David war bei einem Freund, sodass ich allein gewesen wäre. Eingesperrt in unserem Wohnwagen. Eine Gefangene der Kälte. Was auch immer meine Mutter zu erledigen hatte, ich wollte mitfahren.

Also trat ich zu ihr und half ihr beim Schieben und Drücken.

Es war eine große Tasche. Und die Vordersitze konnte man nicht mehr so nach vorne kippen, wie es eigentlich sein sollte. Mit einem letzten Ruck verfrachteten wir die Wäsche auf den Rücksitz.

Meine Mutter richtete sich auf, ganz außer Atem. »Ich habe doch gesagt, du sollst wieder reingehen.«

Ich rührte mich nicht vom Fleck und der Wind wehte vereiste Haarsträhnen um mein Gesicht. Offenbar änderte meine Mutter bei diesem Anblick ihre Meinung. Vielleicht fand sie, dass es für mich ungefährlicher war, in den vorgewärmten Pinto zu steigen, als den ganzen Weg zu unserem Trailer zurückzulaufen. »Steig ein«, sagte sie also mit klappernden Zähnen.

Schweigend fuhren wir zum Waschsalon. Doch obwohl keine von uns beiden etwas sagte, war die Fahrt alles andere als still. Es hätte mich nicht gewundert, wenn die ganze Stadt unser Auto hätte hören können. Der Auspuff war vor einer Woche abgefallen, und jedes Mal, wenn meine Mutter den Motor anließ, wurden meine Wangen, mein Hals und meine Brust ganz heiß.

Als wir auf den Parkplatz vor dem Waschsalon einbogen und meine Mutter den Zündschlüssel abzog, verstummte das Dröhnen in meinen Ohren und ich atmete auf.

Ich hasste unser Auto zutiefst.

Als wir den Beutel mit der Wäsche endlich vom Rücksitz operiert hatten, hatte es angefangen zu schneien. Leise weiße Flocken, die vor einem grauen Hintergrund auf der Stelle schwebten. Ich streckte die Hand aus und sammelte einige von ihnen in meinem Fäustling.

»Bethany.« Die Stimme riss mich aus meiner Trance. Mom stand im Türrahmen und hielt mit dem Rücken die Tür auf, das Bündel Schmutzwäsche zu ihren Füßen. »Komm schon.«

Ein warmer Luftschwall schlug mir entgegen, als ich eintrat. Ich zog den Reißverschluss meines Mantels auf, streifte meine Handschuhe ab und fuhr mir mit kalten Fingern durchs Haar, um die vereisten Strähnen voneinander zu trennen. Während ich Mom zu den beiden Reihen Waschmaschinen folgte, quietschten meine Stiefel auf dem grau gefleckten Linoleum. Der Waschsalon von Peaks war nicht sehr groß und es war nur selten etwas los. Mir kam es immer so vor, als wären wir die einzigen Einwohner der Stadt, die weder eine Waschmaschine noch einen Trockner besaßen.

Aber heute war es anders. Als ich mich auf einen der Plastikstühle setzte, entdeckte ich in der gegenüberliegenden Ecke des Ladens ein anderes Mutter-Tochter-Duo. Die beiden waren fremd hier.

Ich wackelte in meinen Stiefeln mit den Zehen. Sie kribbelten und brannten, während ich die beiden Unbekannten musterte. Die Tochter schien ungefähr so alt zu sein wie ich. Ihre dunklen Haare hingen wie ein Seidenvorhang rechts und links um ihr porzellanfarbenes Gesicht. Als sie von dem Buch, das sie las, aufblickte, erschreckte das blasse Blau ihrer Augen mich. Normalerweise hätte ich den Blick abgewandt. Es war ein Verteidigungsmechanismus, den ich mir seit dem Sommer angewöhnt hatte. Die Leute starrten mich an, und meine Reaktion war, mich abzuwenden. Aber das Lächeln dieses Mädchens war so spontan und echt, dass ich zurücklächelte, bevor ich es mir anders überlegen konntc.

Ich strengte mich an, um zu hören, was es zu seiner Mutter sagte, deren Haare genauso schwarz und glänzend waren wie die seinen, aber das Rumpeln der Wäschetrockner übertönte die Stimme des Mädchens. Die Mutter nickte und ihre Tochter kam auf mich zu. Wieder erhellte dieses Lächeln ihr ganzes Gesicht.

Mein Herz pochte schneller. Ich war nicht sehr gut im Small Talk. Vor allem nicht mit Fremden. Und schon gar nicht mit Fremden, die wie Glaspuppen aussahen. Sie war ein Mädchen, wie Debbie Carter es für ihr Leben gern auf ihrer Party gehabt hätte. Als sie auf unserer Seite des Waschsalons angekommen war, starrten meine Mutter und ich sie mit großen Augen an.

»Hi«, sagte sie und streckte die Hand aus. »Ich heiße Robin.«

Ich murmelte meinen Namen und gab ihr die Hand.

»Wir sind gerade hierhergezogen.« Sie ließ sich auf den Platz neben mir fallen, schob die Hände unter ihre Oberschenkel und ließ die Beine abwechselnd vor- und zurückbaumeln. »Die Stadt ist nicht sehr groß, oder?«

Ich ertappte meine Mutter dabei, wie sie uns beobachtete. Sie sah über ihre Schulter zu uns beiden herüber, fuhr mit den Schneidezähnen über ihre Unterlippe und schob mich mit ihren Blicken vorwärts.

»Hast du das Schild nicht gesehen?« Mehr brachte ich nicht heraus.

Aus irgendeinem Grund fand Robin das lustig. Ihr Lachen klang wie das von Tinkerbell. »Mein Vater hat mich gewarnt, dass es eine Umstellung sein würde. Wir kommen aus Chicago.«

Ihre Beine schwangen weiter vor und zurück und ich starrte ihre Stiefel an, während mir nur allzu bewusst war, dass ich Davids abgelegte Stiefel trug.

»Da war es total voll und der Verkehr war einfach verrückt. Wir haben morgens praktisch eine Stunde zur Schule gebraucht. Ich glaube, in Peaks zu leben, wird viel schöner.«

Ich sah sie prüfend an, ob sie mich auf den Arm nahm, aber ihre Miene war vollkommen ernst.

»In welcher Klasse bist du?«, fragte sie.

Mein Gehirn fing an aufzutauen. Allmählich erinnerte ich mich daran, wie man sich mit jemandem unterhält, der kein Klemmbrett in der Hand hat. »In der siebten.«

Robins Augen leuchteten auf. »Ich auch. Ich fange am Montag an und bin total nervös.«

Ich fragte mich, weswegen ein Mädchen wie Robin nervös war. Die Mädchen in meinem Jahrgang würden sich um sie scharen und sich wahrscheinlich darum reißen, ihre beste Freundin sein zu dürfen. Am Montag würde sie den Unterschied zwischen den coolen Kids und den Losern kennenlernen. Leider gehörte ich in die zweite Kategorie. Zusammen mit Bobby Fenway. Robin würde schnell herausfinden, dass ich nicht das Zeug zur besten

Freundin hatte. Mädchen wie Debbie Carter und Daphne MacComb würden sie in ihren Klub einladen und ihr alles erklären.

Aber während dieser fünfundzwanzig Minuten, in denen unsere Kleider sich in getrennten Waschmaschinen im Kreis drehten, entstand ein geheimnisvolles Band zwischen uns. Robin stellte mir alle möglichen Fragen. Unsere Leben hätte nicht unterschiedlicher sein können. Meine Familie war arm. Ihre Familie war reich. Robin und ihre Mutter waren nur deshalb im Waschsalon, weil sie noch keine Zeit gehabt hatten, sich eine neue Waschmaschine und einen Trockner zu kaufen. Wie sich herausstellte, übte ihr Vater irgendeine Anwaltstätigkeit für die Aluminiumfabrik am Fluss aus. Meine Mutter arbeitete auch dort – aber nicht als Anwältin.

Robin war schön und redegewandt. Ich war unansehnlich und unbeholfen. Sie hatte einen Vater und eine Mutter und eine Bulldogge namens Burger. Mein Vater war tot und die einzigen Haustiere, die ich hatte, waren die Kälber auf dem Hof meines Großvaters. Als die Waschmaschinen piepsten und meine Mom alle unsere Sachen in einen einzigen Trockner gestopft hatte, fütterte sie das Gerät mit Vierteldollarmünzen, drehte sich zu mir um und sagte: »Zeit, unsere Besorgungen zu machen, Bethany.«

Ich wollte nicht gehen. Robin ging es offensichtlich auch so, denn sie holte ihre Mutter und stellte sie uns vor. Dann drehte sie sich auf ihren Absätzen hin und her und musterte die beiden so unterschiedlichen Frauen. »Hätten Sie etwas dagegen, wenn Bethy hier bei uns bleibt? Wir passen auch gut auf sie auf. Nicht wahr, Mom?«

Es war das erste Mal, dass jemand mich Bethy nannte. Mir lief ein Schauer über die Arme, der sich aber irgendwie leicht und angenehm anfühlte.

»Wir passen gerne auf Bethany auf, Ruth.« Robins Mutter legte ihre manikürten Hände auf Robins Schultern. »Meine Tochter hat sich schreckliche Sorgen gemacht, ob sie Freunde finden würde. Ich bin sehr froh, dass wir Ihnen hier im Waschsalon begegnet sind. Dadurch wird ihr der erste Schultag viel leichter fallen.«

Dieser erste Schultag machte mir Sorgen. Ich wollte nicht, dass er kam. Am Montag würde Robin alles erfahren. Sie würde von dem Fehler hören, den ich im Sommer gemacht hatte. Würde herausfinden, dass ich keine Freunde hatte. Vorher wollte ich unbedingt noch mehr Zeit mit ihr verbringen. Ich sah Mom flehend an. Ihre besorgte Miene geriet ins Wanken und ich lächelte siegessicher.

Als Mom eine Stunde später zurückkam, war die Wäsche bereits gefaltet und so blieb uns nichts anderes übrig, als zu gehen. Ich verspürte plötzlich das Bedürfnis, Robin zu umarmen. Einen herrlichen Tag lang hatte ich eine Freundin gehabt. Ich wusste, dass sich schon sehr bald alles ändern würde. Die Mädchen würden um sie kämpfen. Die Jungs würden angeben. Und Robin würde unseren Vormittag im Waschsalon garantiert vergessen.

Nur dass es dann doch nicht ganz so kam. Der erste Teil schon – unsere Klassenkameraden buhlten um ihre Aufmerksamkeit. Aber der zweite Teil – dass Robin mich vergaß – geschah nie. Aus Gründen, die ich nie verstand, entschied Robin sich für mich. Nicht für die beliebte Debbie Carter oder die sportliche Daphne MacComb. Ob es nun daran lag, dass sie mich zuerst gefunden hatte oder dass ich ihr leidtat oder dass sie mich wirklich mochte – aus irgendeinem Grund wählte Robin mich. Und mein Leben änderte sich von Grund auf.

Kapitel 6

Bethany drückte Robin an sich, bis in ihrem Inneren etwas umschlug und Gefühle in ihr aufstiegen, die sie schon vor langer Zeit vergraben hatte. Sie bemühte sich, diese Gefühle nicht zu zeigen und ihre Fassung wiederzuerlangen, aber Robins gedämpftes Weinen setzte ihrer Selbstbeherrschung gewaltig zu. Der Instinkt, ihre alte Freundin zu trösten und zu beschützen, ließ sich nicht niederringen und erklärte ihrem Verlangen, sich von Robin zu lösen, den Krieg. Und die ganze Zeit wollte ihr der Gedanke nicht aus dem Kopf gehen, dass sie die Karte hätte schicken sollen.

Sie zwang sich, einen Schritt zurückzutreten. Etwas Distanz zwischen ihre Gegenwart und ihre Vergangenheit zu bringen. Robin presste die Hände an ihre Wangen, rieb sich die dunklen Ringe unter den hellblauen Augen und blinzelte, als wäre Bethany eine Erscheinung. »Was machst du denn hier?«

Das Blut strömte in Bethanys Hände und ließ sie schwer werden vor Hitze. Was für ein Kontrast zu den eisigen Temperaturen. Robin hatte gerade die Eine-Million-Dollar-Frage gestellt. Die Frage, die Bethany selbst nicht beantworten konnte. »I… ich wollte …«

Was? Ihre Hilfe anbieten? Sich dieser selbst auferlegten Verpflichtung entledigen, die in ihrem Bauch gärte, damit sie ungestört weiterleben konnte? Sie spürte, dass Evan sie ansah, als wäre er ebenso gespannt wie Robin, Bethanys Antwort zu hören. »Ich habe gehört, was passiert ist.«

Evan legte eine Hand an Robins Ellbogen und führte sie ins Haus. Bethany folgte den beiden und schloss die Tür. Die plötzliche Wärme ließ ihre Ohren glühen. Sie blieb auf dem Teppich stehen, während Evan Robin aufs Sofa setzte.

»Ich bin gleich wieder da«, sagte er. Dann streifte er ohne eine weitere Erklärung die Schuhe ab, verschwand den Flur hinunter und hinterließ eine schwere Stille, die wie ein ungebetener Gast mitten im Zimmer stand.

Bethany nahm ihre Mütze ab und betrachtete den Weihnachtsbaum vor der Terrassentür. Die Lichterketten waren nicht an. Vom Kaminsims hingen zwei Strümpfe und um das Geländer der breiten Treppe ins Obergeschoss waren Stechpalmzweige und rote Samtschleifen gewickelt. Alles zusammen ergab ein deprimierendes Bild – nicht eines voller Weihnachtsfreude, sondern eines bitteren Hohns. Die Feiertage waren eine schreckliche Zeit für eine Tragödie.

»Du siehst noch genauso aus wie früher«, sagte Robin schließlich.

Bethany konnte das Kompliment nicht erwidern, falls es eines sein sollte. Ob Robin erst in der vergangenen Woche gealtert war oder im Laufe der letzten zehn Jahre, wusste sie nicht, aber ihre früher so strahlende Freundin hatte allen Glanz verloren.

»Ich kann nicht fassen, dass es zehn Jahre her ist.« Robins Stimme brach beim letzten Wort.

Bethany schob die Schuldgefühle beiseite, die sich auf sie legten, und straffte die Schultern. Sie würde sich darauf konzentrieren, das zu tun, weswegen sie hergekommen war. »Das mit deinem Mann tut mir leid.« Die leeren Worte klangen halbherzig … sie waren nicht genug.

»Ich weiß nicht, was ich tun soll. Vor allem jetzt, wo …« Robin faltete die Hände auf ihrem Schoß, während frische Tränen in ihre Augen traten.

Bethany trat zögerlich einen Schritt auf sie zu, aber bevor Robin fortfahren konnte, ging die Haustür auf. Vier Personen kamen herein und sperrten dann die Kälte wieder aus. Ein großer Mann mit ernsten Augen. Eine junge Frau, deren Haare die gleiche Farbe hatten wie die von Evan und zu einem hohen Pferdeschwanz zusammengebunden waren. Und ein älteres Paar – angesichts der Jahreszeit ungewöhnlich sonnengebräunt – mit einer mit Alufolie abgedeckte Auflaufform in den Händen. Bethany presste sich an die Wand, während die vier sich auf Robin stürzten.

Nachdem sich alle umarmt hatten, tupfte die ältere Frau sich mit einem Taschentuch die Augen und wandte sich dann an Bethany. Sie streckte eine zitternde Hand aus. »Ich bin Loraine. Micahs Mutter.«

»Ich bin Bethany Quinn …« Robins Freundin? Stimmte das überhaupt noch? Im Gegensatz zu Loraine hatte sie keine Rolle. Keinen Grund, hier zu sein und an der Trauer dieser Familie Anteil zu nehmen.

»Robin spricht manchmal von Ihnen. Sie beide waren befreundet?« Loraine hob das Taschentuch wieder an ihre Augen und stellte dann die Auflaufform auf den Couchtisch.

Bethany sah ihre alte Freundin an. Robin hatte die Arme um ihre Knie geschlungen und wirkte verloren in einer Welt aus Kummer. »Ja, das waren wir.«

»Ich habe Lasagne mitgebracht«, sagte Loraine. »Ich weiß, dass keiner Hunger hat. Aber wir müssen etwas essen.«

Bethany zog am Kragen ihrer Bluse, der sich mit einem Mal sehr eng anfühlte. »Könnten Sie mir bitte sagen, wo die Toilette ist?«

Die jüngere Frau zeigte auf den Flur jenseits des Wohnzimmers. »Gleich hinter der Treppe links.« Sie legte eine Hand auf ihre Brust. »Ich heiße übrigens Amanda. Ich bin Micahs Schwester.«

Bethany zwang sich, höflich zu lächeln, dann eilte sie aus dem Zimmer und rang nach Luft. Sie hoffte, dass etwas Sauerstoff und Distanz das Gefühlschaos, das sie zu überwältigen drohte, vertreiben würden. Als sie um die Ecke bog, vernahm sie das Geräusch einer Toilettenspülung und blieb stehen.

Die Tür ging auf und Licht fiel auf den Teppich. Evan trat ins Helle. Er starrte sie an und ihr fiel auf, dass seine Augen gerötet waren.

Sie starrte zurück, unsicher, was sie sagen sollte.

»Das war das erste Mal, dass ich sie habe weinen sehen, seit Micah zusammengebrochen ist.« Evans Worte schwebten zur Decke und weckten ihr Mitgefühl, was Bethany sich nicht leisten konnte.

Sie schob ihre Ärmel hoch und fragte sich, ob Robin versehentlich die Heizung auf dreißig Grad gestellt hatte.

»Ist meine Familie gekommen?«

Sie nickte.

Evan schob sich an ihr vorbei und Bethany stürzte ins Bad. Sie musste ihre Emotionen irgendwie in den Griff kriegen.

Als sie wieder herauskam, war die Familie in die Küche umgezogen, und jeder hatte einen Teller mit Lasagne vor sich stehen, keiner davon war angerührt. Loraine entdeckte sie im Türrahmen. »Ich habe Ihnen auch etwas aufgetan«, sagte sie und zeigte auf den freien Stuhl zwischen Robin und Evan.

Bethany versuchte, dankbar zu lächeln, merkte aber selbst, dass ihr Lächeln viel zu steif ausfiel. Sie hätte sich von Evan nicht überreden lassen sollen, gemeinsam herzufahren. Wenn sie ihren eigenen Wagen hier gehabt hätte, hätte sie Robin noch ein letztes Mal drücken und sich dann entschuldigen können. Sie gehörte nicht hierher. Aber ihr Wagen stand auf dem Hof ihres Großvaters. Und alle starrten sie an. Also setzte sie sich auf den leeren Stuhl, während alle um den Tisch einander bei den Händen fassten und den Kopf senkten.

Mit einem Mal war ihr Mund staubtrocken. Sie wollten Gott danken? Jetzt? Wo Micah im Krankenhaus lag und vor sich hin vegetierte? Bevor sie ihre Hände in ihren Schoß legen konnte, nahm Evan die eine und Robin die andere – Feuer und Eis. In Bethanys Ohren rauschte das Blut und sie presste die Lippen aufeinander, während Evans Vater das Tischgebet beendete.

Kaum hatte er *Amen* gesagt, ließ Evan ihre Hand los und griff nach dem Wasserkrug.

Besteck klirrte.

Bethany zwang sich, ein paar Bissen zu essen.

Amanda schob das dampfende Essen auf ihrem Teller hin und her. »Kommt Gavin auch?«

»Es geht ihm nicht gut«, sagte Loraine.

Robin schob ihren Teller so schwungvoll von sich, dass das Porzellan über den Holztisch kratzte. Sie legte eine Hand auf ihren Bauch, als wäre ihr schlecht, stand auf, schwankte und setzte sich wieder. Evans Familie beugte sich kollektiv vor.

Bethany hätte ihnen am liebsten gesagt, sie sollten Robin in Ruhe lassen. Ihr ein bisschen Luft zum Atmen geben.

»Tut mir leid.« Robins Stimme bebte. Sie blickte von ihrem Teller auf und sah Loraine an. »Es tut mir leid, dass ich euch das antue. Morgen werde ich es tun. Morgen früh.«

Loraine schlug sich eine Hand vor den Mund und drückte mit der anderen Robins Hand. Dann sank sie in die wartenden Arme ihres Mannes. Bethany betrachtete Evan aus dem Augenwinkel heraus, aber sie konnte seine Miene nicht deuten. Er war dabei, einen Bruder zu verlieren, und sie hatte keine Ahnung, wie es ihm damit ging. Sie wusste nur, dass sie ein Häufchen Elend wäre, wenn der Mann in dem Krankenhausbett David wäre.

»Bethany.«

Ihre Haut kribbelte. Irgendwie wusste sie schon in dem Moment, in dem sie ihren geflüsterten Namen hörte, was Robin wollte. Aber sie wollte nicht. Zu Robins Haus zu fahren und ihr Beileid auszusprechen, war eine Sache. Robins Hand zu halten, während sie die Maschinen abschalten ließ, die ihren Mann am Leben erhielten, war etwas ganz anderes.

»Kannst du mitkommen?« Robins Stimme knarrte – wie die alte Treppe in Dans Bauernhaus.

Bethany wollte Nein sagen. Sie wollte Robin sagen, dass sich zu viel geändert hatte. Dass sie dieses Recht nicht mehr hatte. Aber die Worte versiegten.

Dan begrüßte Bethany, sobald sie durch die Tür des Farmhauses trat. Aus irgendeinem Grund trug er einen Mantel. Sie musterte seine Aufmachung und zog fragend die Augenbrauen hoch, aber jede Erkundigung nach seinen Plänen löste sich in Luft auf, bevor sie ihr über die Lippen kommen wollte. Ihre Schultern sackten nach unten, in die Tiefe gezogen von ihrer Handtasche, die sich wie eine fünfzig Pfund schwere Hantel anfühlte, während Evan hinter ihr das Haus betrat. Dan streifte seinen Mantel ab, während Bethany zum Fernsehsessel schlurfte und sich hineinfallen ließ. Sie lehnte den Kopf an die abgewetzte Kopfstütze und starrte auf den staubigen Kaminsims. Warum hatte sie eingewilligt, mit Robin zum Krankenhaus zu fahren? Was hatte sie sich dabei nur gedacht?

Ihr Wiedersehen hatte ein Band entstehen lassen – so dünn es auch sein mochte –, das sich um Bethanys Herz gewickelt und es mit Robins Herzen verbunden hatte. Bethany wollte dieses Band nicht. Es fesselte sie an Peaks. Es verband sie mit allem, was sie vergessen wollte. Plötzlich sehnte sie sich nach ihrer gemütlichen Chicagoer Dachwohnung. Nach einem Glas von dem Merlot, den Dominic zu Thanksgiving gekauft hatte. Dem glatten, kühlen Gefühl, wenn ihr Arm über Papier fuhr, während sie am Zeichentisch unter dem Fenster Skizzen anfertigte und die Stadt unter ihr pulsierte.

Bethany seufzte und streifte ihre Schuhe ab. Trotz ihrer Unterschiede und trotz der Distanz zwischen ihnen konnte sie das Band, das Robin und sie einmal verbunden hatte, nicht leugnen. Robin hatte Bethany geholfen, ihre Dienstagstreffen mit Dr. Nowels zu überstehen. Robin hatte ihr geholfen, Pastor Fenton nicht ernst zu nehmen. Robin hatte Bethany davon überzeugt, dass alles, was er sagte, all der Unsinn, den er ihrer Mutter auftischte, nichts als Lüge war. Sie hatte Bethany versichert, dass ihr Vater tot war – und nicht in alle Ewigkeit in einer Feuersbrunst brannte.

Robin hatte das Leben verständlich gemacht. Sie hatte Bethany geholfen, eine Grenze zu ziehen – mit ihnen auf der einen Seite und Pastor Fenton und allem, wofür er stand, auf der anderen. Bethany hatte immer angenommen, diese Grenze sei in Stein gemeißelt und nicht nur in Sand gezogen. Aber das war, bevor Robin beschlossen hatte, in Peaks zu bleiben und zur St. Ambrose University zu gehen. Das war, bevor Robin Micah Price kennengelernt hatte, einen attraktiven Studenten aus ihrem Psychologieseminar, der keine fünfzehn Minuten entfernt wohnte. Das war, bevor Robin Bethany die E-Mail geschickt hatte – die über Jesus und Vergebung und Rettung.

Als Bethany diese Mail gelesen hatte, hatten die Worte die Pflaster von ihrer Vergangenheit gerissen und Wunden aufgedeckt, die noch immer empfindlich auf Berührung reagierten – Wunden, die ihr Menschen zugefügt hatten, die von Jesus und Vergebung und Rettung sprachen. Bethanys einzige Freundin, ihre wichtigste Verbündete, ihre einzige Vertraute – der einzige Mensch, dem sie jemals die ganze Wahrheit erzählt hatte – hatte die Seiten gewechselt. Robin war zu Fenton übergelaufen. Und ihr Versprechen, immer beste Freundinnen zu bleiben, hatte sich in Luft aufgelöst. Dieses Versprechen galt nicht mehr. Nicht wenn die Regeln andere waren. Nicht wenn ihre Leben in unterschiedliche Richtungen steuerten.

Bethany atmete tief ein und hielt dann die Luft an. Sie würde morgen für Robin da sein – aber das war alles. Weiter würde sie nicht gehen. Bethany würde ihre Hand halten. Sie würde ihr helfen, sich zu verabschieden. Sie würde noch etwas Zeit mit Dan verbringen. Und dann würde sie nach Chicago zurückfahren. Sie öffnete den Mund, um die Luft wieder entweichen zu lassen, und beim Ausatmen entspannten sich ihre Schultern ein wenig.

»Hat Robin eine Entscheidung getroffen?«, fragte Dan, während er seinen Mantel an einen Haken hängte.

Bethany riss den Blick vom Kaminsims los und sah zu Evan hinüber, der noch immer im Türrahmen stand.

»Sie hat uns gebeten, morgen ins Krankenhaus zu kommen. Um uns zu verabschieden«, sagte Evan.

»Und wie geht es dir?«

Evan zuckte mit den Schultern.

Dan klopfte ihm auf die Schulter und ließ die Hand dann sinken. Er schaltete die Neun-Uhr-Nachrichten ein und sank aufs Sofa. Evan tat es ihm gleich. Bethany erhob sich aus dem Sessel und täuschte ein Gähnen vor. Dann gab sie Dan einen Kuss auf die Wange und ging zur Treppe. Als sie die erste Stufe erreicht hatte, drang ein vertrauter Name aus dem Fernseher und ihr Fuß erstarrte. Sie drehte sich zum Bildschirm um. Pastor Fenton starrte sie an, während er Anstalten machte, in ein Mikrofon zu sprechen, das eine Reporterin ihm hinhielt.

»Erklären Sie uns, wofür ›Projekt MAC‹ steht«, bat die Journalistin ihn und schob sich mit der behandschuhten Hand eine vom Wind verwehte Haarsträhne hinters Ohr.

Die beiden standen vor der Kirche des Ersten Lichts, in die Bethany als Kind hatte gehen müssen. Pastor Fenton stand mit geradem Rücken und breiter Brust neben der Reporterin. »Das steht für *Make A Change*. Es ist eine Arbeit, die ich begonnen habe, um Jugendliche zu ermutigen, etwas für die Stadt zu tun und etwas zu verändern.«

Sein Anblick auf dem Fernsehbildschirm zerrte Bethany in ihre Kindheit zurück. Sie versuchte, an der Gegenwart festzuhalten, aber Fentons Blick nagelte sie an die unbequeme Holzbank in der Kirche des Ersten Lichts.

Bethany hatte es gehasst, sonntags in die Kirche zu gehen, vor allem nach dem Zwischenfall im Schwimmbad. Oft konzentrierte Fenton sich auf sie, während seine Predigt sich zum Höhepunkt aufschwang, und holte sie mit seinem Blick aus der Menge heraus, als müsste sie besser zuhören als jeder andere dort. Wenn der Gottesdienst vorüber war, blieb Mom immer noch. Und das bedeutete, dass David und Bethany auch bleiben mussten.

Ihre Fingernägel gruben kleine Halbmonde in ihre Handflächen, während sie den Augenblick fürchtete, in dem Fenton sich ihren reglosen Gestalten in der ansonsten leeren Kirchenbank näherte. In den Sekunden, wenn er auf sie zukam, spannten ihre Muskeln sich zu straffen Spiralen an, die bei der leichtesten Berührung losschnellen würden. Ihre Mutter musste das gewusst haben, denn sie berührte Bethany nie.

Pastor Fenton blieb zwei Reihen vor ihnen stehen und redete mit eindringlicher, aber gedämpfter Stimme auf sie ein, während David das Gottesdienstprogramm zu einem Papierflieger faltete und Bethany auf ihre abgewetzten Sneakers hinunterschaute. Wenn sie fertig waren, folgte sie Mom durch den gewölbten Ausgang ins Freie, während Pastor Fentons Blick sie den Mittelgang hinunter verfolgte. Ihre Mutter versuchte mehrmals vergeblich, Bethany dazu zu bringen, dass sie mit ihm über das, was sie getan hatte, sprach. Doch wann immer Bethany den Mut aufbrachte, über die Schulter zurückzublicken, sagte Pastor Fentons Blick ihr alles, was sie wissen musste. Er wollte genauso wenig mit ihr reden wie sie mit ihm.

»Du meine Güte!« Dans Stimme riss sie aus ihren Gedanken. Sie klammerte sich an seine Worte und zog sich aus den Erinnerungen heraus. »Was für ein Haufen Pferdemist.«

Bethany wandte ihre Aufmerksamkeit wieder dem hellen Bildschirm zu.

»Wir haben von dem Basketballlager gehört, das die Profisportler aus Peaks, Jank und Joe Tipton, kostenlos anbieten«, sagte die Journalistin. »Und wir haben auch erfahren, dass ein paar Schüler der Highschool einen Nachhilfedienst eingerichtet haben. Zu welchen anderen Formen des Engagements wollen Sie die Jugendlichen ermutigen?«

Fenton lächelte.

Bethany krallte ihre Finger um das Treppengeländer.

»Ehrlich gesagt hat diese Arbeit mich längst überholt. Die Kids haben alle möglichen tollen Ideen. Angefangen damit, dass sie den Müll am Mississippi River aufsammeln, bis hin zu freiwilligen Besuchen im Kinderkrankenhaus.« Seine braunen Augen funkelten. »Der Gottesdienstbesuch in unserer Kirche nimmt ständig zu, seit wir mit dieser Arbeit begonnen haben. Wir haben Besucher aus Albine und sogar von der anderen Seite des Flusses. Die Leute sind neugierig. Sie wollen wissen, was uns ausmacht.«

Die Reporterin schob sich wieder einige Haarsträhnen aus dem Gesicht. »In diesen wirtschaftlich harten Zeiten wissen die Menschen etwas Unterstützung bestimmt zu schätzen. Es klingt so, als würden Sie den Dank der Gemeinschaft hier spüren.«

Fenton nickte. »Wir haben gesehen, wie Gott unsere Kirche segnet, seit ich diese Arbeit ins Leben gerufen habe. Was beweist, dass Gott die Rechtschaffenen immer segnet.«

»Vielen Dank für das Gespräch, Pastor Fenton.« Die Reporterin drehte sich zur Kamera und hielt sich das Mikro vor den Mund. »Der Bürgermeister von Peaks wird Pastor Fenton beim jährlichen Neujahrsball für seine Verdienste in der Stadt ehren. Wenn Sie den Mann hinter dieser Arbeit kennenlernen wollen, dann merken Sie sich den Termin im Kalender vor.«

Das Bild wechselte ins Nachrichtenstudio, in dem zwei Moderatoren, die Bethany nicht kannte, hinter einem Tisch saßen. Ihr Blick trübte sich. Pastor Fentons Worte durchströmten ihren Körper und deckten Erinnerungen auf, die sie nicht aufdecken wollte.

Gott wird die Rechtschaffenen immer segnen.

Seine Worte mochten gut klingen, aber die Schichten darunter trieften vor unausgesprochenen Bedeutungen. Sie hatte mit angesehen, welchen Schaden diese Worte bei ihrem Vater angerichtet hatten.

Bethany ließ das Geländer los und stieg langsam die Treppe hinauf. Sie erkannte ein Zeichen, wenn sie eines sah. Peaks ehrte Pastor Fenton. Das Universum gab ihr nicht nur einen Wink mit dem Zaunpfahl, dass sie das Weite suchen sollte. Es schlug mit dem Pfahl förmlich zu.

Kapitel 7

Robin Price zupfte an dem Papiertaschentuch auf ihrem Schoß und starrte auf die weißen Fetzen, die ihre Jeans zierten. Bethany verlagerte auf dem Stuhl neben ihr ihr Gewicht, während die Organspendekoordinatorin, eine Frau in grauem Kostüm mit farblich passenden Haaren, eine Liste mit Fragen durchging. Fragen über Micah. Robin biss sich auf die Wange und hörte erst damit auf, als ihre Geschmacksknospen etwas Warmes, Metallisches spürten.

»Hat Ihr Mann irgendwelche Tätowierungen?«

Sie schüttelte den Kopf.

»Piercings?«

»Nein.«

»Hat er Drogen genommen?«

Sie blinzelte.

Die Frau blickte von ihrem Zettel auf und runzelte die Stirn. »Es tut mir leid, Mrs Price. Diese Fragen gehören zu dem Vorgang dazu.«

Robins Kopf zuckte – ein Versuch, *Nein* zu sagen.

Die Frau schob ihre Unterlagen zusammen und klopfte den Stapel auf der Tischplatte in Form. Die Nüchternheit dieses Augenblicks ließ Robin ins Schwimmen geraten. Das war alles? Sie waren fertig? Was war mit den anderen Fragen? Den Fragen, die sie die ganze Woche nicht losgelassen hatten?

Zum Beispiel, wer das Buch von Grisham zu Ende lesen würde, das auf Micahs Nachttisch lag. In dem das Lesezeichen auf Seite dreiundachtzig lag. Oder was mit seiner Bibel war. Er hatte sich an Neujahr vorgenommen, das ganze Ding in einem Jahr durchzulesen, und die Notizen am Seitenrand hörten mitten in der Apostelgeschichte auf, gefolgt von unberührten weißen Rändern, bei deren Anblick sie schreien könnte. Wer würde den tropfenden Wasserhahn in der Küche reparieren oder die Kisten auf dem Dachboden und in ihrer Garage ausmisten oder ein Dutzend anderer Projekte fertigstellen, die Micah angefangen hatte? Was war mit ihrem Traum, gemeinsam ein Café zu eröffnen?

Sie massierte ihre Kehle mit eiskalten Fingern.

Die Frau schob die Papiere über den Tisch und lächelte, so als könnte Robin stolz auf sich sein – so als würde sie nicht gleich das Todesurteil ihres Mannes unterschreiben. »Ihre Entscheidung wird das Leben mehrerer Menschen verbessern.«

Aber nicht ihr eigenes. Diese Entscheidung würde ihr Leben nicht besser machen.

Die Frau zeigte auf die Linien, auf die sie ihren Namen setzen sollte. »Sie müssen jetzt nur noch unterschreiben.«

Robin versuchte, sich auf das Blatt vor ihr zu konzentrieren, aber sie sah nur verschwommene schwarze Tinte. Was war, wenn die Ärzte sich irrten? Was, wenn es doch noch eine Chance gab, dass er gesund wurde?

Ein Stuhl knarrte. »Robin?«, sagte Bethany. »Alles in Ordnung?«

Die Frau beugte sich vor und streckte ihr den Stift entgegen. Sie sagte, dass in diesem Augenblick Menschen auf Micahs Organe warteten. Menschen, deren Leben gerettet oder verbessert würden, nur wegen Micahs Tod. Vielleicht hätte dieses Wissen sie trösten sollen. Vielleicht hätte es dem Verlust einen gewissen Sinn geben sollen. Wie eine Art Lichtstreifen am Horizont. Aber das tat es nicht. Sie wollte, dass Micah seine Organe behielt. Sie wollte, dass er aufwachte und sie an sich zog und ihr ins Ohr flüsterte, dass er sie liebte, und dass ihm das alles leidtat. Gerade jetzt.

Sie legte eine Hand auf ihren Bauch. Micah wusste es nicht. Vielleicht würde er aufwachen, wenn er es wüsste. Die Frau hob den Stift ein wenig an. Robin wich vor der offensiven Geste zurück.

Herr, ich kann das nicht.

»Mrs Price? Es tut mir sehr leid, dass Sie das durchmachen

müssen, aber wir brauchen Ihre Unterschrift, wenn wir mit dem Prozedere weitermachen sollen.«

Dem Prozedere? Was sie ihrem Mann antun würden, konnte man doch wohl kaum als Prozedere bezeichnen. Robin presste die Lippen aufeinander und kniff die Augen zu. Dann wandte sie das Gesicht ab und kämpfte gegen das Gefühl an, dass sich alles in ihrem Kopf drehte. Ohne nachzudenken, stieß sie den Stuhl zurück und stand auf. »Es tut mir leid.« Sie presste eine Hand auf ihre Brust und versuchte einzuatmen, aber die dicke Luft wollte nicht in sie hinein. »Ich muss nur …«

Bethany legte eine Hand an Robins Ellbogen.

Robin schwankte, fing sich jedoch wieder, bevor sie sich von der Frau in dem grauen Kostüm abwandte. Sie stolperte den Gang hinunter, vorbei am Wartezimmer, in dem Micahs Familie saß, und schlüpfte in sein Zimmer. Dort lehnte sie sich an die Wand, während ihr Herz wie ein schneller Sonatensatz schlug. Sie blickte erst auf, als sie hörte, wie jemand sich bewegte.

Dr. Marksons Anwesenheit erschreckte sie. Er stand mit einer Akte in der Hand über Micahs Bettkante gebeugt, und einen kurzen, panischen Augenblick lang dachte sie, er hätte die Apparate ausgeschaltet, bevor sie die Chance gehabt hatte, Micah die Neuigkeiten zu erzählen. Aber das Gurgeln des Sauerstoffgeräts ließ ihre Angst verebben.

Dr. Markson trat zu ihr.

Sie blickte zwischen Micah und dem Arzt hin und her, und dann platzten die Worte, die sie sagen wollte, seit sie all diese Untersuchungen durchgeführt hatten, aus ihr heraus. »Woher wissen Sie es?«

Die Technologie entwickelte sich immer weiter. Wurde immer besser. War es wirklich so unvernünftig zu glauben, dass Micah irgendwann wieder gesund werden würde? »Woher wissen Sie, dass er nicht mehr aufwachen wird?«

Dr. Markson klemmte sich die Akte unter den Arm.

»Ich habe im Internet nachgesehen und es gibt solche Geschichten. Berichte von Menschen, die nach Monaten im Koma aufgewacht sind, manchmal sogar nach Jahren.«

Der Arzt sah sie freundlich an. »Micah liegt nicht im Koma, Robin.«

Sie schüttelte den Kopf und sah sich ihren Mann genau an. Drei Beutel mit Flüssigkeiten hingen an seinem Bett. Ein blauer Schlauch führte von einer großen weißen Maschine zu seinem Mund.

Ein Schluchzer stieg in ihrer Kehle auf.

Wach auf!

Die Worte hallten in ihrem Körper wider. Micah rührte sich nicht.

»Wir haben jeden Test gemacht, den man machen kann.«

Das wusste sie. Sie hatte zugesehen, wie die Ärzte in Micahs Augen geleuchtet und in seine Kehle gesehen hatten, während sie auf gute Nachrichten gewartet hatte. Aber die waren nicht gekommen. Kein Blink- oder Würgereflex. Sie hatte zugesehen, wie sie radioaktive Isotope in Micahs Blutkreislauf gespritzt hatten, um den Blutfluss in seinem Gehirn zu messen. Als das Ergebnis da gewesen war, hatte sie verlangt, dass sie die Untersuchung noch einmal durchführten. Beim zweiten Mal war es genauso gewesen.

»Ich würde das nicht sagen, wenn ich mir nicht hundertprozentig sicher wäre, aber Micah ist tot.«

Seine Worte raubten Robin den Atem, obwohl sie sie nicht zum ersten Mal hörte. »Könnten Sie mich bitte einen Augenblick mit ihm allein lassen?«

Dr. Markson nickte und verließ das Zimmer.

Sie trat an Micahs Bett und dachte an die erste Nacht ihrer Flitterwochen zurück, als sie seinen Arm berührt hatte, nachdem er eingeschlafen war. Er war im Bett hochgefahren, so heftig und schnell, dass sie aufgeschrien und ihm einen Klaps versetzt hatte, weil er sie so erschreckt hatte. Dann hatten sie beide gelacht und das Geräusch hatte ihre Angst vertrieben.

Mit angehaltenem Atem streckte sie zögernd eine Hand aus und berührte seinen Arm. Aber diesmal fuhr er nicht hoch. Er schlug nicht die Augen auf. Er tat gar nichts. »Micah.« Die Wärme seines geflüsterten Namens wehte über ihre Lippen und schwebte davon, sodass Robin sie nicht festhalten konnte.

Sie drückte seine Hand.

Nichts.

Bitte, Herr, gib ihn mir zurück.

Es war kein hoffnungsloses Gebet. Und auch kein halbherziges. Sie glaubte, dass Gott das tun konnte. Sie glaubte mit jeder Faser ihres Wesens, dass Gott ihr Micah zurückgeben konnte, wenn er es wollte. Der Gott des Universums – der durch sein Wort Himmel und Erde erschaffen hatte – konnte ganz sicher dem Gehirn ihres Mannes wieder Leben einhauchen. Es schien ihr eine so einfache Bitte zu sein im Vergleich zur Erschaffung der Welt.

Bitte, Herr …

Das Bett knarrte, als sie sich darauf niederließ. Sie nahm Micahs Hand und legte sie auf ihren Bauch. Dann beugte sie sich über ihn und berührte mit den Lippen seine Stirn. Die Wärme der Berührung tat ihrer Seele gut. Er war am Leben und sie war schwanger. Nachdem sie es achtzehn Monate lang versucht hatten, nach monatelangen negativen Schwangerschaftstests und zerschlagenen Hoffnungen, nach jeder Menge Untersuchungen und Clomifen wurde ihr Traum endlich wahr. Aber Micah war zusammengebrochen, bevor sie ihm die Neuigkeit hatte mitteilen können. Wenn er es erst einmal wusste, würde er die Augen aufschlagen und sie ansehen und lächeln. Sie fuhr mit den Lippen über seine Stirn und seine weichen Haare streichelten ihr Kinn.

»Micah.« Sie küsste seine Schläfe. »Bitte wach auf.«

Nichts.

Sie starrte seine geschlossenen Augen an, als könnte sie sie mit reiner Willenskraft dazu zwingen, sich zu öffnen. Sie sehnte sich so danach, seinen Blick zu sehen – zu zwei Dritteln intim und zu einem Drittel verschmitzt, als wollte er ihr einen Witz erzählen, der nur für sie gedacht war. Sie wollte in die Tiefen seiner haselnussbraunen Augen schauen und die Liebe darin sehen. Sie wollte, dass er die Augen öffnete und sie mit dem Tausend-Watt-Lächeln anstrahlte, für das er so berühmt war.

Robin fädelte ihre Finger zwischen seinen hindurch. »Ich muss dir etwas sagen.«

Sollte sie die Worte aussprechen? War sie bereit? Sie holte tief Luft. Was, wenn sie sie sagte und sich nichts änderte? Die Organspendenkoordinatorin war auf dem Flur, hielt den Stift bereit und wartete nur darauf, dass sie unterschrieb. Die Chirurgen standen auf Abruf, um Micahs Organe jederzeit in ein Dutzend verschiedene Richtungen zu fliegen. Seine Angehörigen warteten draußen und wappneten sich dafür, sich von ihm zu verabschieden, damit sie anfangen konnten zu trauern.

Aber was war, wenn sie nicht trauern mussten? Was, wenn Robin den Flur hinunterrennen und ihnen zurufen könnte, dass Micah aufgewacht war? Ihre Brust weitete sich. Jesus hatte Lazarus von den Toten auferweckt. War es wirklich zu viel verlangt, dass er dasselbe für ihren Mann tat?

Sie schob die Finger noch fester zwischen die ihres Mannes und presste seine große Handfläche an ihre eigene. Er würde aufwachen. Ihre Träume – der Kinderwunsch, das Café und ein gemeinsames Altwerden – waren miteinander verwoben zu einem Ganzen, das nicht in Einzelteile zu zerlegen war. Und mit einem positiven Schwangerschaftstest und den Plänen für das Café auf Papier waren sie ihrer Zukunft zu nahe, als dass Gott sie ihnen jetzt nehmen könnte. Sie beugte sich vor und brachte ihr Gesicht ganz nahe an seines. Dann schloss sie die Augen und flüsterte die Worte in sein Ohr.

»Ich bin schwanger, Micah.«

Sie stellte sich vor, wie die Worte durch seinen Gehörgang wanderten und sich tief in seinem Gehirn einnisteten. Sie malte sich aus, wie sie das, was dort kaputt war, heilten. Langsam holte sie Luft. Atmete tief ein. Noch mal. Und noch mal. Ihr Herzschlag wurde schneller, bis das Hämmern lauter war als das Rauschen des Beatmungsgerätes.

Sie öffnete die Augen, eins nach dem anderen. Seine waren immer noch geschlossen. Sein schlaffer Gesichtsausdruck war unverändert. Sie wackelte seine Hand hin und her.

Nichts.

Sie schüttelte die Hand kräftiger.

Nichts.

»Wach auf.« Sie legte die Hände auf seine Schultern und drückte ihn aufs Bett. »Hast du mich nicht gehört? Ich bin schwanger.«

Ihre Hand versetzte seinem Bizeps einen Klaps.

Die Augen blieben geschlossen.

Robin packte sein Kinn, als wäre er ein ungezogenes Kind, das ein böses Wort gesagt hatte. Sein Kopf rollte zur Seite. Der Micah, den sie kannte, würde bei dieser Nachricht aufspringen. Er würde einen Jauchzer ausstoßen, sich sein Handy schnappen und anfangen, jeden anzurufen, den er kannte. Der Micah, den sie kannte, würde sie nicht mit einer Schwangerschaft allein lassen.

Etwas in ihr explodierte und setzte alle Vernunft außer Kraft. Sie ballte die Hand zur Faust und schlug auf seine Brust. Als er nicht reagierte, trommelte sie mit beiden Fäusten noch heftiger auf ihn ein. Sie beschimpfte ihn. Sie schrie ihn an, er solle aufwachen, bis ihr die Kehle brannte.

Als ihre Wut verraucht war, sank sie wie ein Häufchen Elend neben Micah in sich zusammen und ließ ihren Tränen freien Lauf – und damit dem Schmerz darüber, dass ihre Träume verloren waren, ihre Zukunft leer und ihr Kind seinen Vater nie kennenlernen würde. Und dann, als nichts mehr übrig war als eine ausgehöhlte Seele, erhob sie sich von Micahs Bett. Sie drückte ihre nassen Lippen auf seine Wange. Presste die Handflächen auf ihre geschwollenen Augen. Strich ihre zerknitterte Kleidung glatt. Ging den Gang hinunter. Und unterschrieb die Papiere.

Bethany stand auf dem Flur und versuchte, die Ohren vor Robins Wehklagen zu verschließen, aber es war, als wäre sie noch einmal zwölf Jahre alt und hörte, wie Pastor Fenton und Mom über ihren Vater sprachen. Sosehr sie sich auch die Ohren zuhalten wollte, sie konnte es nicht.

Frust und Hilflosigkeit erfüllten sie. Wie half die Tatsache, dass sie hier war, denn schon? Robin hatte Micahs Familie. Und Gott. Sie brauchte Bethany nicht.

Sie trat näher an die Wand.

Das Wartezimmer, in dem Evans Angehörige und ein weißhaariger Mann warteten, der sich als Pastor Gray vorgestellt hatte, versperrten ihr den Fluchtweg. Evan saß mit dem Kopf in den Händen da, während sein Vater den Arm um Loraine gelegt hatte. Evans ältester Bruder Bryan lief im Raum auf und ab. Seine Frau Amy umklammerte die Handtasche auf ihrem Schoß. Evans jüngster Bruder – dessen Namen Bethany vergessen hatte – hatte die gleiche Haltung eingenommen wie Evan, nur dass seine Schultern bebten, und Amanda wischte sich einen stetigen Tränenstrom von den Wangen.

Die Szene, die sich da vor Bethany abspielte, erinnerte sie an eine Zeit, als ihre Familie auf Neuigkeiten gewartet hatte. Als es ihr Vater gewesen war, der nur noch mit Schläuchen am Leben hing, und ihre Mutter diejenige, die weinte. Bethany versuchte die Erinnerungen zu verdrängen und machte zögerlich einen Schritt in Richtung Aufzug, doch genau in diesem Moment kam Robin aus Micahs Zimmer und ging den Flur hinunter zu der Koordinatorin der Organspenden, die ihnen alles erklärt hatte.

Nur wenige Minuten später war der Wartebereich leer. Einige folgten Robin, die anderen verschwanden in Micahs Zimmer. Nur Evan blieb, den Kopf noch immer in den Händen vergraben.

Das *Ping* des Aufzugs ertönte.

Das war ihre Chance. Sie hatte ihre Pflicht getan. Sie hatte Robin getröstet. Und was Dan betraf – ihn im Haus oder gar im Bett zu halten, war ein Ding der Unmöglichkeit. Ihre Aufgabe in

Peaks war erledigt. Es wäre sinnlos, noch ein paar Tage zu bleiben. Die Aufzugtüren öffneten sich und zwei Männer in Kitteln kamen heraus.

Jetzt musste sie zum Aufzug gehen, aber Evans zusammengesunkene Gestalt rührte etwas in ihr an, und ihre Füße machten sich selbstständig. Also ging sie stattdessen zu Evan, obwohl ihr Verstand protestierte, als sie sich auf dem Sitz neben ihm niederließ. Bethany streckte die Hand aus und ließ sie über seiner Schulter schweben, während sie auf das Baumwollhemd starrte, das über Evans Muskeln spannte.

Sie war nicht seine Mutter. Wenn sie ihm den Rücken rieb, würde ihm das wenig Trost spenden und ihre eigenen Nerven nur noch mehr ramponieren. Also schob sie die Hände unter ihre Oberschenkel und presste sie auf den Stuhl.

Evan wandte sich ihr zu, den Oberkörper vorgebeugt, die braunen Augen verhangen und müde. »Wie hast du das überstanden?«

Die raue, geflüsterte Frage jagte ihr eine Gänsehaut über die Arme. »Was?«

»Deinen Vater zu verlieren.«

Was wusste Evan über ihren Vater? Wie viel hatte Dan ihm erzählt? Meinte er, der Verlust würde sie in irgendeiner Weise zusammenführen? Dass der Schmerz, einen geliebten Angehörigen zu verlieren, einen Schirm der Trauer über ihnen bildete? Sie hatte sich schon vor langer Zeit unter diesem Schirm hervorgestohlen. Nichts verband sie mit Evan. Er war nur ein Arbeiter auf dem Hof ihres Großvaters.

Aber seine Augen … Sie flehten Bethany um eine Antwort an. Um Trost.

Sie berührte seinen Unterarm. »Irgendwie schafft man es.«

Er blickte auf ihre Hand, auf die Stelle, die sie berührte, und seine Wimpern waren dunkel und nass.

Bryan kam aus Micahs Zimmer, gefolgt von Amy, die sich mit einem Papiertaschentuch die Augen trocken tupfte. Bethany riss ihren Arm fort.

Evan stand auf und verschwand im Krankenzimmer seines Bruders. Es war der merkwürdige Wunsch, ihm zu folgen und seine Hand zu nehmen, so wie Amy die Hand ihres Mannes hielt, der Bethany wieder zu Sinnen kommen ließ. Evan war fort und Bryan und Amy umarmten einander, also schob sie hastig den Riemen ihrer Handtasche über ihre Schulter, ging zum Aufzug und flehte ihn an aufzugehen, bevor jemand sie bei ihrer Flucht ertappte.

Das Klingeln des Aufzugs ertönte und die Türen öffneten sich. Bethany trat hinein und drückte hektisch mehrmals hintereinander auf die Taste zum Erdgeschoss. Sie atmete erst aus, als sie den Parkplatz erreicht hatte. Mit jedem Schritt, den sie sich ihrem Wagen näherte, ließ die Anspannung in ihren Schultern nach. Je weiter sie sich von Peaks entfernte, desto besser.

Kapitel 8

Bethany atmete den vertrauten Kieferndurft des Putzmittels und den Geruch frisch gereinigter Teppiche ein und fuhr mit den Fingerspitzen über die Mahagoniplatte ihres Schreibtischs. Nach ihrem dreitägigen Urlaub erwarteten sie bei der Arbeit bergeweise Notizen, E-Mails und Sprachnachrichten. Sie nahm eine Akte von ihrem Schreibtisch und überflog die Ausdrucke darin, während sie mit dem Stift auf den Pappdeckel klopfte.

Die Erinnerung an Robins Gesicht ließ ihrem Gewissen keine Ruhe. Bethany atmete langsam aus, als könnte sie dadurch die Bilder der letzten paar Tage loswerden. Die Trauer hatte Robin in einen solchen Kokon aus Dunst gehüllt, dass sie Bethanys Abwesenheit wahrscheinlich nicht einmal bemerkt hatte.

Aber was war mit Evan? Er hatte sie beschuldigt, aus selbstsüchtigen Motiven nach Peaks gekommen zu sein, und sie hatte ihn in seiner Vermutung auf ganzer Linie bestätigt. Die Ausdrucke raschelten in ihrer zitternden Hand. Sie strich die Ecken der Blätter glatt, die sie durch ihren Griff zerknittert hatte, und schob sie wieder in die Akte. Aber was machte es schon, wenn er schlecht von ihr dachte? Was kümmerte es sie? Sie waren Fremde füreinander – lediglich durch Zufall und Ort und gemeinsame Bekannte zusammengeworfen. Was er von ihr hielt, spielte keine Rolle.

Sie drehte ihren Stuhl zum Computer und klickte auf eine ungeöffnete Nachricht aus der Abteilung für Architekturdesign. Als die E-Mail auf ihrem Bildschirm erschien, erblickte sie Jeff McKinleys Mailadresse unter ihrer eigenen im Verteiler. Sie stutzte. Warum setzte die Designabteilung Jeff in Kopie bei einer E-Mail, die mit dem River-Oaks-Auftrag zu tun hatte? Natürlich arbeiteten sie manchmal zusammen, da sie die einzigen beiden Architekten in der Abteilung für Altbausanierung waren, aber diesen Job hatte Martin ihr gegeben und nicht Jeff. Sie überflog den Text der Nachricht und hatte das Gefühl, irgendetwas verpasst zu haben. Das gefiel ihr gar nicht.

Bethany stand auf und ließ ihre Schultern kreisen. Am besten ging sie gleich in die Designabteilung und ließ ein 3-D-Modell ausdrucken, das Martin überwältigen würde. Sie verließ ihren Arbeitsplatz, ging den Flur hinunter und bog in den Eingangsbereich ab, wobei ihre Absätze auf den Granitfliesen klackerten. Die Parker-Crane-Rezeptionistin saß hinter ihrem Schreibtisch, in einen Sonnenstrahl getaucht, der durch die hohen Fenster hereinfiel. Als Bethany auf die zweiflügelige Tür zuging, die in die Abteilung für Design und Marketing führte, blickte sie auf. Der Aufzug öffnete sich und Martin trat heraus, in der einen Hand seinen schwarzen Aktenkoffer, in der anderen einen großen Starbucks-Kaffee.

»Bethany«, sagte er mit hochgezogenen Augenbrauen.

Sie sah ihn mit stolzgeschwellter Brust an. Nicht viele Angestellte kamen früher aus dem Urlaub zurück. Falls man ihre Reise nach Peaks so bezeichnen konnte.

»Du bist wieder da.«

Sie straffte die Schultern. »Ich wollte mich so früh wie möglich mit dem River-Oaks-Projekt befassen.«

»Das ist aber eine Überraschung.« Martin wandte sich an die Empfangsdame. »Könnten Sie Rhonda für mich anrufen und ihr sagen, dass Bethany hier ist?« Er klopfte zweimal mit dem Kaffeebecher auf den Tresen und sah Bethany an. »Wenn du nichts dagegen hast, würde ich gerne in meinem Büro mit dir reden.«

Das 3-D-Modell verschwand von ihrem Radar. Sie folgte ihm und jetzt klackerten ihre Absätze nicht mehr in dem energischen Rhythmus, der kurz zuvor noch erklungen war.

Martin hielt ihr die Tür auf und zeigte mit einer Hand auf einen Stuhl. »Bitte setz dich.«

Als Bethany Platz nahm, kam Rhonda herein und schloss die Tür hinter sich.

Bethany faltete die Hände locker auf ihrem Schoß und konzentrierte sich darauf, in aufrechter Haltung dazusitzen, die Miene entspannt, ihre Gedanken positiv. Dies konnte etwas Gutes bedeuten. Zum Beispiel eine Beförderung. Oder einen Bonus. Es gab viele Gründe, warum Martin sie in sein Büro rufen könnte, und viele dieser Gründe hätten etwas mit der Personalchefin der Firma zu tun. Aber Martins Stirnrunzeln dämpfte solche optimistischen Überlegungen gleich wieder.

Ihr Chef setzte sich auf seinen Sessel mit der hohen Rückenlehne und beugte sich vor. Dann faltete er die Hände über den Unterlagen auf seinem Schreibtisch. »In den letzten vier Jahren warst du für Parker Crane eine ausgezeichnete Mitarbeiterin, Bethany.«

Bethany versuchte zu lächeln, aber wann immer Martin mit einem Kompliment begann, folgten in der Regel schlechte Nachrichten. »Hast du meine Nachricht bekommen, dass wir den Auftrag von First State verloren haben?«

Sie schluckte. »Nein. Wann?«

»Montagnachmittag. Es war einer unserer größten Aufträge. Dieser Verlust und dazu die Tatsache, dass Florenstine ihre neue Spa-Linie auf unbestimmte Zeit verschoben hat, treffen uns hart.«

Bethany runzelte die Stirn und blickte zwischen Rhonda und Martin hin und her. »Der Präsident von First State hat Interesse an meinen Ideen bekundet.« Sie zwang ihre Stimme, ruhig zu klingen, obwohl sie innerlich alles andere als ruhig war. »Und Florenstine hat nichts mit unserer Abteilung zu tun.«

»Ja, das weiß ich.«

»Warum also erzählst du mir das alles?«

»Ich weiß, dass nichts davon deine Schuld ist. Aber Parker Crane erlebt im Moment ziemliche Einbußen. Ich fürchte, uns bleibt nichts anderes übrig, als uns zu verkleinern.«

Bethany umklammerte die Armlehnen ihres Stuhls. »Nichts anders übrig?«

»Während du weg warst, mussten wir uns von Anthony trennen.«

Ihre Gedanken überschlugen sich. Martin hatte Anthony gefeuert? Sie wusste, dass es bereits Anzeichen für diese Entwicklung gegeben hatte, aber sie war nur drei Tage weg gewesen. Wie konnte sich in so kurzer Zeit so viel ereignet haben?

»Im Moment, in der jetzigen wirtschaftlichen Situation, können wir es uns nicht leisten, zwei Architekten in der Sanierungsabteilung zu behalten. Teil unserer Firmenpolitik ist es, dass wir unsere Angestellten nach ihrer Erfahrung auswählen, und Jeff ist schon länger bei uns. Es tut mir leid, Bethany, aber wir müssen dich entlassen.«

Sie versuchte, seinen Worten zu folgen, aber sie wirbelten in atemberaubender Geschwindigkeit durcheinander. »Liegt es daran, dass ich mir ein paar Tage freigenommen habe?«

Martin schüttelte energisch den Kopf. »Natürlich nicht.«

Dann fing Rhonda an zu reden. Bethany sah, dass ihre Lippen sich bewegten. Sie hörte einzelne Wörter und Sätze, Wendungen und Phrasen. Irgendetwas von Abfindung und Krankenversicherung. Dann drang Martins Stimme zu ihr durch.

»Ich habe viel Respekt für dich als Mitarbeiterin, Bethany. Du hast ein Talent, das dir dabei helfen wird, wieder auf die Beine zu kommen. Da bin ich mir sicher.« Er stand auf und ging zur Tür.

Sie blieb sitzen, während eine ganze Reihe Fragen in ihrer Kehle feststeckten. Was war mit den letzten vier Jahren? Was war mit den Klienten, die sie mit ihren Visionen und ihrer Liebe zum Detail überzeugt hatte? Was mit den Boni und Beförderungen und Erfolgen, die sie sich selbst versprochen hatte, als sie bei Parker Crane angefangen hatte? Bethany holte tief Luft und zwang sich, sich zu konzentrieren. Sie würde nicht in Panik geraten. Sie würde die Kontrolle behalten.

»Bitte sag mir, wenn ich irgendetwas tun kann. Ich kann dir eine Empfehlung schreiben, wenn du willst. Sag einfach der Rezeptionistin Bescheid, damit sie das notiert.«

Bethany stand auf. Ihre Beine wankten unter ihr. Sie versuchte, ihre Stimme wiederzufinden, aber Martin lächelte nur bemüht und schob sie durch die Tür. Das war's. Die Angelegenheit war erledigt. Sie war erledigt.

Die ganze Zeit, während sie ihren Schreibtisch ausräumte, dachte Bethany darüber nach, wie ungerecht das alles war. Sie hatte sich in den vergangenen vier Jahren mit Leib und Seele in die Tätigkeit bei Parker Crane investiert. Sie hatte halbe Nächte durchgearbeitet, um zu gewährleisten, dass ihre Arbeit von höchster Qualität war. Und jetzt warfen sie ihr irgendeine Abfindung hin und setzten sie vor die Tür?

Während sie ihre Kiste mit ihren Lieblingsstiften, Bildern von ihr und Dominic aus verschiedenen Urlauben und anderen Dingen füllte, die sich im Laufe der Jahre angesammelt hatten, wuchs ihre Entschlossenheit. Sie war kein hilfloses kleines Mädchen mehr. Es war an der Zeit, dass sie ihr Leben selbst in die Hand nahm. Und wenn sie für ihre Stelle kämpfen musste, dann würde sie genau das tun.

Bethany starrte auf die Wanduhr, deren kleiner Zeiger auf kurz vor zehn stand. Ihr Fuß wippte auf dem Boden auf und ab – ein verzweifelter Versuch, ihr Innerstes daran zu hindern, dass es sich nach außen kehrte. Es war spät. Selbst für Dominic. Sie hatte es über den Tag verteilt ein halbes Dutzend Mal auf seinem Handy versucht, aber er war kein einziges Mal drangegangen. Also hatte sie die Zeit damit verbracht, ihre Wohnung zu putzen, dann Dominics Apartment aufzuräumen und anschließend im Internet zu surfen, um herauszufinden, welche Rechte sie als Arbeitnehmerin hatte. Als die Tür um Viertel nach zehn endlich aufging, sprang sie aus ihrem Sessel. »Wo warst du?«

Dominic stellte seinen Aktenkoffer ab und sah sie fragend an. »Bei der Arbeit.«

»Bis zehn?«

»Ich habe morgen einen wichtigen Fall.«

»Hast du meine Nachrichten nicht bekommen?«

»Du weißt doch, dass ich bei der Arbeit nicht auf private Anrufe reagiere.« Der schnippische Tonfall reizte ihre Nerven noch weiter. Was, wenn sie verletzt gewesen wäre? Oder tot? Würde er den Anruf des Gerichtsmediziners auch ignorieren? Dominic kam näher und fuhr mit den Händen über ihre Arme. »Aber ich bin froh, dass du hier bist.«

Er beugte sich vor, um sie zu küssen.

Sie wich zurück.

»Was ist los?«

Sie wappnete sich für die nächsten Worte. Es gab keine angenehme Methode, sie auszusprechen. Egal, wie sie es formulierte, es würde immer dasselbe dabei herauskommen. Innerhalb eines Tages hatte sie sich von einer Erfolgsgeschichte in eine Versagerin verwandelt, war durcheinander statt konzentriert, arbeitslos statt Architektin. »Martin hat mir gekündigt.«

Dominic ließ die Hände sinken. »Was?«

Es einmal zu sagen, reichte. Musste sie es wirklich wiederholen?

Er hob die Hände und raufte sich die Haare. »Hat er dir einen Grund genannt?«

»Sie bauen Personal ab.« Bethany spuckte das Wort förmlich aus. »Aber ich habe meine Zweifel.«

»Du glaubst, er lügt?«

Sie wollte *Ja* sagen. Genau genommen wollte sie *Ja* schreien. Aber das war nicht die Wahrheit. Die Wahrheit war, dass es seit dem Sommer Gerüchte über einen Stellenabbau gegeben hatte. Sie hätte nur nie gedacht, dass sie diesem Stellenabbau zum Opfer fallen könnte. Bethany spürte, wie ihr die Tränen kamen, aber sie blinzelte sie fort. Sie würde nicht zu den verzweifelten Frauen gehören, denen jemand Händchen halten musste. Diese Frauen konnten keinen klaren Gedanken fassen, und klare Gedanken waren genau das, was Bethany brauchte, um nach vorne blicken zu können. »Ich werde dagegen angehen.«

»Wurde noch jemand entlassen?«

»Anthony.«

»Und du willst es trotzdem anfechten?«

Nein. Sie wollte den Zweifel aus seinem Gesicht wischen. Nur ein einziges Mal, bei etwas so Wichtigem, brauchte sie seine Unterstützung, seine Zuversicht, vielleicht sogar etwas Empörung um ihretwillen. »Ja, und ich möchte, dass du mir dabei hilfst.«

Dominic hob die Hände. »Moment mal, Bethany. Ich kann deinen Frust echt verstehen, Baby, aber du hast keine Handhabe. Nicht wenn sie Anthony auch gekündigt haben. Und nicht wenn Martin beweisen kann, dass der Personalabbau nötig ist.« Er zog sich die Krawatte vom Hals. »Außerdem ertrinke ich in Arbeit. Ich kann im Moment keinen weiteren Fall mehr annehmen. Schon gar nicht einen, den ich nicht gewinnen werde.«

Seine Worte und die Nüchternheit, mit der er sie aussprach, versetzten ihrer Entschlossenheit den Todesstoß. Die alte hilflose Bethany kam wieder zum Vorschein und bedrohte die Frau, die sie geworden war. Eine Frau, die ihr Leben selbst in die Hand nahm. Eine Frau, die sich in ihre Arbeit stürzte, um dafür zu sorgen, dass genau dies nicht passierte. Wie sollte sie ohne Dominics Hilfe gegen Parker Crane ankämpfen? Sie öffnete den Mund, um zu protestieren, aber bevor sie auch nur ein Wort herausbrachte, klingelte das Handy in ihrer Hosentasche. Sie riss es ans Ohr und bellte eine wütende Begrüßung ins Mikrofon.

»Bethany?«

Die Stimme des Mannes kam ihr bekannt vor, wie bei einem Déjà-vu, das man nicht einordnen kann.

»Evan hier.«

Die Wärme wich aus ihrem Gesicht. Evan? Warum rief er an? In den Millisekunden, bevor sie etwas sagte, jagten tausend Möglichkeiten durch ihre Gedanken, und jede war schlimmer als die letzte. »Ist alles in Ordnung?«

»Es tut mir leid, dir das sagen zu müssen …« Plötzlich verspürte sie den Drang, das Handy durchs Zimmer zu schleudern, aber bevor sie das Gerät vom Ohr nehmen konnte, seufzte Evan in den Hörer. »Dan hatte noch einen Herzinfarkt.«

Stille umgab sie. Ein Augenblick voller Nichts. Eine Ruhe, die kam und ging, bevor sie blinzeln konnte. Nein. Das glaubte sie nicht. Die Kündigung zu bekommen, war genug für einen Tag. Dass Grandpa Dan noch einen Herzinfarkt gehabt hatte, konnte einfach nicht wahr sein.

»Ich glaube, du solltest nach Peaks zurückkommen.« Eine Pause folgte. Dann noch ein Seufzer. »Er hat es nicht geschafft.«

Kapitel 9

Es ist nicht leicht, den genauen Moment zu bestimmen, in dem mein Leben aus den Fugen geriet. Vielleicht war es der Tag, an dem Dad vom Silo fiel und seine Hände und Beine beschlossen, nicht mehr zu funktionieren. Oder als ich ihn acht Monate später tot auffand. Oder als Mom beschloss, dass sie die Farm hasste, und verkündete, sie würde mit David und mir das einzige Zuhause verlassen, das wir jemals hatten.

Ich weiß nur, dass es einen Punkt gab, an dem mein neunjähriges Ich anfing, sich dichter am Boden zu bewegen, so als würde ein weiterer Schlag es endgültig vom Planeten Erde fegen. Während David mit seinen elf Jahren, den ungelenken Armen und knubbeligen Knien sich bemühte, unsere Mutter zu trösten, verbrachte ich diese Zeit damit, Grandpa Dan hinterherzulaufen. Bei ihm draußen auf dem Feld zu sein. Die Rinder zu füttern. Die Pferde zu striegeln. Mein Großvater hatte eine Robustheit an sich, die mir das Gefühl gab, nicht ganz so ausgeliefert zu sein.

Zwei Wochen, nachdem ich zugesehen hatte, wie der Sarg meines Vaters in die Erde abgesenkt worden war, und zwei Tage, bevor meine Mutter mit uns in einen Trailerpark zog, verbrachte ich einen ganzen Tag damit, an Grandpas Seite auf dem Mähdrescher zu sitzen, hoch über den Maispflanzen. Wir sprachen die ganze Zeit über kein Wort miteinander, und irgendetwas an dem Schweigen tröstete mich. Zu diesem Zeitpunkt waren wir beide die ganzen Worte ziemlich leid. Also fuhren wir in der kleinen Kabine des großen Fahrzeugs über die Felder und sagten kein Wort, bis er den Motor ausstellte.

Und selbst dann saßen wir noch schweigend auf unseren Sitzen. Meine Füße baumelten über dem Boden, während wir beobachteten, wie der Horizont sich pfirsichfarben färbte. Drei Tage vorher war Pastor Fenton auf Dans Veranda aufgetaucht. Mom hatte versucht, den Pastor hereinzubitten, aber mein Großvater hatte dem Mann die Erlaubnis verweigert, auch nur einen seiner glänzenden Schuhe in unser Haus zu setzen.

Ich weiß noch, dass ich da gelächelt habe. Ich erinnere mich daran, dass ich mich an der Seite meines Großvaters sicher gefühlt habe. Bis Mom mir später erzählte, dass wir umziehen würden. Dass ich mich beeilen und meine Sachen packen sollte, damit wir weggehen konnten. Unwillkürlich fragte ich mich, ob Grandpa Dan den Pastor vielleicht doch hätte hereinlassen sollen. Ob es vielleicht daran lag, dass Mom unbedingt in einen kleinen Trailer ziehen wollte, obwohl wir doch einfach hätten bleiben können, wo wir waren. Auf der Farm.

Grandpa Dan schniefte.

Dieses Geräusch nach einer so langen Stille veranlasste mich, ihn anzusehen. Tränen liefen ihm übers Gesicht. Es war das erste Mal, dass ich ihn weinen sah. Als mein Vater seinen Unfall gehabt hatte, hatte er nicht geweint. Auch nicht, als mein Vater vom Krankenhaus heimgekommen war und all die Monate damit verbracht hatte, ganz neu essen und trinken und leben zu lernen. Und bei der Beerdigung hatte er auch nicht geweint. Aber jetzt saß er da, umgeben von Maisstoppeln, und die Traurigkeit kullerte über seine wettergegerbten Wangen.

Ich streckte meine kleine Hand aus und legte sie auf Grandpas große Pranke. Er drehte sie um, schob seine Finger zwischen meine und hielt sie ganz fest, so als würde auch seine Welt wanken. Meine Kehle war ganz heiß und wie zugeschnürt, und bevor ich wusste, wie mir geschah, waren meine Wangen genauso nass wie seine.

Er beugte sich zu mir herüber und zog mich auf seinen Schoß, als würde ich gar nichts wiegen. Ich lehnte mich an seine Brust, die sich mit jedem Atemzug hob und senkte, und wünschte mir, ich könnte für immer auf seinem Schoß sitzen. Aber eine Frage ließ mir keine Ruhe. Eine Frage, die ich stellen wollte, seit Tante

Sharon mir für Dads Beerdigung dieses kratzige schwarze Kleid angezogen hatte.

»Grandpa?«, fragte ich.

»Hmm?«

»Wer führt mich eigentlich später mal zum Altar, jetzt, wo Daddy tot ist?«

Sein Brustkorb weitete sich – breit und kräftig – und schob mich ein Stück vor. Dann sah er mich an und alle seine Tränen waren getrocknet. »Wie kommst du denn jetzt darauf?«

Die Frage war wahrscheinlich nicht typisch für eine Neunjährige. Aber seit ich gesehen hatte, wie mein anderer Großvater Tante Sharon vor acht Monaten durch den Mittelgang der Kirche geführt hatte, war ich besessen von Hochzeiten. Ich zuckte mit den Schultern und starrte auf meine abgeschürften Knie.

Grandpa Dan legte einen Finger unter mein Kinn und hob mein Gesicht zu sich auf. In seinen blauen Augen lag eine solche Beständigkeit, dass ich mich noch enger an ihn schmiegte. »Wenn es so weit ist, wird es mir eine Ehre sein, dich zum Altar zu führen.«

Obwohl sein Finger immer noch an meinem Gesicht lag, gelang es mir, den Blick abzuwenden. Ich wollte mich an Grandpa Dans Versprechen für die Zukunft klammern. Und jetzt wollte ich bei ihm auf der Farm bleiben. Alles, was ich liebte, wurde mir weggenommen. Zu viele Dinge veränderten sich. »Grandpa?«

»Hmm?«

»Warum können wir nicht hier bei dir bleiben?«

»Bethany«, sagte er.

Ich blickte in seine Augen und augenblicklich begannen meine wieder zu brennen.

Er legte seine schwielige Handfläche an meine Wange und seine starken Finger in meinen Nacken. »Du bist hier jederzeit willkommen. Dieser Hof gehört ebenso dir, wie er jemals mir gehören wird. Und egal, wo du lebst: Daran wird sich niemals etwas ändern.«

Kapitel 10

Bethany schob den Riemen ihrer Handtasche von ihrer Schulter und starrte den Bestattungsunternehmer an, der mit hängenden Schultern vor ihr saß. Wenn das keine Bestätigung eines Klischees war. All die Zeit mit Leichen hatte Floyd McCormis in eine unheimliche Kopie seiner Kunst verwandelt. Als Bethany ihm die Hand gab, war es, als würde sie eine gekühlte Nektarine drücken. Sie versuchte nicht das Gesicht zu verziehen und sah zu Evan, der sie von der anderen Seite des Tisches aus musterte und so aussah, als bräuchte er dringend eine heiße Dusche, eine gründliche Rasur und eine Menge Schlaf.

Sie schwang einen Kleidersack auf den Tisch und stellte ihre Handtasche neben sich auf den Boden. »Ich habe einen Anzug gekauft. Für Dan. Ich war mir nicht sicher, ob er etwas Passendes zum Anziehen hatte.« Das Plastik knisterte, als sie den Anzug näher zu dem Bestatter schob. »Er ist von Ralph Lauren.« Dann spürte sie, wie ihre Wangen sich röteten. Wen interessierte es, ob er von Ralph Lauren war?

Sie nahm auf der Vorderkante ihres Stuhles Platz und massierte sich die Knie. »Ich weiß nicht genau, was wir alles besprechen müssen. Ich musste noch nie eine Beerdigung planen.« Sie widerstand dem Drang, einen Blick zu Evan zu werfen, der wahrscheinlich gerade bei der Planung von Micahs Trauerfeier geholfen hatte.

»Dafür bin ich ja hier, Miss Quinn. Sie müssen nur ein paar Fragen beantworten, dann kümmere ich mich um den Rest.« Floyds Stimme rasselte, wenn er sprach, so als müsste er sich dringend mal räuspern.

Ein Schauer lief ihr über den Rücken. Sie beugte sich vor und kramte aus ihrer Handtasche sämtliche Mappen und Unterlagen hervor, die sie in der kurzen Zeit hatte finden können. »Ich habe

Versicherungsunterlagen mitgebracht, Dans Geburtsurkunde und noch ein paar andere Dinge …«

Floyd streckte die Rechte aus und tätschelte ihre Hand. »Alles zu seiner Zeit, Miss Quinn.«

Sie entzog sich seiner kalten Berührung und rieb sich die Arme, um sie zu wärmen. Evan sagte nichts. Er bewegte sich nicht einmal. Stattdessen saß er einfach nur da, mit dem Kummer der ganzen Welt auf seinen Schultern. Wie gerne hätte sie ihren eigenen auch dort abgeladen.

»Ich würde Ihnen gerne einige der üblichen Fragen stellen, wenn Sie nichts dagegen haben.« Floyd griff nach der Liste, die vor ihm lag, und klickte die Mine seines Kugelschreibers heraus. »Wo möchten Sie die Trauerfeier abhalten? Selbstverständlich steht Ihnen unser Bestattungsinstitut zur Verfügung, aber vielleicht möchten Sie lieber in eine Kirche.«

»Hier ist schon in Ordnung.«

»Haben Sie einen Pastor oder Priester, der die Feier leiten soll?«

»Nein.«

»Ja.« Evan beugte sich über den Tisch. »Der Pastor, der die Beerdigung meines Bruders geleitet hat, hat angeboten, auch die von Dan zu machen. Er heißt Pastor Gray.« Er zeigte auf Floyds Stift, als wollte er den alten Mann auffordern, sich das zu notieren.

Bethany beugte sich vor. »Ein Pastor wird nicht nötig sein. Ich habe mit einem Cousin meines Großvaters gesprochen. Er ist bereit, eine Trauerrede zu halten.«

»Dan würde aber wollen, dass ein Pastor das macht«, sagte Evan.

»Nein, würde er nicht.«

Evans Augen blitzten. »Woher willst du das wissen?«

»Mein Großvater war nicht religiös.« Soweit sie wusste, war er nicht einmal in die Kirche gegangen.

»Was hat denn Religion damit zu tun?«

Sie suchte krampfhaft nach einer Antwort, aber ihr fiel kein einziges Wort ein, das sie ihm hätte entgegenhalten können.

Evan wandte sich an Floyd, der sie beide mit offenem Mund anstarrte, der Stift auf halbem Weg über dem Papier erstarrt. »Wenn Dans Enkelin keinen Pastor will, in Ordnung. Dann spreche ich ein Gebet.«

Floyds Stift regte sich nicht. Stattdessen wanderte der Blick des Bestatters von Bethany zu Evan und dann wieder zu Bethany. »Sind Sie damit einverstanden, Miss Quinn?«

Sie verschränkte die Arme. »Na gut.« Wenn Evan sich dadurch besser fühlte, konnte er sein albernes Gebet sprechen. Es würde Dan nicht wieder lebendig machen. Kein Beten, kein Weinen konnte die Wahrheit ungeschehen machen. Ihr Großvater war tot.

Evan starrte in den Sarg und musterte Dan. Die geschlossenen Lider sahen aus, als wären sie aus Kerzenwachs, die grauen Haare lagen geordnet auf seiner Stirn und die rauen Hände waren auf dem schwarzen Anzug gefaltet. In den fünf Jahren, die er Dan gekannt hatte, hatte der Mann nie einen Anzug getragen. Sie hätten ihn in einem ölverschmierten Overall und seiner Lieblingsjacke begraben sollen, mit einer Dose Schnupftabak in der Tasche.

Er strich mit der Hand über das Kiefernholz und bereitete sich innerlich darauf vor, die Gäste zu begrüßen, die gekommen waren, um Abschied zu nehmen. Die ganze Situation war ihm so vertraut, dass seine ohnehin schon überspannten Emotionen sich anfühlten, als zerre ein Geier mit spitzem Schnabel daran. Erst Micah. Jetzt Dan. Nur stand diesmal anstatt einer verzweifelten Witwe Bethany neben ihm.

Bei dem Gedanken presste er die Zähne zusammen.

Sie hatte nicht erklärt, warum sie so plötzlich aus dem Krankenhaus verschwunden war, hatte sich nicht dafür entschuldigt, dass sie Robin im Stich gelassen hatte, nicht begründet, warum sie Micahs Beerdigung verpasst hatte. Und jetzt war sie wieder da und pflügte wie ein Mähdrescher durch die Vorbereitungen für Dans Beerdigung. Sie behandelte die ganze Angelegenheit wie eine To-do-Liste. Wenn sie überhaupt irgendwelche Gefühle hatte, waren sie hinter Stahlbeton verborgen.

»Ich kann spüren, was du denkst«, flüsterte sie.

Ruckartig wandte er sich ihr zu. »Wovon redest du?«

»Du findest mich schrecklich, weil ich den Pastor nicht wollte.«

Evan zwang sich zu lächeln, während er einer Familie die Hand gab. »Das ist nicht wahr. Ich finde dich schrecklich wegen der Art und Weise, wie du letzte Woche gegangen bist.«

Ihre Haltung verwandelte sich von steif in eine regelrechte Totenstarre. »Ich musste weg. Ich habe ein Leben in Chicago, falls es dich interessiert.«

»Ich habe nicht gesagt, *weil* du gegangen bist.« Er presste die Worte zwischen den Zähnen hervor und zwang sich, der nächsten Familie die Hände zu schütteln, als die Schlange aus Trauergästen sich weiterbewegte. »Ich habe gesagt, *wegen der Art und Weise, wie* du gegangen bist.«

Sie bewegte sich neben ihm.

»Du hättest Robin wenigstens sagen können, dass du gehst.« Und insgeheim fand er, dass sie sich auch von ihm hätte verabschieden können. Gerade tröstete die Frau ihn noch im Krankenhaus und gleich darauf war sie verschwunden. Er hatte keine Ahnung, warum ihn das so wütend machte.

Die DeLuves traten vor. Sie wohnten in der Nähe der Farm und Mrs DeLuve hatte mit Dan immer sonntagabends Karten in Guerneys Sportkneipe gespielt. Die alte Frau humpelte vor und streckte die Arme aus, um Bethany zu umarmen, aber Bethany streckte die Hand aus, um sie an ihrer Geste zu hindern. Das schreckte Mrs DeLuve jedoch nicht ab. Am Ende trafen sie sich in einer ungelenken Halbumarmung mit Schulterklopfen. Als die alte Frau zu Evan kam, ließ er sich von ihr in den Arm nehmen, um Bethanys Kälte wiedergutzumachen.

»Er war ein wunderbarer Mensch«, sagte Mrs DeLuve und tupfte mit dem Taschentuch, das sie aus ihrer Handtasche gezogen hatte, über ihre feuchten Augen. Dann wandte sie sich an ihren Mann. »War er nicht ein feiner Mensch?«

Mr DeLuve nickte feierlich. »Einer der besten.«

Der alte Mann packte den Ellbogen seiner Frau und schob sie weiter. Vor Dans Sarg blieben die beiden stehen, senkten die Köpfe und bekreuzigten sich. Die synchrone Geste wirkte wie einstudiert. Fünfzig Jahre Ehe hatten sie in zwei Teile eines Ganzen verwandelt, eine rechte und eine linke Hand, die in perfekter Einheit zusammenarbeiteten. Genau so, wie es in einer Ehe sein sollte. So, wie es in der Ehe von Micah und Robin gewesen war. Jetzt musste Robin sich an ein Leben ohne ihre rechte Hand gewöhnen. Nach sieben Jahren würde das ein langer, herzzerreißender Prozess.

Evan räusperte sich, um die Enge in seiner Kehle loszuwerden, und sah die Reihe der wartenden Gäste entlang. An keines der Gesichter veschwendete er viele Gedanken, bis er eines erblickte, das er nur zu gut kannte. Robin stand in der Schlange – mit eingefallenen Wangen und geschwollenen Augen –, ein Musterbeispiel der Trauer. Er sah sie mit großen Augen an. Sie sollte nicht hier sein. Nicht drei Tage nach Micahs Beerdigung. Das war zu viel für sie. Er trat einen Schritt auf sie zu, aber Bethany stieß einen winzigen Laut aus, der ihn in der Bewegung stocken ließ.

Er sah sie an, aber Bethanys Augen waren auf das Pult am Eingang gerichtet, auf dem das Gästebuch lag. Gleich dahinter entdeckte er Bethanys Mutter Ruth und an ihrer Seite Pastor Fenton, den Pastor der Kirche des Ersten Lichts.

Als Pastor Fenton Ruth den Mantel von den Schultern nahm, schwand die Härte aus Bethanys Augen und stattdessen lag eine Verletzlichkeit darin, die ihre Lippen beben ließ und in Evans Magen etwas Unbekanntes auslöste. Ruth und ihre Begleitung kamen näher und Bethanys Puls pochte in ihrem Hals so schnell, dass Evan sich fragte, ob sie vielleicht aufgrund von plötzlichen Herzrhythmusstörungen ohnmächtig werden könnte. Seine

Muskeln spannten sich an, ohne dass er genau hätte sagen können, warum.

»Bethany.« Ruth streckte die Hand aus, um den Arm ihrer Tochter zu berühren, aber Bethany wich zurück.

»Was machst du hier?«, fragte sie.

Keine Umarmung. Keine Begrüßung. Kein Lächeln.

»Das, was alle anderen hier auch tun, Bethany«, sagte Pastor Fenton. »Wir wollen ihm die letzte Ehre erweisen.« Er wandte sich an Evan und streckte die Hand aus. »Herzliches Beileid.«

Evan nahm die angebotene Hand. Fentons Handschlag war fest. Selbstsicher. Aus irgendeinem Grund hatte Dan den Mann nie leiden können. Und da war er nicht der Einzige. Die Leute in der Stadt tratschten, und nicht alles, was Evan über die Kirche dieses Mannes gehört hatte, war gut. Aber Bethanys Reaktion ging tiefer als eine gewöhnliche Abneigung.

Sie durchbohrte Pastor Fenton mit einem Blick, der Evans Ernte hätte verdorren lassen können. Aber der Mann welkte nicht. Er lächelte Bethany gleichgültig an, legte Ruth eine Hand in den Rücken und schob sie zum Sarg.

Bethanys Blick war fest auf Fentons Hand gerichtet. Als sie weitergingen und die Crammers als Nächste vortraten, fuhr sie herum, sodass ihr die Haare um die Schultern flogen, und stapfte davon. Evan starrte ihr hinterher, während sich in seinem Kopf eine Million Fragen überschlugen. Was in aller Welt war da gerade passiert?

Bethany konzentrierte sich auf die Tür zur Toilette und schätzte ab, wie viele Schritte sie noch gehen musste, bis sie den Fluchtweg erreicht hatte. Zehn. Sie weigerte sich, irgendwo anders hinzusehen. Vielleicht lächelten einige Leute sie an und jemand berührte sie am Ellbogen, aber sie beachtete nichts davon. Noch sieben Schritte.

Ihre ganze Konzentration war auf das Schild an der Tür zur Damentoilette gerichtet. Sie musste hier weg, musste dort hinein, damit sie sich einschließen und ihre Fassung wiedererlangen konnte. Fünf. Sie konnte nicht fassen, dass ihre Mutter die Frechheit besaß herzukommen. Und dann noch mit *ihm*. Sie machte einen Bogen um eine Gruppe Leute. Und kurz bevor sie durch die Tür schlüpfen konnte …

»Bethany.«

Die Stimme ließ sie erstarren. Ihre Mutter stand links von ihr, eine abgemagerte Gestalt, die vor der Wand fast unsichtbar wirkte und ihre Hände knetete. »Ich weiß, dass du mich hier nicht sehen willst, aber ich musste herkommen und Dan die letzte Ehre erweisen.«

»Wann hast du Dan jemals geehrt?«

Ihre Mutter zuckte zusammen. »Bitte. Ich will mich nicht mit dir streiten.«

Bethany knirschte mit den Zähnen. Sie war die Furchtsamkeit ihrer Mutter so leid. So war sie nicht immer gewesen. Früher hatte sie wenigstens einen Hauch von Rückgrat gehabt. »Warum bist du wirklich hier?«

Mom rang die Hände.

»Um dich mit eigenen Augen davon zu überzeugen, dass er wirklich tot ist? Um sicherzugehen, dass der letzte Mensch, der unser schändliches Geheimnis kannte, keine Bedrohung mehr ist?«

Moms Blick huschte erst in die eine Richtung, dann in die andere, so als hätte sie Angst vor möglichen Lauschern. Sie senkte das Kinn und beugte sich vor. »Ich weiß nicht, wovon du redest, Bethany.«

»Natürlich weißt du das.«

Moms Pupillen weiteten sich. Sie starrte Bethany an, als wüsste sie nicht, was sie mit den Anschuldigungen ihrer Tochter anfangen sollte. Bethany konnte es ihr nicht verübeln. Immerhin hatte sie ihrer Mutter nie gesagt, was sie wusste. Die Leute in Peaks hatten spekuliert, aber Mom hatte sich die größte Mühe gegeben, die Gerüchte im Keim zu ersticken und die Wahrheit vor Bethany und David geheim zu halten.

Einerseits wollte Bethany, dass ihre Mutter sich angesichts dieser Offenbarung wand – dass sie die Wahrheit kannte. Andererseits konnte sie mit dem Unbehagen ihrer Mutter nicht umgehen. Sie verdrehte die Augen. »Wo ist dein *Liebhaber*?«

»Sei nicht albern. Pastor Fenton ist nicht mein Liebhaber.«

»Warum ist er dann immer in deiner Nähe? Warum berührt er dich ständig?«

Ihre Mutter wurde blass. »Warum … das ist …« Sie legte eine Hand an ihren Hals. »Er ist einfach ein sehr fürsorglicher Mann.«

»Ja. Klar.« Bethany drehte den Kopf und folgte dem Blick ihrer Mutter, bis sie den betreffenden Mann fand. Er bewegte die Hände, während er sprach, und hatte eine Selbstsicherheit an sich, die Aufmerksamkeit einforderte. Seine charismatische Ausstrahlung zog die Menschen wie mit einem rostigen Haken näher. Mit demselben rostigen Haken, der ihre Eltern eingefangen hatte. Mit einem Mal wurde Bethany schlecht. »Dann lass dich von mir nicht davon abhalten, Dan die letzte Ehre zu erweisen.« Sie trat um ihre Mutter herum und riss die Tür zur Damentoilette auf.

Drinnen stürzte sie zu den Waschbecken und stützte die Hände auf die Platte des Waschtischs. Es gefiel ihr überhaupt nicht, dass sie beim Anblick von Pastor Fenton ausgerastet war. Sie hatte nicht erwartet, ihm zu begegnen. Schon gar nicht hier, um Dan aufgebahrt zu sehen. Und erst recht nicht mit ihrer Mutter. Moms Verehrung für diesen Mann hatte schon immer an Vergötterung gegrenzt. Das war nach wie vor so. Es erinnerte sie an alles, was sie vergessen wollte.

Bethany hielt ihre Hände unter den Wasserhahn und spritzte sich Wasser auf die Wangen. Dann zog sie mehrere Papiertücher aus dem Handtuchspender, trocknete sich das Gesicht ab und betrachtete ihr Spiegelbild. Was sie aus dem Spiegel anstarrte, war die zwölfjährige Bethany. Knochige Ellbogen, hängende Schultern und braune Haare, dazu ein Paar Augen, das für ihr schmales Gesicht viel zu groß war.

Sie blinzelte das Bild fort. Sie war kein hilfloses Mädchen mehr. Als sie vor zehn Jahren aus Peaks weggegangen war, hatte sie aufgehört, dieses Mädchen zu sein. Und sie würde sich nicht bemitleiden lassen. Sie war eine Frau, die über ihre Umstände hinausgewachsen war und sich ein Leben aufgebaut hatte, um das die meisten Bewohner von Peaks sie beneiden würden. Bethany straffte die Schultern und strich ihre Bluse glatt. Nein, sie würde sich nicht auf der Toilette verstecken. Die neue Bethany versteckte sich überhaupt nicht mehr. Entschlossen strich sie sich die Haare aus dem Gesicht und steckte ihre Haarspange wieder fest.

Genau in dem Augenblick, in dem sie sich von ihrem Spiegelbild abwandte, erklang ein dumpfes Stöhnen aus einer der Kabinen. Bethany bückte sich und blickte unter den Türen hindurch auf der Suche nach einem Paar Füße. Sie entdeckte sie ganz am Ende, als ein erneutes Stöhnen die Luft zerriss. Ihre Absätze klapperten über die Fliesen, als sie zu der Kabine eilte.

Noch ein Stöhnen, diesmal schwächer. Bethany trat dicht vor die Tür und berührte ihre kühle Oberfläche mit den Fingerspitzen.

»Hallo?« Ihre zaghafte Frage hallte an den gekachelten Wänden wider.

Das Geräusch auf der anderen Seite der Tür verstummte.

Sie beugte sich vor. »Ist alles in Ordnung da drinnen?«

»Bethany? Bist du das?«

»Robin?«

Noch ein Stöhnen.

Die Haare in Bethanys Nacken stellten sich auf. »Robin, was ist mit dir?«

Keine Antwort.

Sie stieß die Tür auf und sah Robin vornübergebeugt auf der Toilettenschüssel sitzen, die Arme um den Bauch geschlungen.

Der weiß geflieste Boden unter ihr war rot. Bethany erschrak. »Was ist passiert?«

Robin blickte auf. Ihr bleiches Gesicht war vom Schock wie gelähmt, als wüsste sie nicht, wo sie war und was los war. »Ich glaube, ich habe eine Fehlgeburt.«

Der Raum verschwamm vor Bethanys Augen und wurde dann wieder scharf. Eine Fehlgeburt? Robin war schwanger? Bethany hielt sich an der Kabinenwand fest, um nicht zu schwanken. Robin brauchte Hilfe, und zwar schnell.

Bethany rannte aus der Toilette, eilte in den Eingangsbereich und schob sich zwischen den Trauergästen hindurch, ihre Bewegungen wie im Zeitraffer. Evan stand nach wie vor am Sarg, schüttelte Hände und nahm Umarmungen entgegen. Sie eilte zu ihm und zog an seinem Arm.

»Hey, was ist los?«

Sie flüsterte ihm ins Ohr, was sie gerade gesehen hatte, und sah, wie die Farbe aus seinem Gesicht wich. Ohne zu zögern, verließ er seinen Platz am Sarg und schob sich durch die Menschen, während er sie hinter sich herzog. Dann stürzte er in die Toilette, wo Robin wankend vor dem Waschbecken stand, und hob sie hoch, als wäre sie nicht mehr als eine zerbrechliche Puppe. Keine Minute später saßen sie in Bethanys Wagen und rasten zum Krankenhaus, während Robin auf dem Rücksitz lag. Bethany umklammerte das Lenkrad und flehte einen Gott an, von dem sie nicht glaubte, dass es ihn überhaupt gab.

Micah zu verlieren, war genug. Nimm ihr nicht auch noch das Baby.

Kapitel 11

Auch wenn es keine sehr große Menge Blut gewesen war, war es doch hellrot gewesen. Das in Verbindung mit den Krämpfen war genug, um die Aufmerksamkeit der Krankenschwester zu erlangen, sodass sie einen Arzt rief. Bethany stand neben dem Krankenbett und wagte nicht, sich zu rühren oder etwas zu sagen, während sie Robins Schmerzen anhand ihrer Miene einzuschätzen versuchte. Im Augenblick lag sie mit geschlossenen Augen und entspannten Muskeln da, sodass die Krämpfe wahrscheinlich nachgelassen hatten. Wenn sie nur wüsste, was sie davon halten sollte, dass Robin beständig die Lippen bewegte.

Betete sie etwa?

»Ich schaffe das nicht.« Robins Worte waren kaum mehr als ein Flüstern und verhallten, sobald sie über ihre Lippen waren.

Obwohl Bethany die einzige andere Person im Raum war, hatte sie das Gefühl, dass Robin nicht mit ihr sprach. Also schwieg sie und versuchte, die Bilder zu verdrängen, die immer wieder vor ihrem inneren Auge abliefen: Evan, der Robin auf den Arm nahm und sie mit starken, sicheren Schritten zum Wagen trug.

Wenn es etwas gab, worauf Bethany stolz war, dann auf ihre Unabhängigkeit. Sie brauchte keinen Mann, der sie versorgte. Sie brauchte keinen Gott als Krücke. Aber jetzt, wo ihre Nerven zum Zerreißen gespannt waren, ertappte sie sich doch bei dem Gedanken, wie schön es wäre, wenn jemand sie so retten würde, wie Evan Robin gerettet hatte.

Sie verdrängte diesen beunruhigenden Gedanken und legte eine Hand auf Robins Schulter. Sie würde Robin heute Abend beistehen. Morgen früh würde sie ihren Großvater beerdigen. Dann würde sie nach Chicago zurückkehren und sich eine neue Stelle suchen – eine bessere. Es hieß, Perfektion sei unerreichbar, aber während ihrer vier Jahre bei Parker Crane war sie diesem Ziel auf jeden Fall nahe gekommen.

»Gestern Abend habe ich Gott voll Verzweiflung gefragt, warum das alles passiert …« Robin blickte auf ihren Schoß. »Ich habe zu ihm gesagt, dass ich diese Schwangerschaft nicht will.« Ihr Atem stockte. »Nicht ohne Micah.«

Bethanys Brust verkrampfte sich.

Robin schlug die Hände vors Gesicht. »Aber ich habe es doch nicht ernst gemeint!«

Bethany öffnete den Mund und versuchte, Wörter zu bilden – sie wollte ihrer Freundin versichern, dass ihre verzweifelte Bitte nichts bedeutete, aber was immer sie zu sagen versuchte, klebte auf ihrer Zunge fest. Also drückte sie stattdessen Robins Schulter und kam sich lächerlich vor. Ungenügend. Bis der Arzt den Raum betrat. Er setzte sich auf einen Drehstuhl gegenüber von Robins Bett und stellte ihr eine Reihe von Fragen. Als er fertig war, kam die Schwester herein.

»Okay, Robin, wir gehen jetzt auf die andere Seite des Ganges und machen eine Ultraschalluntersuchung. Wir suchen einen Herzschlag und versuchen herauszufinden, was die Blutung verursacht hat.«

Robin blickte von ihrem Schoß auf. »Sie glauben nicht, dass ich eine Fehlgeburt hatte?«

Bethany schloss die Augen, als sie die Hoffnung in der Stimme ihrer Freundin hörte.

»Es gibt verschiedene Gründe für eine Blutung. Sie ist nicht immer ein Hinweis auf eine Fehlgeburt. Gut ist, dass die Blutung aufgehört hat.«

»Was ist mit den Krämpfen?«

»Viele Frauen haben im ersten Trimester Krämpfe. Normalerweise liegt das daran, dass die Gebärmutter sich weitet. Aber da sie hier in Verbindung mit einer Blutung aufgetreten sind, besteht trotzdem Grund zur Sorge.«

Robin lehnte den Kopf zurück und blickte zu den getupften

Deckenpanelen hinauf. »Glauben Sie, dass mein Baby noch am Leben ist?«

Der Arzt setzte eine neutrale Miene auf und bemühte sich, weder falsche Hoffnungen zu wecken noch Robin unnötig Angst zu machen. »Der Ultraschall wird uns sagen, wie es dem Baby geht.« Er tätschelte Robins Knie und verließ das Zimmer.

Bethany half Robin auf die Beine und begleitete sie zur Tür. Der Arzt machte sich vielleicht keine Sorgen darüber, ob Robin überhaupt laufen konnte, aber Bethany hatte den Eindruck, dass ihre alte Freundin kurz davor war, vor Kummer und Erschöpfung zusammenzubrechen. Als sie auf den Gang hinaustraten, sahen sie Evan dort stehen, die Haare so zerzaust, als wäre er in der letzten halben Stunde tausendmal mit den Fingern hindurchgefahren.

»Sie wollen einen Ultraschall machen«, sagte Bethany.

Sein Blick huschte zu Robin, dann wieder zu Bethany. »Ist das Baby ...?«

Bethany schüttelte leicht den Kopf. »Das wissen sie nicht.«

Robins Fingernägel gruben sich in Bethanys Haut. Evan nahm Robins anderen Ellbogen und zu dritt folgten sie dem Arzt den Korridor hinunter. Als sie das Behandlungszimmer erreicht hatten, ließ Evan los und fuhr sich wieder mit einer Hand durch die Haare. »Soll ich mit reinkommen?«

»Ist schon gut«, sagte Robin. »Bethany ist ja bei mir.«

»Ich bin hier draußen und bete.«

Bethany wechselte einen langen Blick mit Evan, dann schob sie Robin in das kleine Zimmer, in dem eine Liege und ein Ultraschallgerät auf sie warteten. Robin zog sich im Bad um und kam dann heraus, ein Tuch um ihre untere Hälfte gewickelt. Während sie sich hinlegte, stand Bethany in der Ecke und wünschte, sie könnte mit Evan tauschen. Was sollte sie tun – was sagen –, wenn sie kein Baby fanden?

»Die medizinisch-technische Assistentin kommt gleich«, sagte der Arzt. »Und ich erkläre Ihnen dann hinterher alles.«

Die MTA kam fast sofort, nachdem der Arzt gegangen war. Sie

stellte sich vor, schaltete das Gerät ein und wies Robin an, die Füße in die Haltebügel zu stellen. Dann machte sie sich an die Arbeit. Bethany starrte auf den Computerbildschirm und versuchte etwas zu entdecken, das ein Baby sein könnte. Schwarz-weiße Flecken huschten über den Monitor. Keiner von ihnen ergab in ihren Augen einen Sinn.

Sie schluckte und wappnete sich für das Schlimmste, während sie überlegte, was sie sagen oder tun könnte, um Robin in ihrem immer größer werdenden Kummer zu helfen. Aber ihr fiel nichts ein – ihr Gehirn war eine wertlose, mit Watte gefüllte Hülle. Sie blickte zwischen Bildschirm und Arzthelferin hin und her, die mit gerunzelter Stirn nach einem Lebenszeichen suchte.

Und dann sah Bethany es. Ein kleines Zucken auf dem Monitor. Einen winzigen, weißen pochenden Flecken. Ihr stockte das Herz. Sie wandte sich der MTA zu. Die Frau zog die Augenbrauen hoch, sodass die steile Falte dazwischen verschwand. Da war es. Bethany hatte es sich nicht eingebildet. Ein Herzschlag. Ein kostbarer, winziger Herzschlag.

Leben.

»Sehen Sie das hier?« Die Frau zeigte mit dem Finger auf die Stelle, die Bethany vor einer Sekunde bemerkt hatte.

Robin hob den Kopf und blickte zum ersten Mal auf den Bildschirm. Vermutlich hatte sie zu viel Angst vor dem gehabt, was vielleicht nicht da war. Als sie das schlagende Herz sah, schnappte sie nach Luft. »Ist das …?«

Die Frau nickte und ihre Miene verwandelte sich zu einem breiten Grinsen. »Ja. Der Puls ist 165. Ganz gesund. Ganz normal.«

Ein Schluchzer formte sich in Robins Mund und entwich, bevor sie die Hand davorschlagen konnte. Bethany blinzelte mehrmals, beunruhigt von dem Brennen in ihren Augen.

Die medizinische Fachkraft zeigte ihnen einen Flecken aus schwarz-weißem Dunst, den sie als die Plazenta benannte. Sie sagte, sie sehe gesund aus und habe genau die richtige Größe. Dann nahm sie noch einige Messungen vor, indem sie mit der

Maus auf verschiedene Stellen auf dem Bildschirm klickte. »Nach den Abmessungen sind Sie in der achten Schwangerschaftswoche. Und der Computer rechnet als Geburtstermin den 12. August aus.«

Robin schnappte wieder nach Luft.

Bethany wandte den Blick von dem Monitor ab. »Was ist?«

»Das ist Micahs Geburtstag.«

Der Arzt bat Robin, über Nacht zu bleiben, da sie etwas dehydriert war, und so waren Bethany und Evan gezwungen, auf dem Heimweg zu zweit im Audi zu sitzen. Im Gegensatz zu dem angenehmen Schweigen, das Bethany mit Dan erlebt hatte, knisterte die Stille zwischen ihnen vor Anspannung. Als sie endlich zu Hause ankamen, zog Bethany sich in ihr Schlafzimmer zurück, weil sie diesen verrückten Tag nur noch hinter sich lassen wollte. Aber anstatt zu schlafen, lag sie mit weit geöffneten Augen im Bett und wurde den Anblick des Herzschlags auf dem Monitor nicht los.

Und den, wie Evan Robin auf den Armen getragen hatte, auch nicht.

Das Farmhaus ächzte vor lauter Leere. Das einsame Geräusch schien auch in ihr eine Leere auszulösen. Morgen würde sie ihren Großvater begraben. Nie wieder würde sie neben Grandpa Dan sitzen und dem tiefen Singsang seiner Stimme lauschen. Nie wieder würde sie in das verlässliche Blau seiner Augen blicken. In den letzten zehn Jahren war sie wie selbstverständlich davon ausgegangen, dass er immer da sein würde – hatte gedacht, dass sich daran nie etwas ändern würde. Aber jetzt war er fort. Wenn sie den morgigen Tag überstehen wollte, ohne die Fassung zu verlieren, dann musste sie ausgeschlafen sein.

Aber ihre Augen wollten sich einfach nicht schließen.

Bethany strampelte die Steppdecke von sich und schnappte

sich den Mantel, der an einem ihrer Bettpfosten hing. Mit angehaltenem Atem schlich sie an Evans Zimmer vorbei und die Treppe hinunter. Jedes Mal, wenn eine Diele oder Treppenstufe unter ihrem Gewicht knarrte, zog sie eine Grimasse. Im Foyer angekommen, schob sie die Füße in ihre Stiefel, zog den Mantel an und wickelte sich zusätzlich noch in eine Decke, bevor sie in die Nacht hinaustrat. Der Himmel war grauschwarz von unsichtbaren Gewitterwolken.

Sie zog die Decke fester um ihre Schultern und lief über den vereisten Hof in die Dunkelheit der Felder hinaus. Wenn jemand sie jetzt sah, wie sie allein mitten in einer Dezembernacht über die Ländereien lief, würde er sie für verrückt halten. Aber das war ihr egal.

Durch Dans Grundstück floss ein Bach. Einer, in dem Bethany viele Sommer mit David gespielt hatte. Sie hatten Würstchenstücke an Bindfäden befestigt, um Flusskrebse unter den Steinen hervorzulocken. Auf der Nordseite der Weide, hinter dem Stall, ragte ein unglaublich großer Fels aus der Böschung in das Gewässer. Er war schon immer einer ihrer Lieblingsorte auf der Farm gewesen. Dan hatte ihn die Denkstelle genannt. Er hatte behauptet, jeder hätte eine, und dieser Fels sei Bethanys Denkstelle.

Mit einem Mal verspürte sie den Drang, dorthin zu gehen.

Ihre Augen gewöhnten sich an die Dunkelheit und es fing an zu schneien. Dicke Flocken blieben in ihren Haaren hängen und sammelten sich wie Mondstaub auf ihren Schultern. Sie kletterte über einen niedrigen Stacheldrahtzaun und ging zum Ufer des Bachs. Das eiskalte Wasser umspülte die Steine auf dem Weg zum Mississippi River. Als sie näher kam, fragte Bethany sich, ob der Fels immer noch so groß aussehen würde wie damals, als sie selbst klein gewesen war. Sie blickte über die Böschung und stieß einen kleinen Schrei aus, den sie sogleich zu unterdrücken versuchte, indem sie sich die Hand vor den Mund schlug.

Es war schon jemand dort.

Evan drehte sich um, mit Ohrhörern in den Ohren. Er zog

sie heraus und stand auf. Erdbrocken lösten sich von der Böschung und purzelten ins Wasser. »Bethany? Was machst du denn hier?«

Bethany konnte nichts erwidern. Sie war zu sehr damit beschäftigt, um Atem zu ringen. Als ihr Herz wieder einigermaßen regelmäßig schlug, starrte sie ihn durch die Dunkelheit an. »Dasselbe könnte ich dich auch fragen.«

»Ich brauchte einen Ort zum Nachdenken.« Er schüttelte sich etwas Schnee aus den Haaren. »Das hier ist eine gute Stelle dafür.«

Sie kletterte die Böschung hinunter und gesellte sich zu ihm auf den Felsen. Sie war sich nicht sicher, was sie davon halten sollte, dass Evan und sie dieselbe Denkstelle hatten.

»Und was machst du mitten in der Nacht hier?« Er streckte die Hand aus und ließ den Schnee auf seinen Handschuh fallen. »Kurz vor einem Schneesturm?«

Vertraute Musikklänge vermischten sich leise mit der eisigen Luft. Es war nicht das jammernde Geräusch, das sie erwartet hatte. »Ist das Bach?«

»Ich höre nicht nur Countrymusik.«

»Oh.« Sie starrte auf das Gewässer, hypnotisiert von den Schneeflocken, die in dem wirbelnden Wasserstrom schmolzen. »Ich liebe Bach.«

Für Bethanys Liebe zur klassischen Musik war Robin verantwortlich. Es hatte an der Highschool angefangen. Wenn sie nach der Schule zusammen zu Robin nach Hause gegangen waren, eiskalten Apfelsaft getrunken und Zitronenkuchen gegessen hatten, hatte Robins Mom, Mrs Delner, oft im Wintergarten Klavier gespielt. Es war eine so elegante und gehobene Musik gewesen, dass Bethany oft so getan hatte, als wäre Mrs Delner ihre Mutter und das schöne große Haus ihr Zuhause.

Evan setzte sich auf eine Kante des Felsens und deutete mit dem Kinn auf den Platz neben sich. »Setz dich doch.«

Bethany war sich nicht sicher, ob sie bleiben wollte. Wie sollte sie ihre Gedanken sortieren, wenn ein leicht feindseliger Mann neben ihr saß? Sie wollte gerade eine Ausrede erfinden und gehen, als Evan etwas sagte, das sie davon abhielt.

»Dieser Ort erinnert mich an Dan.«

Es schneite immer noch. Irgendwie fühlte es sich an, als hätte jemand sie in eine riesige Schneekugel gepackt. Bethany zog die Decke fester um ihre Schultern und setzte sich auf die Kante des Steins, so weit von Evan weg wie möglich. Aber die Entfernung war minimal und die Wärme seines Körpers neben ihr ließ sie ihren eigenen Körper besonders bewusst spüren. Sie betrachtete sein Profil. »Schläfst du eigentlich nie?«

Er wickelte die Kabel seiner Ohrhörer um den iPod. »Ist im Moment nicht so einfach.«

Das verstand sie. Sie hatte selbst auch Probleme damit.

Schweigen legte sich über sie, aber diesmal war es nicht so unangenehm wie im Wagen. Etwas an der Weite der Nacht und dem weichen Schnee löste die Spannung zwischen ihnen auf.

Bethany sprach als Erste. »Ich war früher oft hier.«

Sie spürte, dass Evan sie ansah.

»Im Frühling und Sommer sind die Ufer dieses Bachs voller Blumen.« Als sie klein war, hatte sie sich mitten in den Duft hineingelegt und zu dem weiten mit Wolken betupften Himmel hinaufgeschaut, während sie dem Gluckern des Wassers und den Zikaden in den Bäumen gelauscht hatte. »Wenigstens war es früher so.«

»Das ist immer noch so.«

Bethany schloss die Augen und stellte es sich vor – das Lila, Weiß und Blau von Bartnelken und Glockenblumen. Es erschien ihr unmöglich, dass etwas so Schönes aus dem kalten, harten Boden wachsen konnte, auf dem ihre Stiefel jetzt ruhten. »Ich habe sie gepflückt und Sträuße für meine Mutter daraus gebunden.«

»Nächstes Jahr wird diese Weide komplett davon bedeckt sein. Es soll ein harter Winter werden. Mit viel Schnee.«

»Was hat das mit den Blumen zu tun?«

»Je schneereicher der Winter, desto mehr Blumen gibt es im Frühling.«

»Wirklich?« Sie blickte auf das kahle Land hinaus, das sie umgab und langsam unter einer weißen Schicht verschwand. »Das wusste ich nicht.«

Der Schnee fiel jetzt schneller. Dichter.

Bethany zog die Knie an ihre Brust und schlang die Decke um ihre Schienbeine. Dann legte sie das Kinn auf ihre Kniescheiben und schloss vor Müdigkeit die Augen.

»Du irrst dich, was Dans Glauben betrifft.«

Sie versteifte sich. »Das will ich nicht hoffen.« Sie bemühte sich, ihre Bitterkeit im Zaum zu halten, aber etwas davon klang in ihren Worten durch.

Evan sah sie ein wenig länger an, als die Höflichkeit es gebot. Sie ignorierte ihn und konzentrierte sich stattdessen auf das Plätschern des Wassers.

»Was ist deine Geschichte?«, fragte er.

»Wie meinst du das?«

»Warum bist du so wütend auf Gott?«

»Ich bin nicht wütend. Nur gleichgültig.«

»Okay.« Er zog das Wort in die Länge, als glaube er ihr nicht.

Sie zerrte wieder an der Decke und funkelte ihn durch die Dunkelheit an.

»Komm schon, Bethany. Es muss doch einen Grund geben, warum du so reagierst.«

»Das würdest du nicht verstehen.« Der Mann hatte schließlich ein Kreuz an seinem Rückspiegel hängen.

Evan lachte leise.

»Was?«

»Es ist nur … wahrscheinlich würde ich es besser verstehen, als du denkst.« Er kratzte mit der Schuhkante über Erde und Schnee. »Ich war nicht immer so ein aufrechter Christ. In meinem Leben gab es eine Zeit, in der ich ziemlich sauer war.«

Bethany zog die Augenbrauen hoch. »Aus irgendeinem Grund fällt es mir gar nicht so schwer, mir das vorzustellen.«

Seine Lippen verzogen sich zu einem Grinsen – einem Grinsen, in dem ein Geheimnis lag, das er nicht mit ihr teilen würde. Ihr Herz flatterte. Dann blickte er zu Boden, sodass sie sein Lächeln nicht mehr sehen konnte.

»Und warum warst du wütend?«, fragte sie.

Als er wieder aufblickte, war sein Grinsen verschwunden. »In meinem letzten Highschool-Jahr ist mein bester Freund bei einem Autounfall ums Leben gekommen.« Er nahm einen Kiesel, der neben seinem Fuß lag, und warf ihn von einer Hand in die andere. Dann holte er tief Luft und bildete eine Faust um den Kiesel. »Ich saß am Steuer.«

Bethanys Miene wurde weicher.

»Ich war der gute christliche Junge, so wie meine Eltern mich erzogen hatten. Ich trank keinen Alkohol. Machte immer alles richtig. Also war ich derjenige, der fahren sollte – ich war schließlich vernünftig. Nur dass wir trotzdem einen Unfall hatten und ich meinen Freund begraben musste.« Er sah sie mit diesem durchdringenden Blick an, der ihr das Gefühl gab, er könnte durch ihre Haut und an ihren Knochen vorbei bis in ihre Seele schauen. »Ich war lange sehr wütend auf Gott.«

Ein paar Schneeflocken verfingen sich in Bethanys Wimpern und sie blinzelte sie fort. »Aber darüber scheinst du ja jetzt hinweg zu sein.«

»Das habe ich Dan zu verdanken.«

Bethany presste die Lippen aufeinander.

»Er war vielleicht kein traditioneller Christ, Bethany, aber dein Großvater hatte einen starken Glauben.«

Am liebsten hätte sie seine Bemerkung mit einem Achselzucken abgetan oder das Thema gewechselt. Wie waren sie überhaupt darauf gekommen? »Was willst du damit sagen?«

Evan warf den Stein ins Wasser. »Ich bin mir sicher, Dan hätte gerne die Gelegenheit gehabt, dir zu sagen, was er mir gesagt hat.«

»Und das war … was?«

»Selbst wenn wir alles richtig machen, werden trotzdem Dinge falsch laufen.«

Die Worte trafen sie zutiefst. Bethany versuchte sie abzuschütteln, so wie den Schnee, der sich auf ihrer Decke sammelte. Aber sie rührten sich nicht vom Fleck, und etwas an ihnen brach ihr das Herz.

Vielleicht, weil es Grandpa Dans Worte waren und sie wünschte, sie könnte sie aus seinem Mund hören und nicht aus Evans. Vielleicht, weil sie bei Parker Crane alles richtig gemacht und trotzdem ihren Job verloren hatte. Vielleicht, weil diese Worte so ganz anders waren als die Botschaft, die Pastor Fenton gepredigt hatte, als sie klein war. Oder vielleicht, ganz vielleicht, weil diese Worte ihrem Vater möglicherweise das Leben hätten retten können.

Kapitel 12

In ihrem halb wachen Zustand ergab der Gedanke, dass jemand in ihrem Zimmer einen Bohrer betätigte, durchaus einen Sinn. Sie vergrub das Gesicht im Kissen und versuchte, das Geräusch auszublenden. Erst als das Bohren verstummte, war Bethanys Benommenheit so weit verflogen, dass sie das Brummen als ihr vibrierendes Handy identifizierte. Außerdem fiel ihr wieder ein, wo sie war und warum. Heute war die Beerdigung ihres Großvaters. Und gestern Abend hatte sie einen ausgesprochen merkwürdigen Moment mit Evan erlebt. Sie kuschelte sich tiefer in die Laken und zog die Bettdecke bis zu ihrem Kinn hoch.

Dann erklang das Bohrgeräusch erneut. Sie schob die Hand unterm Kissen hervor, streckte den Arm in Richtung Handy aus und tastete über den Nachttisch, bis sie es fand. Der Anrufer, wer auch immer es gewesen war, hatte eine Nachricht hinterlassen. Sie erkannte weder die Nummer auf dem Display noch die Stimme des Mannes.

»Hier spricht Drew McCarty, Daniel Quinns Anwalt. Ich muss mit Ihnen, David Quinn und Evan Price über das Testament Ihres Großvaters sprechen.«

Sie stützte sich auf die Ellbogen und strich sich den Pony aus den Augen.

»Vielleicht wäre es das Einfachste, wenn Evan und Sie nach der Trauerfeier zu mir ins Büro kommen. Es befindet sich in der Innenstadt von Davenport.«

Bethany griff nach ihrer Handtasche, die neben dem Bett auf dem Fußboden lag, und kramte nach einem Stift. »Bitte rufen Sie mich zurück.« Ihre Finger fanden den Stift genau in dem Moment, in dem er seine Nummer sagte. In Ermangelung eines Papiers, auf dem sie die Nummer hätte notieren können, schrieb sie sie auf ihren Handrücken.

Nachdem sie sich auch das Ende der Nachricht angehört hatte, entzog sie sich der Wärme der schweren Steppdecke und setzte die Füße auf den Boden. Im Schlafzimmer herrschte eine zugige Kälte. Sie schlang die Arme um ihre Taille und schleppte sich zum Fenster. Eine dicke Schneedecke bedeckte die Landschaft, befleckt von Stiefelspuren, die bereits vom Haus zum Schuppen, zum Stall und hinaus auf die Felder führten. Schon allein ihr Anblick ermüdete sie. Am Himmel türmten sich dunkle Wolken, die sich bis zum Horizont erstreckten. Es war noch mehr Schnee unterwegs.

Trostloses Wetter für einen trostlosen Tag.

Sie hatte vorgehabt, gleich nach der Beerdigung nach Chicago zurückzufahren, aber jetzt sah es ganz danach aus, als müsste sie vorher noch einen Umweg machen. Während Bethany sich für die Trauerfeier anzog, fragte sie sich unwillkürlich, was Dan ihr und David hinterlassen haben könnte abgesehen von ein paar Sparbriefen und einigen Andenken. Was konnte an seinem Testament so kompliziert sein, dass man es nicht in einem Brief oder Telefonat erklären konnte? Dan war nie wohlhabend gewesen. Der Hof hatte ihm Nahrung und ein Dach über dem Kopf geboten und dazu die Annehmlichkeiten eines Mittelklasselebens. Er hatte das Land bestellt, weil er es liebte, nicht weil er reich werden wollte. Und jetzt würde die Farm höchstwahrscheinlich verkauft werden, um die Hypothek abzubezahlen.

Bethany unterdrückte ein Gähnen und ging in die Küche hinunter. Dort nahm sie die Plastikdose mit Kaffee aus einem der Schränke und häufte großzügig einige Löffel davon in die Kaffeemaschine. Verglichen mit ihrem gewohnten Espresso Macchiato von Starbucks roch der Kaffee wie eine billige Nachahmung. Sie hatte gerade die Schranktür geöffnet und einen Becher mit John-Deere-Logo herausgeholt, als sie hinter sich Schritte und ein Niesen hörte.

Sie drehte sich um und erwartete eine schläfrige Sekunde lang, Dan vor sich stehen zu sehen. Stattdessen war es Evan, wie ihr auf den zweiten Blick verdutzt klar wurde. Ihr fiel der Becher in die Spüle. Evan, der gerade dabei war, seine Manschettenknöpfe zu schließen, sah auf. Sie nahm den Becher wieder in die Hand und löffelte noch mehr Kaffeepulver in die Maschine, während sie ihr Herz dafür schalt, dass es so albern reagierte.

Mit der schwarzen Anzughose, dem moosgrünen Hemd und dem glatt rasierten Gesicht sah Evan überhaupt nicht wie ein Farmer aus.

Sie wich seinem Blick aus und schaltete die Kaffeemaschine ein, damit das Gebräu fertig wurde, bevor sie fahren mussten. Gestern war er so informell gekleidet gewesen, dass sie heute dasselbe erwartet hatte.

»Guten Morgen«, murmelte er.

Bethany betrachtete verstohlen sein Spiegelbild in der Mikrowellentür, während er hinter ihr entlangschlurfte. »Hast du gut geschlafen?«, fragte sie und bemühte sich darum, dass ihre Stimme fest klang. Was Evan am Abend zuvor gesagt hatte – und die Art, wie er es gesagt hatte –, ließen sie nicht los.

Als sie sich umdrehte, stand Evan viel dichter hinter ihr, als sie erwartet hatte. Auf der Tür der Mikrowelle sollte ein Aufkleber angebracht sein: »Objekte im Spiegel sind näher, als sie scheinen.« Sie drückte sich an die Küchenzeile und versuchte zu ignorieren, dass seine dunklen Locken über seinen Kragen ragten und die Farbe seines Hemdes das Grün seiner Augen besonders gut zur Geltung brachte.

Er streckte die Hand aus, um einen Becher aus dem Schrank zu nehmen. »Hast du heute Morgen schon mit Robin gesprochen?«

Bethany griff nach einem Spüllappen und begann die Arbeitsplatte abzuwischen, die gar nicht schmutzig war. »Sie ist nicht ans Telefon gegangen.«

»Hat Dans Anwalt dich erreicht?«

Sie hörte auf zu wischen. »Ja, vorhin.«

Er füllte seinen Becher mit Leitungswasser und blieb so dicht vor ihr stehen, dass sie sein Rasierwasser riechen konnte. »Triffst du dich heute Nachmittag mit ihm?«

Sie nickte, während sie versuchte, all die Gedanken, die in ihrem Kopf Karussell fuhren, in Schach zu halten. Dass sie ihren Job verloren hatte. Dass Dan gestorben war. Dass sie Pastor Fenton begegnet war. Dass Robin schwanger war. Dass sie gestern Abend diese seltsame Unterhaltung mit Evan geführt hatte. Dass er ihr jetzt so nahe war. All diese Gedanken wirbelten in ihrem Kopf durcheinander und hinterließen eine Hilflosigkeit, die sie hasste. Sie musste einen klaren Kopf bekommen und ihre Fassung wiedergewinnen. Allerdings musste sie auch zu einer Beerdigung.

Evan trank langsam und musterte sie über den Becherrand. Seine Miene wirkte misstrauisch.

Bethany ließ den Lappen zusammengeknüllt auf der Arbeitsplatte liegen und stellte ihren Becher ab. Der Kaffee würde auch von alleine durchlaufen. Ohne eine Erklärung verließ sie die Küche.

»Wie bitte?« Bethany starrte Drew McCarty an. Sie musste sich verhört haben.

Er beugte sich über den Konferenztisch. »Dan hat Ihnen den Hof vermacht. Alle fünfhundert Morgen.«

Ihre Kinnlade klappte herunter. Sie hatte ein paar mickrige Spareinlagen erwartete und vielleicht – wenn ihr Großvater klug gewesen war – eine Rentenversicherung. Eine Farm hatte sie nicht erwartet. Sie blinzelte einige Male, um den Nebel aus ihrem Gehirn zu vertreiben, den Drew McCartys Neuigkeit ausgelöst hatte. Was in aller Welt sollte sie mit einer Farm anfangen? »Er hat sie nicht Evan vermacht?«

»Evan hat er die ganze Ausrüstung für den Hof hinterlassen.« Drew suchte in den Unterlagen und zog ein Blatt aus dem Stapel.

»Hier steht es. Den Mähdrescher, die Traktoren, den Heuwagen etc. etc.« Er überflog das Blatt und nahm ein anderes zur Hand.

Bethany reckte den Hals und versuchte, von der anderen Seite des Tisches aus die winzige Schrift auf dem Kopf zu lesen, nur für den Fall, dass es ein Witz war und in dem Testament stattdessen stand, dass er ihr sein Erspartes vererbte und das alte Grammofon, auf dem sie früher Weihnachtslieder abgespielt hatten.

Drew studierte die Unterlagen. »Er hat Evan das Pferd und all seine Rinder vererbt. Außerdem das Bauernhaus und die zehn Morgen drum herum.«

»Wie bitte?« Sie wollte nicht wie eine kaputte Schallplatte klingen, aber Dan hatte Evan das Haus vermacht? Sie sah zu dem Mann neben ihr, der die Hände um die Armlehnen seines Stuhls gelegt hatte. »Warum sollte er Evan das Haus vermachen, nicht aber die Farm?«

Wenn Dan Evan etwas hinterlassen wollte, dann wäre es doch viel sinnvoller, ihm die Farm zu geben. Warum also hatte er das Haus bekommen? Warum vererbte Dan nicht ihr das Haus? Sie verdrängte das Gefühl, das in ihrem Inneren aufstieg. Sie hatte keinen Grund, sich verraten zu fühlen oder neidisch zu sein, falls es das war, was sie empfand. Zwar hatte sie das Haus irgendwann einmal geliebt. Und irgendwann einmal hatte sie sich vielleicht auch ausgemalt, wie es wäre, wieder dort zu leben. Aber das war damals gewesen, als sie nichts anderes gekannt hatte. Als sie das Haus nur mit einem heruntergekommenen Metallcontainer in einem Trailerpark hatte vergleichen können. Als Kind war ihr das Farmhaus wie ein Herrenhaus voller Nischen und Verstecke erschienen, doch als Erwachsene wusste sie, dass es nur ein altes Haus war, an dem man viel reparieren musste. Abgesehen davon, dass es in Peaks stand. Was kümmerte es sie, wem ihr Großvater das Haus vererbt hatte?

Drew stützte die Ellbogen auf den Tisch und legte die Fingerspitzen beider Hände aneinander. »Ich hatte vor einigen Monaten eine lange Diskussion mit Dan über diese Angelegenheit. Er hatte ganz klare Vorstellungen, wer was bekommen sollte.«

»Hat er David auch etwas vermacht?«

»Ihr Bruder bekommt alles Ersparte und die Erträge von Dans Aktien. Das ist einiges. Ihr Großvater war sehr vorsichtig mit seinem Geld.«

Bethanys Gedanken überschlugen sich. Sie versuchte, einen davon so lange zu isolieren, dass sie ihm folgen konnte, aber im Moment konnte sie sich einfach nicht konzentrieren. Sie wollte Dan von den Toten auferwecken und ihn fragen, warum. Er tat nie etwas, ohne lange und gründlich darüber nachzudenken. Es musste einen Grund geben, warum er ihr die Farm vermacht hatte. Doch das Einzige, woran sie denken konnte, war, dass sie nun untrennbar mit Peaks verbunden war. Sie wollte aber nicht mit Peaks verbunden sein. Nicht einmal vorübergehend.

»Was in aller Welt soll ich mit Ländereien anfangen?«

Drew lehnte sich zurück, schlug die Beine übereinander und zuckte mit den Schultern. »Sie könnten sie verkaufen.«

Evan zuckte auf seinem Stuhl zusammen. Seiner angespannten Miene nach zu urteilen, schien er eine Menge Selbstbeherrschung aufbringen zu müssen, um nicht zu sagen, was er dachte. Bethany wandte ihre Aufmerksamkeit wieder Drew zu und wartete darauf, dass er diesen Gedanken ausführte.

»Im Zuge der Wirtschaftskrise ist das Interesse an Bauland zwar zurückgegangen, aber in dieser Gegend kann man immer noch verkaufen. Und nach allem, was ich gehört habe, bringen landwirtschaftliche Flächen im Moment recht gute Gewinne.«

Drews Vorschlag nistete sich in ihrem Hirn ein. Er schlug Wurzeln und lenkte ihre Gedanken in eine ganz neue Richtung. »Wie viel würde ich bekommen, wenn ich verkaufe?«

Evan schnaubte verächtlich. »Das wirst du doch wohl nicht ernsthaft in Erwägung ziehen!«

Drew stieß einen leisen Pfiff aus. »Fünf-, sechstausend pro Morgen.«

Bethany überschlug die Zahlen im Kopf. Als sie das Ergebnis ausgerechnet hatte, riss sie die Augen auf. Das konnte nicht stimmen. Sie ging die Zahlen gedanklich noch einmal durch, aber die Summe blieb dieselbe. Mit fünf Nullen am Ende. Zweieinhalb Millionen Dollar? War das ein Witz?

Evans Blick bohrte Löcher in ihren Schädel, aber die Drohgebärde war nur ein leises Donnergrollen in der Ferne.

»Und weil er mir die Farm hinterlassen hat, bekäme ich das Geld von dem Verkauf?«

Drew lächelte. »So funktioniert das in der Regel.«

Bethany hätte den Anwalt am liebsten gepackt und einen feuchten Kuss auf seine Stirn gedrückt. Zweieinhalb Millionen Dollar? Mit zweieinhalb Millionen Dollar könnte sie eine Menge machen.

Das laute Kratzen von Evans Stuhl auf dem Fußboden riss sie in die Gegenwart zurück. Er hatte seinen Stuhl zu ihr umgewandt und eine leichte Röte stieg seinen Hals hinauf bis in sein Gesicht. »Glaubst du wirklich, Dan hat dir die Farm vererbt, damit du sie verkaufst?«

Bethanys Fassung geriet ins Wanken. Sie suchte nach einer Rechtfertigung – etwas, das die Möglichkeiten, die ihr durch den Kopf jagten, für gültig erklärte und Evans Zorn besänftigte. »Dan wusste, dass ich eine der besten Architektinnen im Mittleren Westen werden will. Er war stolz auf mich. Vielleicht wollte er mir so helfen, meine Ziele zu erreichen.«

Evan starrte sie mit offenem Mund an.

Bethanys Wangen wurden heiß. Sie wandte den Blick ab und tat so, als betrachte sie den Kranz, der in Drews Bürofenster hing. Möglich, dass Evan sie für selbstsüchtig hielt, aber war er nicht auch egoistisch? Er wollte doch nur deshalb, dass sie die Farm behielt, weil er sonst keinen Job mehr hatte. Konnte er keinen anderen Hof finden? Es gab doch jede Menge davon hier in der Gegend. Sie umklammerte die Armlehnen ihres Stuhls und richtete den Blick auf Drew. »Mit wem muss ich wegen des Verkaufs reden?«

»Das war's also? Du hast dich schon entschieden?«

Sie krallte die Finger in das Polster und versuchte, den wütenden Mann neben ihr zu ignorieren.

»Mit einem Makler, der sich auf Ländereien spezialisiert hat, würde ich sagen.«

Evan stand so abrupt auf, dass sein Stuhl umfiel. Bethany konnte sich einen Blick nicht verkneifen. Seine Augen brannten so intensiv, dass sie zusammenzuckte.

»Wir wissen beide, dass Dan dir die Farm nicht vermacht hat, damit du sie verkaufst. Dan hat sich nichts aus Geld gemacht. Ihm waren Menschen wichtig. Du warst ihm wichtig. Deshalb hat er dir das Land gegeben. Und zwar nicht, damit du Profit daraus schlägst und dich mit einem Haufen Geld aus dem Staub machst.«

Bethany schob das Kinn vor. Für Evan war das leicht zu sagen. Er wollte die Farm. Sie nicht. Und selbst wenn es stimmte, was er sagte, hatte sie keine Zeit, hier herumzusitzen und in Erfahrung zu bringen, welche Lektion ihr Großvater ihr hatte erteilen wollen. Sie war eine erwachsene Frau mit Zielen. Dan wäre froh zu wissen, dass er ihr geholfen hatte, diese Ziele zu erreichen. Sie weigerte sich, die Schuldgefühle, die in ihr aufkeimten, von Evans Worten düngen zu lassen.

»Wird es ein Problem, das Land zu verkaufen, wenn mir das Haus und das unmittelbare Grundstück drum herum nicht gehören?«

»Könnte sein.« Drew klopfte mit seinem Stift auf den Tisch und zuckte mit den Schultern. »Ehrlich gesagt bin ich mir da nicht sicher. Das müssten Sie den Makler fragen.«

»Wow.« Evans Ausruf triefte nur so vor Ekel. »Du hast ja wirklich eine Menge Respekt vor deinem Großvater.« Er stapfte zur Tür und trat auf den Flur hinaus. »Dann könnt ihr beide auch ohne mich weiterreden.«

Die Tür knallte zu. Bethany zuckte zusammen und sah Drew an.

Der drehte den Stift um seinen Daumen. »Also, was meinen Sie?«

Kapitel 13

Bethany verließ Drew McCartys Büro mit einer merkwürdigen Mischung aus Begeisterung, schlechtem Gewissen und viel zu viel Kaffee. Seit Drew die fünf- bis sechstausend Dollar pro Morgen erwähnt hatte, war ihr Adrenalinspiegel außer Kontrolle geraten. Ein Traum hatte sich entzündet. Wenn sie Dans Farm verkaufte, könnte sie mit dem Geld ihre eigene Firma gründen. Dann spielte der Kampf um ihre Stelle bei Parker Crane keine Rolle mehr. Warum sollte sie sich die Mühe machen, einen alten Job zurückzuerstreiten, wenn sie die Mittel hatte, sich etwas ganz Neues aufzubauen? Etwas ganz und gar Aufregendes?

Bethany atmete zitternd aus und konnte ein Grinsen jetzt nicht mehr unterdrücken. Nie mehr würde sie Zeit damit verschwenden müssen, heruntergekommene Gebäude auf Vordermann zu bringen, um sich den Respekt ihrer Vorgesetzten zu erarbeiten. Jetzt hatte sie die Mittel, um auf der Karriereleiter den Sprung ganz nach oben zu machen – Inhaberin und Geschäftsführerin ihres eigenen Unternehmens. Ungeahnte Visionen brachen an die Oberfläche, gedämpft nur von den nagenden Schuldgefühlen wegen Evan.

Wenn sie ehrlich war, wusste sie, dass seine Anschuldigungen durchaus begründet waren. Dan hatte die Farm mit Leib und Seele betrieben. Nach dem Unfall ihres Vaters hatte allein diese Farm verhindert, dass ihr Großvater den Verstand verloren hatte. Damals war er aufs Feld hinausgegangen und bis zum Einbruch der Dämmerung dort geblieben, und wenn er zurückgekommen war, hatte er besser ausgesehen als morgens, wenn er aufgebrochen war. Einmal, als sie ihn gefragt hatte, warum das so war, hatte er ihr erzählt, dass er sich dort draußen mit Jesus treffe. Sie erinnerte sich noch daran, dass sie zwei Dinge gedacht hatte: erstens, dass Jesus nicht auf einer Farm lebte, und zweitens, wie es sein konnte, dass derselbe Jesus, der ihre Mutter in ein Nervenbündel verwandelte, ihrem Großvater inneren Frieden bescheren konnte. Als sie ihn das fragte, antwortete Grandpa Dan, es sei nicht Jesus, der ihre Mutter so einschüchterte, sondern Pastor Fenton. In Bethanys kindlicher Vorstellung waren die beiden ein und dasselbe.

Sie verdrängte den Gedanken an Evans wütende Miene, bevor er die Tür hinter sich zugeknallt hatte, und weigerte sich, den Schuldgefühlen, die sich in ihrem Inneren ausbreiteten, Glauben zu schenken. Evan war der Ansicht, sie würde ihren Großvater nicht achten. Aber Dan war tot. Punkt. Es gab nichts, was man noch achten konnte. Sie würde nicht aus sentimentalen Gründen eine Farm behalten und einen wunderbaren Traum im Keim ersticken. Wenn Evan sich Sorgen um seine Arbeit machte, dann ließe sich dafür doch sicherlich problemlos eine Lösung finden, oder? Er hatte immerhin ein Startkapital. Sechzig Kühe und einen Maschinenpark. Er könnte Ländereien pachten. Vielleicht sogar besseres Land, als sie es jetzt hatten. Besseres Heu. Größere Äcker und Weiden. Vielleicht würde er ihr in ein, zwei Jahren sogar dankbar sein. Möglicherweise könnte er dann schon seine eigene Farm kaufen.

Sie ließ den Aufzug links liegen und lief die drei Stockwerke bis zum Erdgeschoss hinunter. Vor den Fenstern sah sie wirbelndes Weiß. Als sie die Eingangstür des Gebäudes öffnete, schlug ihr ein eisiger Wind die Haare ums Gesicht und ließ ihre ungeschützten Finger brennen. Bethany senkte den Kopf, schob die Hände in die Manteltaschen und trat auf eine frische Schneeschicht hinaus – es waren beinahe zehn Zentimeter Neuschnee gefallen. Mit schnellen Schritten lief sie in die Richtung, in der ihr Wagen stand, und blieb erst stehen, als sie das silberne Fahrzeug keine zwei Meter vor sich ausmachen konnte.

Sie riss die Tür auf und stieg eilig ein. Dann ließ sie den Motor an, drehte die Heizung auf und griff nach dem Besen, um den Schnee von ihren Autofenstern zu fegen. Als das erledigt war, ließ sie sich auf den Fahrersitz fallen und rieb sich die Hände, während sie durch die Windschutzscheibe in eine blendend weiße Wolke blickte. Wie in aller Welt sollte sie bei diesem Wetter nach Chicago fahren?

Als ihre Hände trocken und ein wenig aufgetaut waren, zog sie ihr Handy aus der Handtasche und wählte Dominics Nummer. Es war Sonntag, deshalb war sie sich sicher, dass er drangehen würde. Sie könnte ihm von ihrem Erbe erzählen, während er auf dem Wetterradar etwas über das Unwetter herausfand. Vielleicht würde seine Begeisterung den Faden aus Schuldgefühlen durchtrennen, der versuchte, sich um ihr Herz zu schlingen.

Dominic nahm nach dem dritten Klingeln ab. »Hi. Ich habe mich schon gefragt, wann du anrufst.« Seine Stimme klang höher als sonst, so als würde er sich besondere Mühe geben. »Wie war die Beerdigung?«

»Es war eine Beerdigung, Dom. Was meinst du denn, wie sie war?«

»Okay.« Im Hintergrund raschelte Papier.

»Ich kann es kaum erwarten, hier rauszukommen.«

»Ich bin mir nicht sicher, ob das heute möglich sein wird. Nicht bei diesem verrückten Wetter.«

Ein Windstoß erschütterte den Wagen. »Schneit es in Chicago auch?«

»Ja, es hat vor ein paar Stunden angefangen. Ist ziemlich übel.«

»Könntest du für mich einen Blick auf das Wetterradar werfen? Ich will nach Hause.« Sie duckte sich ein wenig und spähte in den weißen Himmel hinauf. »Allerdings kann ich im Moment kaum was sehen, wenn ich aus dem Fenster gucke.«

Dominic lachte. »Da muss ich nicht auf dem Radar nachsehen. Es wurden für den ganzen Mittleren Westen Blizzardwarnungen ausgegeben. Sie sagen dreißig bis vierzig Zentimeter Neuschnee voraus und Sturm. Die Hälfte der Schulen in Chicago hat den Unterricht für morgen schon abgesagt. Heute Abend wirst du nirgends mehr hinfahren.«

»Dreißig bis vierzig Zentimeter?«

»Willkommen im Winter.«

Bethany stöhnte.

Dominic raschelte wieder mit irgendwelchen Papieren.

Sie wollte ihm die gute Nachricht persönlich sagen, aber sie war sich nicht sicher, ob sie warten konnte, bis das Wetter sich beruhigt hatte. Sie musste mit jemandem darüber reden, der sich jetzt mit ihr freuen konnte. Jemandem, der nicht so reagierte, wie Evan es getan hatte. Sie holte tief Luft.

»Ich habe übrigens total verrückte Neuigkeiten.« Sie sagten beide gleichzeitig genau das Gleiche. Bethany lachte. Dominic auch.

»Du zuerst«, sagte er.

»Ich war gerade bei Dans Anwalt. Mein Großvater hat mir die Farm hinterlassen.« Bethany wartete auf eine Reaktion. Als Dominic nichts sagte, fuhr sie fort: »Sie ist zweieinhalb Millionen Dollar wert.«

»Wow, Bethany, das ist ja fantastisch! Wirst du sie verkaufen?«

Ob sie sie verkaufen würde? Was war das für eine Frage? »Jedenfalls werde ich sie nicht behalten. So viel steht fest. Was soll ich mit einer Farm anfangen?«

Keine Reaktion. Nichts.

»Ich überlege, von dem Geld mein eigenes Architekturbüro zu gründen.«

»Wow.«

In diesem Wow lag eine Menge Zögern. »Was willst du damit sagen, Dom?«

»Ein Unternehmen zu gründen ist eine ziemlich große Sache.«

»Und?«

»Nichts für ungut, aber meinst du, du bist schon so weit?«

Ihr Magen verkrampfte sich. »Ich weiß eine Menge über Architektur.«

»Das weiß ich. Aber sich mit Architektur auszukennen und eine eigene Firma zu leiten, sind zwei unterschiedliche Paar Schuhe. Du wurdest entlassen, weil eines der renommiertesten

Architekturbüros in Chicago Probleme hat. Das kann doch kein gutes Zeichen sein, Bethany.«

Die Muskelstarre breitete sich bis in ihren Unterkiefer aus. Er erstickte ihre Hoffnungen im Keim und raubte ihr die Vision. Warum konnte er sich nicht einmal mit ihr freuen? »Du findest also, ich sollte es nicht machen?«

»Habe ich das gesagt?«

»Du hast mir gerade erzählt, dass ich nichts von Geschäftsführung verstehe. Also ja, im Grunde schon.«

»Ich sage nur, dass du es dir gut überlegen solltest. Überstürz nichts, ohne alle Möglichkeiten in Betracht gezogen zu haben.«

»Bitte sag nicht, dass du ernsthaft erwägen würdest, die Farm zu behalten.«

Sie hätte aus dem Schweigen am anderen Ende der Leitung Hunderte Spulen Garn spinnen können. Und mit jeder neuen Spule schlug ihr Herz schneller. »Was sind deine verrückten Neuigkeiten?«, fragte sie schließlich.

»Ich habe einen Job angeboten bekommen.« Dominics Stimme klang mit einem Mal wieder ganz hoch und der Tonfall ließ sie schlucken. »Als Partner in einer richtig guten Kanzlei.«

»Und, willst du ihn?«

»Morgen nehme ich das Angebot an.«

Sie spähte wieder durch die Windschutzscheibe nach draußen. Sie war in einem riesigen Schneeball gefangen. »Das ist ja großartig, Dom!«

»Der Job ist in Atlanta.«

Sie stutzte. »Atlanta.«

»Ich weiß. Verrückt, oder? Ich hätte nie gedacht, dass ich mal in Atlanta leben würde.«

Er sagte nicht: »Ich hätte nie gedacht, dass wir mal in Atlanta leben würden.« Alle Begeisterung, die sie gerade in Drew McCartys Büro noch empfunden hatte, verflog. Ihr Mietvertrag lief in zwei Wochen aus. Ihr Freund zog nach Atlanta. Und sie hatte keinen Job mehr. »Wann hast du das Angebot denn bekommen?«

»Letzte Woche.«

»Und du hast nicht einmal daran gedacht, das mit mir zu besprechen?«

»Du hast doch momentan so viel um die Ohren. Da wollte ich dir nicht noch was aufhalsen.«

»Also hast du mich einfach nicht an der Entscheidung beteiligt? Inwiefern soll das besser sein?«

»Komm schon, Bethany. Was hätte es denn da zu besprechen gegeben?«

»Erst letzten Monat hast du mich gefragt, was ich davon halte, mit dir zusammenzuziehen, Dominic.« Gut, sie hatten ihre Beziehung unter der Voraussetzung begonnen, dass ihre Karrieren vorgingen. Keine langfristigen Verpflichtungen, hatten sie gesagt. Bethany hatte nie eine klammernde Freundin sein wollen. Aber das hier? Dominic nahm einen Job an, der ihn mehrere Bundesstaaten weit wegführte, und erzählte es ihr nicht einmal?

»Das lag daran, dass dein Mietvertrag bald auslaufen sollte. Ich hatte doch keine Ahnung, dass ich umziehen würde.«

»Der Mietvertrag läuft immer noch aus.« Es war schon Mitte Dezember und ihr Mietvertrag endete am 31. »Und was soll ich jetzt machen?«

»Kannst du ihn nicht verlängern?«

Bethany ließ die Stirn aufs Lenkrad sinken und schloss die Augen. »Ich weiß ja nicht einmal, ob ich in Chicago einen Job bekomme.«

»Du könntest eine Weile bei Lisa wohnen.«

Bethany stöhnte. »Zu Lisa ziehe ich ganz bestimmt nicht.« Sie waren Freundinnen, aber Bethany könnte nie so beengt leben – mit Katzen und Leinwänden und dreckigen Müslischälchen in jeder Ecke.

»Was ist mit deiner Freundin in Peaks? Robin irgendwas?«

Bethany rollte den Kopf auf dem Lenkrad hin und her. »Nein. Auf keinen Fall.«

»Du musst doch ohnehin die Sache mit der Farm regeln,

oder? Ich wette, sie zu verkaufen, geht nicht so schnell, wie du denkst.«

Vor allem, da ihr das Haus darauf nicht gehörte. Aber sie weigerte sich, Dominic von diesem Detail zu erzählen. Er würde nur noch mehr Probleme sehen und anfangen, über juristische Herausforderungen zu reden, die mit diesem Vorbehalt verbunden waren. »Ich will nicht in Peaks bleiben.« Der Ort löste zu viele Erinnerungen aus. Wohin sie sich auch wandte, überall lief sie ihrer Vergangenheit über den Weg.

»Du könntest auch mit nach Atlanta kommen.« Er zögerte. Zu lange. »Wenn du willst.«

»Ich werde dir nicht nach Atlanta folgen.« Ihre Mutter hatte das College geschmissen, um mit Bethanys Vater in Peaks zu leben, und was daraus geworden war, konnte man ja sehen. Jetzt machte sie in einer kleinen, klaustrophobischen Stadt in einer Aluminiumfabrik Schichtdienst.

»Und was bedeutet das dann?« Seine Stimme summte in ihrem Ohr.

Irgendwie hatte sich das Durcheinander draußen in ihren Körper übertragen. Und sie hatte keine Ahnung, was sie damit machen sollte. »Hör zu, Dom. Du lässt diese Bombe platzen, während ich mitten in einem Schneesturm in meinem Wagen festsitze. Du bist derjenige, der Pläne für Atlanta geschmiedet hat. Ohne mich. Also sag *du* mir, was das bedeutet.«

»Komm schon, Bethany. Die Chance ist mir quasi in den Schoß gefallen. Es ist nicht so, als hätte ich das geplant.«

Am liebsten hätte sie geschrien, aber sie hielt ihre Wut in Schach. »Und was ist jetzt dein Plan?«

»Ich weiß nicht. Ich dachte, dass alle zwei Monate einer von uns fürs Wochenende zum anderen rüberfliegen könnte. Am Anfang vielleicht noch nicht ganz so regelmäßig. Du weißt ja, wie es ist, wenn man einen neuen Job anfängt.« Seine Worte stimmten sie nicht gerade zuversichtlich. »Aber ich möchte jedenfalls nicht, dass wir uns nie wiedersehen.«

Es war jedoch kein Problem für ihn, sie nur alle zwei Monate zu sehen. Sie war ihm nur so wichtig, wie es gerade in sein Leben passte. Und bislang hatte sie gedacht, damit könnte sie leben. Aber vielleicht konnte sie es doch nicht. Bethany rieb sich den Nacken und fuhr sich dann mit der Hand durch die Haare, weil sie nicht wusste, was sie sagen sollte. Wie sie reagieren sollte. Sie wurde kleingemacht. Zuerst in ihrem Job. Und jetzt in ihrer Beziehung.

Ein erneuter Windstoß pfiff um die Wagenfenster. Sie schloss die Augen und lehnte den Kopf wieder an die Rückenlehne. Ihr wurde das Leben wie ein Teppich unter den Füßen weggezogen. Sie hatte ihren Job verloren. Sie hatte ihren Großvater verloren. Sie hatte ihren Freund verloren. Dafür hatte sie eine Farm gewonnen. Innerhalb einer Woche hatte sich alles, was sie mit Chicago verband, in Luft aufgelöst. Und wie eine Henkerschlinge hatte sich Peaks um ihren Hals gelegt, fest entschlossen, ihre Träume zu ersticken.

Kapitel 14

Als ich acht Jahre alt war, war meine beste Freundin eine Kuh. Ich nannte sie Mrs Frisby nach einer verwitweten Maus in einem Buch, aus dem meine Mutter mir jeden Abend vor dem Schlafengehen vorlas. Das war damals, als Dads Hände und Beine noch funktionierten und er und Grandpa Dan einen ganzen Stall voller Milchkühe hatten.

Während der Frühling näher rückte, saßen meine Klassenkameradinnen in der Cafeteria, aßen Sandwichs mit Erdnussbutter und Gelee und erzählten von ihren bevorstehenden Reisen nach Disney World oder an den Ozark-See oder, in Bobby Fenways Fall, nach Graceland.

»Und wo fährst du hin?«, fragten sie.

»Nirgends«, sagte ich dann. »Ich bleibe auf der Farm.«

Dann hörten sie auf zu kauen, dreieckige Brote vor ihren Lippen, die Mienen von Mitleid gezeichnet. Ich lächelte und zuckte mit den Schultern. Die Kinder, die in der Stadt wohnten, konnten vielleicht in Urlaub fahren, aber sie hatten auch keinen Stall voller Kühe, die jeden Tag zweimal gemolken werden mussten. Und diese Kühe hätte ich gegen keine Disneytour der Welt eingetauscht.

David empfand das anders.

Er sagte zu Dad, er wolle in Kanada angeln gehen. An irgendeinem geheimnisvollen Ort namens Boundary Waters. Dad erinnerte David an unsere Kühe und daran, dass sie Mastitis bekommen würden, wenn niemand sie melkte. Aus irgendeinem Grund stellte ich mir vor, dass die Euter wie Wasserbomben explodieren würden, während David murrte und mit seiner Angel zum nächsten Bach davonschlurfte.

In den Frühjahrsferien stand ich jeden Morgen mit Dad zusammen um halb fünf auf und wir fuhren, je nach Wetter, mit dem Quad oder dem Schneemobil zum Kuhstall. Während Dad melkte, half ich ihm, so gut ich konnte, aber vor allem redete ich mit Mrs Frisby. Ihre großen Augen blickten intelligent drein, ihr linkes Ohr sah lustig aus, und auf ihrem Widerrist hatte sie einen riesigen schwarzen Flecken in der Form von Afrika. Eines Morgens bemerkte ich, dass ihre Augen trüb aussahen und ihr linkes Ohr tiefer hing als sonst. Selbst ihr Afrikafleck wirkte ein bisschen schief.

Ich drehte mich zu Dad um. »Was ist denn mit Mrs Frisby los?«, fragte ich.

»Sie hat eine Lungenentzündung.«

Meine ohnehin großen Augen wurden noch größer. Sie hatte vor ein paar Wochen gekalbt und seitdem hatte sie Probleme. Ich machte mir Sorgen wie eine richtige Glucke. »Was ist eine Lungenentzündung?«

»Es ist wie eine Erkältung mit Husten. Nur schlimmer.«

»Wird sie wieder gesund?«

Dad sah mich über die Schulter an und lächelte, so wie nur er lächelte. Mom nannte es ein schiefes Lächeln. Und unwiderstehlich. Mein Vater war ein sehr attraktiver Mann. Das war nicht zu übersehen, aber ich wusste es auch, weil ich gehört hatte, wie andere Damen in der Stadt über ihn gesprochen hatten.

»Sie wird wieder, Liebling. Wir geben ihr Antibiotika.«

Also setzte ich mich neben Mrs Frisby, tätschelte ihr den Kopf und erzählte ihr von Moms erbärmlichem Versuch am vergangenen Abend, einen Kuchen zu backen. Als Dad mit dem Melken fertig war, kam er zu uns herüber. Er stand groß und stark neben mir und strich über Mrs Frisbys Kopf.

»Dad?«, sagte ich.

»Ja?«

»Wenn ich groß bin, möchte ich Farmer werden.«

»Wirklich?«

»Ja.«

Seine braunen Augen funkelten. »Ich weiß nicht. Die Landwirtschaft ist Schwerstarbeit. Vielleicht wäre es einfacher, wenn du dir etwas weniger Anstrengendes suchst.«

»Aber du bist doch auch Farmer.«

»Stimmt.«

»Und ich stehe gerne früh auf.«

»Das ist wahr.« Er fuhr mit der Hand über Mrs Frisbys Afrikafleck, klopfte ihr auf den Rücken und setzte sich dann auf einen Hocker, der in der Nähe stand. »Bei deinem Bruder bin ich mir nicht so sicher, ob er dieses Frühaufstehergen geerbt hat. Und ich glaube, das Farmergen hat er auch nicht.«

»Das liegt daran, dass David dumm ist.«

»Na, na!«

Ich senkte reuevoll den Kopf. »Er sagt, er will Dinge erfinden und von den Tantiemen reich werden.« Ich wusste nicht, was das bedeutete, aber David sagte es so oft, dass ich seine Worte mühelos wiederholen konnte. »Ich nicht. Ich heirate einen Farmer und dann leben wir hier, damit ich dich und Mrs Frisby nie verlassen muss.«

Dad legte seine große Hand auf seine Brust. »Da wird es mir ja ganz warm ums Herz.«

»Ich habe keine Angst vor der Arbeit«, sagte ich.

»Nein, die hast du nicht.« Er lächelte wieder und in seinen Augenwinkeln bildeten sich kleine Fältchen. »Ich habe keinen Zweifel daran, dass du irgendwann eine hervorragende Landwirtin sein wirst, Bethany.«

Ich legte meine kleine Hand zwischen Mrs Frisbys Augen. »Versprichst du mir, dass sie wieder gesund wird?«

Er hob zwei Finger. »Pfadfinderehrenwort.«

Fünf Monate später fiel Dad vom Silo. Und ich hörte auf, mir Sorgen um Mrs Frisby zu machen.

Kapitel 15

Evan riss die Tür auf und stapfte ins Haus. Währenddessen schüttelte er sich den Schnee von seinen Haaren. Er kam gerade aus dem Stall, wo er Storm in Sicherheit gebracht hatte. Ihre andere Stute war im letzten Frühjahr gestorben und diese war auch nicht mehr die jüngste. Sie war eindeutig zu alt, um mitten in einem Blizzard draußen auf der Weide zu sein.

Moren früh würde er damit beginnen, Heu zu den Rindern zu schaffen, jetzt, wo der Schnee eine dicke Decke über die Stoppelfelder geworfen hatte. Vielleicht würde er die Herde zusammentreiben und in einen nahe gelegenen abgezäunten Bereich bringen. Nach allem, was man so hörte, und seinem bewährten Internet-Almanach zufolge, war er schon auf einen brutalen Winter eingestellt gewesen. Er hatte nur nicht damit gerechnet, dass der Schneeeinbruch so früh kommen würde. Evan nahm sich vor, die Traktorräder gleich morgen früh mit Ketten zu versehen. Obwohl es erst seit wenigen Stunden schneite, reichten ihm die Schneewehen schon jetzt bis über die Knie. Seine Herde mit Heu zu versorgen und ein Auge auf die Wassertanks zu haben, würde echt mühsam.

Vielleicht musst du dich bald überhaupt nicht mehr abmühen. Nicht wenn Bethany verkauft …

Der Gedanke traf ihn zutiefst. Erst Micah und Dan zu verlieren und jetzt noch das Land, das er seit fünf Jahren bestellte und liebte, verwandelte sein Inneres in Gärfutter. Der Wind pfiff an den Fensterscheiben vorbei und schlug die Küchentür hinter ihm zu. Evan streifte seinen Mantel ab und warf ihn über die Rückenlehne eines Stuhls.

Er durfte nicht zulassen, dass irgendeine eingebildete Tussi, die sich von einem Landei in eine Großstadtpflanze verwandelt hatte, Dans Ländereien an sich riss. Bethany hatte ihren Großvater ganz offensichtlich getäuscht. Hätte Dan Bethanys Pläne gekannt – das Land, auf dem er im Schweiße seines Angesichts fünfzig Jahre lang gearbeitet hatte, einfach zu verkaufen und zu zerstören –, hätte er ihr nicht einen einzigen Morgen davon hinterlassen. Da war Evan sich ganz sicher.

Nasser Schnee tropfte von seiner Thermojeans auf den Boden, als er sich an die Küchenzeile lehnte und den Raum betrachtete. Die Decke hing durch und das verzogene Linoleum wölbte sich stellenweise. Es war ein altes Haus. Aber es gehörte ihm. Als Drew an diesem Nachmittag verkündet hatte, dass er es geerbt hatte, war ein plötzlicher Besitzerstolz über ihn hereingebrochen. Dan hatte dieses Haus geliebt. Und Evan würde es auch tun. Aber sein Herz hing an der Farm.

Denn die Landwirtschaft lag ihm im Blut. Wann immer er und seine Familie Onkel Manny in Missouri besucht hatten, hatten seine Geschwister sich die Nase zugehalten, wenn sie an den Schweineställen vorbeikamen. Aber Evan hatte die Luft tief eingeatmet. Sein Onkel hatte behauptet, es rieche nach Geld. Für ihn roch es nach Zukunft – nach seiner Zukunft.

Er hatte viele Sommer in Missouri verbracht, war früh aufgestanden, um die Kühe zu melken, hatte die Schweineställe ausgemistet und Heu geladen, bis ihm der Schweiß über die Stirn gelaufen war. Sein Onkel hatte ihm beigebracht, wie man einen Traktor fuhr, als er gerade einmal neun Jahre alt gewesen war. Den Mähdrescher, als er fünfzehn war. Ein so kraftvolles landwirtschaftliches Gerät zu lenken, so hoch über den Maisfeldern zu sitzen, hatte ihm das Gefühl gegeben, als könnte er die Hand ausstrecken und den Boden des Himmels berühren.

Evan hatte schon früh gewusst, dass er Farmer werden wollte. Es hatte da nur ein Problem gegeben. Ein kleines Hindernis auf dem Weg, den Traum zu verwirklichen, den er sich ausgemalt hatte. Er saß mitten in einer Agrarregion fest und hatte kein eigenes Land.

Nach dem College hatte er auf dem Hof seines Onkels gearbeitet, aber Manny hatte zwei Söhne, die in seine Fußstapfen traten, und zudem hatte Evan damals Schwierigkeiten gemacht. Nachdem er eines Nachts betrunken einen der Traktoren geschrottet hatte, hatte sein Onkel ihn endgültig rausgeworfen. Da er nicht gewusst hatte, wo er hinsollte, hatte er seinen Stolz hinuntergeschluckt und war nach Hause gefahren. Nach Iowa. Ein Vagabund, ein Farmer ohne Farm, entschlossen, so viele Autos und landwirtschaftliche Fahrzeuge zu reparieren, bis er Ländereien pachten konnte.

Aber Gott hatte andere Pläne.

Vor fünf Jahren hatte Robin ihm von Dans Farm erzählt und davon, dass er Hilfe brauchte. Evan hatte der Gelegenheit nicht widerstehen können. Damals hatten Bryan und Amy und seine Eltern noch immer in Iowa gelebt und ihn ständig wegen seines Glaubens beziehungsweise vielmehr seines Mangels daran genervt. Dan war anders gewesen. Er hatte Evan ungestört seinen lang anhaltenden Ringkampf mit Gott austragen lassen und geduldig alle Fragen beantwortet, die Evan ihm an den Kopf warf. Bis Evan das Kämpfen und seine Zerbrochenheit irgendwann leid gewesen war. Mitten in Dans Maisfeld hatte er sein Leben noch einmal Christus übergeben. Das stärkte die Beziehung zu diesem konkreten Stück Land noch mehr.

In letzter Zeit hatte Evan sich hin und wieder bei dem Gedanken ertappt, wie es wäre zu expandieren. Mehr Rinder zu kaufen. Vielleicht auch ein paar Schweine. Darüber, was sein würde, wenn Dan einmal nicht mehr lebte, hatte er eigentlich kaum nachgedacht. Und er hätte nie gedacht, dass Dans herzlose Enkelin kommen und ihm seinen Traum vor der Nase wegstehlen könnte.

Evan fuhr sich mit der Hand übers Kinn. Zu viele Dinge änderten sich, und Gott ließ ihn nicht in Ruhe trauern. Ständig warf er ihm eine neue Tragödie vor die Füße, eine nach der anderen, und Evan blieb nichts anderes übrig, als jedes Ereignis so rasch wie möglich aus dem Weg zu räumen, damit er die Hände frei hatte, um das nächste tragische Ereignis aufzufangen. Dieses würde er nicht aus dem Weg räumen. Er würde daran festhalten, so gut es ging.

Vor dem Fenster wirbelten die weißen Flocken wild durcheinander. Evan konnte das Land nicht sehen, aber er konnte es sich vorstellen. Die Koppel. Die Viehweiden und Felder, die sich wie ein riesiges Hufeisen um das Farmhaus bogen. Er hasste die Vorstellung, dass ein Maisfeld nach dem anderen verschwand, verschlungen von den Baufirmen, die das ländliche Iowa mit ihren Wohnvierteln für die Oberschicht erdrückten. Und jetzt wollte Bethany verkaufen, weil sie sich nur dafür interessierte, wie viele Nullen der Betrag hatte, der für sie dabei heraussprang. Dan und die Farm waren für sie zu einem Sprungbrett geworden. Es musste eine Möglichkeit geben, wie er Bethany dazu bringen konnte, sich die Sache noch einmal zu überlegen.

Evan drehte den Wasserhahn auf und füllte einen Becher. Nachdem er die kalte Flüssigkeit mit hastigen Schlucken getrunken hatte, stellte er den Becher auf die Küchenzeile. Er wollte gerade seine Stiefel aufschnüren, als er ein Geräusch an der Eingangstür vernahm. Genau in dem Moment, in dem er den Kopf um die Ecke streckte, flog die Tür auf. Ein Windstoß fegte durchs Haus und Schnee wehte über den hölzernen Fußboden.

Er stapfte ins Wohnzimmer, eine Spur aus Schneematsch in seinem Gefolge. Dann sah er Bethany, die zuerst auf seine Stiefel blickte und dann in sein Gesicht. Sie schleifte ihren Koffer hinter sich her und ließ ihn zu Boden fallen. Der Sturm knallte die Tür hinter ihr zu wie ein zorniges Kind.

»Was machst du denn hier?«

Sie richtete ihren umgekippten Koffer wieder auf und fuhr sich mit kühler Miene durchs Haar, um die Schneeflocken daraus zu entfernen. »Ich hatte gehofft, dass ich hier schlafen kann.«

Er legte den Kopf schief. War das ihr Ernst? Wahrscheinlich hatte sie schon einen Makler angerufen und es würden bald die ersten Baufirmen hier auftauchen, um die Farm zu begutachten,

… und sie besaß trotzdem die Frechheit, einfach ins Haus ihres Großvaters – nein, in *sein* Haus – einzufallen, um dort abzusteigen? »Ich dachte, du wolltest nach Chicago zurückfahren.«

Sie stieß einen Laut aus – halb Seufzer, halb Quieken – und zeigte aus dem Fenster. »Bei dem Wetter?«

Evan schloss die Augen und bat Gott um Freundlichkeit. Denn in diesem Augenblick war ihm danach gar nicht zumute. Bethany streifte ihre Schuhe ab und zog ihr Gepäck zur Treppe.

»Einen Moment mal.«

»Können wir das bitte nicht jetzt diskutieren? Es war ein langer Tag.« Sie spielte Tauziehen mit ihrem Koffer, während sie versuchte, ihn die Treppe hinaufzuschleifen. Wahrscheinlich wog ihr Gepäck mehr als sie.

Aus lauter Gewohnheit machte er Anstalten, ihr zu helfen, aber dann beherrschte er sich. Offensichtlich wollte sie seine Hilfe nicht. Warum also sollte er sie ihr anbieten? »Meinst du nicht, du solltest mir zuerst einmal von deinen Plänen erzählen, da sie ja einigermaßen tief greifende Auswirkungen auf meine Zukunft haben?«

Ihre Finger krallten sich um das Treppengeländer.

»Dann hat sich das bisschen Aufmerksamkeit, das du deinem Großvater gewidmet hast, ja endlich ausgezahlt.« Er stieß die Worte zwischen zusammengebissenen Zähnen hervor und funkelte die Frau, die auf seiner Treppe stand, finster an. »Soll ich einen Wein holen, damit wir auf dein neues Vermögen anstoßen können?«

Ihr Gesicht wurde blass. »Ich habe meinen Großvater geliebt.«

»Natürlich hast du das. Warum sollte das irgendjemand bezweifeln bei all der Zeit, die du in den letzten fünf Jahren mit ihm verbracht hast?« Seine Emotionen gingen mit ihm durch und ergossen sich unzensiert über seine Lippen. »Zweieinhalb Millionen Dollar. Ist das der Preis für deine Liebe?«

Bethany wankte, als hätten seine Worte sie wie ein Schlag ins Gesicht getroffen. Als sie sich wieder gefangen hatte, sah sie ihn mit einem vernichtenden Blick an. »Du kannst denken, was du willst. Ich habe Dan geliebt. Mit oder ohne diese dämliche Farm.«

»Du hast ihn so sehr geliebt, dass du sein Lebenswerk einfach wegwirfst? Du hast ihn so sehr geliebt, dass du das Geschenk, das er dir gemacht hast, mit Füßen trittst?«

Ihre Hand ließ den Griff des Koffers los. Er überschlug sich und rutschte dann mehrere Stufen hinunter. »Für *mich* ist das kein Geschenk«, sagte sie und zeigte mit dem Daumen auf sich. »Was soll ich denn mit einer Farm anfangen? Hast du vielleicht eine Idee? Soll ich mir einen Overall und Gummistiefel kaufen und den Stall ausmisten? Ist es das, was du von mir erwartest?«

»Ich erwarte, dass du mehr als zwei Sekunden lang darüber nachdenkst, was du da tust. Die Farm ist ein Geschenk. Ein wunderbares, umwerfendes Geschenk. Aber du hast weder den Blick dafür noch die Geduld, das zu erkennen. Du siehst ja nicht einmal hin.« Er fuhr sich mit der Hand durch die Haare und senkte die Stimme. »Ich möchte, dass du zumindest überlegst – nur überlegst –, ob Dan dir die Farm nicht aus einem bestimmten Grund vererbt hat.«

»Ich habe keine Zeit, hier herumzusitzen und herauszufinden, was für eine Lektion Dan mir vielleicht damit erteilen wollte. Ich habe ein Leben in Chicago.«

»Ich dachte, du arbeitest nicht mehr bei deiner Firma.«

»Woher weißt du das?«

»Ich habe gehört, wie du neulich am Telefon mit deinem Freund darüber gesprochen hast.«

»Wie kannst du es wagen? Du hattest kein Recht …«

»Wie *ich* es wagen kann?« Evan trat zwei Schritte näher. »Ich habe mir in den letzten Jahren auf dieser Farm den Hintern aufgerissen und mit Dan zusammengearbeitet, und dabei war ich mehr Enkelkind für ihn, als du es jemals warst. Und dann kommst du hier reinspaziert und zerstörst die eine Sache, die er dir gibt? Die eine Sache, für die ich so viel …«

»Hör auf, mich zu verurteilen!« Ihre Stimme brach. Dann

wandte sie sich ab und fuhr sich mit der Hand über die Wange. »Ich habe nicht um die Farm gebeten.«

Evan fühlte sich, als hätte ihm jemand ein Messer in den Bauch gerammt. Bislang hatte er nur einmal ein Mädchen zum Weinen gebracht, und das war in der fünften Klasse gewesen. Er hatte sich den ganzen Tag lang so schuldig gefühlt, dass er schließlich selbst in Tränen ausgebrochen war und seine Klassenkameradin um Verzeihung gebeten hatte. Zugegeben, er mochte Bethany nicht, aber er wusste, dass es nicht richtig war, sie so zu behandeln.

»Meinst du, das ist leicht für mich?« Ihre Stimme bebte. »Du kennst mich doch gar nicht. Du weißt überhaupt nichts von mir.« Sie wischte sich die andere Wange ab und griff wieder nach ihrem Koffer. »Es war dumm von mir hierherzukommen.«

Ihre Tränen ließen seine Wut sofort verebben. In Drews Büro war Bethany ganz sachlich gewesen. Aber gerade eben, als ihr Koffer die Treppe hinuntergerutscht war und ihre rehbraunen Augen sich mit Tränen gefüllt hatten, hatte sie ausgesehen, als könnte ein starker Windstoß sie umwehen. Er wollte Antworten. Er wollte wissen, was sie vorhatte. Aber vielleicht war der heutige Abend nicht der beste Zeitpunkt dafür. Evan holte tief Luft und trat zu ihr auf die Treppe. Je näher er kam, desto heftiger zerrte Bethany an ihrem Koffer. Es hatte den Anschein, als wäre nichts wichtiger, als ihn die Stufen hinaufzuschleifen, bevor er helfen konnte. Als er die Hand nach dem Gepäckstück ausstreckte, blickte sie mit feuchten Augen auf.

»Was machst du da?«

Evan nahm ihr den Koffer aus der Hand.

»Ich brauche deine Hilfe nicht.«

Er schüttelte den Kopf. Noch nie war ihm eine Frau begegnet, die so felsenfest entschlossen war, ohne jede Hilfe durchs Leben zu gehen. Er hob den Koffer hoch und schob sich an ihr vorbei. Den ganzen Weg zum Gästezimmer protestierte sie. Er stellte den Koffer an der Tür ab. »Gern geschehen«, sagte er.

Inzwischen waren die Tränen einem Ausdruck reiner Verärgerung gewichen. Evan wischte sich die Handflächen an den Oberschenkeln ab und ließ Bethany im Türrahmen stehen. Sie konnten ihre Unterhaltung morgen fortsetzen. Wenn das Wetter – und ihrer beider Gemütszustand – nicht mehr ganz so stürmisch waren.

Bethany lehnte den Koffer an die Wand und sank auf das Bett. Die rostigen Federn ließen sie auf und ab wippen. Sie hob die Hände und rieb sich mit kreisenden Bewegungen die Augen. Wie hatte sie vor Evan nur in Tränen ausbrechen können? Sie presste die Handflächen auf ihre heißen Wangen und atmete langsam aus. Allmählich drehte sie durch.

Wann immer Evan in der Nähe war, konnte sie keinen klaren Gedanken fassen. All dieses Hin und Her zwischen wütend und sanft machten den Mann zu einem undurchdringlichen Rätsel. Bethany ließ sich rücklings auf die Matratze fallen und starrte zu der strukturierten Decke hoch.

Dann wartete sie darauf, dass ihre Gedanken und Nerven sich beruhigten. Sie steckte jetzt nicht mehr draußen im Schneesturm und Evan war weg. Aber in ihrem Kopf rotierte es weiter. Vor allem beschäftigte sie ihr Telefonat mit Dominic. Sie versuchte, ihre Gefühle zu entwirren, und hielt nach einem gebrochenen Herzen oder Schmerz oder einer tiefen Traurigkeit Ausschau. Aber ihre Suche blieb ergebnislos. Sie konnte sich vorstellen, dass Dr. Nowels genau das mit Vergnügen untersucht hätte – ihre Leere. Ihr war, als würde sie, wenn sie in diesem leeren Raum stocherte, der bis eben ihr Leben mit Dominic beherbergt hatte, etwas Kaltes und Hartherziges und überhaupt nichts Zärtliches finden. Vielleicht sollte sie sich lieber darauf konzentrieren, wie sie ihre ungewisse Zukunft in den Griff bekommen konnte. Sie presste eine Hand auf ihre Stirn.

Sollte sie in Peaks bleiben? Einer Stadt, die sie zehn Jahre lang ignoriert hatte? Allein bei dem Gedanken lief ihr ein Schauer über den Rücken. Aber welche anderen Optionen hatte sie? Natürlich könnte sie für ein paar Tage nach Chicago zurückkehren, bis ihr Mietvertrag abgelaufen war, aber was dann? Sie wäre obdachlos und hätte die Angelegenheit mit der Farm immer noch nicht gelöst – eine Angelegenheit, die sie jetzt geklärt wissen wollte und nicht erst in zwei Wochen. Sie kniff die Augen zusammen und versuchte, ihre Kopfschmerzen zu verdrängen. Und die Ironie. Zehn Jahre lang war sie vor diesem Ort davongelaufen, nur um festzustellen, dass sie im Kreis gelaufen war. Und jetzt war sie genau dort, wo sie angefangen hatte.

In Peaks. Mit null Dollar.

Wo sollte sie also wohnen? Sie würde lieber auf der Straße leben, als zu ihrer Mutter zu ziehen. Natürlich war da noch Robin, aber welches Recht hatte Bethany, an die Tür zu klopfen, die sie vor zehn Jahren selbst zugeschlagen hatte? Sie fuhr sich mit den Fingern durch die Haare. Evan hatte sehr deutlich gemacht, dass er sie hier nicht haben wollte. Sie konnte von Glück sagen, dass er sie nicht gleich vor die Tür gesetzt hatte, Schnee hin oder her.

Und sosehr es sie auch wurmte, dieses Haus gehörte jetzt ihm. Er hatte das Recht, sie rauszuschmeißen.

Bethany stöhnte. An seiner Stelle würde sie sich auch vor die Tür setzen. Immerhin wollte sie seinen Traum verkaufen. Aber andererseits ertrank Iowa förmlich in Mais. Spielte es da wirklich eine Rolle, ob sie eine mickrige Farm verkaufte? Rund um sie herum waren überall Ländereien, da konnte Evan doch leicht andere finden. Und selbst wenn nicht, sie war ihm nichts schuldig. Okay, er hatte Dan in den letzten fünf Jahren geholfen. Aber sie hatte ihn nicht darum gebeten. So wie sie Dan nicht darum gebeten hatte, ihr die Farm zu vererben.

Sie setzte sich auf und lehnte sich an das Kopfteil des Bettes. Aber selbst wenn sie den Verkauf rechtfertigen konnte – war sie wirklich in der Lage, eine eigene Firma zu gründen? Dominics Bemerkungen nagten an ihrem Selbstbewusstsein und verwandelten ihre aufregenden Pläne in einen großen Berg Selbstzweifel. Was verstand sie denn *wirklich* davon, wie man ein Unternehmen führte? Klar, theoretisch klang es nach einer tollen Idee, aber würde sie es tatsächlich schaffen, diese Idee umzusetzen? Vor allem angesichts der angespannten Wirtschaftslage?

Vielleicht sollte sie sich lieber einen Job bei einer anderen Firma suchen. Dann könnte sie sich auch mehr Zeit damit lassen, die Farm zum Verkauf anzubieten, und sicherstellen, dass sie das bestmögliche Geschäft machte. Wenn die Farm dann verkauft war, könnte sie das Geld anlegen und warten, bis sie genügend Erfahrung am Zeichenbrett hatte, um auf eigenen Füßen zu stehen. Vielleicht sollte sie zuerst noch eine Weile an ihrem Ruf, ihren Kenntnissen und ihrer Erfahrung arbeiten und dann erst ihr eigenes Unternehmen gründen.

Bethany kramte in ihrem Koffer nach ihrer Zahnbürste und spähte auf den dunklen Flur hinaus. Das Letzte, was sie jetzt brauchte, war noch eine Begegnung mit Evan. Als sie sich davon überzeugt hatte, dass die Luft rein war, schlich sie den Gang hinunter, bis eine Fußbodendiele knarrte – genau vor seinem Zimmer.

Sie zog eine Grimasse.

Am liebsten hätte sie geschrien: »Ich bin hier draußen, okay? Also bleib in deinem Zimmer, bis ich im Bett bin.« Aber sie hielt den Mund, huschte ins Bad und schloss sich darin ein.

Instinktiv musterte sie die alte Badewanne mit den Löwenfüßen, deren Porzellan nicht nur voller Seifenreste, sondern auch voller Erinnerungen war. Vor allem an eine Sache musste sie denken. Sie erschauerte. Jetzt war nicht der richtige Zeitpunkt, die Geister ihrer Vergangenheit wiederzubeleben – egal, wie schrecklich sie waren. Jetzt sollte sie an die Zukunft denken.

Sie drehte den Wasserhahn auf, spritzte Wasser auf ihre Wangen und starrte in den Spiegel, während sie sich das Gesicht mit einem Handtuch abtrocknete.

Was wird die Zukunft bringen, Bethany? Du hattest immer für alles einen Plan. Wenn du im Moment kein eigenes Unternehmen gründen kannst, was hält die unmittelbare Zukunft dann für dich bereit?

Sie könnte als Freiberuflerin arbeiten, während sie versuchte, die Farm zu verkaufen. Aber wenn sie sich nicht sofort bei anderen Firmen bewarb, könnte das gefährlich werden. Es konnte schließlich Monate dauern, bis die Farm verkauft war, und dann hätte sie eine unerwünschte Lücke in ihrem Lebenslauf.

Während sie die weiße Zahnpasta auf ihre Zahnbürste drückte, beschloss Bethany, offen zu sein und dem Universum die Entscheidung zu überlassen. Sie würde anfangen, nach Jobs Ausschau zu halten, vielleicht in einigen Zeitungen Anzeigen schalten, um in der Zwischenzeit freiberufliche Aufträge zu bekommen, und die Suche nach einer Wohnung aufschieben, bis sie wusste, wo sie arbeiten würde. Sie war nicht an Chicago gebunden. Sie könnte überall hingehen. New York. Los Angeles. Vielleicht sogar ins Ausland. Zum Beispiel nach London, wo ihr Traum, Architektin zu werden, sich erhärtet hatte. Und in der Zwischenzeit würde sie einen Makler finden.

Sie spülte sich den Mund aus und eilte in ihr Zimmer zurück. Zu faul, um ihren Schlafanzug anzuziehen, streifte sie nur ihre Sachen ab und ließ sie in einem unordentlichen Haufen auf dem Boden liegen, bevor sie sich unter den Decken vergrub.

Während der Wind am Haus rüttelte und der Schnee vor ihrem Fenster tanzte, traf Bethany eine Entscheidung. Sie würde über die Feiertage hierbleiben. Sie würde die zwei Wochen Gefängnis dazu nutzen, die Scherben ihres Lebens wieder zusammenzufügen. Und danach hätte sie entweder einen neuen Job in Aussicht oder einen potenziellen Käufer für die Farm. Eine Win-win-Situation.

Jetzt musste sie nur noch Evan von ihrem Plan erzählen und ihn irgendwie dazu bringen, dass er sie in seinem neuen Haus wohnen ließ.

Kapitel 16

Bethany kramte im Garderobenschrank und stieß darin auf Dans Parka. Sie musste Evan finden und in Erfahrung bringen, ob er bereit war, sie noch etwas länger hier zu beherbergen. Sehr weit konnte er ja nicht sein. Nicht bei einer Temperatur um die zehn Grad minus.

Sie war an diesem Morgen davon aufgewacht, dass helle Sonnenstrahlen durch die Ritze zwischen Fensterläden und Fensterbank gedrungen waren. Die Sonne verhieß Wärme und war so einladend, als würde draußen der Frühling warten. Aber das täuschte. Die Temperaturen kümmerten sich nicht um die Sonne. Die eisige Luft draußen verwandelte schmelzenden Schnee höchstens in Eiszapfen, die von den Dachrinnen hingen.

Bethany vergrub die Nase in dem Parka und atmete den vertrauten Geruch von Dans Tabak ein, bis ihre Augen brannten und sie mehrmals blinzeln musste, um ihre Emotionen wieder in den Griff zu bekommen. Dann schlüpfte sie in den Parka, zog den Reißverschluss zu und schob die Füße in Dans Arbeitsstiefel, bevor sie nach draußen stapfte.

Der Schnee reichte ihr bis zu den Knien, an manchen Stellen sogar noch höher. Sie machte sich das Vorankommen leichter, indem sie in Evans Fußstapfen trat, die zunächst bis zur Auffahrt führten. Von dort aus verliefen sie kreuz und quer in unterschiedliche Richtungen.

Während sie ihre Augen mit einer Hand vor der Sonne abschirmte, musterte sie blinzelnd ihre Umgebung. Er musste doch irgendwo hier sein. Sie drehte sich langsam im Kreis und ließ den Blick über den Silo, die Futtercontainer und das Gebäude schweifen, in dem die landwirtschaftlichen Maschinen untergebracht waren, dann wieder zurück zum Haus. Anschließend vollführte sie diese 360-Grad-Suche noch ein zweites Mal. Als ihr Blick auf den Stall fiel, hielt sie inne. Vielleicht war Evan dort und fütterte Storm.

Während sie durch die Schneewehen stapfend auf das Gebäude zuging, redete sie sich selbst gut zu. Gestern Abend hatte sie sich zum Narren gemacht. So einen Fehler würde sie heute nicht noch einmal machen. Sie würde Evan einfach von ihren Plänen berichten, dann war die Sache erledigt. Und sie würde keine Gefühle zeigen.

Bethany hatte ihr Ziel fast erreicht, als ein weißer Pick-up in die frei geräumte Auffahrt einbog und auf sie zukam. Ein Windstoß fuhr über das Land und wirbelte den Schnee auf. Er wehte ihr ins Gesicht. Einen Augenblick lang konnte sie vor lauter Weiß nichts sehen. Bethany schlug den Kragen des Parkas hoch und hastete in den Stall.

Sobald sie das Gebäude betreten hatte, wich der heulende Wind einer tiefen Männerstimme. »Evan?« Sie schüttelte den Schnee aus ihren Haaren. Storms Schnauben füllte den Stall. Stiefel scharrten auf dem Boden und Bethany wartete darauf, dass ihre Augen sich an das dämmrige Licht gewöhnten. Dans Fuchsstute stand bei einem Haufen aus Schnee und Stroh auf der gegenüberliegenden Seite des Stalls, wo das zweiflügelige Tor zur Weide weit geöffnet war. Bethanys plötzliches Erscheinen musste das Tier erschreckt haben, denn es wich zurück und schlug mit dem Schweif hin und her. Evan hielt sein Halfter und murmelte ihm etwas ins Ohr, als wollte er es davon abhalten loszulaufen.

Es funktionierte. Storm wurde ganz still.

Und etwas an dieser Stille schärfte Bethanys Sinne. Storms rechter Vorderfuß war leicht gekrümmt und ihr Huf schwebte ganz dicht über dem Boden. Etwas an dieser Haltung wirkte unnatürlich. Von ihrer kurzen Mitgliedschaft in der Landjugend wusste Bethany, dass Pferde, wenn sie sich ausruhten, einen Hinterfuß anhoben. Aber sie hatte noch nie gesehen, dass ein Tier so dastand und dabei so schwer und schnell atmete, dass man sehen konnte, wie sich der riesige Brustkorb ausdehnte und zusammenzog.

Bethany trat zwei Schritte näher, aber Storm schnaubte und schlug unruhig mit dem Schweif. Evan hob seine freie Hand, um Bethany zu bedeuten, dass sie stehen bleiben sollte. Dann flüsterte er dem Pferd wieder einige beruhigende Worte zu. Anschließend beantwortete er mit ruhiger und gleichmäßiger Stimme ihre Fragen, als könnte er Bethanys Gedanken lesen. »Sie ist auf dem Eis ausgerutscht.« Er deutete mit dem Kopf auf eine vereiste Stelle, die unter dem Schnee verschwand und aufs Feld hinausführte. »Ich bin mir ziemlich sicher, dass sie sich das Bein gebrochen hat.«

Hinter Bethany betrat jemand den Stall – eine Frau mittleren Alters mit einer schwarzen Tasche. Sie machte sich nicht die Mühe, sich vorzustellen. Stattdessen näherte sie sich dem verletzten Tier. Storm rührte sich nicht. Sie starrte nur geradeaus mit einem schmerzerfüllten Blick, der Bethany in der Seele wehtat.

Pferdeaugen hatten sie schon immer fasziniert. Zwei große Walnüsse, gefärbt von Weisheit und Ausdruck. Aber Storms Augen waren anders. Obwohl die Stute sah, dass die Frau näher kam, wirkten die Augen des Tieres lethargisch, beinahe tot. Bethany wollte zu dem Pferd gehen. Sie wollte eine Hand zwischen dessen Augen legen und sie wieder zum Leben erwecken, aber sie hatte Angst, dass ihre Bewegungen der Stute nur noch mehr Schmerzen bereiten würden, wenn sie das versuchte.

»Lassen Sie die Hand auf dem Hals liegen, Evan. Wir wollen nicht, dass sie sich noch mehr verletzt, indem sie sich bewegt. Braves Mädchen.« Die Stimme der Frau klang wie Honig, samtig und einladend. »Wie ist das denn passiert?«

»Ich war draußen und habe einen der Zäune repariert. Da vorne.« Evan zeigte mit einem Nicken in Richtung Weide. »Storm wollte zu mir. Irgendetwas muss sie erschreckt haben, denn sie hat einen Satz gemacht und ist dann auf der vereisten Stelle dort weggerutscht. Sie ist schnell wieder aufgestanden, kann aber jetzt das Bein nicht mehr belasten.« Evan hörte auf, mit der Frau zu reden, und flüsterte wieder Storm etwas ins Ohr. Unendlich sanft. Und während er das tat, beruhigte sich die hektische Atmung des Pferdes ein wenig.

Die Frau ging in die Hocke und betastete mit den Händen Storms Vorderfuß, wobei sie an verschiedenen Stellen innehielt und etwas Druck ausübte. Das Pferd rührte sich nicht, bis die Tierärztin ungefähr die halbe Höhe des Beins erreicht hatte. An der Stelle wich Storm vor der Berührung zurück. Evan ging mit der Bewegung mit. Die Tierärztin untersuchte die Stelle noch einmal, dann zog sie sich etwas zurück und runzelte die Stirn.

»Sie hatten recht.« Sie richtete sich auf. »Das Sprungbein ist gebrochen.«

Evan ließ den Kopf sinken.

Eine Weile sagte niemand etwas, während die Stute Schmerzen litt. Warum tat die Tierärztin nichts? Storm hatte also ein gebrochenes Bein. Anstatt das Tier anzustarren, als hätte sie gerade eine tödliche Krankheit diagnostiziert, sollte sie eine Schiene vorbereiten oder was auch immer nötig war, um die Verletzung zu richten und den Schmerz zu bekämpfen.

Evan rieb den samtigen Hals der Stute, kraulte ihren Widerrist und strich dann über ihren Rücken – beinahe, als würde er sich irgendwie von ihr verabschieden. Nach einigen Augenblicken nickte er der Tierärztin zu, die sich bückte und in ihrer Tasche nach etwas suchte. Als sie zwei Nadeln herauszog, trat Bethany näher. »Geben Sie ihr ein Schmerzmittel?«

Das Pferd erschrak, weil sie sich zu ruckartig bewegt hatte. Evan legte die Hände auf Storms Hals und gab beruhigende Laute von sich. Niemand beantwortete Bethanys Frage. »Was machen Sie da?«, wollte sie wissen.

»Du solltest besser gehen, Bethany.«

Ihre Nackenhaare stellten sich auf. »Warum?«

»Wir müssen sie einschläfern.«

Bethany schwankte. »Sie einschläfern? Aber … aber sie steht. So schlimm kann sie doch nicht verletzt sein!«

»Sie kann ihren Vorderfuß nicht belasten. Wenn wir sie am Leben halten, wird sie nicht nur völlig lahm sein, sondern auch dauerhaft Schmerzen haben.« Als wollte er die Richtigkeit seiner Worte beweisen, nahm er die Hand von Storms Hals und legte sie auf ihren Widerrist, wo der schnelle Atem des Tieres deutlicher zu erkennen war.

»Es ist doch nur ein Knochenbruch.« Bethany wandte sich an die Tierärztin, die ein paar Bläschen aus ihrer Spritze klopfte. »Können Sie kein Bein schienen?«

»Ein gebrochenes Sprungbein ist eine zu schwerwiegende Verletzung, als dass man sie richten könnte. Pferde sind schwer zu heilen – vor allem alte Tiere. Es ist das Beste, wenn wir sie einschläfern.«

»Das Beste für wen? Für Sie und Evan?« Anstatt die Mühe auf sich zu nehmen, die Verletzung zu versorgen, wollten sie einfach das ganze Tier loswerden? Bethanys Magen zog sich zusammen, dann spürte sie, wie ihr übel wurde. Sie sah ihren Vater im Rollstuhl vor sich, gleich nach dem Unfall, und wie ihr Großvater ihn fütterte, während ihre Mutter in einer Ecke saß und ihn anstarrte. Aus welchem Grund? Angst? Kummer? Ekel?

Bethany fuhr zu Evan herum. »Das kannst du nicht machen.«

»Sie ist beinahe dreißig Jahre alt«, sagte er. »Sie wird nicht wieder gesund. Sie hätte überhaupt keine Lebensqualität.«

Seine Worte trafen sie wie ein Schlag ins Gesicht. Lebensqualität? Woher nahm Evan das Recht, darüber zu bestimmen, was Lebensqualität war? Nur weil ein Mensch – oder ein Tier – verletzt war, bedeutete das nicht, dass er kein Recht mehr hatte zu leben.

»Sie hat Schmerzen, Bethany.«

»Das lasse ich nicht zu. Das hier ist meine Farm.« Bethany suchte krampfhaft nach etwas, woran sie sich klammern konnte. Irgendetwas. Storm mochte Evans Eigentum sein, aber vielleicht fiel ihm das nicht ein, wenn sie ihre Worte mit genügend Autorität vorbrachte. »Ich will, dass Sie die Verletzung behandeln.« Ihre Stimme bebte verräterisch und klang zu hoch.

Evan stieß einen frustrierten Seufzer aus. »Storm am Leben zu lassen, wäre grausam. Sie hat ein langes Leben gehabt. Sie einzuschläfern ist das Gnädigste, was wir für sie tun können.«

Pastor Fentons Worte kamen ihr in den Sinn. *Es ist das Beste so, Ruth. Langfristig gesehen ist es ein Segen.* Sie verdrängte seine Stimme aus ihren Gedanken. Sie hatte keine Argumente mehr, außer einem. Daran hielt sie sich verzweifelt fest. »Das hier ist meine Farm.«

Evans Gesicht verfinsterte sich. Was auch immer er gleich sagen würde, wollte er eigentlich nicht sagen, das merkte sie. »Aber Storm ist mein Pferd. Dan hat mir die Tiere vermacht, erinnerst du dich?« Er nickte der Tierärztin zu und wandte sich dann wieder an Bethany. »Bitte, Bethany. Du solltest wirklich gehen.«

Sie schüttelte den Kopf und wich zurück, unfähig, den Anblick vor sich auszublenden. Wie Evan Storms Hals hielt. Den keuchenden Atem des Pferdes, die trüben, leblosen Augen, die Ohren, die von einer Stimme zur anderen zuckten, als würden sie die ganze Unterhaltung mit anhören. Wusste Storm Bescheid? Hatte sie eine Ahnung von dem, was die Tierärztin vorhatte? In dem Moment, in dem Bethany gegen die Stallwand stieß, näherte die Ärztin sich dem Tier mit einer der Nadeln. Bethany presste ihre Hand auf ihren Mund und rannte zur Tür hinaus.

Ein lautes Rascheln erfüllte den Stall, als Evan die Plane vor sich ausschüttelte. Er legte sie über Storm, holte tief Luft und schloss die Augen. Wie viele Tode musste er noch ertragen, bevor die Woche zu Ende war? Nach allem anderen war die Tatsache, dass er das Pferd hatte einschläfern lassen müssen, wie ein Nadelstich in eine offene Wunde.

Er würde den Schaufelbagger aus dem Geräteschuppen holen und ein Loch in die gefrorene Erde graben müssen. Je eher, desto besser, vor allem, da Bethany hier herumlief. Er dachte an ihren Gesichtsausdruck zurück – in ihren Augen hatte noch mehr Panik gelegen als in denen des Pferdes. Sie hatte nicht verstanden, warum sie Storm einschläfern mussten. Sie hatte die Tierärztin und ihn angesehen, als wären sie Sadisten. Er musste sie finden und es ihr erklären. Aus irgendeinem Grund wollte er nicht, dass Bethany ihn für grausam hielt.

Auf dem Weg zum Haus sah er, dass ihr schneebedecktes Auto nach wie vor in der Auffahrt stand. Fast wunderte er sich darüber, dass sie noch nicht abgereist war. Er hatte erwartet, dass sie ihre Sachen packen und fahren würde, sobald ihr klar geworden war, dass in der Spritze kein Schmerzmittel war. Wie konnte eine Frau, die scheinbar kaum Gefühle hatte, wegen eines Pferdes so ausrasten?

Er trat durch den Seiteneingang in die dunkle Küche und streckte den Kopf ins Wohnzimmer. Bethany saß auf dem Sofa, mit dem Rücken zu Evan, und zwar so still, dass er nicht einmal ihre Atemzüge wahrnehmen konnte. Er räusperte sich, aber sie rührte sich nicht. Was wollte sie damit bezwecken, dass sie wie eine Statue dasaß? Evan ging um die Couch herum, damit er ihr Gesicht sehen konnte.

Ihre geschwollenen Augen starrten blicklos die Wand an. Er verstand sie nicht. Um ihren Großvater weinte sie nicht und auch wegen ihrer am Boden zerstörten besten Freundin vergoss sie keine Träne, aber wegen eines Pferdes heulte sie sich die Augen aus? Obwohl es um ein Tier auf einer Farm ging, die sie nicht wollte? Wieder räusperte er sich, nur um sicherzustellen, dass sie ihn wahrnahm. In ihren Augen flackerte etwas auf.

»Ist alles in Ordnung?«, fragte er.

Zuerst sagte sie nichts. Sie saß nur da, bis er sich seiner eigenen Hände unangenehm bewusst wurde. Er ließ sie sinken und faltete sie dann auf seinem Rücken, bevor er sie schließlich in die Hosentaschen schob.

»Warum musstest du dieses Pferd töten, Evan?« Es war das erste Mal, dass sie ihn mit seinem Namen anredete, und etwas daran, wie sie ihn aussprach, versetzte ihm einen Stich.

Er sank auf die Couch, wobei er darauf achtete, genügend Platz zwischen ihnen zu lassen. »Storm war dreißig Jahre alt. Ihr Sprungbein war gebrochen. Davon hätte sie sich nicht mehr erholt.«

»Nur weil etwas keinen Nutzen mehr hat, hast du doch nicht das Recht, es zu töten …«

Irgendwie hatte er das Gefühl, dass sie nicht mehr über das Pferd sprachen. Evan musterte Bethanys Profil und versuchte zu erraten, wovon stattdessen die Rede war. Eine Träne floss über und lief über ihre Wange. Sie wischte sie fort und warf ihm einen verstohlenen Blick zu, um zu sehen, ob er es bemerkt hatte. Er tat so, als hätte er nichts gesehen.

»Du klingst genau wie *er*.«

Er drehte sich ein wenig und das Sofa protestierte. »Wie wer?«

»Pastor Fenton.«

Evan starrte sie an. Er verstand nicht, warum er wie der Pastor der Kirche des Ersten Lichts klang, weil er ein Pferd von seinem Leiden erlöst hatte. »Erklär mir bitte, wovon du redest.«

Sie stand auf, schlang die Arme um ihren Oberkörper und machte Anstalten zu gehen, aber er hielt sie am Arm fest.

»Bethany.«

Sie versuchte ihn abzuschütteln. »Egal. Es ist nicht wichtig.«

»Das ist es offensichtlich doch.« Er ließ ihren Arm nicht los. Dan hatte Pastor Fenton nie gemocht. Evan hatte immer geglaubt, das liege an den Predigten des Mannes. Aber nach Bethanys Reaktion auf Fenton bei der Beerdigung und jetzt schien mehr dahinterzustecken. Er wollte wissen, was für eine Rolle der Pastor in Dans Familie gespielt hatte.

Sie riss ihren Arm aus seinem Griff und alle Spuren der Verletzlichkeit verschwanden aus ihrem Gesicht. Die distanzierte, professionelle Bethany war wieder da, und er war völlig verwirrt. »Ich habe dich gesucht, um dir von meinen Plänen zu berichten.«

Das Herz wurde Evan schwer. Sie würde die Farm verkaufen. Sie brauchte es nicht einmal laut auszusprechen, es stand ihr förmlich ins Gesicht geschrieben.

»Ich bin mir noch nicht sicher, was ich tun werde«, sagte sie.

Als er ihre Worte hörte, machte sein Herz einen Satz, und viel zu schnell keimte Hoffnung in ihm auf.

Das musste sie bemerkt haben, denn sie sprach schnell weiter. »Ich meine, ich werde die Farm verkaufen. Aber ich bin mir noch nicht über die Details im Klaren.«

Seine Hoffnung erstarb im Keim.

Sie setzte sich in Dans Sessel. »Ich werde nicht nach Chicago zurückkehren. Jedenfalls nicht sofort.«

Er beugte sich vor und spürte, wie Wut in ihm aufstieg. Bethany würde die Farm verkaufen. Genau eine Nacht lang hatte sie über ihre Entscheidung nachgedacht.

»Ich hatte gehofft, ich könnte hier wohnen, während ich alles organisiere.«

Evan blickte auf. Bestimmt hatte er sich verhört. Als ihm klar wurde, dass das nicht der Fall war, zeigte er auf den Fußboden. »Hier?«

»Wo soll ich denn sonst wohnen?«

»Keine Ahnung. Bei deiner Mutter?«

Sie starrte ihn an, als hätte er im Wohnzimmer ein Kalb auf die Welt gebracht.

»Oder bei Robin? Mir ist egal, wo du wohnst. Hier jedenfalls nicht.«

Sie warf ihm einen verärgerten Blick zu. »Das war früher mal mein Haus.«

»Und ich hatte früher mal eine Farm. Aber *früher mal* nützt uns im Moment wohl wenig.« Er öffnete den Reißverschluss seiner Jacke ein Stück weit und fuhr mit einem Finger hinter dem Kragen seines Flanellhemds entlang. Vielleicht sollte er zur Abkühlung hinausgehen und sich in den Schnee legen.

Bethany blickte zu der Bibel, die mitten auf dem Couchtisch lag. »Das hat was mit deinem Glauben zu tun, oder?«

»Hä?«

»Du lässt mich nicht hier wohnen, weil du dir Sorgen machst, was die Leute denken könnten.« Sie verschränkte die Arme. Ihre ganze Haltung war eine einzige Anklage. »Genau das ärgert mich so an Leuten wie euch.«

»Leuten wie uns?«

»Ja. Leuten wie *euch.*«

»Könntest du das etwas weiter ausführen?«

Ihr Bein wippte auf und ab. »Euch Christen.«

Er sah von ihrem wippenden Fuß in ihr schmales Gesicht. »Dir ist schon klar, dass deine Worte gerade überhaupt keinen Sinn ergeben, oder?«

Sie starrte ihn stumm weiter an.

»Ich will dich nicht hier haben, weil ich nicht ertragen kann, was du mit der Farm machst. Wenn ich hier herumsitzen und zusehen muss, wie du den Verkauf organisierst, werde ich mit ziemlicher Sicherheit wahnsinnig.«

Bethanys Augen funkelten.

»Und wenn ich ganz ehrlich bin, finde ich, dass du kein netter Mensch bist.«

»Was?« Sie sprang von dem Sessel auf. »*Du* findest, dass *ich* nicht nett bin?«

»Nicht sehr. Nein.«

»Und wer hat wen bei Dans Aufbahrung als *schrecklich* bezeichnet? Außerdem bist du derjenige, der gerade wegen eines Knochenbruchs ein Pferd eingeschläfert hat!«

»Weil ich *nett* war.« Evan stand ebenfalls auf und sprach jedes der folgenden Wörter ganz klar und deutlich aus, um die Tatsache in ihren Dickschädel zu bekommen. »Bethany, das Pferd hatte Schmerzen.«

Sie marschierte an ihm vorbei in Richtung Treppe.

»Wo willst du hin?«

»Meine Sachen packen«, sagte sie und stapfte die Stufen hinauf. »Ich will dich ja nicht in den Wahnsinn treiben.«

Er folgte ihr. »Warum regst du dich so auf? Ich stehle doch niemandem seinen Traum.«

Sie blieb vor ihrem Zimmer stehen. »Ich versuche nicht, dir deinen Traum zu stehlen.« Ihre Unterlippe bebte, während sie sprach. Sie drehte den Türknauf und stieß die Tür auf. »Weißt du was, ich bin müde. Ich reagiere zu emotional. Ich vermisse Dan …« Falls eine Träne herunterlief, sah er sie nicht. Aber sie fuhr sich trotzdem mit der Hand über die Wange.

Die Geste versetzte ihm einen Stich. Er wollte ihr sagen, dass er Dan auch vermisste. Er wollte ihr sagen, dass er ihn so sehr vermisste, dass er nachts nicht schlafen konnte. Und dass es keinem von ihnen half, wenn sie sich stritten. Aber während er noch nach den richtigen Worten suchte, betrat sie ihr Zimmer. »In einer Viertelstunde bin ich weg.«

Sie schloss die Tür, bevor er antworten konnte.

Kapitel 17

Der rationale Teil von Robins Gehirn wusste es besser. Aber die Trauer hatte ihre Fähigkeit, rational zu denken, völlig ausgeschaltet. Die Trauer war wie ein Royal Flush beim Poker. Sie schlug alles.

Robin kuschelte sich noch tiefer in den Wandschrank und zog den Ärmel des Anzughemdes näher, um ihre Wange daran zu reiben, während sie den Duft des Acqua di Gio einatmete, der noch immer im Stoff hing. Dann zog sie die Knie an, legte eine Hand auf die abgenutzte Bibel, die neben ihren Füßen lag, lehnte sich an die Wand und versteckte sich in der herunterhängenden Kleidung. Das Licht aus ihrem Schlafzimmer kroch über den Teppichboden und hielt kurz vor ihren Hausschuhen inne. Einen Moment lang wünschte sie sich, sie könnte im Schatten von Micahs Sachen schmelzen und verschwinden, doch dann wanderte eine Hand zu ihrem Bauch und sie schob den Gedanken beiseite. Dieses Baby stürzte ihre Trauer ins Chaos.

Robin zog den Ärmel näher an ihr Gesicht und atmete noch einmal tief ein. Der Duft flüsterte seinen Namen. *Micah … Micah … Micah …* Sie schloss die Augen, ließ den Kopf an die Wand sinken und stellte sich vor, er säße neben ihr. Sie befanden sich unter einem Weidenbaum – der alten Trauerweide, die an dem Fahrradweg, der an ihrem früheren Haus vorbeiführte, über den Teich hing. Unter dem Baum, in dem Bethany und sie einen ganzen Sommer lang herumgeklettert waren. Dem Baum, unter dem sie gesessen hatten, als ihre Mutter in Robins zweitem Highschooljahr gestorben war.

Mit Micah war sie auch einmal dort gewesen. Am Tag vor ihrer Hochzeit. Sechs Jahre nach dem Tod ihrer Mutter. Sie hatten unter den hängenden Ästen gesessen und sie hatte ihm erzählt, wie sehr sie ihre Mutter vermisste, wie sehr sie sich wünschte, sie hätte ihr bei den Hochzeitsvorbereitungen helfen können. Micah hatte den Ort als Baldachin der Gnade bezeichnet. Er hatte gesagt, dort müsse sie nicht weinen, weil die Zweige es schon für sie täten. Aber jetzt war Micah nicht mehr da und sie durchbohrte dieselbe Trauer, die sie empfunden hatte, nachdem Mom gestorben war. Nur ging der Schmerz noch tiefer und Bethany war nicht da, um mit ihr unter dem Baum zu sitzen.

Eine Träne rann über ihre Wange. Robin zog Micahs Bibel auf ihren Schoß und ließ sie an einer beliebigen Stelle auffallen. Selbst im Halbdunkel konnte sie Micahs schräge, winzige Handschrift sehen, mit der er in verschiedenen Farben am Rand Anmerkungen zu den Sprüchen Salomos gemacht hatte. Als sie durch die dünnen Seiten dieses biblischen Buches blätterte, fand sie keine einzige weiße Stelle.

Oh Gott …

Robin wusste nicht, was sie sonst beten sollte. Wo sie anfangen sollte. Ihr Körper hatte irgendwo ein Loch. Alles sickerte aus ihr heraus und sie wusste nicht, wie sie das Leck stopfen sollte. Sie wusste nicht einmal, wie sie es finden konnte. Sie schloss die Augen und ließ den Atem langsam über ihre Lippen fließen.

Wie soll ich das schaffen?

Sie wartete auf eine Antwort. Auf ein kleines Zeichen. Einen brennenden Dornbusch. Irgendetwas, das ihr versicherte, dass sie es überstehen würde. Denn diesseits des Schmerzes fühlte es sich eindeutig nicht so an. Sie schlang die Arme um ihre Beine und legte die Wange auf die Bibel.

Der Albtraum, der ihren Schlaf zunichtegemacht hatte, tobte nach wie vor in ihr. Micah auf dem Operationstisch, wie er die Augen aufschlug. Nur dass es zu spät war. Die Chirurgen hatten seine Organe bereits entnommen.

Sie kniff die Augen zusammen und versuchte, das Bild zu verdrängen. Die Ärzte hatten ihr versichert, dass Micah tot war. Dass nichts ihn wieder lebendig machen konnte. Und doch …

Was, wenn sie sich geirrt hatten? Was, wenn sie länger gewartet hätte? Was, wenn sie nächsten Monat oder nächstes Jahr eine Methode erfanden, um schwere Hirnschädigungen rückgängig zu machen? Oder was wäre gewesen, wenn sie darauf bestanden hätte, dass Micah an dem Tag zu Hause blieb, um sich von seinen Kopfschmerzen zu erholen, anstatt zur Arbeit zu gehen? Sie hatte nichts getan, außer die Flasche mit Aspirin zu holen und ihm zwei davon zu geben. Wenn er zu Hause geblieben wäre, hätte sie vielleicht darauf bestanden, ihn ins Krankenhaus zu fahren, bevor die Blutung so viel Schaden anrichten konnte. Vielleicht würde sie sich dann jetzt zusammen mit ihrem Mann über die Schwangerschaft freuen, anstatt in ihrem Wandschrank zu kauern und sich vor einem Schmerz zu verstecken, der sie immer viel zu schnell fand. Sie schlug mit dem Hinterkopf gegen die Wand, um ihren Gedanken eine andere Richtung zu geben.

Sie hatte sich im Schrank verkrochen, um einen Weg zurück zu Micah zu finden. Irgendwo hatte sie gehört, der Geruchssinn sei der einzige der fünf Sinne, der das rationale Hirn umgehe. Gerüche wanderten direkt ins limbische System. Sie wollte in Micahs Duft ertrinken und vergessen, dass er nicht mehr da war. Aber ihr Gehirn spielte nicht mit.

Ich brauche Micah. Er war mein Partner. Mein bester Freund. Mein Ein und Alles. Ich kann das nicht alleine. Ich kann diese Trauer nicht verarbeiten und gleichzeitig ein Kind großziehen. Du verlangst zu viel von mir. Diese Last ist zu schwer für einen Menschen allein.

Sie stellte sich Jesus vor, mit den Wunden an den Händen, wie er die Arme ausstreckte und sie einlud, ihre Sorgen auf seine Schultern zu legen. Er war stark genug, um sie zu tragen. Das wusste sie. Aber ihr Herz hörte nicht zu. Ihr Herz brauchte etwas Greifbares. Jemanden, den sie berühren konnte.

Jesus, wie soll ich dir etwas abgeben, wenn du nicht hier bist, um es mir abzunehmen?

Ihre Hand tastete nach der Bibel. Sie presste sie an ihre Brust, rollte sich zusammen und legte sich auf den Boden. Der flauschige Teppich rieb an ihrer Wange. Sie schloss die Augen und gab der Verlockung zu schlummern nach.

Irgendwo in den hinteren Windungen ihres Gehirns weinte ein Baby. Es war ein hohes Jammern und sie konnte es nicht beruhigen. Dann eine Klingel.

Ihre Klingel.

Robin fuhr hoch und strich sich die Haare aus dem Gesicht. Sie erwartete keinen Besuch. Bryan, Amy und die Kinder waren gestern zurück nach Arizona geflogen. Bryan musste wieder arbeiten. Und da die Beerdigung vorbei war, gab es auch keinen Grund mehr, warum sie noch bleiben sollten. Loraine und Jim waren nach wie vor in der Stadt. Sie blieben bis nach Weihnachten bei Gavin, aber sie riefen immer an, bevor sie vorbeikamen.

Rasch kroch sie unter Micahs Sachen hervor und ging die Treppe hinunter, während sie sich mit dem zerknüllten Ärmel die Tränen abwischte. Als sie an der Tür angekommen war, holte sie zitternd Luft und versuchte, gefasst zu wirken. Versuchte so auszusehen, als hätte sie nicht gerade im Wandschrank gesessen und an Micahs Hemdsärmeln gerochen. Ein letztes Mal fuhr sie sich mit der Hand übers Gesicht, dann öffnete sie die Tür.

Auf der anderen Seite stand Bethany.

Robin legte eine Hand auf ihre Brust. Sie hatte eine der Frauen aus ihrem Bibelkreis erwartet mit dem nächsten Auflauf zum Aufwärmen in der Hand. Der letzte Mensch – abgesehen von Micah selbst –, mit dessen Erscheinen sie gerechnet hatte, war Bethany. »Ich dachte, du wärst abgereist.«

»Kann ich reinkommen?«

Robin trat zur Seite, froh über die unerwartete Ablenkung. Wenn jemand ihr vor zwei Wochen gesagt hätte, dass Bethany Quinn in ihrem Wohnzimmer stehen würde, hätte sie es niemals geglaubt. Aber andererseits hätte sie auch nicht geglaubt, dass sie eine schwangere Witwe sein würde. Sie zog die Ärmel ihres Sweatshirts über ihre Hände und lenkte ihre Gedanken wieder auf ihren Überraschungsbesuch. Obwohl Bethany figurbetonte

Kleidung trug und sich gerader hielt als früher, sahen ihr Gesicht und ihr Körper noch genauso aus wie vor zehn Jahren. Robin klammerte sich an die Vertrautheit, als wäre sie ein Rettungsring. »Ist alles in Ordnung?«

»Das sollte ich eigentlich dich fragen …« Bethany runzelte nicht die Stirn und sie legte auch nicht den Kopf schief oder sah Robin an, als hätte sie eine Bombe verschluckt. Irgendwie konnte sie mit Trauer besser umgehen. Das hatte Robin damals geholfen, als ihre Mutter gestorben war. Und irgendwie half es ihr auch jetzt.

Plötzlich verspürte Robin den Drang, Bethanys Hände zu ergreifen, sie ins Wohnzimmer zu ziehen und Knie an Knie mit ihr dazusitzen, wie sie es als Mädchen so oft getan hatten. Mit einem Mal wollte sie Bethany alles erzählen. Dass es ihr schwerfiel, morgens aufzustehen. Dass sie den Großteil ihres Tages damit zubrachte, ihre Nase in Micahs Kissen zu vergraben. Dass sie sich nicht sicher war, ob sie das Baby wollte. Und dass dieser letzte Gedanke in ihr eine noch größere Trauer auslöste als der Tod ihres Mannes. Am Ende entschied sie sich für etwas weniger Kompliziertes. »Ich versuche, einen Tag nach dem anderen zu überstehen.«

Sie ging in die Küche und öffnete den Kühlschrank. »Möchtest du etwas trinken? Wir haben Wasser.« Micahs Eiskaffeedosen auf dem oberen Bord ignorierte sie. Die gehörten ihm. Ihr Blick wanderte von den Mahlzeiten, die Gemeindemitglieder in den letzten zwei Wochen für sie gekocht hatten, zur Tür, wo sie drei Dosen Pepsi entdeckte. »Oder Pepsi.«

»Nein, danke. Ich habe keinen Durst.«

Den hatte Robin auch nicht, aber sie griff trotzdem nach einer Wasserflasche. Bevor sie das Krankenhaus verlassen hatte, hatte sie dem Arzt versprechen müssen, viel Flüssigkeit zu sich zu nehmen. Als sie den Deckel aufschraubte, bemerkte sie das Lecken des Wasserhahns. Fünf Tropfen fielen in die Spüle. Bei jedem von ihnen zog sich ihr Magen zusammen. Vor seinem Zusammenbruch hatte Micah ihr versprochen, den Wasserhahn zu reparieren. »Was hast du gesagt?«

»Ich habe gefragt, ob wir reden können.«

»Oh. Ja, klar.«

Sie setzten sich auf das Sofa im Wohnzimmer. Robin trank einen Schluck Wasser.

Bethany faltete die Hände auf ihrem Schoß. »Ich habe eine Frage, die ich dir nur sehr ungern stelle. Und du kannst auf alle Fälle Nein sagen. Ich würde es dir überhaupt nicht übel nehmen. Aber ich brauche für die nächsten paar Wochen ein Dach über dem Kopf. Evan hat mich rausgeworfen. Und du weißt, dass ich nicht bei Mom im Trailer wohnen kann. Deshalb wollte ich dich fragen … na ja …, ob ich vielleicht hierbleiben kann. Wenn nicht, ist es auch kein Problem. Wenn du lieber deine Ruhe haben willst, verstehe ich das total.«

Robin starrte sie einen Moment lang mit offenem Mund an und wartete darauf, dass die langsamen Synapsen in ihrem Hirn die Informationen verarbeiteten, die aus Bethanys Mund gepurzelt waren. »Evan hat dich rausgeworfen?«

Bethany nickte.

»Ich dachte, du wolltest zurück nach Chicago.«

»Das wollte ich ja auch. Aber nach der Beerdigung haben wir uns mit Dans Anwalt getroffen. Wie es aussieht, hat Dan mir die Farm vermacht. Und bis wir mit der Besprechung fertig waren, war das Wetter so schlecht, dass ich nicht mehr fahren konnte.«

»Dan hat dir die Farm hinterlassen?« Robin wollte nicht wie ein Papagei klingen, aber sie hatte Mühe, ihrer Freundin zu folgen. »Wie kann Evan dich dann rauswerfen, wenn alles dir gehört?«

»Das Haus hat Evan geerbt.«

»Oh.«

»Genau.«

Die Flasche in ihren Fingern knackte. »Warum denn das?«

Bethany blickte zu den geschlossenen Fensterläden. »Ich bin mir sicher, Dan hatte einen guten Grund.«

»Und du willst in Peaks bleiben?« Robin kniff die Augenbrauen zusammen. Bethany hatte den größten Teil ihres Lebens alles darangesetzt, dieser Stadt zu entfliehen. Sie konnte sich nicht vorstellen, dass Dans Farm ein Anreiz für sie war zu bleiben. »Was ist mit deiner Arbeit? Und was ist mit Dominic – so heißt dein Freund doch, oder? Immer, wenn ich mit deiner Mom gesprochen habe, klang es so, als sei es ziemlich ernst mit euch beiden.«

Bethany starrte unverwandt auf eine Stelle am Boden. »Ich habe meinen Job verloren. Mein Mietvertrag läuft aus. Und Dominic zieht nach Atlanta. Ich meine, es wäre fast lustig, wenn es nicht so traurig wäre. Dass irgendwie alles gleichzeitig schiefläuft.« Ihre Wangen röteten sich, als wäre ihr beim Sprechen sofort bewusst geworden, dass ihre Probleme verglichen mit dem von Robin vielleicht gar nicht so schlimm waren. »Jedenfalls brauche ich eine Bleibe, während ich mir überlege, was ich tun soll.«

Robins Gehirn war von dem Schlafmangel ernsthaft beeinträchtigt. Und von der Trauer – haufenweise Trauer. Sie ging in Gedanken wieder einen Schritt zurück. Zum Anfang. Sie zwang sich, die Dinge der Reihenfolge nach in Angriff zu nehmen. »Warum hat Evan dich denn dann rausgeworfen? Das sieht ihm gar nicht ähnlich.«

»Er sagte, wenn ich dabliebe, würde ich ihn in den Wahnsinn treiben. Außerdem hat er gesagt, ich sei kein netter Mensch.«

Beinahe hätte Robin gelacht. Beinahe. Es war ein merkwürdiges Gefühl – so als hätte sie seit Jahren nicht mehr das Bedürfnis gehabt zu lachen, und nicht erst seit ein paar Wochen. »Das heißt, du würdest gerne hier wohnen? Bei mir?«

»Nur ein paar Wochen. Aber ich kann verstehen, wenn du das nicht willst.«

Robin musterte die Frau, die neben ihr saß. Das war Bethany. Und auch wenn sie Robin in den letzten zehn Jahren aus ihrem Leben ausgesperrt hatte – aus Gründen, die Robin verstehen konnte –, war sie wiedergekommen, als es zählte. Robin blinzelte die Tränen fort, die ihr in die Augen stiegen. Erst vor ein paar Minuten hatte sie im Wandschrank gekauert und zu Gott gesagt, dass sie diese Last nicht allein tragen konnte – diese schreckliche, schwere, unerträgliche Last. Dass sie jemanden brauchte, der ihr half.

Ist Bethany deine Antwort, Herr?

Trotz ihres traumatisierten Zustands entging Robin die Ironie keineswegs. Nur ein sehr zuversichtlicher Gott würde Bethany – eine Frau, die nichts mit ihm zu tun haben wollte – dazu gebrauchen, eines seiner verletzten Kinder zu trösten. Die Tränen wurden mehr und trübten Robins Blick. Sie wollte, dass Bethany blieb. Unabhängig davon, ob dies Gottes Gebetserhörung war oder sie nur eine Verschnaufpause brauchte, wollte sie plötzlich, dass Bethany blieb. Sie hatte Gott gesagt, dass sie es allein nicht schaffen würde. Vielleicht musste sie es ja gar nicht allein schaffen. Jedenfalls nicht ganz allein.

»Du kannst so lange bleiben, wie du willst.«

Und dann tat Bethany etwas. Etwas Überraschendes, aber durch und durch Willkommenes. Sie nahm Robins Hand und drückte sie. »Nur bis ich weiß, wie es weitergeht. Versprochen.«

Robin ertappte sich dabei, dass sie hoffte, das würde länger dauern, als Bethany erwartete. »Was hast du denn mit der Farm vor?«

»Ich will sie verkaufen. Was soll ich sonst damit machen?«

Robin fragte sich, was Evan von der Idee hielt. Er liebte die Landwirtschaft. Und im Laufe der letzten fünf Jahre hatten Micah und sie miterlebt, wie er sich immer mehr in Dans Land verliebt und Frieden mit seiner Vergangenheit geschlossen hatte. Sie wollte Bethany bitten, es sich noch einmal zu überlegen. Sie wollte ihr vorschlagen, dass sie das Land doch an Evan verpachten könnte. Mit dieser Farm waren so viele lieb gewonnene Erinnerungen verbunden. Es wäre traurig, wenn sie verkauft würde. Und es wäre traurig mit ansehen zu müssen, wie Evan sie verlor. Aber jetzt, wo sie Bethany wiederhatte, wollte Robin sie nicht gleich wieder verlieren. Also schloss sie stattdessen die Augen und sprach ein stilles Gebet.

Herr, wenn es nicht zu viel verlangt ist, würde ich Bethany wirklich gerne hierbehalten.

Kapitel 18

Bethany lehnte auf dem Schlittenbett in Robins Gästezimmer an dem Kopfteil aus Eichenholz, den Laptop geöffnet, die Beine ausgestreckt, während ein kleiner blauer Kreis sich in der Mitte ihres Bildschirms drehte. Normalerweise dauerte es nicht so lange, bis der Computer eine Verbindung zum Internet aufbaute. Sie klickte erneut auf das entsprechende Symbol und stieß einen ungeduldigen Seufzer aus. Sie wollte ihren Lebenslauf abschicken und nach Maklern in der Nähe suchen, die sich auf Ländereien spezialisiert hatten. Beides konnte sie ohne Internet nicht tun.

Sie schlug die Beine übereinander und wippte mit dem Fuß, während ihre Gedanken von einem Thema zum nächsten huschten. Dominic. Dan. Die Farm. Ihr leerer Schreibtisch bei Parker Crane. Ihr peinlicher Gefühlsausbruch – nicht nur einmal, sondern zweimal – vor Evan. Bethany klickte auf den kreisenden blauen Ring und versuchte, ihre verstörendste Begegnung zu vergessen. Als sie gesehen hatte, wie die Tierärztin diese zwei Spritzen herausgeholt hatte, war sie durchgedreht. Alles, was Evan und die Frau gesagt hatten, weckte viel zu viele Erinnerungen an eine Vergangenheit, die sie lieber vergessen wollte.

Der blaue Ring verschwand. Auf dem Bildschirm erschien die Skyline von Chicago vor einem weißen Hintergrund. *Internet Explorer kann die Seite nicht finden?* Sie überprüfte ihre WLAN-Einstellungen. Die schienen in Ordnung zu sein. Bethany schob den Laptop von ihren Knien und schlich den Flur hinunter, wobei der mit Teppich bedeckte Boden an mehreren Stellen knarrte. Jedes Mal zuckte sie zusammen, vor allem, als sie an Robins Zimmer vorbeikam und durch die halb geöffnete Tür einen zusammengerollten Klumpen im Bett liegen sah. Nachdem Robin ihr an diesem Morgen geholfen hatte, sich einzurichten, war sie in ihrem

Zimmer verschwunden und eingeschlafen. Bethany wollte sie auf keinen Fall wecken.

Im Büro setzte sie sich an Micahs Schreibtisch und drehte den Schreibtischstuhl in Richtung Sideboard. Ein Ethernet-Kabel verband das Modem mit dem Router, aber die dazugehörige Lampe war nicht an. Sie rollte mit dem Stuhl zurück und warf einen Blick auf die Mehrfachsteckdose. Ein Stecker war nicht eingesteckt. Nachdem sie ihn wieder in die Steckdose gedrückt hatte, betätigte sie den Ein-Schalter und trommelte mit den Fingern auf der Tischplatte. Während sie wartete, fiel ihr Blick auf einen großen Bilderrahmen, in dem ein Foto von Robin und Micah steckte. Erstere war ganz in Weiß gehüllt, Letzterer trug einen schicken schwarzen Frack.

Obwohl ihre dunklen, seidig glänzenden Haare elegant hochgesteckt waren, sah die Frau auf dem Foto eher so aus wie die Robin aus Bethanys Vergangenheit und nicht so sehr wie die ausgemergelte, hohlwangige Gestalt, die ihr an diesem Morgen die Tür geöffnet hatte. Bethany streckte die Hand aus und zog den Bilderrahmen näher, um das Paar besser betrachten zu können. Sie hatte Micah bisher nur in dem Krankenhauszimmer gesehen, umgeben von Maschinen, die Augen geschlossen und das Gesicht ausdruckslos. Der Micah auf dem Bild lächelte mit seinen geraden weißen Zähnen, hatte dichtes welliges Haar und Lachfältchen. Seine Augen funkelten selbst auf dem Foto und hatten eine vertraute haselnussbraune Farbe. Im Krankenhaus war ihr das gar nicht aufgefallen, aber Evan und Micah sahen einander sehr ähnlich.

Bethany stellte den Bilderrahmen wieder an seinen Platz und lehnte sich zurück. Dabei streifte ihr Ellbogen einen gelben Notizblock, der aufgeschlagen auf dem Schreibtisch lag. Bleistiftskizzen – beinahe wie Blaupausen – bedeckten die erste Seite. Neugierig nahm sie den Block in die Hand. Augenblicklich rutschten Fotos heraus. Die glänzenden Bilder ergossen sich auf den Fußboden und bildeten ein schwarz-weißes Puzzle. Bethany bückte sich und betrachtete sie. Sie waren aus künstlerischen Blickwinkeln aufgenommen und zeigten verschiedene Cafés – oder vielmehr Teile von Cafés. Auf manchen der Fotos war Robin zu sehen und ihre Augen tanzten, während die Kamera ihr Lachen vor einem verschwommenen Hintergrund einfing.

Bethany schob die Bilder zu einem Stapel zusammen und betrachtete die Skizzen genauer. Sie blätterte weiter und entdeckte noch mehr Zeichnungen – von Stühlen, Tischen, Lampen. Selbst die Skizze eines Klaviers, das in das Licht von Hängeleuchten getaucht war. Verschiedene Wandfarben und Dekorationselemente waren unter den Zeichnungen aufgelistet, in Robins Handschrift.

Die Lämpchen am Router blinkten erst und leuchteten dann dauerhaft. Bethany blätterte zur ersten Seite zurück und sah sich die Skizze vorne noch einmal an. Selbst mit den zarten Bleistiftstrichen sah das Ganze gut aus. Es hatte Klasse, war gemütlich, nicht zu groß. Sie konnte sich den Raum genau vorstellen. Wie sie in einer der Nischen saß und an einem Projekt arbeitete, während sie an einem Milchkaffee nippte und einen Zitronenmuffin aß.

Das Geräusch der Toilettenspülung riss Bethany aus der angenehmen Atmosphäre, die sie sich gerade ausgemalt hatte. Sie drehte sich mit dem Stuhl in Richtung Tür, stand auf und trat auf den Flur hinaus. Die Skizzen behielt sie in der Hand, weil sie Robin danach fragen wollte. Ihre Freundin kam gerade aus dem Schlafzimmer. Ihre Haare standen in alle Himmelsrichtungen ab und eine rote Falte erstreckte sich von einem ihrer Ohren bis zu ihrem Unterkiefer – es lagen Welten zwischen ihr und der Schönheit, die Bethany gerade auf dem Foto betrachtet hatte.

»Geht es dir gut?« Was für eine dämliche Frage. »Körperlich, meine ich?«

»Mir ist schlecht.« Robin zog die überlangen Ärmel über ihre Hände. Das Sweatshirt hing ihr wie ein Sack am Leib, war viel zu groß, um ihr zu gehören. »Hast du etwas gesucht?«

»Ich habe nur den Router in die Steckdose gesteckt. Das Internet hat nicht funktioniert.«

Robin presste die Lippen aufeinander, als führte sie einen persönlichen Rachefeldzug gegen das World Wide Web.

»Ich hoffe, das war in Ordnung.«

»Oh, ja. Natürlich.« Robins Blick wanderte in Richtung Arbeitszimmer und dann wieder zu Bethany. Erst jetzt bemerkte sie den Notizblock in Bethanys Hand. »Was hast du da?«

»Ich habe ein paar Zeichnungen auf dem Schreibtisch liegen sehen. Hast du die gemacht?«

Robin betrachtete die Skizzen.

»Sie sehen aus wie von einem Café.« Bethany hielt sie hoch. »Die sind richtig gut.«

Robin schlang die Arme um ihren Bauch und ihr Gesicht wurde mit einem Mal beunruhigend bleich.

Würde sie sich gleich übergeben? Bethany trat einen Schritt näher, um ihre Freundin aufzufangen, falls sie ohnmächtig wurde. »Robin?«

Aber Robin fiel nicht in Ohnmacht. Stattdessen nahm sie Bethany den Block aus der Hand, riss die Blätter heraus und zerfetzte sie in kleine Stücke. Als der letzte Papierschnipsel zu Boden fiel, schlug Robin sich die Hand vor den Mund, als könnte sie nicht fassen, was sie gerade getan hatte. Dann floh sie in ihr Schlafzimmer, während Bethany die Papierfetzen auf dem Boden anstarrte.

Was in aller Welt war denn das gerade gewesen?

Bethany blickte zu Robins geschlossener Tür hinüber. Sie hätte die Zeichnungen liegen lassen sollen. Aber sie hatten offen auf dem Schreibtisch gelegen, hatten sich ihr beinahe aufgedrängt. Normalerweise hatte sie keine Ahnung, worüber sie mit Robin reden sollte. Sie hatte gedacht, diese Skizzen wären ein neutraler Gesprächsgegenstand. Offensichtlich nicht.

Sie schlich zu Robins Zimmer und hob die Faust, um an die Tür zu klopfen. Dann zögerte sie. Ließ die Hand wieder sinken. Hob sie wieder. Was sollte sie sagen? *Es tut mir leid?* Was denn? Sie wusste nicht, was sie falsch gemacht hatte, außer dass sie unabsichtlich irgendetwas Schmerzliches aufgewühlt hatte.

Wieder ließ sie die Hand sinken, dann atmete sie langsam aus und kniete sich hin, um die Papierschnipsel zu einem Haufen zusammenzuschieben. Als sie das Papier auflas, knarrte hinter ihr die Tür. Sie fuhr auf den Knien herum. Robin stand im Türrahmen – ein Schatten, ein Hauch. Kaum da. Der Anblick versetzte Bethany einen Stich. Sie versuchte, das Gefühl zu verscheuchen, aber es ließ nicht nach. Warum empfand sie nach zehn Jahren ohne Kontakt plötzlich einen solchen Beschützerinstinkt, warum benahm sie sich mit einem Mal wie eine Glucke? Vor einer Woche hatte sie dieses Gefühl noch nicht gehabt. Was hatte sich seitdem verändert?

Robin bückte sich und half, das Durcheinander zu beseitigen, indem sie ihre zittrigen Finger um einige Papierfetzen schloss. »Tut mir leid. Ich wollte nicht so reagieren.«

Bethany sagte nichts. Was sollte sie dazu auch sagen? Schweigend sammelten sie die letzten Schnipsel ein. Als kein Papier mehr auf dem Teppich lag, streckte Bethany die Hand aus, um Robin die letzten Reste abzunehmen. »Ich werfe sie weg«, sagte sie. Sie wusste nicht, was sie sonst tun sollte, was sie sagen könnte. Also ging sie zur Treppe.

»Micah wollte, dass ich ein Café eröffne.«

Die körperlosen Worte schwebten in Bethanys Ohren. Ein hohles Geräusch ohne Satzmelodie. Sie blieb stehen und drehte sich um. Robin kniete immer noch auf dem Boden.

»Als wir unsere Hochzeitsreise nach Europa gemacht haben, waren wir in mindestens zwanzig Cafés. Er hat gesehen, wie ich mich zwanzigmal verliebt habe.« Robin zupfte an einem losen Faden des Teppichs. »Micah hat sieben Jahre gebraucht, aber irgendwann hatte er mich endlich davon überzeugt, dass ich es tun sollte. Diese Skizzen habe ich einen Tag vor seinem Zusammenbruch gemacht.« Ihre leise Stimme stockte, als wäre sie an etwas in ihrer Kehle hängen geblieben. »Er hätte alles für mich getan.«

Bethany ging vorsichtig einen Schritt auf Robin zu, während ihr eine Idee kam. Sie konnte nicht herumsitzen, Robins Rücken tätscheln und ihr mit Gesprächen bei der Trauerbewältigung helfen. Das war nicht ihr Ding. War es noch nie gewesen. Sie brauchte etwas Konkretes, ein Ziel – etwas, das sie in Bewegung hielt und dafür sorgte, dass sie nicht den Verstand verlor. Während die Idee in ihrem Kopf immer mehr Gestalt annahm, ging sie auf Robin zu. Sie hatte keine Ahnung, wie ihre Freundin es aufnehmen würde, aber sie wusste auch nicht, wie sie ihr sonst helfen sollte.

»Willst du es immer noch machen?«

Robin sank auf ihre Fersen und ihr Blick ging ins Leere. »Ohne Micah?«

Der Gedanke ließ nicht locker, verfestigte sich und entwickelte Reiz und Perspektive. Robin brauchte etwas, das sie von ihrem Verlust ablenkte; etwas, das ihrem Leben wieder einen Sinn gab. Im Moment trieb sie ziellos in einem See des Kummers umher, ohne Rettungsweste. Vielleicht könnte Bethany sie wieder auf Kurs lenken. Sie in Sicherheit bringen. Und das Projekt wäre nicht nur gut für Robin, auch Bethany selbst hätte dann eine Aufgabe, während sie darauf wartete, dass sich eine neue Jobmöglichkeit auftat. Das wäre ein spannendes Projekt für ihren Lebenslauf.

»Die Skizzen waren wirklich gut, Robin.« Sie hielt die zerknüllte Papierkugel hoch. »Ich könnte dir helfen. Wir könnten Blaupausen erstellen.«

Robin zog an ihren Ärmeln.

»Auch wenn wir es am Ende nicht durchziehen, wäre es doch wenigstens eine Beschäftigung. Ich habe ein Programm dafür auf meinem Computer.« Bethany deutete mit dem Kopf in Richtung Gästezimmer. »Wir könnten die Maße eingeben. Mit ein paar Ideen spielen.«

Robins Hände waren jetzt ganz verschwunden. Die Enden der Ärmel waren verdreht und überdehnt.

»Dann hätten wir etwas Schönes zu tun, während ich hier bin.«

Robins Blick trübte sich. Wahrscheinlich konnte sie sich im Moment nicht vorstellen, dass irgendetwas schön sein könnte.

Was konnte Bethany sagen, um Robins Trauer zu durchdringen? Sie trat näher. »Ehrlich gesagt weiß ich nicht, wie ich dir sonst helfen soll.«

Bethany sah Robin flehend an, weil sie wusste, dass das Projekt ihrer Freundin guttun würde. Geld war kein Problem. Robins Mutter war von Hause aus wohlhabend gewesen und ihr Vater war Anwalt. Das Einzige, was sie bremste, war die Trauer. »Also, was meinst du?«

Einer von Robins Fingern wagte sich vor und bohrte sich in ein Loch am Knie ihrer Jeans. »Vielleicht kannst du mir dieses Programm ja mal zeigen.«

Bethany lächelte. Gut möglich, dass die Trauer Robin am Fußgelenk gepackt hatte und sie in dunkle, undurchdringliche Tiefen ziehen wollte, aber Bethany hatte gerade ihr Handgelenk umfasst. Sie würde alles tun, um zu verhindern, dass Robin ertrank.

Kapitel 19

Vor zwei Jahren war Dominic mit mir über Weihnachten in dem angesagten Winterkurort Vail. Er war charmant und kultiviert und in ausgeprägter Flirtlaune. Ich ertappte Frauen dabei, wie sie erst ihn anstarrten und dann mich. Wahrscheinlich fragten sie sich, was ein Typ wie er an einer gewöhnlichen Frau wie mir fand. Ich verbrachte einen erheblichen Teil dieser Woche damit, mir zu sagen, dass ich nicht mehr die Bethany aus Peaks war.

Die Tatsache, dass ich eine Chicagoer Architektin war, die mit ihrem attraktiven Anwaltsfreund in den Rockies Skiurlaub machte und in schicken Restaurants edle Weine trank, war der Beweis dafür, wie weit ich es gebracht hatte. Wie weit ich mich von dem Mädchen entfernt hatte, das dazu gezwungen worden war, Weihnachten in unserem Schrotthaufen von einem Zuhause zu ertragen.

Ich hasste diese Weihnachtsfeste.

Mom dekorierte jeden Zentimeter unseres Trailers mit Lichterketten, entweder, weil sie verbergen wollte, wie hässlich unser Zuhause war, oder weil sie versuchen wollte, Weihnachtsstimmung zu erzeugen. Außerdem hängte sie kitschige Krippenfiguren auf. An Heiligabend gingen wir erst in der Kirche des Ersten Lichts in den Gottesdienst und tranken anschließend Eierpunsch mit Pastor Fenton, der uns besuchte.

Dann saß ich in dem schäbigen Sessel, den Mom im Sozialkaufhaus erworben hatte, und sehnte mich nach der Farm. Sehnte mich nach Grandpa Dan und nach Dad. Nach den Weihnachtsfesten vor dem Unfall, als wir fertigen Plätzchenteig gekauft hatten – die Sorte, bei der jeder Keks mit einem Motiv versehen ist –, um sie für den Weihnachtsmann zu backen, während Dan aus Lukas 2 die Weihnachtsgeschichte vorlas und Mom Weihnachtslieder auf unserem alten Grammofon abspielte. Sie summte immer mit, während David und ich die eingepackten Kartons unter dem Weihnachtsbaum schüttelten.

Nachdem wir nicht mehr auf der Farm lebten, war Heiligabend immer deprimierend. Ich hasste es, dass meine Mutter Mühe hatte, wach zu bleiben, weil sie die Nachtschicht in der Fabrik hinter sich hatte. Ich hasste die Tatsache, dass durch die Tür des Trailers kein echter Weihnachtsbaum passte. Ich hasste die Tatsache, dass ich mich so sehr nach jemandem sehnte, dessen Name zu einem Tabu geworden war. Und ich hasste es, dass Pastor Fenton kam und Lukas 2 ruinierte.

Neun trostlose Weihnachten verbrachte ich unter solchen Umständen. Nur ein einziger Heiligabend aus dieser Zeit ist mir in annähernd positiver Erinnerung, und das lag an David. Mein Bruder beschloss, ausgerechnet an Heiligabend in der Tankstelle nahe des Trailerparks eine Packung Kaugummi zu klauen. Er schmuggelte das Päckchen in die Kirche und stieß mich genau in dem Moment an, in dem alle aufstanden und ihre Liederbücher aufschlugen, um »Die drei Weisen aus dem Morgenland« anzustimmen.

Mein Blick fiel auf das kleine lilafarbene Rechteck, das er mir hinhielt. Ohne etwas zu sagen, drückte er es mir in die Hand, und ich sah ehrfürchtig zu, wie er sich ein Stück Kaugummi in den Mund schob und anfing zu kauen, während er mich aus dem Augenwinkel heraus ansah.

Kaugummi in der Kirche.

Wir waren junge Rebellen geworden, die gegen die Institution kämpften.

Meine Wangen brannten, weil ich mir nur mit Mühe das Grinsen verkneifen konnte. So unauffällig wie möglich tat ich es meinem Bruder gleich. Der saure Geschmack war so wunderbar … lila. Fünfundvierzig herrliche Minuten lang bewegten David und ich unseren Kaugummi von einer Wange zur anderen, bis er keinen Geschmack mehr hatte und das saftige Rechteck hart und pappig geworden war. Wir wurden nicht erwischt. Nicht einmal von Onkel Phil, der Zahnarzt war und gezuckerte, Karies verursachende Bonbons aus meilenweiter Entfernung roch.

Unmittelbar bevor Pastor Fenton den Segen sprach, sah ich, wie David ein Niesen vortäuschte. Seine Hand fuhr zu seinem Mund und er spuckte den lavendelfarbenen Klumpen in seine Handfläche. Mein Blick folgte seinen Fingern, die sich um die hölzerne Kirchenbank krümmten und den Kaugummi so unter dem Sitz festklebten, dass man ihn nicht sehen konnte. Ich überlegte, wie ich meinen Kaugummi loswerden könnte, bevor Mom oder Tante Sharon mir eine Frage stellten und ich gezwungen war, den Mund aufzumachen und den Geruch der Rebellion zu enthüllen.

Ich stellte mir vor, wie der duftende Beweis für unsere Missetat durch den mit Stechpalmen geschmückten Mittelgang waberte, direkt in Pastor Fentons Nase. Ich malte mir aus, wie er mitten in seiner Predigt innehielt, umgeben von all den Weihnachtssternen, und mich mit geblähten Nüstern aus der Kirche warf. Ich musste mir schnell etwas einfallen lassen. Aber ich hatte keine Idee. Also schluckte ich stattdessen, während Pastor Fenton den Segen beendete. Der harte Klumpen quetschte sich durch meine Kehle. Jahre später, als Robin mir erklärte, es sei unmöglich, Kaugummi zu verdauen, stellte ich mir vor, wie der sieben Jahre alte Kaugummi in meinem Magen lag, und lächelte.

Meine liebste Erinnerung an die Kirche.

Kapitel 20

»Wirklich, Dad, du musst nicht herkommen.« Robin nahm das Telefon in die andere Hand und setzte sich auf die Bettkante. »Du warst doch gerade erst hier.«

»Aber morgen ist Weihnachten. Ich könnte in zwei, drei Stunden einen Flug nehmen und wäre noch heute Abend da.«

Sie überlegte, was sie sagen konnte, um ihm die Sorgen zu nehmen, aber ihr fiel nichts ein. Seit sie Micah verloren hatte, war sie verstummt. Es gab Worte. Viele. Sie brachen auch in ihr auf – hauptsächlich Fragen an Gott. Aber ihre Zunge weigerte sich, ihnen eine Stimme zu verleihen. »Du und Onkel Jay habt vielleicht nicht mehr viele Weihnachtsfeste mit Grandma. Du solltest in Ohio bleiben, Dad.«

»Oder du könntest herkommen.«

»Dad …«

»Es würde dir helfen, Robin.«

Bei diesen Worten zuckte sie zurück. Weihnachten mit zwei Witwern und ihrer neunzigjährigen Großmutter zu verbringen? Inwiefern sollte das eine Hilfe sein? Nur weil ihr Vater aus Erfahrung sprach, war er kein Experte für ihren Schmerz. Sie klemmte sich das Telefon zwischen Wange und Schulter und knibbelte an der Nagelhaut eines Fingers.

»Ich finde, ein Tapetenwechsel würde dir guttun.«

Ihre Nagelhaut brannte und dann quoll Rot hervor. »Ich habe Loraine und Jim versprochen, dass ich heute Abend mit ihnen in den Gottesdienst gehe. Sie fliegen nach den Feiertagen nach Tucson zurück und wollen noch etwas Zeit mit mir verbringen, bevor sie abreisen.« Sie steckte sich den Finger in den Mund, um das Blut wegzulutschen.

Ihr Vater seufzte in den Hörer. »Die Vorstellung, dass du ganz allein in dem Haus sitzt, gefällt mir überhaupt nicht.«

»Ich bin nicht allein. Bethany ist hier.«

»Bethany?«

»Sie wohnt ein paar Wochen bei mir.«

»Mir war gar nicht bewusst, dass ihr beide noch befreundet seid.«

Sie legte eine Hand auf ihren Bauch.

»Bist du dir sicher, dass ich mich nicht in den Flieger setzen soll?«

Ich bin schwanger.

Sie probierte die Worte im Geiste aus, aber sie weigerten sich, den Weg zu ihrem Mund zurückzulegen. Was hatten diese drei Worte nur an sich? Warum konnte sie sie nicht laut aussprechen?

»Ganz sicher. Sag Grandma und Onkel Jay Frohe Weihnachten von mir.« Sie warf einen Blick auf die Uhr. »Ich muss jetzt wirklich Schluss machen. Der Gottesdienst fängt in einer Stunde an.« Und sie musste noch duschen, sich vielleicht sogar rasieren – beides Aufgaben, die jetzt so viel länger dauerten als noch vor zwei Wochen.

Eine halbe Stunde später zitterten Robins Hände, als sie Mascara auf ihre Wimpern bürstete. Als sie schließlich angezogen und fertig war, hatte das Zittern sich auf ihre Hände und Arme ausgedehnt und sich irgendwo in ihrer Magengrube festgesetzt.

Bethany saß am Küchentisch, den Laptop vor sich, und klickte zwischen ihren E-Mails und AutoCAD hin und her – der Computersoftware, die sie benutzten, um ihr potenzielles Café zu entwerfen. Manchmal ertappte Robin sich dabei, dass ihr das Projekt ans Herz wuchs. Das Brainstorming und die Entwürfe waren zu einer Beschäftigung geworden, die sie dringend benötigte. Sie brauchte etwas, das sie von ihrer neuen Realität ablenkte. Mit jedem Tag, der verstrich, grub die Erkenntnis, dass Micah nicht mehr da war – und auch nie mehr wiederkommen würde – ihre Nägel tiefer in Robins Seele.

Robin schenkte sich ein Glas Milch ein und zwang sich, einige Schlucke davon zu trinken. Bethany hörte auf zu tippen und starrte auf das zitternde Glas in Robins Hand. »Du musst nicht gehen.«

»Doch, muss ich.« Micah und sie waren in den letzten acht Jahren immer zum Heiligabendgottesdienst um sechs Uhr in die Grace Assembly gegangen. Es gab keinen Grund, es diesmal nicht zu tun. »Du kannst mitkommen, wenn du willst.«

Bethany sah Robin an, als hätte sie sie eingeladen, mit Pastor Fenton Weihnachtslieder zu singen. Dann wandte sie ihre Aufmerksamkeit wieder dem Computerbildschirm zu.

»Hat schon jemand auf deinen Lebenslauf reagiert?«

Bethany schüttelte ruckartig den Kopf, klickte wieder auf das Designprogramm und änderte die Größe der Fenster. Während Robin ihr über die Schulter zusah, war sie halb versucht, zu Hause zu bleiben und noch mehr Ideen zu entwickeln. Doch stattdessen riss sie sich los und verabschiedete sich.

Evan hatte angeboten, sie abzuholen, aber Robin hatte dankend abgelehnt. Micah und sie fuhren an Heiligabend mit ihrem VW zum Gottesdienst. So war es immer gewesen, und so würde es auch bleiben.

Als Robin die überfüllte Kirche betrat, wandten sich gleich mehrere bekannte Gesichter zu ihr um. Micahs Eltern lächelten von der anderen Seite des Eingangsbereichs zu ihr herüber. Und obwohl Loraine eigentlich gerade mit einem älteren Paar im Gespräch war, legte sie schon Sekunden später ihre Hand auf Robins Mantel und umarmte sie. Jim näherte sich ihr langsamer, gehemmt von seiner chronischen Arthrose. Auch er nahm Robin in den Arm und drückte sie, bevor er seine Hand an Loraines Ellbogen legte. Amanda stand neben ihnen. Evan und Gavin fehlten in der Runde.

Als könnte sie Robins Gedanken lesen, wurde Loraines Miene länger, sodass sie mit einem Mal zehn Jahre älter wirkte. »Gavin kommt nicht, aber Evan müsste jeden Augenblick da sein.« Loraine nahm Robins Hand und drückte sie. »Wie geht es dir?«

Ein kalter Windstoß enthob sie einer Antwort. Er fegte durch das Foyer und wehte ihr einige Haarsträhnen ins Gesicht. Ein Schauer lief ihr über den Rücken und breitete sich bis zu den Schultern aus, als sie Evan durch die Tür eintreten sah. Er umarmte sie und sah ihr prüfend in die Augen, sein Blick fragend. Sie schüttelte leicht den Kopf. Nein, sie hatte sonst noch niemandem von der Schwangerschaft erzählt. Sie hatte die Worte nicht herausgebracht.

Jim nahm ihren Mantel und ging damit zur Garderobe. Mehrere Schritte entfernt wartete der Kirchenraum – voller Leben und der Schönheit des Advents, während sie sich grau und tot fühlte. Robin holte tief Luft und sagte sich, dass der Heiligabendgottesdienst immer kurz war. Nur fünfundvierzig Minuten. Eine Dreiviertelstunde würde sie überleben.

Amanda berührte Robins Ellbogen. »Wir haben uns überlegt, dass wir diesmal woanders sitzen könnten.«

»Wir sitzen immer auf der Empore«, sagte Robin.

Jim gesellte sich wieder zu ihnen und nahm Loraines freie Hand.

Ein Kloß bildete sich in der Kuhle zwischen ihren Schlüsselbeinen.

Warum musste es ausgerechnet Micah treffen? Von allen Ehemännern der Welt, warum ausgerechnet ihren? Warum durfte Loraine Jims Hand halten, während ihr nichts blieb als flüchtige Erinnerungen? Plötzlich verspürte Robin den heftigen Wunsch, die Hände der beiden voneinander loszureißen.

»Wir dachten nur, es wäre vielleicht eine gute Idee, woanders zu sitzen«, sagte Jim.

Robin riss den Blick von ihren Händen los und deutete mit einem Nicken in Richtung Treppe. »Ich gehe nach oben.« Micah und sie saßen jeden Sonntag auf der Empore. Sie hatten ihren festen Platz. Die anderen konnten Blicke wechseln, so viel sie wollten; sie musste jetzt auf der Empore sein. Als sie sich umdrehte und zur Treppe ging, folgte Micahs Familie ihr.

Während die Kirche sich bis auf den letzten Platz füllte, spielte Robin mit der kleinen weißen Kerze, die ihr am Eingang in die Hand gedrückt worden war. Sie rollte sie zwischen ihren Fingern hin und her, bis die Musik begann – die langsame, eindringliche Melodie von »Stille Nacht«. Micahs Familie erhob sich, aber sie blieb sitzen. Sie konnte nicht aufstehen. Sie konnte nicht singen. Sie konnte ja nicht einmal atmen. Die Schwerkraft hatte es auf sie abgesehen, zerrte mit aller Macht an ihr und drückte ihre Schultern nieder.

Vor zwei Monaten hatte sie im Bibelkreis mit einer Frau über Gott gesprochen und davon, dass er für alles einen Plan hatte. Damals hatte sie das geglaubt, war deswegen voller Ehrfurcht gewesen. Aber jetzt? Jetzt war sie sich da nicht mehr sicher. Nicht während die Wut sie aufs offene Meer hinauszog. Mit jeder Welle, die über ihr zusammenschlug, wurde sie weiter vom Ufer weggetragen, weg von Gott, weg von der Christin, die sie im Laufe der letzten zehn Jahre geworden war. Während die Weihnachtsmusik um sie herumfloss, ließ sie sich forttreiben und war sich nicht sicher, ob sie überhaupt zurückschwimmen wollte. Nicht sicher, ob sie die Kraft oder den Glauben hatte, gegen die mächtigen Wellen anzukämpfen.

Ich schaffe das nicht, Herr. Es ist zu schwer.

Der Pianist stimmte das nächste Lied an, »Freue dich, Welt«. Aber wie konnte es in einer Welt ohne Micah jemals Freude geben? Die Schwerkraft zog noch fester. Ihre Lungenflügel konnten sich nicht ausdehnen. Ihr Gehirn verlangte, dass sie aufstand. Sie musste ihren Körper aus dieser Kirche bringen. Sie hatte keine Kontrolle mehr über sich selbst. Nichts an ihr fühlte sich so, als gehöre es zu ihr. Es war, als hätte ihr Körper sich in unzusammenhängende Teile zertrennt. Ihre Augen und ihre Lippen und ihre Arme und ihre Beine. Alle waren sie eigene Wesen geworden. Sie als Ganzes existierte nicht mehr.

Robin zwang ihre Muskeln, sich zu bewegen, und stand auf. Dann schob sie sich an einer Ewigkeit von Knien vorbei und eilte die Treppe hinunter. Erst als sie die kalte Winterluft in ihrem Gesicht spürte, atmete sie aus. Dann sog sie hektisch wieder Luft ein, während sie zu ihrem Wagen hastete. Aber selbst wenn sie lief, konnte sie der Trauer nicht entfliehen.

Evan knallte die Wagentür zu und warf einen Blick auf den silbernen Audi, der in Robins Auffahrt parkte. Sein Herz machte einen kleinen, unwillkommenen Satz. Er wusste, dass Bethany vorübergehend hier wohnte. Nur hatte er nicht damit gerechnet, ihr an diesem Abend zu begegnen. Er war davon ausgegangen, dass sie die Feiertage in Chicago verbringen würde. Mit ihrem Freund.

Im Laufe der vergangenen Woche hatte er öfter an diese Frau gedacht, als er sich eingestehen wollte. Er redete sich ein, das liege daran, dass sie seine unsichere Zukunft in Händen hielt. Aber in Wirklichkeit verstand er Bethany nicht, und jedes Mal, wenn er etwas nicht verstand, machte ihn das wahnsinnig. Aus demselben Grund hatte er als Kind eine ganze Woche damit zugebracht, Bryans alten Zauberwürfel hin und her zu drehen. Und da war es nur um ein Spielzeug gegangen.

Evan griff nach dem Mantel, den Robin in der Kirche zurückgelassen hatte, und ging auf das Haus zu. Um die Dachrinnen wanden sich Lichterketten, die aber nicht eingeschaltet waren. Micah schmückte immer schon Anfang November das Haus. So waren die beiden eben: Sie übersprangen Thanksgiving, weil sie es nicht abwarten konnten, Weihnachtsstimmung zu verbreiten. Soweit er wusste, waren die Lichter seit Micahs Zusammenbruch nicht an gewesen. Im Januar würde ihm wohl die Aufgabe zufallen, sie abzumontieren. Er schüttelte den bedrückenden Gedanken ab und stieg die Stufen zu Robins Veranda hinauf. Dann betätigte er die Türklingel.

Fünf Sekunden später riss Bethany die Tür auf, den Knauf in der einen und den Türrahmen in der anderen Hand, so als wollte sie ihm den Weg versperren. »Ja?«

»Dir auch frohe Weihnachten«, sagte er. »Hast du dich schon entschieden, was du mit der Farm machst?«

»Deshalb bist du hergekommen? Um mich über meine Pläne auszufragen?«

»Ich bin hergekommen, um nach Robin zu sehen.«

»Robin ist in der Kirche. Ich dachte, du wärst auch dort.«

»Sie ist nicht hier?«

Zwischen Bethanys Augenbrauen bildete sich eine Falte.

Super. Robin war bei Minustemperaturen verschwunden. Ohne ihren Mantel. Er hätte nicht auf seinen Vater hören sollen. Er hätte ihr gleich, nachdem sie aus der Kirche geflohen war, folgen sollen. »Darf ich reinkommen?«

Bethany zögerte.

Bevor er sie daran erinnern konnte, dass dies das Haus seines Bruders war, ließ sie den Türknauf los und ging ins Wohnzimmer. In ihren ausgeblichenen Jeans und dem Kapuzenpulli, die Haare unordentlich zurückgebunden, sah sie eher wie eine unbekümmerte Studentin aus anstatt wie eine übertrieben ehrgeizige Karrierefrau. Evans Blick wanderte nach unten und landete bei ihren unlackierten, kurz geschnittenen Zehennägeln. Sie musste ihn dabei ertappt haben, wie er sie anstarrte, denn sie krümmte die Zehen und schob sich eine Haarsträhne hinters Ohr. Etwas Warmes schlich sein Rückgrat hinauf. Er war es nicht gewohnt, sie so zu sehen, ohne Make-up, ohne ihre elegante Kleidung, ohne perfekte Frisur.

Es war erfrischend.

Als Evan eintrat, schlugen ihm der Duft von Zuckerplätzchen und der Klang von Weihnachtsmusik entgegen – eine vertraute Melodie ohne Text. Ein offener Laptop, eine Dose Cola, eine zerknüllte Serviette und einige Blätter Papier bevölkerten den Couchtisch. Bethany stürzte sich auf das Durcheinander und riss

Dose und Serviette vom Tisch, als hätte er sie mit einer rauchenden Pistole erwischt. Als sie sich wieder aufrichtete, fuhr sie mit einer Hand erst über ihr zerknittertes Sweatshirt und dann über ihren Kopf.

Die Geste war süß, aber etwas an dem Anblick, wie sie ganz allein am Heiligen Abend Weihnachtsmusik hörte, berührte ihn in seinem Innersten in einer Weise, in der er nicht berührt werden wollte. Niemand sollte an Heiligabend allein sein. Nicht einmal Bethany. »Weißt du, wo Robin ist?«

»Das habe ich doch gesagt. Sie ist in die Kirche gefahren.« Bethany blickte auf die Wanduhr und ging dann in die Küche.

Er folgte ihr. »Sie ist mitten in einem Lied gegangen. Ich wollte nachsehen, ob sie in Ordnung ist.«

Bethany versenkte die Serviette im Müll und warf einen Blick in den Ofen. Der Duft von Zucker und Butter waberte durch den Raum.

»Ich hätte dich nicht für eine Bäckerin gehalten«, sagte er.

Sie zog einen Ofenhandschuh an und zog ein Blech mit Plätzchen heraus – die vorgeformte Sorte mit den grünen Weihnachtsbäumen in der Mitte. »Ich wusste, dass Robin nicht hätte gehen sollen.« Bethany stellte das Blech auf dem Herd ab. »Sie braucht Zeit, um zu heilen. Nicht um in die Kirche zu gehen. Deine Familie hätte sie nicht unter Druck setzen dürfen.«

»Wieso glaubst du, wir hätten sie unter Druck gesetzt?«

»Warum sollte sie sonst gerade jetzt in die Kirche gehen wollen?«

»Ich weiß nicht. Weil Micah und sie das an Weihnachten immer getan haben. Sie sind in die Kirche gegangen.« Er hakte die Daumen in die Taschen seiner Hose. »Vielleicht hatte sie gehofft, es würde ihr Trost spenden.«

Bethany schüttelte den Kopf, als hätte sie keine Ahnung, wovon er sprach. Mit einem Pfannenwender beförderte sie die Plätzchen zum Abkühlen vom Blech auf einen Rost. »Willst du wissen, was ich denke?«

»Da du es mir offensichtlich sagen willst …«

»Ich glaube nicht, dass Gott ihr dabei helfen wird, diese Sache zu verarbeiten.«

Neugierig verschränkte er die Arme. »Warum nicht?«

»Nicht jeder braucht eine Krücke. Manchmal ist die Krücke eher im Weg.«

Das dachte sie also? Sie sah Gott als Krücke an, mit der schwache Menschen wie er selbst sich durchs Leben hangelten? »Willst du wissen, was ich denke?«, fragte er.

Sie hielt in ihrer Bewegung inne und zog die Augenbrauen hoch. »Da du es mir offensichtlich sagen willst.«

»Jeder hat eine Krücke.«

Wieder schüttelte sie den Kopf. »Ich nicht.«

»Nein?«

»Nein.«

Er grinste und machte einige Schritte auf sie zu. »Und was ist mit deiner Karriere? Oder deinem Erfolg? Was ist mit dem schicken Auto, das draußen steht? Wenn jemand dir all das wegnehmen würde, meinst du, du würdest dann noch stehen?«

»Ich habe in diesem Monat einiges wegstecken müssen« – Bethany zeigte auf ihre Beine –, »und ich bin immer noch auf den Beinen. Ich habe vor langer Zeit aufgehört, über Gott nachzudenken, und es geht mir blendend damit.«

»Wirklich?«

In ihren Augen flackerte etwas auf, aber sie wandte sich ab und tat die nächsten drei Kekse auf das Kuchengitter. Er trat so dicht neben sie, dass er die Wärme des Ofens spüren und den Vanilleduft ihrer Haut riechen konnte. »Du bist eine Ente, die in einer Pfütze steht.«

Bethany runzelte die Stirn. »Hast du mich gerade eine Ente genannt?«

»Die in einer Pfütze steht.« Evan stützte eine Hand auf die Küchenzeile und lehnte sich dagegen. »Das hat mein Dad immer gesagt, als wir Kinder waren. Immer wenn einer von uns sich von

Gott entfernte, warnte er uns davor, nicht in eine Pfütze zu fliegen. Also nicht so zu sein wie die Enten, die man in der Stadt sieht, die am Straßenrand stehen, die Füße in einer Wasserlache. Er sagte, wir sollten zum Teich zurückfliegen.«

Bethany sah ihn an, als hätte er mit seinen Schuhen Kuhfladen in die Küche getragen.

»Du stützt dich auf Dinge, die austrocknen. Wie eine Pfütze. Ich stütze mich auf Gott.« Und um sicherzugehen, dass sie die Analogie verstand, fügte er hinzu: »Gott ist der Teich.«

»Weiß dein Vater nicht, dass Teiche auch austrocknen können?«

»Gottes Teich nicht.«

Bethany verdrehte die Augen.

»Ich weiß. Es ist eine unbequeme Metapher, nicht wahr?« Sie hatte ihn wahnsinnig gemacht, als er klein gewesen war. Und noch wahnsinniger, als er ein wütender Teenager gewesen war.

Bethany öffnete den Mund, aber das Rumpeln des Garagentores hielt sie davon ab zu sagen, was sie hatte sagen wollen. Einige Augenblicke später betrat Robin die Küche mit roter Nase und zitternden Händen. Evan eilte zu ihr und berührte ihren Ellbogen. »Wo warst du?«

Im Gegensatz zu Bethany schüttelte sie seine Hand nicht ab. Sie ließ sich von ihm zu einem Stuhl in der Nähe führen, während ihre Zähne klapperten wie eine altmodische Schreibmaschine. »Auf dem Friedhof«, sagte sie.

Sein Herz zog sich zusammen. Die Kälte konnte nicht gut für ihre Gesundheit sein. Oder für die des Babys. Und an Micahs Grab herumzusitzen, schien ihm auch keine gute Idee zu sein. Er drehte sich zu den Küchenschränken um und suchte nach einem Becher, damit er ihr ein heißes, dampfendes Getränk machen konnte.

»Es geht mir gut, Evan. Ehrlich.«

Er wandte sich zu ihr um, die Schranktür hinter ihm geöffnet. Nichts an ihr sah aus, als gehe es ihr gut.

»Es tut mir leid, dass ich aus der Kirche gerannt bin.« Robins Ohren waren ganz rot, ihre Wangen sogar noch röter. »Du musst dir keine Sorgen um mich machen.«

Aber die machte er sich. Große Sorgen sogar. Sie sah aus, als wäre sie in den letzten zwei Wochen drei Größen geschrumpft, anstatt zuzunehmen, wie sie es tun sollte. Jetzt, wo Micah nicht mehr da war, fühlte er sich verpflichtet, auf sie aufzupassen. »Soll ich hierbleiben?«

Bethany hielt den Rost mit den Plätzchen hoch. »Möchtest du einen Keks?«

»Ich bin in Ordnung. Ich muss mich nur ein bisschen hinlegen.« Robin tätschelte Evans Hand, als wäre er derjenige, der Trost brauchte, und schlurfte dann aus der Küche.

Er starrte ihr hinterher.

»Ich mache mir Sorgen um sie«, sagte Bethany schließlich.

Er ließ sich auf einen Stuhl am Tisch fallen. »Ich mir auch.«

»Sie isst kaum etwas.« Bethany sank auf den Stuhl ihm gegenüber. »Sie sagt, es liege an der Morgenübelkeit, aber ich bin mir nicht sicher, ob ich ihr das glaube.«

Eine Instrumentalversion von »Little Drummer Boy« drang vom Wohnzimmer herüber.

Bethany stützte das Kinn auf die Hände. »Das war das Lieblingslied meines Vaters.«

»Dans auch.«

Sie saßen da und lauschten der Melodie, während Evan der dazugehörige Text durch den Kopf ging. *I have no gift to bring … That's fit to give the King …* Ich habe nichts zu verschenken, was eines Königs würdig wäre. Was Bethany wohl von diesem Text hielt? Kannte sie ihn so gut wie er?

»Was meinst du, warum er es getan hat?«, fragte sie.

Evan musste nicht fragen, was Bethany meinte. Ihm war klar, dass sie von Dans Farm sprach und davon, wie er sein Erbe aufgeteilt hatte. Darüber hatte er in der vergangenen Woche auch oft nachgedacht. »Ich weiß es nicht.«

»Ich wünschte, ich könnte ihn fragen.«

»Würde das etwas an deiner Entscheidung ändern?«

Das Lied ging zu Ende und ein anderes begann.

Bethany nahm das Kinn von ihren Händen und richtete sich auf, als würde sie ihn zum ersten Mal an diesem Abend wahrnehmen – richtig wahrnehmen. »Erwartet deine Familie dich nicht irgendwo?«

Seine Familie war höchstwahrscheinlich gerade auf dem Weg zur Farm. Wartete auf ihn. Und auf Robin. Aber etwas an dieser Küche und der Musik und dem Duft von Plätzchenteig aus der Kühltheke hielt ihn auf seinem Stuhl.

»Möchtest du ein Plätzchen?«

Er nickte.

Und dann aß er an Heiligabend mit Bethany Kekse. Sie waren nicht selbst gemacht. Sie waren nicht mal ganz gar. Aber sie waren warm. Und es gab Milch. Und obwohl ihm das, was Bethany mit der Farm machen sollte, zuwider war, konnte er doch nicht verhindern, dass er über ihre Anwesenheit froh war. Darüber, dass Robin nicht allein war. Dass Bethany auf sie achtgab.

Kapitel 21

Bethany saß in Robins Gästezimmer auf dem Fußboden und riss die letzte ihrer Umzugskisten auf, um ihren Lieblingskaschmirpullover zu suchen. Als sie ihn nicht fand, stieß sie den Karton von sich, stützte die Ellbogen auf die Knie und fuhr sich mit den Händen durch die Haare. Nachdem sie einen kurzen, aber höflichen Besuch ihrer Mutter am ersten Weihnachtstag akzeptiert hatte, gefolgt von einem unerwarteten, aber sehr willkommenen Anruf ihres Bruders, war Bethany nach Chicago zurückgefahren und hatte zwei Tage damit verbracht, ihre Sachen zu packen und das meiste davon einzulagern, bevor sie einige wenige Kisten in ihren Wagen gequetscht hatte, um sie mit hierherzunehmen.

Dominic war vorbeigekommen und hatte ihr ein bisschen geholfen. Ihr Abschied war merkwürdig und unspektakulär gewesen. Er hatte gesagt, sie könne ihn jederzeit besuchen kommen, und Bethany hatte erwidert, sie werde vielleicht im Januar kommen, aber das waren alles nur leere Worte gewesen. Sie waren in ihrer dreijährigen Beziehung in eine Pattsituation geraten, nur dass keiner von ihnen es laut aussprechen wollte.

Also war sie jetzt wieder hier, zurück in Peaks, auf dem Boden von Robins Gästezimmer, und fand nicht, was sie suchte. Sie zog ein Paar Schuhe aus der Kiste und stellte sie in den Wandschrank, während Robin unten mit jemandem redete. Bethany hörte Fetzen ihrer Unterhaltung. Die Flut von Besuchern, die Robin in der Woche vor Weihnachten ihre Aufwartung gemacht hatten, war danach zu einem stetigen Tröpfeln versiegt. Überwiegend kamen Leute aus Robins Kirche.

Robin ertrug ihre Gesellschaft, beantwortete Fragen und lächelte, wenn es angebracht war, aber Bethany bezweifelte, dass irgendetwas die unsichtbare Mauer der Trauer durchdrang, die

Micahs Tod errichtet hatte. Das Geräusch der Haustür, die sich öffnete und wieder schloss, verriet ihr, dass der Besuch gegangen war.

Sie ließ sich aufs Bett fallen und öffnete ihren Laptop. Beim Anblick ihres leeren E-Mail-Postfachs hätte sie am liebsten geschrien. Sie hatte ihren Lebenslauf bei jeder erdenklichen Jobbörse im Internet eingestellt und Architekturbüros überall in den USA angerufen, aber nichts als Zurückweisung und Schweigen geerntet. Um nicht wahnsinnig zu werden, spielte sie mit AutoCAD herum und entwarf Kunstmuseen, die es niemals geben würde, und Wolkenkratzer, die kein Mensch brauchte. Das Layout von Robins Café änderte sie so oft, dass alle Entwürfe sich miteinander zu einem konturlosen Mischmasch verbanden.

Drei Tage nach Weihnachten, als sie wieder in diesem Zimmer saß, ihre Kleidung zum x-ten Mal faltete und alle dreißig Sekunden in ihre E-Mails sah – und dabei nichts als Werbung fand –, drehte sie schließlich durch. Sie suchte in der Küche nach einem Telefonbuch, notierte sich die Nummer eines Maklers aus den Gelben Seiten, wählte und kniff die Augen zusammen, während sie sich einredete, dass Dan sich nicht im Grabe herumdrehte.

Eine Stunde später stand Bethany vor dem Farmhaus und zog an der Tür, aber die rührte sich nicht vom Fleck. Sie versuchte es noch einmal, aber wieder ohne Erfolg. Ihr Atem gefror, sobald er über ihre Lippen kam, und bei jedem Atemzug kitzelten ihre Nasenhaare von der eisigen Kälte. Sie rieb ihre behandschuhten Finger aneinander und überlegte, ob sie unter dem Stein bei der Küchentür nachsehen sollte. Vielleicht bewahrte Evan dort einen Schlüssel auf.

Sie blickte über ihre Schulter – nervös, schreckhaft. Evan und sie hatten einander nicht mehr gesehen oder gesprochen, seit er an Heiligabend bei Robin zu Hause aufgetaucht war und sie einen unausgesprochenen Waffenstillstand geschlossen hatten. Wenn er erst einmal herausfand, was sie vorhatte, würde dieser Waffenstillstand augenblicklich beendet sein. Jeder Friede, den sie in der Zwischenzeit erreicht hatten, würde sich in Luft auflösen.

»Entschuldigen Sie, sind Sie Bethany Quinn?«

Bethany fuhr herum und sah sich einer storchenartigen Frau gegenüber, deren Mantel sehr viel dicker war als ihr eigener. Hinter ihr parkte ein glänzender Van gleich neben Bethanys Wagen. Die frische Schneeschicht in der Auffahrt musste die Geräusche des Fahrzeugs bei seiner Ankunft gedämpft haben.

»Ja, die bin ich.« Bethany streckte die Hand aus. »Und Sie müssen Susan sein. Danke, dass Sie so kurzfristig herkommen konnten.«

Susan schüttelte Bethanys Hand. »Das ist schließlich mein Job.« Sie zeigte auf ihre Umgebung. »Das ist also die Farm. Was sagten Sie, wie viele Morgen es sind?«

Bethany öffnete ihre Handtasche und zog die Mappe heraus, die Drew ihr gegeben hatte. »Fünfhundert. Die Details müssten hier drinstehen.«

»Sollen wir reingehen?«

»Es ist abgeschlossen.«

»Haben Sie keinen Schlüssel?«

Bethany bog eine Ecke der Mappe vor und wieder zurück, bis sie wie ein Ohr abstand. »Das Haus gehört mir nicht.«

Susans schnabelartige Nase blähte sich auf. Die Maklerin drehte sich langsam im Kreis und betrachtete das Land, das sich über den Horizont hinaus erstreckte.

»Und die zehn Morgen unmittelbar um das Haus herum gehören mir auch nicht.« Bethany schnitt eine Grimasse, während sie das zugab, und hoffte, dass diese Information keine Schwierigkeiten mit sich brachte. Sie versuchte, Susans Gesichtsausdruck zu deuten, aber ihr Pokerface gab nichts zu erkennen. »Ist das ein Problem?«

»Das kommt darauf an.« Susan streckte die Hand aus und Bethany gab ihr die Unterlagen. Die Maklerin blätterte in den Papieren und schürzte ihre unglaublich schmalen Lippen, während sie die Informationen überflog. »Hier steht, dass die Ländereien wie eine Art Hufeisen um das Farmhaus herum liegen. Und eingegrenzt werden sie von dem Bach.«

»Ist das schlecht?«

»Ideal ist es nicht.« Susan richtete die Papiere wieder zu einem Stapel und schob sie in die Mappe zurück, die sie Bethany dann wiedergab. »Der Zugang zum Haus verläuft über die Immobilie.« Sie murmelte diese Worte vor sich hin, so als würde sie eine Notiz machen. »Und wem gehört das Farmhaus? Würde der Eigentümer vielleicht verkaufen?«

Bethany blickte über Susans Schulter zu der leeren Koppel hinüber. »Die Möglichkeit besteht.«

Als hätte er ihre Lüge gespürt, bog Evan genau in diesem Moment mit seinem Bronco in die Auffahrt ein. Er hielt an, stieg aus dem alten Ford und stapfte auf sie zu.

»Was macht ihr hier?«, wollte er wissen.

Bethany ignorierte das mulmige Gefühl in ihrem Magen. Es gab keinen Grund, ein schlechtes Gewissen zu haben. Sie tat nichts Verwerfliches. »Evan, das ist Susan Sparks, meine Maklerin. Susan, das ist Evan …«

»Du bist wirklich eine Schlange, weißt du das?«

Bethany versteifte sich. »Ich habe dir doch gesagt, dass ich das Land verkaufen werde.«

»Du hast auch gesagt, du würdest mich informieren.«

Sie schob die Schultern zurück und packte die Mappe mit beiden Händen. »Dann fühl dich hiermit informiert.«

»Wenn du denkst, ihr könnt auf meiner Veranda stehen, während du …«

»Evan?«

Als sie Susans Stimme hörten, fuhren Bethany und Evan beide herum. Evans finstere Miene hellte sich auf, als er sein Gegenüber erkannte. »Susan?«

Bethany stöhnte. Von allen Maklern im County musste sie sich ausgerechnet eine aussuchen, die Evan kannte.

Susan berührte Bethany am Arm. »Im Studium habe ich bei Evans kleiner Schwester den Babysitter gemacht. Die Welt ist doch klein.« Susans Stirn runzelte sich und sie legte den Kopf schief, sodass ihr Gesicht den gleichen mitleidigen Ausdruck annahm, mit dem die Leute Robin ansahen. »Und, wie haltet ihr euch?«

Bethany biss sich auf die Zunge. Evan würde nicht sterben, wenn jemand ihn schief ansah, und Robin auch nicht. Sie wandte sich an Susan. »Was müssen wir jetzt unternehmen, um den Ball ins Rollen zu bringen?«

Susan blinzelte, in ihrer Loyalität offenbar hin- und hergerissen. Bethany sah den inneren Konflikt in ihrer Miene. Schließlich blieb der Blick der Maklerin auf Evan liegen. »Bethany sagte, du würdest vielleicht verkaufen. Ist das …«

»Sie hat gelogen«, erwiderte Evan. »Ich verkaufe nicht.«

Bethany spürte, wie ihr warm wurde. »Du willst also das Haus behalten, selbst wenn es bedeutet, dass du ohne Farm hier wohnst?«

»Stimmt.«

»Selbst wenn es bedeutet, dass du von Neubaugebiet umgeben bist?«

»Stimmt, wie gesagt.«

Sie brauste auf. »Das ist doch lächerlich. Und total stur.«

»Dan hat mir das Haus aus gutem Grund vermacht, und ich gedenke, mich darum zu kümmern.« Er wandte sich an Susan. »Ich weiß nicht, was Bethany dir erzählt hat, aber ich werde nicht verkaufen. Das kannst du in deine Notizen schreiben.« Er trat um sie herum und fischte einen Schlüssel aus seiner Tasche. »Tut mir leid, dass du in diese Sache mit hineingezogen wurdest, Susan. Ich hoffe, du verstehst, dass ich dich nicht hereinbitten kann, jedenfalls nicht als jemanden, der meine Farm verkaufen will.«

Bethany knirschte mit den Zähnen. »Es ist *meine* Farm.«

»Das ist doch nur Semantik.« Er steckte den Schlüssel ins

Schloss und wandte sich an die Maklerin. »Aber als Freundin bist du natürlich herzlich willkommen.«

Die Hände in ihren Taschen vergraben und die Schultern bis zu den Ohren hochgezogen, sah Susan aus, als wäre sie versucht, das Angebot anzunehmen. »Danke, aber ich bin leider im Dienst.«

Leider?

Evan nickte zum Abschied und ging hinein, während sie beide in der Kälte zurückblieben.

»Vielleicht sollten Sie Ihre Pläne besser mit Evan besprechen, Ms Quinn.« Susan kramte in ihrer Handtasche. »Ehrlich gesagt haben Sie noch Zeit. Durch die schlechte Wirtschaftslage hat die Nachfrage nach Bauland nachgelassen. Und der Winter ist nicht die beste Zeit für einen Verkauf. Genau genommen ist es beinahe unmöglich, Land zu veräußern. Ich glaube, Sie werden sich eine Menge Energie sparen, wenn Sie bis zum Frühling warten.« Sie zog ihre Visitenkarte heraus. »Rufen Sie mich an, wenn Sie wissen, was Sie tun wollen.«

Bethany zwang sich zu lächeln, rührte die Karte aber nicht an. »Danke, Ms Sparks, aber ich glaube, ich werde mit jemand anderem zusammenarbeiten.«

Bethany stürmte durch Robins Haustür und kochte vor Wut über Evans Weigerung zu verkaufen. Bei den Bewerbungsgesprächen tat sich nichts. Die meisten Firmen, die sie kontaktiert hatte, waren rund um die Feiertage wahrscheinlich nur minimal besetzt. Sie konnte sich keine neue Wohnung suchen, solange sie nicht wusste, wo sie arbeiten würde. Und die Farm loszuwerden, erwies sich als schwieriger, als sie gehofft hatte. Bethany saß in ihrer persönlichen Hölle fest, zusammen mit Robin.

Aber jetzt reichte es.

Vielleicht konnte sie im Augenblick nichts an ihrer eigenen Lage ändern, aber sie konnte versuchen, etwas wegen Robins Situation zu unternehmen. Sie marschierte die Treppe zu Robins Zimmer hinauf und streckte den Kopf durch die halb geöffnete Tür. Ihre Freundin lag im Bett und starrte die Zimmerdecke an.

»Hi«, sagte Bethany und klopfte an den Türrahmen.

Robin setzte sich auf, die Haare zerzaust.

»Willst du zum Baumarkt fahren?«, fragte Bethany. »Dann kämen wir mal aus dem Haus. Und wir könnten uns Farben für das Café ansehen.«

»Nein, danke.« Robin legte sich wieder hin. Ihre Haare fielen fächerartig auf das Kopfkissen.

»Bitte?« Sie hielt sich am Türrahmen fest und bemühte sich um einen flehenden Hundeblick. »Ich brauche eine Ablenkung. Hier drinnen werde ich noch wahnsinnig.«

Robin schloss die Augen und Bethany zwang sich zu warten.

»Also gut.«

Ein Siegesgefühl flackerte in ihr auf. Eine einfache Fahrt zum Baustoffhandel, und sie verbuchte sie als Riesenerfolg. Das war kein gutes Zeichen. Doch sie verscheuchte diesen beunruhigenden Gedanken und schlug mit der Handfläche gegen den Türrahmen. »Super. Dann treffen wir uns in einer Viertelstunde unten.«

Die Enden von Robins nassen Haaren riefen dunkle Flecken auf den Schultern ihres blauen Sweatshirts hervor. Ihre Miene war lustlos, ihre Augen wirkten trübe und ihr Blick war in die Ferne gerichtet. Bethany zwang sich, ihre Aufmerksamkeit wieder der Straße zu widmen, und überholte einen Pick-up mit Anhänger, auf dem sich landwirtschaftliche Geräte und Heureste türmten. »Wann ist eigentlich dein nächster Arzttermin?«, fragte sie.

»In zwei Wochen.«

»Bist du aufgeregt?«

Robin zuckte mit den Schultern.

»Diesmal wirst du den Herzschlag hören, oder? Das wird bestimmt spannend. Meinst du nicht?«

Robin antwortete lediglich mit einem geflüsterten »Hmm.« Ein Zeichen, dass sie die Frage gehört hatte – aber nicht zu verwechseln mit einer tatsächlichen Antwort. Da ihr keine Themen mehr einfielen, über die sie sich unterhalten könnten, hörte Bethany auf, gegen die Stille im Wagen anzukämpfen, und ließ das Wageninnere davon fluten. Sie setzte den Blinker und wechselte auf die rechte Spur, als eine Sonate – möglicherweise Chopin – auf Robins Schoß erklang.

Robin riss das Telefon aus ihrer Handtasche und presste es an ihr Ohr. Bethany starrte sie aus dem Augenwinkel an. Manchmal konnte sie durch die Wand zwischen ihren Schlafzimmern hören, wie Robins Handy die Sonatenmelodie immer und immer wieder spielte, bis schließlich die Mailbox ansprang. Bei anderen Gelegenheiten – so wie jetzt – benahm Robin sich, als hielte das Telefon irgendeine wundersame Lösung bereit. So als würde Micah von den Toten auferstehen, wenn sie den Anruf nur schnell genug entgegennahm.

Bethany verließ die Interstate 80 und bog bei einem grünen Pfeil ab, während Robin den Ellbogen auf die Mittelkonsole stützte. Ihr Gesicht war nicht mehr die ausdruckslose Maske, die es noch vor wenigen Augenblicken gewesen war.

»Am Samstag?« Ihre verwunderten Worte schwirrten durch die Luft.

Am anderen Ende der Leitung war eine gedämpfte Stimme zu hören.

»Muss ich etwas sagen?«

Wieder redete die Stimme.

»Danke. Ich werde versuchen zu kommen.« Robin drückte mit dem Daumen auf den roten Hörer und ließ das Telefon in ihren Schoß fallen. Entweder hatte sie vergessen, sich zu verabschieden, oder es war ihr egal.

Bethany bog auf den Parkplatz des Baumarkts ein. »Wer war das?«

»Der Bürgermeister.«
»Von Peaks?«
»Sie wollen Micah ehren.«
»Wen meinst du mit ›sie‹?«
»Bürgermeister Ford sagte, er werde Micah beim Neujahrsempfang würdigen. Für seine Verdienste für Peaks.« Robins Lider flatterten. Dann schüttelte sie ein wenig den Kopf und berührte mit den Fingerspitzen ihre Lippen. »Er hat jeden Winter im ganzen County Mäntel für die Obdachlosen gesammelt und außerdem war er bei der freiwilligen Feuerwehr. Und er war im Vorstand für den Jahrmarkt.«
Jahrmarkt? Dafür hatte Chicago eindeutig keinen Vorstand.
»Der Bürgermeister hat angerufen, um mich einzuladen.«
»Und, gehst du hin?«
»Kommst du mit?«
Bethany erschrak. Zum Neujahrsempfang von Peaks gehen? Mit den Einwohnern plaudern? Eine Mahlzeit über sich ergehen lassen, während ihre Tischnachbarn sich über Ernteerträge und Schweine unterhielten? Das Ganze stank förmlich nach Kleinstadt. Aber Robin sah sie an, als würde sie über den Rand irgendeiner unsichtbaren Klippe stürzen, wenn sie die Einladung ablehnte. Und die ganze Fahrt zum Baumarkt veranstaltete sie doch nur, um Robin von dieser Klippe wegzuholen, nicht um sie näher an den Abgrund zu schieben.
»Evan geht doch sicher auch hin, oder? Ich wette, er nimmt dich mit.«
»Aber ich brauche dich dort.«
Bethany wand sich innerlich. Warum sie? In den letzten fünf Tagen war sie kaum mehr als ein Hausgast gewesen. Abgesehen von dem obligatorischen *Na, wie geht es dir?* lebten sie beide in Einsamkeit nebeneinanderher. »Warum brauchst du gerade mich?«
Robin antwortete nicht sofort. Sie blickte aus dem Fenster, während Bethany sich eine Parkbucht aussuchte und den Motor aus-

stellte. »Weißt du noch, wie Mr Burny uns im letzten Schuljahr die Aufgabe gestellt hat, einen Essay über die wichtigste Beziehung in unserem Leben zu schreiben?«

Bethany nickte langsam. Sie hatte diesen Essay ganz vergessen. »Wir mussten uns vor die Klasse hinstellen und den Essay laut vorlesen. Genevieve Winters hat 1. Korinther zitiert und das Ganze ihrem zukünftigen Ehemann gewidmet.«

»Debbie Carter hat über Chris Samson geschrieben.«

»Sein Kopf wurde so groß wie eine Wassermelone.«

»Und du hast über mich geschrieben.«

Bethanys Lächeln erstarb. Das stimmte.

»Du hast gesagt, wir wüssten, wie wir füreinander da sein können, ohne den Raum mit Worten zu füllen. Du hast gesagt, dass wir nicht so täten, als wäre etwas gut, wenn es scheiße war.« Der Hauch eines Lächelns erschien auf Robins Lippen. »Ich weiß noch, dass du genau dieses Wort gebraucht hast, und Mr Burny hat die Nase gerümpft.«

»Mr Burny hat immer die Nase gerümpft.«

»Du sagtest, als wir uns kennenlernten, hätte ich dir das Atmen ein wenig erleichtert.« Robin fuhr mit dem Fingernagel über die schwarze Gummidichtung des Fensters. »Ich weiß noch, wie ich in der Klasse saß und genau dasselbe dachte. Ohne dich hätte ich den Tod meiner Mutter nicht verkraftet.«

Etwas Schweres senkte sich auf Bethanys Brust. Mrs Delner war die Mutter gewesen, die sie sich immer gewünscht hatte – warmherzig und offen und schön. Ihr Tod war ein unglaublicher Schlag gewesen. Aber für Robin da zu sein, hatte sie von ihrer eigenen Trauer abgelenkt.

»Micah war mein ganzes Leben, Bethy. Und jetzt ist er nicht mehr da, und dass du bei mir bist – ich weiß nicht –, macht mir das Atmen ein bisschen leichter.«

Bethany kaute auf ihrer Wange. Sie wollte Robins unerklärliche Abhängigkeit nicht noch fördern. Wenn sie ging – und das würde sie bald tun –, wollte sie es für ihre alte Freundin so schmerzlos wie möglich machen, aber trotz ihrer Bedenken ertappte sie sich dabei, dass sie nickte. Dass sie einwilligte, Robin zu begleiten.

Erst als sie im Baumarkt waren und die Farbmuster durchsahen, fiel Bethany etwas ein. Sie hatte gerade eingewilligt, zu Peaks jährlichem Neujahrsempfang zu gehen – zu dem Empfang, bei dem auch Pastor Fenton geehrt wurde.

Kapitel 22

Bethany befingerte den schwarzen Twill ihres Kleides, als sie auf Shorney's Terrace zuging, die einzige Festhalle in Peaks. Sie war schon einmal bei diesem Neujahrsball gewesen, damals in der Highschool. Auch damals hatte Robin sie eingeladen. Als Kind hatte sie einen Cordrock getragen, der eine Nummer zu groß war, und eine senffarbene Strickjacke, die ihre Mutter im Sozialkaufhaus gefunden hatte. Der auffällige Kontrast zwischen ihrem Outfit und Robins nagelneuem Partykleid war ihr so lebhaft in Erinnerung geblieben, dass sie ganz vergessen hatte, wie die Erwachsenen gekleidet gewesen waren. Also hatte sie sich für ein knielanges Etuikleid entschieden, das sie letztes Jahr für eines von Dominics Geschäftsessen gekauft hatte, und hoffte, dass sie den Fauxpas ihrer Kindheit nicht wiederholen würde.

Als Robin und sie sich der Schlange hinter der Eingangstür näherten, atmete Bethany langsam aus, und erst jetzt wurde ihr bewusst, dass sie die Luft angehalten hatte. Sie würde Robin an diesem Abend zur Seite stehen und so viele bekannte Gesichter wie möglich ignorieren. Trotzdem hatte sie viel Zeit vor dem Spiegel zugebracht, um gut auszusehen, nur für den Fall, dass sie doch in irgendwelche unangenehmen Gespräche mit ehemaligen Klassenkameraden verwickelt wurde. Im Gegensatz zum letzten Mal stellte sie fest, dass der breite Gürtel in ihrer Taille und die schwarzen Pumps ihr eine Eleganz verliehen, die den meisten anderen in der Menge abging.

Sie hob das Kinn ein wenig, zog ihr Wintertuch um die bloßen Schultern und drückte die schmale Unterarmtasche von Marc Jacobs an ihre Brust. Das Prickeln der Kälte auf ihren Wangen und an ihren Fingerspitzen ließ nach, kaum dass sie den Festsaal betreten hatte. Früher hätten das Eichenparkett und die breite Treppe, die zum Ballsaal im zweiten Stock hinaufführte, sie möglicherweise beeindruckt. Jetzt fiel ihr nur auf, dass das Gebäude eine Renovierung hätte gebrauchen können. Venezianische Fenster, Marmorfußboden und strategisch angeordnete Säulen hätten dem Erdgeschoss sichtbar mehr Gewicht verliehen. Zusammen mit Robin ging sie auf die Treppe zu und fuhr mit den Fingerspitzen über das Metallgeländer. Die urnenförmigen Geländersäulen aus Zinn wirkten in dem ansonsten unkultivierten Raum fehl am Platze.

Während sie die Treppe hinaufstiegen, warf Bethany einen Blick über ihre Schulter, um sich einen Eindruck von den Gästen zu verschaffen, die durch die Türen strömten. Drei bekannte Köpfe entdeckte sie gleich. Der geschniegelte Bryan hielt Händchen mit Amy – ihr flachsblondes Haar war zu einer Banane hochgesteckt. Robin sagte, die beiden seien extra für diesen Abend hergeflogen, weil sie dabei sein wollten, wenn Micah posthum eine Auszeichnung erhielt. Ihre Kinder hatten sie bei Loraine und Jim in Arizona gelassen. Hinter ihnen betrat Evan das Gebäude. Er trug ein Jackett, das seine unglaublich breiten Schultern betonte.

Bethanys Herz flatterte. Sie verbarg die alberne Reaktion mit einer Handbewegung, doch in diesem Augenblick erregte etwas Funkelndes ihre Aufmerksamkeit. Licht spiegelte sich in einem glitzernden roten Kleid. Dessen Trägerin hatte sich bei Evan eingehängt. Bethany blieb abrupt stehen. Jemand stieß sie von hinten an und murmelte eine Entschuldigung. Sie hatte nicht gewusst, dass Evan liiert war.

Robin beugte sich an ihr vorbei und suchte die Menge mit den Blicken ab. »Wen hast du gesehen?«

Bethany nickte in Richtung Tür. »Bryan und Amy sind hier. Und Evan und seine Verabredung.«

Ein Lächeln trat auf Robins Gesicht – das erste, das Bethany sah, seit Micah gestorben war. »Ich wusste gar nicht, dass Diane kommt. Sie ist klasse. Du wirst sie mögen.«

Bethany lockerte ihren Griff ums Geländer. Dianes glitzerndem langen Abendkleid und ihrer weißblonden Lockenmähne nach zu urteilen, bezweifelte Bethany, dass sie diese Frau mögen würde. Sie gab sich ganz eindeutig zu viel Mühe. Bethany öffnete ihre Handtasche, holte eine Packung Pfefferminzbonbons heraus und runzelte die Stirn, als sie bemerkte, dass ihre Finger zitterten. Das war doch lächerlich. Sie war heute Abend nur aus Pflichtgefühl hier. Obwohl sie wusste, dass drei Personen hier sein würden. Pastor Fenton. Ihre Mutter. Und Evan. Und es war ihre feste Absicht, allen dreien aus dem Weg zu gehen. Vor allem nach ihrem Streit mit Evan in Susan Sparks' Gegenwart.

Sie schob sich das Bonbon zwischen die Lippen und rollte es in ihrem Mund hin und her. Dann drehte sie sich um und betrat den Ballsaal. Auf jedem der Tische stand mittig ein Blumengesteck. Ballons hingen von der Decke und goldene Lichterketten waren um die Plastiksäulen gewunden. Im vorderen Teil des Saals war eine Bühne errichtet worden, über der ein Banner hing, und mitten darauf stand ein Rednerpult. Die jüngere Ausgabe von Bethany hätte sich an diesem Ort wie eine Prinzessin gefühlt. Sie genoss die Tatsache, dass ihr heute lediglich auffiel, wie sehr das Veranstaltungskomitee sich bemüht hatte, den Dorfsaal aufzupeppen.

Die Leute standen in Trauben zusammen oder standen an, um an der Bar Getränke zu bestellen. Bethany begegnete den Blicken von zwei vertrauten Gesichtern – zwei Mädchen, die in der Schule in ihrer Klasse gewesen waren – und wandte sich schnell ab. Dann atmete sie tief ein und sagte sich, dass sie jetzt größere, bessere Dinge tat. Im College hatte es zwei geschlagene Jahre gedauert, bis sie sich nicht mehr vor ungewollter Aufmerksamkeit verkrochen hatte. Zwei geschlagene Jahre, bevor sie aufgehört hatte, mit hängenden Schultern herumzulaufen, als könnte sie sich durch die gebückte Haltung vor irgendeinem imaginären Scheinwerferlicht verstecken. Sie würde jetzt nicht in diese dumme Angewohnheit zurückfallen. Es gab nichts, weswegen sie sich schämen müsste.

Sie richtete sich auf, straffte die Schultern und reckte das Kinn vor. Es war kein Schild an ihrer Stirn nötig, um ihren Bildungsgrad kundzutun, ihre Fachdisziplin, ihre Erfolge. Das alles konnten die Leute an ihrer Haltung ablesen. Und wenn jemand sie fragte, würde sie ihr Licht nicht unter den Scheffel stellen.

»Sollen wir uns einen Tisch suchen?«, fragte sie Robin.

»Der Bürgermeister hat vorne einen für uns reserviert – für Micahs ganze Familie.«

Der Gedanke, den ganzen Abend mit Evan und seiner Flamme an einem Tisch zu sitzen, verursachte ein mulmiges Gefühl in Bethanys Magengegend, vor allem, wenn Evan vorhatte, sie wegen der Farm auszufragen. Bevor sie einen anderen Tisch vorschlagen konnte, erschien Evan neben ihnen und nahm Robin in den Arm. Als er sie losließ, folgte Bryan. Dann Amy. Dann die Frau in dem glitzernden Kleid.

»Ich wusste gar nicht, dass du in der Stadt bist«, sagte Robin.

»Ach, Liebes, du kennst mich doch. Die Gelegenheit, mich schick zu machen, konnte ich mir einfach nicht entgehen lassen.« Jede Silbe offenbarte einen dicken Südstaatenakzent.

Robin lächelte, zum zweiten Mal an diesem Abend. Und beide Male war Diane dafür verantwortlich gewesen. »Das ist meine Freundin Bethany«, sagte Robin. Dianes grüne Augen funkelten belustigt, während sie Bethany lange und gründlich musterte.

Bethany spürte, wie ihre Wangen warm wurden. Evans Freundin war wie die tonale Umkehrung ihres eigenen Bildes. Diane war Bethanys persönliches Negativ. Ihre kurvige Gestalt füllte das auffällige Kleid mit Rundungen, während Bethany wirkte wie ein Zaunpfahl. Dianes weißblonde Locken hüpften um ihr herzförmiges Gesicht, während Bethanys braune Strähnen über ihre Schultern hingen. Während Diane gern und reichlich lächelte, machte Bethany nur zögernd davon Gebrauch. Sogar ihre Stimmen waren völlige Gegensätze. Die von Diane war wie ein lieblicher Most und Bethany hatte ihre Stimme zu einem trockenen Rotwein erzogen. Wenn Diane Evans Typ war, dann befand Bethany sich ganz am anderen Ende des Spektrums.

Aber warum sollte ihr das etwas ausmachen? Sie streckte die

Hand aus, doch die Frau ignorierte jede persönliche Distanz und umarmte sie. Und es war nicht nur eine höfliche Berührung ohne viel Körperkontakt, sondern ein ordentliches Drücken.

Als Diane die Arme fortzog, lächelte sie zuckersüß. »Es ist wirklich super, dich kennenzulernen«, sagte sie und stieß Evan dann mit einer lässigen Hüftbewegung an. »Schäm dich – du hast mir gar nicht verraten, dass Bethany ein so hübsches junges Ding ist.«

Bethanys Blick huschte zu Evan hinüber, aber er vermied jeglichen Blickkontakt mit ihr. Stattdessen starrte er Diane an, die sich nun bei ihm einhängte. Bethany spürte, wie ihr warm wurde. Sie wandte den Blick von den beiden ab, während sie sich innerlich für ihre Reaktion schalt. Evan hatte also eine Freundin. Eine, die aussah wie eine Marilyn-Monroe-Doppelgängerin. Na und?

Als sie bei ihrem Tisch ankamen, zog Evan Dianes Stuhl heraus, und bevor Bethany protestierten konnte, tat er das Gleiche für sie. Sie legte ihr Tuch über die Rückenlehne, nahm ihr Glas mit Eiswasser und zeigte auf die beiden leeren Plätze am Ende des Tisches. »Kommen Gavin und Amanda auch?«

Bryan und Evan tauschten düstere Blicke, während Bethany einen Schluck trank.

»Nein«, sagte Bryan. »Gavin schafft es nicht. Und Amanda ist abgereist. Das Frühlingssemester fängt zwar erst in zwei Wochen an, aber sie wollte wieder zurück.«

Diane sah die beiden Brüder an, bevor sie Evan spielerisch auf den Arm schlug. »Da wir gerade von deinem kleinen Bruder sprechen: Würde unsere Bethany an seinem Arm nicht umwerfend aussehen?«

Bethany hustete mehrmals und würgte das Wasser durch ihre Kehle.

»Alles in Ordnung?«, fragte Robin.

Amy tätschelte Bethanys Rücken. »Ist Gavin nicht ein bisschen jung?«

»Er ist vierundzwanzig«, sagte Diane. »Und ich wette, Bethany ist keinen Tag älter.«

Eine andere Frau hätte sich vielleicht von Dianes Worten geschmeichelt gefühlt. Bethany nicht. Sie nahm die Hand vom Mund. »Ich bin achtundzwanzig.«

Diane fiel die Kinnlade herunter. Bethany musste ihr zugutehalten, dass sie ehrlich schockiert wirkte.

»Und sie hat einen Freund.«

Bethany warf Evan, der das gesagt hatte, einen kurzen Blick zu, aber er spielte mit seinem Besteck und starrte auf die Tischdecke. Bis jetzt hatte er sie noch nicht ein einziges Mal angesehen. Nicht einmal, als er ihren Stuhl herausgezogen hatte. Offensichtlich war er wegen der Maklerin noch immer sauer.

Diane stützte einen Ellbogen auf den Tisch, legte das Kinn auf ihre Faust und wackelte mit den Augenbrauen. »Und wer ist der Glückliche? Er sieht bestimmt gut aus, da bin ich mir sicher.«

Bethany nahm ihre Serviette und tupfte ihre Unterlippe trocken. »Er ist nach Atlanta gezogen. Wir … sind nicht mehr zusammen.«

Diane beugte sich näher. »Dann bist du also noch zu haben?«

Hitze kroch ihren Nacken hinauf. Jetzt blickten alle außer Evan in ihre Richtung. Noch zu haben? So hatte sie sich seit drei Jahren nicht mehr betrachtet. Aber selbst wenn sie Interesse hätte, wäre es keine gute Idee, wenn Diane sie mit Evans kleinem Bruder verkuppelte. »Ich bin im Moment nicht auf der Suche. Also nein, ich bin nicht zu haben.«

»Bis du den Richtigen findest, meinst du?«

Den Richtigen wofür? »Klar, bis dahin.«

Diane tippte Evans Unterarm an und zog eine Augenbraue hoch. Ein Muskel in seinem Unterkiefer pulsierte und er schüttelte kaum merklich den Kopf – etwas, das Bethany nicht mitbekommen hätte, wenn sie ihn nicht aus dem Augenwinkel beobachtet hätte. Offensichtlich wollte er genauso wenig wie sie, dass sie mit Gavin ausging. Und das ärgerte sie. Wahrscheinlich war er der Meinung, dass sie für niemanden aus seiner Familie gut genug war. Sie wandte ihre Aufmerksamkeit der Bühne zu.

Ein dünner Mann im Frack, höchstwahrscheinlich Bürgermeister Ford, betrat das Podest, und das Gemurmel um sie herum wurde leiser. Bethany drehte sich um und sah sich im Saal um, der bis auf den letzten Platz gefüllt zu sein schien. Die Familie des Bürgermeisters saß auf den Stühlen hinter dem Rednerpult, während er auf das Mikrofon klopfte, die Gäste begrüßte und alle wissen ließ, dass das Essen serviert werden würde, bevor die Reden und Auszeichnungen an der Reihe waren. Nach seiner Ankündigung half er seiner Familie von der Bühne und sie setzten sich alle zusammen auf ihre Plätze ganz vorne, zwei Tische von ihnen entfernt.

Bethany fuhr mit dem Daumen über den Saum der Leinenserviette, die sie auf ihrem Schoß ausgebreitet hatte, und gleich darauf kam die Bedienung und nahm ihre Getränkebestellungen auf. Sie bat um einen Merlot, weil sie sich auf den reichen, samtigen Geschmack freute. Als der Kellner den Wein gebracht und eingeschenkt hatte, umfassten ihre Finger das langstielige Glas und ließen die rubinrote Flüssigkeit kreisen, während sie den Duft einatmete, so wie Dominic es ihr im Laufe der Zeit beigebracht hatte. Als sie das Glas an ihre Lippen führte, riss eine Stimme sie aus der hypnotischen Wirkung des Getränks.

»Bethany? Ich wusste gar nicht, dass du auch kommst.«

Bethany nahm das Glas von den Lippen und blickte in das Gesicht ihrer Mutter hinauf. Sie war so an dessen heruntergekommene Fassung gewöhnt, dass sie zweimal hinsehen musste, als Mom jetzt mit Make-up und gelocktem Haar in einem Kleid vor ihr stand. »Robin hat mich eingeladen.«

Fenton trat hinter ihre Mutter. Er nahm ihr das Tuch ab, zog einen der Stühle für Mom heraus und setzte sich kerzengerade auf den anderen Stuhl. Alles in Bethany erstarrte. Pastor Fenton saß an ihrem Tisch?

Seine braunen Augen blickten auf ihr Weinglas und dann von dem Glas in ihr Gesicht. In seiner Miene lag dieselbe Anklage, die sie als Kind zu oft gesehen hatte. *Sünderin.* Sie war immer eine Sünderin. Sie weigerte sich, einen ganzen Abend ihm und ihrer Mutter gegenüberzusitzen. Einzeln konnte sie mit ihnen vielleicht umgehen, aber nicht, wenn sie wie eine vereinte Macht dort saßen, ihre Mutter eine verschüchterte, verliebte Maus spielte und Fenton den attraktiven, Furcht einflößenden Hauskater. Ohne sich zu entschuldigen, stand sie auf und verließ den Tisch, weil sie Fentons Blick keine Sekunde länger ertragen konnte.

Evan krallte die Finger um seine Stuhlkante, während seine Blicke zwischen Ruth, die sich auf die Unterlippe biss, und Robin, deren Körper ebenso angespannt wirkte wie seiner, hin und her schossen und er überlegte, Bethany zu folgen. Diese bahnte sich gerade einen Weg zwischen den Tischen hindurch. Pastor Fenton ignorierte, dass Bethany gegangen war, stellte sich Bryan und Amy vor und begann eine Unterhaltung. Evan wandte seine Aufmerksamkeit Diane zu, deren Stirn zu einem scharfen V gerunzelt war, während sie beobachtete, wie Bethany davonlief.

Sie rückte etwas näher zu Evan, sodass sie ihm zuflüstern konnte: »Was war das denn gerade?«

»Ich bin mir nicht sicher.«

»Dann geh ihr nach und finde es heraus«, sagte sie und zwinkerte ihm zu.

Evan verdrehte die Augen. »Immer mit der Ruhe, Amor. Steck den Pfeil wieder ein.«

Sie zog Augenbrauen und Schultern gleichzeitig hoch. »Ich meine ja nur.«

Er wusste genau, was sie nur meinte. Kaum hatte Bethany ihr Alter genannt, hatte er gesehen, wie die Zahnrädchen in Dianes Kopf sich in Bewegung gesetzt hatten. Evan schob seinen Stuhl im selben Augenblick zurück, in dem Robin ihren ebenfalls nach hinten schob. Er legte eine Hand auf ihre Schulter, um ihr zu bedeuten, dass er sich darum kümmern würde. Ihr erleichterter

Blick zerriss ihm fast das Herz. Vor Micahs Tod hätte Robin keine Sekunde gezögert, sich durch die Menschenmassen in einem vollen Raum zu schieben. Auf dem Weg hinaus wäre sie mehrmals stehen geblieben, um mit Freunden und Bekannten zu reden. Aber jetzt schien der Gedanke sie in Angst und Schrecken zu versetzen.

Evan ging auf den Ausgang zu und versuchte währenddessen, seine Gedanken nicht in Richtungen wandern zu lassen, in denen sie nichts zu suchen hatten. Zum Beispiel, wie Bethany in diesem Kleid aussah. Oder dass sie nicht mehr liiert war. Es war egal, dass er einen beinah unwiderstehlichen Drang verspürte, die braune Haarsträhne zurückzustreichen, die ihr immer wieder in die Augen fiel. Die Frau wollte Dans Farm verkaufen und Peaks dann so schnell wie möglich den Rücken zukehren. Es war völlig idiotisch, sich romantische Gedanken über jemanden zu machen, der so völlig ungeeignet für ihn war.

Auf dem Flur herrschte gähnende Leere. Evan blickte erst in die eine Richtung, dann in die andere. Nach der erfolglosen Suche in diesem Stockwerk ging er die Treppe hinunter und nach draußen, wobei er ein paar verspäteten Gästen ausweichen musste, die gerade zur Tür hereinhasteten. Seine Muskeln spannten sich in der kalten Nachtluft an. Er spähte zum Parkplatz hinüber und hielt nach einer Gestalt Ausschau, die zu einem Auto lief. Nach ihrem Abgang an dem Tag, an dem die Ärzte die lebenserhaltenden Apparate bei Micah ausgeschaltet hatten, würde es ihn nicht wundern, wenn Bethany jetzt wieder ohne ein Wort verschwand. Aber hier draußen war sie nicht.

Evan rieb sich die Hände, um sie zu wärmen, und wandte sich wieder der Tür zu. Dabei entdeckte er eine Silhouette. Der Mondschein wurde von Bethanys nackten Schultern so reflektiert, dass sie beinahe durchsichtig wirkte, wie sie da am Rand der Terrasse stand und auf den Mississippi River hinausblickte. Sie war verrückt. Total verrückt. Niemand, der bei Verstand war, stellte sich bei so eisigen Temperaturen draußen hin, nur in einem dünnen Kleid.

Falls sie ihn kommen hörte, reagierte sie nicht. Sie blickte starr auf das Wasser und sah zu, wie die Wellen über den gefährlichen Strömungen kreisten, die unter der Oberfläche ihre Kraft ausübten. Als er neben sie trat, schaute sie auf, wie ein Reh, das hört, wie jemand die Sicherung eines Gewehrs löst. Ihre Augen passten zu dem unruhigen Gewässer, waren voller verborgener Tiefen.

»Alles in Ordnung?«, fragte er.

Ein sachter Wind ließ Bethanys Haare um ihre Schultern wehen. Auf ihren Armen hatte sie eine Gänsehaut. Sie fröstelte und schlang die Arme um sich, während Evan sein Jackett abstreifte.

Sie hob eine Hand, um ihn aufzuhalten. »Das ist nicht nötig.«

Evan legte die Jacke trotzdem um ihre Schultern. Trotz ihres anfänglichen Protests zog Bethany das Kleidungsstück eng um ihren Körper und vergrub die Nase in dem Stoff. Sein Magen machte einen Satz, so als wäre er auf einer Leiter einige Sprossen hinuntergerutscht. Bildete er sich das nur ein oder roch Bethany an seiner Kleidung? Er rieb sich erneut die Hände und hauchte seinen warmen Atem darauf. »Willst du mir erzählen, warum du gerade wie von einer Tarantel gestochen aus dem Saal gerannt bist?«

Keine Antwort.

Das war in Ordnung. Er konnte gut graben. »Hat es etwas mit deiner Mutter zu tun?«

Ihr Kopf zuckte. Ob das ein Ja oder ein Nein sein sollte, konnte er nicht sagen.

»Ihr zwei versteht euch nicht besonders.«

An ihrem Hals zuckte ein kleiner Muskel.

Evan machte sich daran, tiefer vorzustoßen. Er hoffte, ihre harte, winterliche Schale mit dem Spaten seiner Fragen durchdringen zu können. »Oder mit ihrem Partner?«

Diesmal war das Kopfzucken eindeutig. Sie richtete ihren Blick auf ihn, sodass er erstarrte, als würde er in den Lauf einer geladenen Flinte blicken. »Wieso sollte dich das irgendetwas angehen?« Eine kontrollierte Schärfe machte aus jedem Wort eine Waffe.

»Robin sah aus, als wollte sie dir folgen. Und da sie im Moment schon genug Sorgen hat, dachte ich mir, es wäre das Richtige, wenn ich mich um dich kümmere.« Sein Inneres protestierte angesichts dieser Lüge. Wenn er ehrlich war, musste er zugeben, dass seine Gründe viel komplizierter waren. In den Millisekunden, bevor Bethany vom Tisch geflohen war, hatte er eine tiefe Verletztheit in ihrer Miene gesehen. Etwas Zerbrochenes. Und das hatte den ernsten Wunsch in ihm ausgelöst, ihr beizustehen und ihr zu helfen.

»Ich bin erwachsen. Ich brauche niemanden, der sich um mich kümmert.«

Evan stützte sich auf das Geländer. Das kalte Metall schmerzte an seinen Handflächen. »Jeder braucht jemanden, der sich um ihn kümmert, Bethany.«

»Ich nicht.«

Evan warf einen Blick auf seine Jacke, die um ihre Schultern lag, und lächelte. Natürlich brauchte sie die nicht. Bethany schob das Kinn vor und begann, das unwillkommene Beweisstück zu entfernen. Evan legte eine Hand auf den Stoff, um sie aufzuhalten. Sie wand sich aus seinem Griff. »Hast du nichts Besseres zu tun? Zum Beispiel deine Freundin zu unterhalten? Sie wird es wohl kaum zu schätzen wissen, dass du einer anderen Frau nachläufst.«

»Diane ist das egal.« Im Gegenteil sogar. Evan war sich ziemlich sicher, dass Diane schon dabei war, sich verschiedene Strategien auszudenken, wie sie Bethany und ihn nachher gemeinsam auf die Tanzfläche befördern könnte.

Bethany zog eine Augenbraue hoch. »Ach, so eine Beziehung ist das?«

»Beziehung?«

»Oder wie auch immer du das zwischen Diane und dir nennen willst?«

Er blinzelte verdutzt und musterte Bethanys verhärtete Miene. Glaubte sie etwa, er wäre mit Diane zusammen? Dass er mit der lebhaften Blondine eine Beziehung hatte – mit dem Mädchen, das sich mit ihm um seinen Roller gestritten hatte? Er fing an zu lachen und es war ein tiefes Vibrieren, das seine Lunge erwärmte.

Bethany sah ihn pikiert an. »Was ist daran so lustig?«

»Du glaubst, Diane und ich wären ein Paar?«

»Seid ihr das nicht?«

»Diane ist meine Cousine. Sie ist extra für den Empfang aus Kentucky gekommen. Sie wollte dabei sein, wenn Micah geehrt wird.« Er lachte leise. »Außerdem steht sie auf gute Partys.«

Bethanys Haltung und Miene veränderten sich. War sie erleichtert? Der Gedanke belustigte Evan zunächst, doch dieser Belustigung folgte gleich etwas Tieferes, das trotz der eisigen Temperaturen sein Inneres wärmte. Und das gefiel ihm ganz und gar nicht.

»Kommst du wieder mit rein?« Er machte einen hoffnungsvollen Schritt auf die Tür zu. »Weißt du, es ist Winter. Nicht die beste Zeit, um draußen zu stehen und die Landschaft zu genießen.« Er machte den nächsten Schritt und hoffte, sie würde ihm folgen.

»Du meinst also, ich genieße, was ich sehe.«

Ihre überraschende Antwort schob sich mit ihrem Atem sichtbar über ihre Lippen und verpuffte in der Nacht. Er legte den Kopf schief. »Du magst den Mississippi River nicht?« Ein so beeindruckendes Stück Natur abzulehnen, erschien ihm irgendwie unbesonnen, so als würde sie auch den Schöpfer des Flusses ablehnen.

»Das alles.« Bethany machte eine Handbewegung, die den Horizont umfasste, während ihr Unterarm unter seiner Jacke hervorlugte. »Hier verändert sich nie etwas. Ich war zehn Jahre fort und es ist immer noch dasselbe Peaks.«

Hatte sie Scheuklappen auf? Jeden Tag änderte sich etwas an Peaks – und viel zu schnell. Die Vorstädte breiteten sich wie der Speckring eines Vielfraßes immer weiter aus und rückten näher und näher. Neue Häuser drückten gegen frühere Grenzen. Jedes Jahr kaufte der Vielfraß sich eine neue Hose für den dicker werdenden Bauch. Und Bethany wollte ihn noch weiter füttern.

»Dieser Ort ist wie mein persönliches Fegefeuer. Seit ich wieder hier bin, ist mein Leben zum Stillstand gekommen, und ich kriege es nicht wieder in Gang.«

»Ich dachte, du glaubst nicht an Himmel und Fegefeuer und so was.«

Bethany antwortete nicht. Stattdessen starrte sie gedankenverloren auf den Fluss hinaus, als gäbe es gar keine Kälte.

Aber Evan war kalt. Die eisigen Temperaturen drangen durch sein gestärktes Hemd und legten sich wie Eisarme auf seine Schultern. Er wollte Bethany nach ihrer letzten Begegnung fragen, mit Susan auf der Veranda. Er wollte fragen, ob und wann sie vorhatte, die Farm zum Verkauf anzubieten, aber er brachte die Worte nicht heraus. Lieber ignorierte er diese Fragen.

Bethany atmete langsam geräuschvoll aus. »Robin hat mich gebeten zu bleiben.«

»Für immer?«

Sie schüttelte den Kopf. »Für die Dauer ihrer Schwangerschaft.«

»Und, machst du es?«

»Es ergibt keinen Sinn, eine Wohnung in Chicago zu mieten, ohne dass ich weiß, ob ich dort eine Arbeit finde. Ich könnte überall enden.«

Evan stellte sich vor, wie ihr Lebenslauf durch den Cyberspace schwebte und nach den größten Städten suchte. Er versuchte, sie sich in New York oder London oder Tokio vorzustellen. Aber es gelang ihm nicht. Wenn er die Augen schloss, konnte er sie nur in Dans Sessel zusammengerollt sehen, wie sie ihrem Großvater Gesellschaft leistete und mit ihm alte Fernsehserien guckte. Dan hätte sich diese Serien für niemanden außer für Bethany angetan.

Sie berührte das vereiste Geländer. »Und da du das Haus behalten willst …« Sie warf ihm einen verärgerten Blick zu. »Es könnte länger dauern, die Farm zu verkaufen, als ich dachte, vor allem im Winter.«

Evan bemühte sich um einen neutralen Gesichtsausdruck.

»Ich habe zu Robin gesagt, dass ich bleibe, bis ich eine Stelle gefunden habe. Und gleich, nachdem ich ihr das versprochen habe, stehe ich Fenton gegenüber. Als wollte das Universum mich daran erinnern, warum ich diesen Ort hasse.«

»Was ist denn mit dem Typen? Warum hasst du ihn so?« Klar, der Kerl war etwas zu selbstverliebt, aber was auch immer Bethany mit ihm verband, ging tiefer als nur eine einfache Abneigung. Es war etwas sehr Persönliches.

Sie zog eine Grimasse, antwortete aber nicht.

Evans Körper erschauerte plötzlich, protestierte gut merklich gegen die Kälte. Er streckte den Arm aus. »Bist du so weit, dass wir wieder reingehen können?«

Sie gab ihm seine Jacke zurück und ignorierte den Ellbogen, den er ihr hinhielt. Trotz der Gänsehaut auf ihren Armen straffte sie die Schultern, hob das Kinn ein wenig an und begab sich gemeinsam mit ihm wieder in den vollen Saal. Während des restlichen Essens schwebte sie etwas über den anderen. Was er vorher für Arroganz gehalten hätte, schien ihm jetzt ein Schutzmechanismus zu sein. Wie könnte jemand ihr wehtun, wenn sie unberührbar war?

Während immer mehr Leute zur Musik tanzten, starrte Bethany zu Pastor Fenton und ihrer Mutter hinüber, die sich an einem weiter entfernten Tisch zu einer Gruppe aus ihrer Kirche gesellt hatten. Verärgert über Fentons trügerisches gutes Aussehen und die Gebanntheit ihrer Mutter, schlug sie die Beine übereinander, hakte einen Fuß hinter die andere Wade und verschränkte die Arme. Ein ganzes Dinner neben ihm ertragen und dann seine überschwängliche Rede hören zu müssen, hatte ihr Nervenkostüm bis zum Zerreißen strapaziert.

Es war Zeit zu gehen.

Sie warf einen Blick über ihre Schulter und sah zur Bühne hinüber, wo die Frau des Bürgermeisters Robin ohne Punkt und

Komma zutextete, während diese ausdruckslos nickte und die Micah posthum verliehene Auszeichnung an ihre Brust drückte. Sie waren gekommen. Sie hatten Micah geehrt. Aber jetzt reichte es. Bethany entfaltete ihre Beine und bereitete sich darauf vor, Robin zu retten, damit sie die Flucht ergreifen konnten. Aber genau in diesem Moment stieß jemand neben ihr einen übertriebenen Seufzer aus. Sie wandte den Kopf zur Seite und sah Evan an ihren Tisch treten.

Er ließ sich auf einen Stuhl fallen und trommelte mit den Fingern auf die Tischplatte.

»Was?« Das Wort klang schnippischer, als sie es beabsichtigt hatte.

Er beugte sich vor. »Möchtest du tanzen?«

Sie lachte. »Du machst Witze.«

Seine Miene war völlig ausdruckslos. »Sehe ich so aus, als würde ich Witze machen?«

Bethany drehte sich um und starrte wieder zu Fenton und ihrer Mutter hinüber.

Er lehnte sich näher. »Die letzten Wochen waren nicht gerade schön. Weder für dich noch für mich.«

»Ach was.«

Evan musterte sie einen Moment lang, als würde er etwas überlegen, bis Glenn Millers »In the Mood« durch den Bankettsaal hallte und ein Lächeln sein Gesicht erhellte – ein Lächeln, das Grübchen auf seine Wangen treten ließ. Bethanys Inneres schmolz auf geradezu lächerliche Weise dahin. Plötzlich stand er auf, nahm ihre Hand und zog sie auf die Beine.

»Was machst du da?«

»Es wird Zeit, dass wir uns ein bisschen amüsieren«, sagte er und zog sie auf die Traube sich bewegender Leiber zu.

Sie hatten die Tanzfläche fast erreicht, bevor sie sich wehren und ihre Hand aus seinem Griff winden konnte. Panik durchflutete ihren Körper. »Bist du verrückt? Ich werde nicht tanzen.«

»Warum nicht?«

»Weil ich nicht vorhabe, mich zum Narren zu machen.«

»Wer sagt denn, dass du dich zum Narren machen wirst?«

Sie hob die Hand. »Ich. Ich tanze nicht.«

»Musst du eigentlich immer das Sagen haben?«

Sie verschränkte die Arme.

»Es ist schon erschreckend, dass zwei Menschen einander so ähnlich und doch so verschieden sein können.«

»Ich habe keine Ahnung, wovon du redest.«

»Mir fällt es auch schwer, mich gehen zu lassen. Zum Glück kann man das lernen.« Mit einem spitzbübischen Grinsen ergriff Evan wieder ihre Hand und wirbelte sie, bevor sie reagieren konnte, auf die Tanzfläche – in einer Drehung, bei der ihr Herz taumelte. Er bewegte sich so, dass sie gar nicht anders konnte, als sich mit ihm zu bewegen, wenn auch steif und unbehaglich. Sie war sich ihres Körpers viel zu sehr bewusst. Und seines Körpers ebenso. Ihre Wangen wurden warm. Das kam gar nicht infrage. Nicht hier. Bei diesem Empfang. Mit diesem Mann. Während alle die Leute, die sie früher gekannt hatte, zusahen.

»Wir können nicht beide führen, Bethany.« Evans Atem kitzelte sie am Ohr.

»Ich führe nicht.«

»Aber du lässt dich auch nicht führen.«

»Das liegt daran, dass ich nicht tanzen will.« Sie trat ihm auf den Fuß und wurde augenblicklich knallrot. »Ich habe keine Ahnung, was ich hier mache, Evan.«

»Das ist doch egal, Bethany.« Er zog sie näher. »Weil ich es weiß.«

Die Wärme seines Körpers und seine harte Brust riefen ein überraschend warmes Gefühl in ihrem Bauch hervor. Sie versuchte, sich loszureißen, aber er weigerte sich, sie freizugeben, und das launige Musikstück war noch lange nicht vorüber. »Evan.«

»Bethany.« Er zog die Brauen in einem spielerischen Wettstreit hoch, aber sein Blick war ernst und seine Füße bewegten sich weiter. In einem perfekten Rhythmus, der sie ärgerte. »Vertrau mir einfach.«

»Du sagst das so, als wäre es ganz leicht.«

Evan wirbelte sie um sich herum. »Natürlich ist es das nicht.«

»Wie soll ich dir dann ›einfach vertrauen‹?«

»Ist schon komisch mit dem Vertrauen.« Er ließ eine ihrer Hände los und brachte sie irgendwie dazu, dass sie sich bewegte, wie sie es sich nie hätte träumen lassen. Sie riss die Augen auf. »Manchmal muss man es wagen, bevor man es erleben kann.«

»Das ergibt keinen Sinn.«

»Klar ergibt es einen Sinn.«

Wieder wirbelte er sie herum. Machte dieselbe Drehung mit ihren Armen. Noch einmal um ihre eigene Achse. Diesmal schneller. Und mit einem Mal dachte Bethany nicht mehr an ihre Füße. Evan wirbelte sie über die Tanzfläche und Bethany ertappte sich dabei, dass sie lächelte. Dass ihr sogar nach Lachen zumute war. Denn er hatte recht – es machte wirklich Spaß. Und seine Schritte waren so sicher, dass sie nicht nachdenken musste. Sie ließ sich in die Musik fallen und merkte, dass der Tanz immer mehr Spaß machte, je mehr sie losließ. Sie bewegten sich zu der schnellen Melodie und Bethany verspürte ein Gefühl der Wärme. Der Heiterkeit. Ein Gefühl der Freiheit, wie sie es sehr, sehr lange nicht mehr erlebt hatte.

Evan wirbelte sie im Kreis. Zog sie näher. Schleuderte sie wieder von sich. Und dann ließ er sie hinuntersinken und das Lied war zu Ende und sie waren beide außer Atem und sein Gesicht war nur wenige Zentimeter von ihrem entfernt und er lächelte auch – ein breites Grinsen, das Fältchen an seinen Augenwinkeln entstehen ließ.

»Bethany?«

»Was?«

Er zog sie wieder hoch und dann standen sie mitten auf der Tanzfläche, umgeben von Menschen, die immer mehr in Bethanys Bewusstsein drangen. Sie nahm auch ihren Körper wieder bewusster wahr. Und sich selbst. Verlegen schob sie sich die Haare hinter die Ohren, peinlich berührt, weil ihr Hals und ihre Wangen brannten.

Evans Miene wurde ernst. Sein Blick eindringlich.

»Nicht alle Christen sind wie er«, flüsterte er.

Bethany brauchte nicht zu fragen, wen er meinte. Sie wusste genau, von wem er sprach. Und sie hatte keine Ahnung, was sie mit seinen Worten anfangen sollte.

Kapitel 23

Ihr persönliches Fegefeuer hielt viel länger an, als sie erwartet hatte.

Bethanys Leben war zu einer Reihe grauer Sonnenuntergänge um fünf Uhr nachmittags verkommen, die allesamt mit der trostlosen Erkenntnis einhergingen, dass wieder ein Tag verstrichen und sie einer neuen Anstellung kein Stück näher war als zu dem Zeitpunkt, als sie vor drei Monaten bei Robin eingezogen war. Sie war noch nicht einmal zu einem Bewerbungsgespräch eingeladen worden.

Während sie an den letzten Stücken Apfel und Käse knabberte, die sie sich als Mittagessen klein geschnitten hatte, starrte sie auf das Blatt Papier in ihrer Hand. Gestern war eine Freundin von Robin vorbeigekommen, und als Robin ihr gegenüber Bethanys Problem mit der Farm erwähnt hatte, hatte die Frau ihr die Telefonnummer eines Maklers in der Nähe aufgeschrieben.

Bethany war fest entschlossen, ihr Leben heute wieder in Schwung zu bringen. Das letzte Stück Käse legte sie zurück in den Kühlschrank. Dabei blieb ihr Blick an der Spüle mit dem tropfenden Wasserhahn hängen und an dem Kalender, der darüber hing. Der 22. März war rot umkringelt – das war das Datum für Robins Ultraschalluntersuchung in der zwanzigsten Woche. So wie bei den anderen drei Terminen hatte sie Bethany gebeten mitzukommen. Und genau wie bei den anderen drei Malen hatte Bethany sich nicht überwinden können, Nein zu sagen, vor allem, nachdem sie vor zwei Monaten zum ersten Mal den Herzschlag gehört hatte. Den Beweis, dass das Leben in Robins Gebärmutter nicht nur wuchs, sondern gedieh.

Für eine Frau, die keinen ausgeprägten Mutterinstinkt hatte, war das schnelle Klopfen ein überraschendes Mittel gegen die zunehmende Frustration in Bethanys Brust gewesen. Als der winzige Herzschlag das Behandlungszimmer ausgefüllt hatte, hatte sie Robin voller Ehrfurcht angesehen, sich dann aber schnell zusammengerissen. An der Miene ihrer Freundin hatte sie erkennen können, dass Robins eigenes Herz beim Geräusch dieses kleinen Herzens brach.

Immer wieder hatte Bethany erfolglos versucht, Robin aus ihrer Apathie zu reißen, normalerweise, indem sie irgendeine Idee in Bezug auf das Café vorgebracht hatte. Aber ihre Pläne waren ins Stocken geraten. Das Café war nur noch ein gespeichertes Projekt in AutoCAD, während Bethany immer mehr an Robin und ihrem Baby hing.

Das musste aufhören.

Sie griff zu ihrem Handy, nahm den Zettel und wählte die Nummer, die daraufstand. Als die Frau am anderen Ende der Leitung anfing, Fragen zu stellen, kramte Bethany die Unterlagen aus einer Schublade der Kommode im Gästezimmer. Die Frau klang sehr erfreut und fragte, ob Bethany sie in einer Stunde in ihrem Büro treffen könne. Bethany stimmte sofort zu, erleichtert über den schnellen Termin.

Nach dem Telefonat verbot sie sich, sich mit Was-wäre-wenn-Überlegungen aufzuhalten. Sie zwang sich, die Möglichkeiten in den Blick zu nehmen. Und nach drei Monaten Winterschlaf trat ihr Herz endlich in den Sonnenschein hinaus und das warme Blut der Zielstrebigkeit pulsierte wieder in ihren Adern. Ihr Herzschlag wurde schneller, ihre Temperatur stieg, bis sie ein gesundes, warmes Kribbeln durchströmte. Und das ließ nicht nach – nicht als sie in ihrem Auto saß, und auch nicht, als sie die Stadt hinter sich ließ. Den ganzen Weg über summte sie, trommelte auf dem Lenkrad, zufrieden mit ihrer Entscheidung.

Bis sie an der Farm vorbeifuhr.

Als sie an dem Schotterweg vorbeikam, der zu Dans Farmhaus führte, hob sich ihr Fuß vom Gas. Sie ertappte sich dabei, wie sie in den Rückspiegel blickte und das Feld nach Evan absuchte. Nach dem Neujahrsempfang und dem Tanz, der ihr nicht mehr aus dem Kopf ging, hatte er Robin sehr gewissenhaft mindestens einmal die Woche besucht. Einmal war er zusammen mit seinem jüngeren Bruder Gavin gekommen, der ebenso zu leiden schien wie Robin, wenn nicht noch mehr. Aber Ende Februar hatten die Besuche nachgelassen. Und jetzt, Mitte März, hatte sie ihn schon seit mehr als zwei Wochen nicht mehr gesehen. Bethany weigerte sich nachzufragen, was es mit seiner Abwesenheit auf sich hatte, und ignorierte den Zusammenhang zwischen seinen immer seltener werdenden Besuchen und ihrer immer schlechter werdenden Laune.

Bethany blinzelte mehrmals und riss den Blick vom Rückspiegel los. Als die Farm nicht mehr zu sehen war, atmete sie geräuschvoll aus.

Ihr wurde schlecht, und das hatte nichts mit dem Auf und Ab der Straße zu tun. Während sie dabei war, ihren Plan, die Farm zu verkaufen, in die Tat umzusetzen, beackerte Evan den Boden. Ihre Finger krallten sich fester um das Lenkrad und sie schluckte, wobei sie sich vorstellte, dass ein Brocken Selbstbewusstsein ihre Kehle hinunterrutschte – ein Nährstoff, den sie dringend brauchte.

Ja, Evan würde aufgebracht sein. Ja, sie nahm ihm seine Arbeit weg, aber sie musste an ihr eigenes Leben denken. Ihre eigenen Ziele. In den letzten paar Monaten hatte sie ihre Entscheidungen von den Gefühlen und Meinungen anderer beeinflussen lassen. Robins Trauer hatte sie aus der Bahn geworfen. Evans Ansichten hatten sie in ein emotionales Chaos gestürzt. Dominics Zweifel hatten sie davon abgehalten, ein Risiko einzugehen. Und Susan Sparks hatte ihre Pläne verzögert. Sie setzte sich aufrechter hin. Damit war es jetzt vorbei. Sie musste wieder die Kontrolle übernehmen. Sie musste tun, was für sie das Beste war.

Gerade als Bethany sich selbst davon überzeugt hatte, ruckelte das Lenkrad unter ihren Händen. Der Wagen machte einen Satz und ein lautes Rumpeln ertönte im Fahrzeug. War das der Auspuff? Wie in aller Welt konnte bei einem neuen Auto der Auspuff kaputtgehen? Sie nahm den Fuß vom Gas und bremste. Dabei versuchte sie, das Fahrzeug an den Straßenrand zu lenken, aber das Lenkrad gehorchte ihr nicht. Hatte ein kaputter Auspuff Auswirkungen auf die Lenkung? Sie riss an dem Rad, als könnte sie es dadurch dazu zwingen zu tun, was sie wollte.

Nachdem sie den Motor ausgestellt hatte, stieg sie aus, um den Schaden zu begutachten. Es dauerte nicht lange, bis sie den Grund für das Problem gefunden hatte – ein platter Reifen. Und er war nicht nur ein bisschen platt. Platter ging es nicht mehr. Sie stemmte die Hände in die Hüften. Na super, einfach super! Natürlich musste so etwas passieren. Genau in dem Moment, in dem sie ihrem Leben wieder neuen Schwung verpassen wollte, streckte Peaks seine dreckigen Krallen aus und durchlöcherte ihren Reifen.

Bethany stieß einen frustrierten Seufzer aus. Der Schotter unter ihren Füßen knirschte, als sie sich im Kreis drehte und sich darüber ärgerte, dass sie nicht wusste, wie man ein Rad wechselte. Sie hätte sich die Zeit dafür nehmen sollen, es zu lernen. Und zwar, um genau diese Situation zu vermeiden.

Sie blickte auf ihre neuen Schuhe hinunter. Darin würde sie keinen Kilometer gehen können, ohne entsetzliche Blasen zu bekommen. Und wohin würde sie das führen? Zu einer Herde Kühe? Ihr Handy steckte in ihrer Handtasche auf dem Beifahrersitz, aber wen sollte sie anrufen? Robin wollte sie mit ihren Plänen nicht beunruhigen, Evan konnte sie auf gar keinen Fall anrufen und ihre Mutter schlief wahrscheinlich. Bethany stapfte zu ihrem Kofferraum, öffnete ihn und zerrte das Ersatzrad heraus. Sie rollte es neben den platten Reifen und ging zurück, um den Wagenheber zu holen. Dann drehte sie das Werkzeug in ihrer Hand und musterte das glänzende Metall ausgiebig, bevor sie sich auf alle viere niederließ. Die scharfen Schottersteinchen gruben sich in ihre Handflächen und sogar durch den Baumwollstoff ihrer Calvin-Klein-Jeans. Ihre Knie protestierten gegen das Stechen.

Nachdem sie sich überlegt hatte, dass wahrscheinlich jede Stelle gleich gut war, setzte Bethany den Wagenheber irgendwo unter das Auto und freute sich, als das Fahrzeug sich tatsächlich so weit hob, dass der kaputte Reifen einige Zentimeter über dem Boden hing.

Doch ihre Freude war von kurzer Dauer. Sie versuchte, die Schrauben von der Radblende zu lösen, aber sosehr sie auch an dem kreuzförmigen Eisenwerkzeug zerrte: Die vier Metallteile rührten sich nicht vom Fleck. Schließlich gab sie auf, warf das nutzlose Werkzeug auf den Boden und ließ sich auf den Hintern fallen. Die Feuchtigkeit geschmolzenen Schnees drang durch ihre Jeans. Sie sah auf ihre Armbanduhr und vergrub dann das Gesicht in den Händen. Sie war schon zehn Minuten zu spät.

Weil ihr nichts anderes mehr einfiel, holte sie ihre Handtasche aus dem Auto, fischte das Handy heraus und rief die Auskunft an, um nach der Nummer eines örtlichen Abschleppdienstes zu fragen. Vielleicht konnten sie den Reifen wechseln. Als sie mit dem Unternehmen verbunden wurde und niemand abnahm, gelang es Bethany nur mit Mühe einen Schrei zu unterdrücken. Was für eine Firma ging mitten am Tag nicht ans Telefon?

Sie beschloss, es doch bei Robin zu versuchen, aber auch die ging nicht dran. Dann bei der Maklerin, die ebenfalls nicht abnahm. Dann bei ihrer Mutter, die auch nicht ans Telefon ging. Am Ende fand der Schrei doch noch einen Weg ins Freie. Das Universum war gegen sie. Bethany sank auf den Fahrersitz, die Tür geöffnet, die schmutzigen Knie in Richtung Feld gedreht, und überlegte, welche Möglichkeiten sie noch hatte. Zu Fuß gehen kam nicht infrage, es sei denn, sie wollte an jedem Zeh ein Dutzend Blasen haben. Niemand ging ans Telefon. Aber Evan war nur drei Kilometer entfernt – und seine Nummer stand in Times New Roman auf den Unterlagen, die Drew McCarty ihr gegeben hatte.

Was blieb ihr anderes übrig?

Nachdem sie zitternd ausgeatmet hatte, wählte sie seine Nummer und hoffte fast, dass er auch nicht abnehmen würde. Dreimal klingelte das Telefon. Nach dem vierten Klingeln entspannten ihre Schultern sich und sie stellte sich darauf ein, die Mailboxansage zu hören, aber der mürrische Klang seiner Stimme, die »Hallo« sagte, ließ ihr Herz stolpern. Ihr Daumen flog zu der roten Taste und eine Sekunde lang überlegte sie aufzulegen. Aber was dann? Sie konnte nicht am Straßenrand stehen bleiben und warten, bis jemand vorbeikam. Das konnte Stunden dauern.

»Hallo?«, sagte er noch einmal.

»Evan? Bethany Quinn hier.« Sie kniff die Augen zusammen. Warum hatte sie ihren Nachnamen gesagt? Er wusste schließlich, wer sie war. »Tut mir leid, dass ich anrufe. Aber ich habe einen Platten und sitze ungefähr drei Kilometer von der Farm entfernt fest.« Ihre Wangen wurden mit jedem Wort, das aus ihrem Mund purzelte, heißer. Warum hatte sie nicht gelernt, wie man ein Rad wechselte?

»Stadtauswärts oder in Richtung Stadt?«

»Auswärts.«

»Ich bin gleich da.«

Das war alles. Keine weiteren Fragen. Er war sofort bereit, seine Arbeit zu unterbrechen, um ihr zu helfen. Allerdings bezweifelte sie, dass er das ebenso bereitwillig getan hätte, wenn er wüsste, wohin sie wollte.

Zehn Minuten später sah sie seinen Ford Bronco über die Hügelkuppe kommen. Evan hielt hinter ihr, stieg aus und kam in einem Paar verdreckter Arbeitstiefel und ebenso verdreckter Wranglers näher. Sein ehemals weißes Hemd war aufgekrempelt und offenbarte zwei starke Unterarme, die von der unentschlossenen Sonne bereits leicht gebräunt waren. Während sie seine vom Wind zerzausten Haare betrachtete, bemerkte sie das Lächeln, das sich auf seinem Gesicht ausbreitete. Offenbar fand er ihre Situation amüsant. Sie tat so, als betrachtete sie ihren platten Reifen.

»Und was haben wir für ein Problem, kleines Fräulein?«

Bethany schob die Hände in die Taschen ihrer Daunenweste. Allem Anschein nach konnte Evan bei zehn Grad in kurzen Ärmeln herumlaufen. Ihr hingegen war kalt. Und sie fror. Und sie war sauer. Während er näher kam, trat sie gegen den Reifen.

Sein Blick blieb an ihren schmutzigen Knien hängen. Sie drehte sich ein wenig, um ihr nasses Hinterteil zu verbergen. Während der zehn Minuten, die sie gewartet hatte, hatte sie das Reserverad und das kreuzförmige Werkzeug wieder in den Kofferraum getan, aber den Wagenheber hatte sie an Ort und Stelle gelassen, um ihre Inkompetenz zu verbergen und ihre Leistung zu betonen.

Er hockte sich hin und betrachtete den Schaden. Dann griff er nach dem Hebel des Wagenhebers und fing an, das Fahrzeug wieder abzusenken. Sie trat vor. »Was machst du da?« Warum machte er den einzig erfolgreichen Teil ihres Reifenwechselversuchs zunichte?

»Du hast das Auto falsch aufgebockt.« Evan legte sich auf den Bauch, unbeeindruckt von dem nassen Schotter, und klopfte auf eine Stelle an der Unterseite des Fahrzeugs. »Hier musst du den Wagenheber ansetzen, an der verstärkten Kante, damit du den Wagen nicht beschädigst.«

Bethany täuschte Gleichgültigkeit vor, beobachtete ihn aber aus dem Augenwinkel. Das nächste Mal, wenn sie einen Platten hatte, würde sie in der Lage sein, ihn selbst zu beheben.

Nachdem der Wagen wieder auf allen vier Rädern stand, begab Evan sich erneut in die Hocke und befingerte die Schraubenteile, so als hätte er die Kraft, sie mit bloßen Händen herauszudrehen. Um wenigstens den Anschein zu erwecken, als wäre sie unabhängig, holte sie das metallene Werkzeug aus dem Kofferraum.

»Brauchst du dafür nicht das hier?«, fragte sie, während sie es ihm unter die Nase hielt.

»Hast du den Schlüssel für die Radmuttern?«

Radmuttern. So hießen die Dinger also. »Mir war nicht bewusst, dass man für Radmuttern einen speziellen Schlüssel braucht.«

»Für diese schon. Es sind welche, die blockieren. Sie verhindern, dass deine Räder gestohlen werden. Ich bin mir sicher, in Chicago ist das von Vorteil, aber hier in Peaks brauchst du so etwas nicht.«

Es dauerte einen Moment, bis ihr bewusst wurde, was Evans Worte bedeuteten. Wenn sie irgendwohin wollte, musste der Reifen gewechselt werden. Und die Radmuttern mussten entfernt werden, bevor sie das Reserverad aufziehen konnten. Ohne den entsprechenden Schlüssel würden diese Radmuttern sich jedoch nicht rühren. »Was passiert, wenn ich den Schlüssel nicht habe?«

Evan deutete mit dem Kinn auf das Werkzeug, das sie in der Hand hielt. »Dann nutzt uns das Radkreuz gar nichts.« Er stand auf und wischte sich die Hände an den Hosenbeinen ab. »Wir können nach Peaks fahren. Im Eisenwarenladen haben sie alles, was wir brauchen.«

Bethany wurde blass. Eigentlich musste sie in die andere Richtung. Sie warf einen Blick auf ihre Armbanduhr. Dreißig Minuten Verspätung. Während sie auf Evan gewartet hatte, hatte sie noch einmal versucht, die Maklerin zu erreichen, um ihr Bescheid zu sagen, dass sie später kommen würde, aber es war nur die Mailbox angesprungen.

»Hast du irgendeinen Termin?«

Sie presste die Lippen aufeinander. Wenn er wüsste.

Evan verschränkte die Arme vor der Brust und zog eine Augenbraue hoch. »Es geht um die Farm, oder?«

Sie sah, wie die Muskeln in seinem Unterkiefer zuckten und seine entspannte Haltung sich in Luft auflöste, während er auf ihre Antwort wartete. Aber sie würde sich von seinem bohrenden Blick nicht einschüchtern lassen. »Ich wollte mich mit einem anderen Makler treffen.«

Er wandte sich ab und betrachtete den Reifen. »Der Plan ist wohl nicht so ganz aufgegangen, was?«

Sie sah wieder auf die Uhr. Fünfunddreißig Minuten.

»Und wie willst du jetzt dorthin kommen? Denn ich helfe dir

gerne, deinen Reifen zu reparieren, aber da fahre ich dich nicht hin.«

Bethany ballte die Hände zu Fäusten und stemmte sie in die Hüften. »Kannst du nicht mal aufhören, das Ganze so persönlich zu nehmen?«

Evan trat einen Schritt näher.

Sie wich nicht zurück.

»Glaubst du etwa, Dan hat das nicht persönlich gemeint?« Er machte noch einen Schritt nach vorn und legte eine Hand auf sein Herz. »Du hast vor, *meine* Farm zu verkaufen.«

»Soll ich dir noch mal die Unterlagen zeigen?«

»Hast du es persönlich genommen, als dein Boss dich gefeuert hat?«

»Das ist doch nicht dasselbe.«

»Es ist ganz genau dasselbe. Du willst die Farm verschleudern, als würde sie nichts bedeuten.« Er stand jetzt sehr dicht vor ihr. Zu dicht. Ihre Füße wollten zurückweichen, Abstand zwischen sie bringen, damit die wachsende Spannung Platz zum Atmen hatte. Aber sie würde nicht nachgeben. Stattdessen schob sie das Kinn vor.

»Die Landwirtschaft ist mein Job. Und du tust alles, um ihn mir wegzunehmen.«

Bethany machte eine ausladende Handbewegung und zeigte auf ihre Umgebung. »Du kannst dir doch eine andere Farm besorgen.« Diese ganze Gegend war doch eine einzige Farm. Eine unendliche Weite aus Mais und Rindern. »Ich kann mir nicht vorstellen, dass die sich großartig voneinander unterscheiden.«

»Wie um alles in der Welt soll ich mir denn eine andere Farm *besorgen*?« Er wartete ihre Antwort nicht ab. »Abgesehen davon liebe ich *diese* Farm.«

Sie knirschte mit den Zähnen. »Und ich liebe die Architektur. Ich versuche nur, mir das zu ermöglichen. Du würdest es genauso machen.«

»Nicht wenn es jemand anderen seinen Traum kostet.«

»Die Farm zu behalten, wäre das Aus für *meine* Träume.«

»Aber das muss es doch nicht sein.« Evans Miene wurde weicher. »Lass mich das Land pachten. Dann kannst du Geld verdienen, ohne einen Finger krumm zu machen.«

Sie atmete frustriert aus. Er war einfach unmöglich. Uneinsichtig. Stur. Er spielte seine Träume gegen ihre aus, und nichts, was sie sagte oder tat, würde ihn davon überzeugen, dass ihre Träume genauso viel wert waren. Sie könnten den ganzen Tag hier stehen und keiner von ihnen würde nachgeben. Was für eine Zeitverschwendung. Sie griff nach ihrem Handy, das auf dem Fahrersitz lag, und versuchte erneut die Maklerin zu erreichen. Ohne Erfolg. Wieder stieg ein Schrei in ihr auf, aber sie unterdrückte ihn, warf stattdessen das Telefon auf den Sitz und sah Evan mit versteinerter Miene an.

»Können wir dann bitte den Schlüssel besorgen, den wir brauchen?«

»Gut.« Er ging zum Wagen. Der Schotter knirschte unter seinen schweren Stiefeln. Bevor sie ihn aufhalten konnte, hatte er die Beifahrertür geöffnet. Warum musste er das tun? Selbst ihr war klar, dass ihm nicht danach zumute war. Er warf ihr einen »Kommst-du-jetzt-oder-was?«-Blick zu. Sie folgte ihm. Je eher sie die Angelegenheit hinter sich brachten, desto eher war sie ihn wieder los.

In eisigem Schweigen fuhren sie in die Stadt, bis Evan ungefähr auf halber Strecke sein Radio anschaltete. Bethany zuckte zusammen, als sie die näselnden Klänge hörte, die aus den Lautsprechern drangen. Er drehte die Musik lauter, als wollte er sie ärgern, und klopfte mit dem Daumen auf dem Lenkrad den Rhythmus des Countrysongs mit. Sie biss die Zähne zusammen und weigerte sich, auf die Provokation zu reagieren.

Erst als Evan den Fuß vom Gas nahm und sie an der Apotheke am Stadtrand vorbeikamen, atmete Bethany erleichtert auf. Sie würde diesen dämlichen Schlüssel besorgen, zu ihrem dämlichen Auto zurückfahren und diesen dämlichen Tag zu all den anderen

Katastrophentagen packen, die sie seit ihrer Rückkehr nach Peaks erlebt hatte. Sie legte die Fingerspitzen an ihre Schläfen. Dort schienen die stärker werdenden Kopfschmerzen ihren Ursprung zu haben, und wenn sie das Pochen dort unter Kontrolle bekam, würde der Schmerz, der bis in ihren Nacken zog, vielleicht seine Kraft verlieren. Sie rieb die Stelle mit kreisenden Bewegungen und blickte aus dem Fenster.

Evan drehte die Musik leiser, was das Hämmern etwas abmilderte, und dann sah sie plötzlich ein »Zu-verkaufen«-Schild im Fenster von Sunshine Daisies – einem ehemaligen Blumenladen. Er befand sich neben dem Antiquitätengeschäft, in dem Robin und sie hin und wieder gestöbert hatten, als sie noch jung waren.

Dem etwas heruntergekommenen Laden war anzusehen, dass er im Laufe der Jahre nur selten renoviert worden war. Aber der kleine Platz vor dem Geschäft gefiel ihr. Ein uriger Schotterweg führte durch ein Gelände, das in einem oder zwei Monaten ein hübscher Garten sein könnte. Der Laden lag ein Stück von der Straße zurückgesetzt auf einem kleinen Hügel.

»Kannst du mal anhalten?«

»Zum Eisenwarenladen ist es noch ein Stück.«

»Ich interessiere mich gerade nicht für Eisenwaren. Ich möchte mir etwas anschauen.«

Evan zögerte, hielt dann aber am Straßenrand. Noch bevor der Wagen vollständig zum Stehen gekommen war, schnallte Bethany sich ab und stieg aus. Dann ging sie die Stufen zu dem Laden hinauf und lächelte. Es war der perfekte Standort. Vor allem mit dem Park auf der anderen Straßenseite, der ihnen Kundschaft bescheren würde. Sie fuhr mit der Hand über die rustikale Steinfassade und sah sich die Anordnung der Fenster an. Es gab sogar einen zweiten Stock. Sie versuchte, die Tür zu öffnen, aber sie war verschlossen. Also presste sie die Nase an die Fensterscheibe und spähte durch das schmutzige Glas.

»Was genau machst du da eigentlich?«, fragte Evan.

Bethany richtete sich wieder auf, enttäuscht, weil sie außer Gardinen nichts sehen konnte. Sie musterte das Schild des Maklers, sah die Telefonnummer, die darauf stand, und tippte sie in ihr Handy, bevor sie auf Evans Frage reagierte. »Ich vergnüge mich.«

Er musste nicht Bescheid wissen. Sie würde ihm Robins Geheimnis nicht erzählen, falls das Café eines sein sollte. Die Aufbruchstimmung, die an diesem Morgen durch ihre Adern geströmt war, kehrte mit voller Macht zurück.

Dies war das Schönste an dem Prozess. Die Vision. Das Potenzial. Zu wissen, dass ihre Ideen wunderbare, attraktive Realität werden konnten. Bethany atmete das großartige Gefühl ein, ein Ziel zu haben, und hatte zum ersten Mal seit Monaten den Eindruck, zu etwas nutze zu sein. Dieses Projekt konnte ihre Beschäftigung sein, bis sie einen Makler fand, der ans Telefon ging und sich wirklich bemühte, die Farm zu verkaufen, oder bis die ersten Stellenangebote eintrudelten. Und plötzlich war sie sehr zuversichtlich, dass sie eintrudeln würden. Jetzt musste sie nur noch Robin davon überzeugen, dass das Sunshine Daisies der perfekte Standort für das Café war, das Micah und sie geplant hatten.

Kapitel 24

Eine Zwölfjährige sollte nicht in ein Puppenhaus verliebt sein. Aber ich konnte einfach nicht anders. Robin hatte das vollkommenste Puppenhaus, das ich jemals gesehen hatte. Es hatte fünf Zimmer, eine riesige Küche, Fenster mit Rundbögen und einen Balkon im zweiten Stock. Es stand in der Ecke ihres Zimmers auf dem weißen Teppich und schien in einen stetigen Sonnenstrahl getaucht zu sein, der durch das mit Spitzengardinen versehene Fenster fiel.

Wir saßen auf ihrem Himmelbett, fädelten Perlenketten auf, flochten unsere Haare und redeten und lachten, während ich zu diesem Haus hinüberschielte, das zweifellos mehr wert war als unser gesamter Trailer. Seit unserer zufälligen Begegnung im Waschsalon hatte ich jede freie Minute bei Robin zu Hause verbracht. Im Gegensatz zu unserer Behausung war hier alles wunderschön. Vor allem Mrs Delner, die schlank war, ohne zerbrechlich zu wirken, und glänzende dunkle Haare und die lebhaftesten blauen Augen hatte, die mir je untergekommen waren. Ihr Lachen klang wie ein Windspiel und sie überschüttete mich mit Umarmungen in einer Zeit, in der alle anderen mich wie eine Aussätzige behandelten.

Irgendwann war ich so besessen von Robins Leben und Robins Familie – und so voller Ehrfurcht, weil ich dazugehören durfte –, dass meine Liebe zur Farm abebbte. Wenn ich nun nachts in meinem quietschenden alten Bett wach lag und zuhörte, wie David im Schlaf murmelte, träumte ich nicht mehr von dem Farmhaus und Grandpa Dan. Stattdessen stellte ich mir vor, wie es wäre, in einer lebensgroßen Version von Robins Puppenhaus zu leben. Von dieser Besessenheit erzählte ich Robin natürlich nie etwas. Meine beste Freundin sollte nicht wissen, dass ich eine beinahe Dreizehnjährige war, die sich nach einem Spielzeug sehnte, aus dem sie selbst wahrscheinlich schon vor Jahren herausgewachsen war.

Deshalb hatte ich Ende Juli, an meinem dreizehnten Geburtstag, als Robin mir die Augen verband und mich zusammen mit Mrs Delner in die Garage hinausführte, keine Ahnung, was auf mich wartete. Noch verwirrter war ich, als sie mir die Binde abnahmen und ich vor einem Haufen Bretter und Pappkartons, einem Werkzeugkasten, Farbtöpfen und Pinseln, verschiedenen Tapetenrollen und einem Stapel Dachziegel stand. Ich drehte mich um und sah die beiden an, die von einem Ohr bis zum anderen grinsten.

»Herzlichen Glückwunsch zum Geburtstag!«, sagte Mrs Delner.

»Na, was sagst du?« Robins Stimme klang etwas atemlos.

»Was ist das?«, fragte ich.

»Dein zukünftiges Puppenhaus.«

Meine Wangen wurden heiß. Robin wusste davon? Die ganze Zeit hatte sie es gewusst?

»Wir haben versucht, in einem unserer alten Kataloge das Gleiche zu finden, was ich habe, aber die werden nicht mehr hergestellt. Also hatte Mom die Idee zur zweitbesten Lösung: Wir können zusammen eins bauen.«

Ich versuchte, meine Scham zu verbergen. Oder wenigstens die wachsende Unsicherheit aus Robins Augen zu vertreiben. Aber ich fand nicht die richtigen Worte.

»Gefällt es dir nicht?«, fragte sie.

»Doch, total. Es ist nur … ich weiß nicht, wie man ein Puppenhaus baut.« Jedenfalls kein so Schönes wie das von Robin.

»Mom sagt, wir können es zusammen lernen.« Robin trat einen Schritt vor und griff nach einem Hammer. »Ich glaube, das wird Spaß machen.«

Und sie hatte recht. Es machte Spaß.

Zwei ganze Monate lang tranken wir in der Garage Apfelschorle und hörten mit Mrs Delners CD-Spieler Hootie and the Blowfish. Die Haare hatten wir mit Tüchern hochgebunden, und dann sägten und bemalten wir das Sperrholz, bauten Wände, klebten Dachziegel auf und suchten genau die richtige Tapete und Fußbodenbeläge und die Einrichtung aus. Am Ende sah es überhaupt nicht aus wie Robins Puppenhaus. Aber ich liebte es trotzdem.

Als wir fertig waren, legten wir ein Tuch über das Dach und konnten die große Enthüllung kaum erwarten, die stattfinden sollte, wenn Mr Delner von der Arbeit nach Hause kam. Ich zog das Laken weg, als wäre ich eine Magierin, und Mr Delner enttäuschte uns nicht. Er riss die Augen auf. »Wow, Mädchen! Ich bin beeindruckt.«

»Haben sie das nicht toll gemacht?«, fragte Mrs Delner.

»Das kann man wohl sagen.« Mr Delner trat näher, um unser Werk zu bewundern. »Was für ein faszinierendes Design.«

Robin strahlte. »Das war Bethys Idee.«

Mr Delner sah mich an und lächelte so freundlich, dass er mich an meinen Dad erinnerte. Vor seinem Unfall. Mein ganzer Körper wurde warm.

Dann wandte er sich an Mrs Delner, noch immer lächelnd, und das Gefühl der Wärme verstärkte sich. »Sieht ganz so aus, als hätten wir hier eine angehende Architektin.«

Zwei Dinge blieben in meinem Gedächtnis hängen. Mr Delner hatte *wir* gesagt, so als gehörte ich zu ihnen. Und Mr Delner hatte mich eine Architektin genannt.

Kapitel 25

Robin zog zwei Hemden vom Bügel und presste sie an ihre Brust. Etwas in ihr weigerte sich, sie zu dem kleinen Haufen auf den Boden zu werfen. Bis jetzt hatte sie vier von Micahs Sweatshirts aus dem Wandschrank gezogen – diejenigen, die er bestimmt zwei Jahre lang nicht mehr getragen hatte – und sie auf den Teppich fallen lassen, stolz auf ihre Leistung.

Gerade hatte sie mit ihrem Vater telefoniert. Er hatte sie gefragt, wie es ihr ginge. Gut, hatte sie gesagt. Dann hatte er nach Micahs Sachen gefragt. Er hatte ihr erzählt, dass das Ausräumen des Kleiderschranks nach dem Tod ihrer Mutter eine der schwierigsten Aufgaben gewesen sei, aber auch nötig. Er hatte sie dazu aufgefordert, sich ein Herz zu fassen und den Schrank auszuräumen. Hart, aber herzlich.

Also machte sie das jetzt. Oder versuchte es wenigstens. Drei Monate waren inzwischen vergangen und Micah würde nicht zurückkommen, um seine Kleidung zu tragen. Sie hatte gedacht, die ersten paar Tage vor der Beerdigung seien schwierig gewesen, aber das war nichts im Vergleich zu der Leere, die ihr Leben jetzt beherrschte. Damals hatte der Schock wenigstens den Schlag gedämpft. Jetzt lag eine niederdrückende Dunkelheit auf ihrer Seele und sie konnte nichts tun, um unter ihrer erstickenden Gegenwart hervorzukriechen.

Robin nahm noch ein Hemd vom Bügel und hielt es an ihre Nase. Es roch nicht nach Micah. Sie atmete tiefer ein und versuchte, den vertrauten Geruch aus dem Stoff zu ziehen, aber da war nichts. Sie zog das nächste Hemd heraus und roch daran.

Nichts.

»Nein!« Das scharfe Wort teilte die Luft in dem Wandschrank.

Sie zerrte an einem weiteren Hemd. Dann an noch einem. Und noch einem. Bis sie auch das letzte Hemd herausgezogen hatte und die leeren Bügel an der Kleiderstange hin und her schwangen. Nichts von den Sachen roch nach Micah. Kein einziges Kleidungsstück. Sie lagen alle zusammen in einem verhassten Haufen auf dem Boden und verhöhnten sie.

»Seinen Geruch kriegst du nicht auch noch. Den hole ich mir zurück.«

Robin machte sich nicht die Mühe, die Logik ihrer einseitigen Unterhaltung mit Gott zu hinterfragen. Oder die Tatsache anzuerkennen, dass er Micahs Geruch gar nicht gestohlen und mit in den Himmel genommen hatte, so wie sie es ihm vorwarf. An ihrem Verhalten war ohnehin nichts Logisches mehr.

Sie umklammerte die Kleider und eilte in den Keller, wo sie das ganze Bündel in die Waschmaschine stopfte. Dann tat sie eine üppige Menge Weichspüler in das Waschmittelfach, die Sorte, die Micah liebte, und starrte während der gesamten fünfundzwanzig Minuten Waschgang die Wand an. Als die Maschine piepste, warf sie die Sachen in den Trockner und wartete darauf, dass sie trocken wurden. Noch bevor die Zeit abgelaufen war, zog sie das schwere Bündel heraus, rannte in ihr Schlafzimmer, öffnete Micahs Rasierwasser und tränkte die Kleider mit dem Duft.

Komm zu mir zurück, Micah. Komm zurück.

Bei jedem Spritzer aus der Flasche wiederholte sie ihre flehentliche Bitte. Als nichts mehr von dem Rasierwasser übrig war, sank sie auf die Knie und vergrub das Gesicht in dem durchdringenden Geruch. Ihre Tränen hinterließen Flecken auf dem Stoff, während ihre Schluchzer von der warmen, halb feuchten Wäsche gedämpft wurden. Dann hörte sie hinter sich ein Räuspern.

Robin setzte sich auf. Einige Haare klebten feucht an ihrer Wange. Sie strich sich die Strähnen aus dem Gesicht und sah Bethany im Türrahmen stehen, von wo aus sie den Haufen Hemden und Hosen auf dem Boden betrachtete. Ihre besorgte Miene brachte Robin zur Besinnung. Sie war das reinste Häufchen Elend. Eine totale Versagerin. Ihr Versuch, Micahs Schrank auszuräumen, hätte nicht schlimmer verlaufen können. Bethanys Gesichtsausdruck war nichts im Vergleich zu dem von Micah, wenn er sie jetzt hätte sehen können.

»Robin? Was machst du da?«

Sie versuchte, verlegen zu lächeln, aber es gelang ihr nicht. Also hob sie mit einer Hand ein Hemd hoch und fuhr sich mit der anderen über die Augen. »Ich dachte, ich könnte Micahs Schrank ausräumen. Aber es läuft nicht so gut.«

Bethany kam herein und setzte sich auf die Bettkante.

»Warum ist das nur so schwer?«, fragte Robin.

Bethany antwortete nicht sofort. Wahrscheinlich, weil es keine Antwort auf diese Frage gab. Das Schwere gehörte zum Tod dazu. Das wusste Robin. Sie hatte es erlebt, als sie ihre Mutter verloren hatte.

Gestern hatte sie die Phasen der Trauer gegoogelt und nach einem Ende ihrer eigenen Trauer gesucht. Es war ihr nicht schwergefallen, sich selbst eine Diagnose zu stellen. Sie steckte irgendwo zwischen Wut und Depression fest, und ihre Gedanken schwankten zwischen beidem hin und her. Als sie mehr über die letzte Phase gelesen hatte – Annahme –, war sie völlig irrational in Tränen ausgebrochen. Nicht weil sie das Gefühl hatte, dass diese Phase noch so weit entfernt war, sondern weil sie Angst davor hatte, sie zu erreichen. So anstrengend die jetzige Phase auch war, in der jeder Atemzug einen Kampf bedeutete, verband ihr Schmerz sie doch mit ihrem Mann. Wenn sie den Schmerz losließe, würde das nicht bedeuten, dass sie Micah losließe? Wie könnte das jemals gut sein?

»Warum überlässt du das nicht mir?«

Robin ließ das Hemd auf ihren Schoß sinken. »Weil es mein Job ist.«

»Sagt wer? Warum sollte es deine Aufgabe sein, Micahs Kleiderschrank auszuräumen?« Bethany rutschte vom Bett und setzte sich neben sie auf den Boden. »Seit wann bist du denn so masochistisch veranlagt? Wenn es schmerzt, Micahs Sachen durchzugehen, dann lass es.« Bethany blickte auf Robins Bauch hinunter.

Das zu große T-Shirt, das sie trug, bedeckte die kleine vorstehende Beule. »Du hast schon genug Sorgen.«

Robin stellte sich vor, wie Micah im Himmel jubelte. Er würde ihr sagen, sie solle sich nicht so an ihn klammern. Er würde ihr sagen, sie solle ihn loslassen. Sie starrte auf den Haufen Kleider. Das waren nur Kleider. Alles Rasierwasser der Welt würde sie nicht zu etwas anderem machen.

»Ich habe etwas, das dich vielleicht ablenken könnte.« Bethany lächelte und streckte die Hand aus, um die von Robin zu berühren. »Ich habe ein Café für dich gefunden.«

»Ein Café?«

Bethany nickte. »Sunshine Daisies hat zugemacht. Es wäre der perfekte Ort, um dein Café zu eröffnen.«

Robin konnte Bethanys Begeisterung nicht teilen.

»Es ist ein zweigeschossiges Gebäude. Wir könnten einen Teil der Zwischendecke rausreißen und aus dem zweiten Stock eine gemütliche Galerie machen. Dann könnten die Kunden runtergucken, wenn du Klavier spielst, und durch die Fenster den Blick auf den Mississippi genießen. Es ist perfekt, ehrlich.«

Etwas in Robin machte einen Rückzieher. »Ich will das Café nicht eröffnen.« Sie sprach, ohne nachzudenken.

»Du hast das Haus doch noch gar nicht gesehen.«

»Ich brauche es nicht zu sehen. Ich will das eine nicht ohne das andere.«

Bethany runzelte die Stirn. »Wie meinst du das?«

»Das Café. Ohne Micah will ich es nicht.«

»Warum nicht?«

»Weil es so nicht sein sollte.«

Bethany zeigte auf sie beide, wie sie auf dem Fußboden des Schlafzimmers mitten in einem Wäscheberg saßen, der nach Rasierwasser roch. »Und das hier soll so sein?«

Robin wollte nicht schwierig sein. Wirklich nicht. Aber sie konnte sich nicht einfach die Pläne zu eigen machen, die Bethany geschmiedet hatte, während Micahs Sachen in der Waschmaschine rotierten. So schnell konnte sie nicht umschalten. »Ich glaube, ich muss jetzt allein sein.« Robin hoffte, dass ihre Bitte nicht zu unhöflich klang. Sie wollte nicht gemein oder egoistisch sein. Vor allem nicht Bethany gegenüber, die sie in den letzten drei Monaten so sehr unterstützt hatte.

Bethany stand mit gerunzelter Stirn auf und ging zur Tür. Bevor sie das Zimmer verließ, drehte sie sich noch einmal um, die Hand an den Türknauf gelegt. »Bitte denk darüber nach, Robin. Es wäre für uns beide gut. Und könnte vielleicht sogar Spaß machen.« Sie ging davon und Robin dachte über ihre letzten Worte nach.

Spaß.

Das war ein Fremdwort für sie. Eines, das schon lange nicht mehr zu ihrem Wortschatz gehörte. Eines, dessen Bedeutung sie einmal gekannt hatte – vor sehr, sehr langer Zeit. Jetzt war da nur noch ein vages Gefühl der Vertrautheit.

Bethany klopfte an die Tür. Obwohl die Farm ihr gehörte, galt das nicht für das Haus darauf, und es fühlte sich anmaßend an, hier zu sein. Sie holte tief Luft und klopfte noch einmal. Keine Reaktion. Sie blickte auf ihre Uhr und dann zum Himmel hinauf, nur um auf Nummer sicher zu gehen. Die Sonne sank in Richtung Horizont und hinterließ im Osten ein Tintenblau und im Westen eine Mischung aus Rosa- und Orangetönen. Sie wandte sich von der Haustür ab und blickte zu den Feldern hinüber. Nebeldunst hing über dem Boden. Bald würde auch das letzte Tageslicht verschwunden sein. Evans Wagen stand in der Auffahrt. Er musste also irgendwo hier sein.

Es kam ihr vor, als wäre der platte Reifen an diesem Mittag eine Ewigkeit her.

Sie stieg von der Veranda hinab und ging um das Haus herum, um durch eines der Fenster hineinzusehen. Das Licht im Flur erhellte auch das leere Wohnzimmer. Sie versuchte, in die Küche zu spähen, konnte aber aus diesem Winkel nichts sehen. Als sie gerade überlegte, ob sie als Nächstes durch das Fenster neben der Hintertür sehen oder zum Gerätehaus gehen sollte, knackte etwas hinter ihr. Sie drehte sich um und stand Evan gegenüber, der sie mit hochgezogenen Augenbrauen anstarrte, seine beiden treuen Border Collies hechelnd an seiner Seite.

»Ziemlich merkwürdige Angewohnheit, die du dir da zugelegt hast … durch Fenster in anderer Leute Häuser zu gucken.«

Bethany trat schnell aus dem Rindenmulchbeet. Sie fühlte sich wie ein ungezogenes Kind, das man dabei ertappt hatte, dass es sich heimlich die Weihnachtsgeschenke anschaute. Evan trug dieselbe Kleidung wie vorher, nur hatte er ein mit Flecken versehenes Sweatshirt über sein weißes Hemd gezogen, wahrscheinlich als Maßnahme gegen die fallenden Temperaturen.

»Tut mir leid«, sagte sie, wobei ihre glühenden Wangen ihr unangenehmer waren als die Tatsache, dass er sie in den Büschen erwischt hatte.

»Was machst du hier?« Seine Worte klangen eher neugierig als schroff, obwohl sie Letzteres sicher verdient hätte. Mit etwas Abstand konnte sie seine Wut verstehen. Evan liebte die Farm ebenso, wie sie ihren Beruf liebte. Wenn jemand versuchen würde, ihr das wegzunehmen, wäre sie auch wütend.

»Ich wollte dich um einen Gefallen bitten«, sagte sie.

Einer der Hunde wedelte mit dem Schwanz und bellte. Evan ignorierte den Hund und verschränkte die Arme. »Zweimal an einem Tag? Das muss ein Rekord für dich sein.«

Ihre Schultern versteiften sich und sie wandte sich zum Gehen, aber Evan streckte die Hand aus und berührte sie am Ellbogen. »Bethany …«

Ihr Atem stockte. Es war das erste Mal seit dem Tanz beim Neujahrsempfang, dass er sie anfasste, und ihr Arm wurde augenblicklich von Wärme durchflutet, als hätte sie den Ellbogen in einen Sonnenstrahl getaucht.

»Tut mir leid.« Er ließ ihren Ellbogen los und trat einen Schritt zurück. »Das sollte ein Scherz sein. Was kann ich für dich tun?«

Sie blinzelte, um das Wattegefühl aus ihrem Hirn zu vertreiben. Sie musste ihm klarmachen, dass sie seine Hilfe für Robin brauchte und nicht für sich selbst. Sie konnte sich nicht vorstellen, dass er ihr nach der Nummer heute Morgen noch einmal helfen würde. »Ich mache mir Sorgen um Robin. Und um das Baby.«

»Ist alles in Ordnung?«

Sie hob die Hände. Es sähe ihm ähnlich, dass er gleich zu seinem Wagen rennen und selbst nach Robin sehen würde. »Dem Baby geht es gut. Aber was die Mutter betrifft, bin ich mir da nicht so sicher. Du warst eine Weile nicht da.«

»Ich hatte viel zu tun. Die Kühe kalben.«

»Das sollte kein Vorwurf sein. Ich wollte dich nur auf den aktuellen Stand bringen, wie es deiner Schwägerin geht.«

Evan hakte die Daumen in die Taschen seiner Jeans und seufzte. »Es geht ihr also noch nicht besser?«

»Hattest du das wirklich erwartet?«

Er starrte am Stall vorbei auf das dunkler werdende Feld hinaus. »Ich weiß nicht, was ich machen soll. Es ist, als hätte sie sich völlig in sich selbst zurückgezogen.«

»Ich habe eine Idee. Aber dazu brauche ich deine Hilfe.«

Sein Blick suchte den ihren. Er zögerte eine Sekunde, dann nickte er, damit sie fortfuhr.

Bethany holte tief Luft. »Haben Robin und Micah mit dir jemals über ein Café gesprochen?«

»Über was für ein Café?«

»Eines, das sie gemeinsam eröffnen wollten.«

Evan lächelte – nicht über Bethany, sondern über ihre Worte. »Das klingt ganz nach ihnen.«

»Es war etwas, das sie geplant hatten, bevor …« Sie ließ den Gedanken unausgesprochen, aber er verstand ihn sicher auch so. »Jedenfalls hat Robin ein paar tolle Ideen dafür. Und wir beide haben ein bisschen herumgespielt, wie das aussehen könnte. Pläne entworfen, Wandfarben ausgesucht …«

»Das klingt nach mehr als nur einem Spiel.«

»Es war eine Beschäftigung. Aber in den letzten paar Wochen haben wir nicht mehr davon gesprochen. Robin war irgendwie … woanders mit den Gedanken.« Oder eher komatös. Aber das musste sie ihm nicht erzählen. »Aber als ich heute gesehen habe, dass der Blumenladen zum Verkauf steht …«

Einer seiner Mundwinkel zuckte. »Du willst aus dem Blumenladen das Café der beiden machen?«

»Es wäre eine gesunde Ablenkung. Vielleicht sogar befreiend.«

»Hast du mit ihr darüber geredet?«

»Vorhin.«

»Und?«

»Sie war nicht sehr interessiert.«

Zweifel brandeten in seinen Augen auf. Sie konnte die Reaktion in seiner Miene voraussehen – gleich würde er ihr sagen, dass sie Robins Wünsche respektieren sollte. Aber sie durfte nicht zulassen, dass er ihr einen Strich durch die Rechnung machte. Noch nicht.

»Eines der ersten Renovierungsprojekte, die ich außerhalb von Chicago übernommen habe, war für ein älteres Paar, das ein altes Bankgebäude in eine Kunstgalerie verwandeln wollte. Ihr Sohn war Künstler gewesen und bei einem Bootsunfall ums Leben gekommen. Sie hatten alle möglichen Gemälde von ihm in ihrem Keller. Und die Galerie haben sie ihm zu Ehren eröffnet.«

Bethany hatte seit Jahren nicht mehr an die beiden gedacht. Damals war sie auf einen so kleinen Auftrag nicht scharf gewesen, aber im Rückblick war es eines ihrer befriedigendsten Projekte gewesen. In den restlichen Jahren bei Parker Crane hatte sie nie wieder ein so von Herzen kommendes Dankeschön erhalten wie von diesem Paar.

»Ich weiß noch, dass die Frau mir erzählte, wie gut es sich anfühlte, etwas zu tun. Sie sagte, das Projekt habe ihnen geholfen, ihre Trauer zu verarbeiten.«

»Und du glaubst, dieses Café wird dasselbe bei Robin bewirken?«

Bethany nickte.

Evan verlagerte sein Gewicht von einem Fuß auf den anderen. Die beiden Border Collies saßen jetzt nicht mehr wachsam neben ihm. Der eine war zum Haus abgedriftet und schnupperte dort herum. Der andere lag im Gras und leckte an Evans Stiefel. Sie beobachtete die Tiere, während sie auf seine Antwort wartete.

»Es klingt, als wäre es eine gute Idee. Aber ich habe eine Sorge.«

Bethany runzelte die Stirn. »Welche denn?«

»Gehst du nicht weg? Was ich meine, ist: Du fängst an, das Café umzubauen. Und dann? Wenn es halb fertig ist, macht jemand dir ein verlockendes Angebot für die Farm und du haust so schnell wie möglich ab. Meinst du, *das* wäre gut für Robin?«

»Wenn ich ein Projekt anfange, bringe ich es auch zu Ende.«

Evan musterte ihr Gesicht, als suche er nach einem Hinweis darauf, dass ihre Aussage nicht ehrlich gemeint war. Den würde er aber nicht finden.

»Und was soll ich bei all dem machen?«

Bethany lächelte. Sie konnte einfach nicht anders. Evan hatte angebissen. »Ich würde gerne den Großteil der Renovierungsarbeiten in Eigenleistung machen, anstatt Fremdfirmen damit zu beauftragen.«

»Warum? Robin hat jede Menge Geld.«

»Ihre Taschen sind tief, aber auch nicht bodenlos. Ich halte es nicht für klug, viel Geld auszugeben, wenn wir es nicht müssen.« Wenn Bethany im Laufe der letzten Monate eines gelernt hatte, dann dass die Zukunft unvorhersehbar und ungewiss war. Wer wusste schon, was geschehen würde? Vielleicht brauchte Robin all dieses Geld irgendwann, vor allem da sie ein Kind erwartete. »Robin hat mir erzählt, dass du Micah dabei geholfen hast, ihren Keller auszubauen.«

»Es war eher so, dass Micah mir geholfen hat.«

Sie drehte die Handflächen nach oben, so als hätte er ihr gerade das beste Argument für ihren Plan geliefert. »Du bist also der perfekte Mann für diesen Job. Zusammen können wir Robin bestimmt davon überzeugen, dass es eine super Idee ist. Und wenn es dann so weit ist, hilfst du uns beim Umbau.« Der Gedanke, Seite an Seite mit Evan zu arbeiten, rief alle möglichen merkwürdigen Reaktionen in Bethany hervor und ließ ihre Nerven flattern. Aber wenn das der Preis dafür war, ihren und vor allem Robins Alltag wieder in Schwung zu bringen, dann würde sie ihn eben zahlen müssen.

Evan atmete tief ein, hielt einen Moment die Luft an und seufzte dann. »Ich habe da ein Problem, Bethany.«

Ihr Herzschlag beschleunigte sich, als er ihren Namen aussprach. »Was für ein Problem?«

»Ich will die Felder für die Aussaat vorbereiten. Aber mir sind im Moment gewissermaßen die Hände gebunden.«

Bethany vergrub die Hände in ihren Taschen.

»Die Saat auszubringen ist eine Menge Arbeit. Achtzehn-Stunden-Tage für gewöhnlich einen Monat lang. Ganz zu schweigen von den Kosten. Das kann ich nicht machen, ohne zu wissen, ob ich im Oktober zur Ernte noch hier sein werde.«

Das klang nach Erpressung. *Entweder erklärst du dich bereit, die Farm zu behalten, oder ich helfe dir nicht mit dem Café.* Bethany überlegte und zählte im Geiste die Monate. Noch sechs bis Oktober. Sie hoffte nicht, dass sie in einem halben Jahr immer noch in Peaks sein würde. Aber wer sagte, dass sie hierbleiben musste, wenn sie die Farm behielt? Sie könnte Evan Dans Farm noch ein Jahr lang bewirtschaften lassen, etwas Pacht einstreichen und sich dann im Herbst davon verabschieden. Das wäre nett von ihr. Wenn sie ihm noch eine letzte Saison gab. Vielleicht würde sie sich dann auch nicht so selbstsüchtig vorkommen, wenn sie das Land schließlich verkaufte.

»Wenn ich mit einem Makler rede, kann ich dafür sorgen, dass er die Farm erst nach deiner Ernte auf den Markt bringt.«

Evan kratzte sich am Kinn und musterte sie, während der Himmel langsam dunkler wurde. »Das würdest du wirklich tun?«

»Ja.«

»Und du glaubst tatsächlich, dass dieses Café Robin und dem Baby helfen wird?«

»Da bin ich mir ganz sicher.«

Er streckte die Hand aus. »Dann bin ich dabei.«

Bethany starrte Evans Hand an. Normalerweise schloss sie keine Verträge per Handschlag. Sie war eher der Stift-und-Papier-Typ. Aber jetzt schluckte sie und schob ihre Hand in die seine. Sofort war die Wärme wieder da. Anstatt gleich wieder loszulassen, hielt Evan ihre Finger fest und sah sie prüfend an, so als würde er ihr Wort mit seinem Blick messen. Sie richtete sich ein wenig auf, fest entschlossen, ihm zu zeigen, dass er sich auf sie verlassen konnte.

Kapitel 26

Robin sah sich im Wartezimmer um. Gegenüber von ihr saß eine Frau, die eine Hand auf ihren runden Bauch gelegt hatte und sich auf ihrem Stuhl so weit wie möglich zurücklehnte, damit es mit der großen Ladung vorne bequemer wurde. Ihr Mann – oder zumindest vermutete Robin, dass er ihr Mann war – saß in einer natürlicheren Haltung neben ihr. Er hielt eine Elternzeitschrift in der Hand und zeigte jetzt auf etwas, das auf der Seite stand. Die Frau runzelte die Stirn und stieß die Zeitschrift fort. Robin schloss die Augen und schüttelte den Kopf, aber sie wurde den Anblick, wie die beiden miteinander interagierten, nicht los.

Der Arzt hatte gesagt, dass sie in wenigen Augenblicken ihr Kind sehen würde. Das Baby, das Micah und sie gemeinsam gezeugt hatten. Da die erste Ultraschalluntersuchung allein dazu gedacht gewesen war, sich der Gesundheit des Embryos zu versichern, hatte sie nur ein winziges, flackerndes Fleckchen auf dem Computerbildschirm gesehen. Angeblich würde sie jetzt das ganze Baby sehen – Kopf, Rumpf, Hände und Füße. Robin starrte auf ihren Unterleib. Wie würde sie reagieren, wenn sie die Finger und Zehen eines Babys sah, das zur Hälfte Micah war?

Eine Krankenschwester trat in die Tür. Robin setzte sich aufrechter hin. Neben ihr rührte Bethany sich ebenfalls, so als spüre sie Robins Unbehagen. Die Schwester schlug die Mappe in ihrer Hand auf und rief einen Namen, den Robin nicht kannte. Die Frau mit dem dicken Bauch wiegte sich auf ihrem Platz vor und zurück, während sie die Hand ihres Mannes umklammerte. Mit vereinten Kräften schafften sie es, dass die Frau von dem Stuhl hochkam und auf die Schwester zuwatschelte.

Robins Herz stellte die Gymnastikübungen ein und hinterließ ein vertrautes Gefühl der Erschöpfung. Sie schloss die Augen und klemmte ihre Hände zwischen ihre Knie. Gebet war das einzige

Mittel, das sie kannte, um die erdrückende Lethargie zu bekämpfen, und sie brauchte Gottes Hilfe, wenn sie das hier überstehen wollte.

Mit geneigtem Kopf bat sie Gott, die schwarze Brühe aus Verbitterung und Apathie, die in ihrer Seele brodelte, wegzunehmen. Sie stellte sich das Paar von eben wieder vor und der Riss in ihrer Brust wurde noch weiter. Wusste die Frau überhaupt zu schätzen, was sie hatte? Verstand sie, wie leicht sie es hatte mit ihrem Mann an ihrer Seite? Sosehr Robin Bethanys Beistand auch zu schätzen wusste, war es doch Micah, den sie wollte. Micah, nach dem sie sich sehnte.

»Robin?«

Sie hob den Kopf. Wieder stand eine Frau mit einer Akte in der Tür des Wartezimmers. Robin nahm ihre Handtasche vom Boden, stand auf und versuchte die blonde Frau anzulächeln, die sich als Mandy vorstellte, die medizinisch-technische Assistentin. Sie führte Bethany und Robin in die andere Richtung, fort von den Behandlungszimmern der Ärzte, zu einem kleinen Raum mit einem Ultraschallgerät.

»Wenn Sie sich hier hinlegen, können wir direkt anfangen«, sagte Mandy und zeigte auf die schräge Liege.

Robin setzte sich auf die Kante und schwang die Beine hoch, während Bethany sich auf einen Stuhl in der Nähe setzte – auf dem normalerweise die Männer saßen.

»Wenn Sie Ihr Top ein bisschen hochheben könnten …« Mandy beugte sich vor, um etwas unter dem Monitor hervorzuholen, und zog ein Paar Latexhandschuhe an.

Nachdem Robin ihren rundlichen Bauch frei gemacht hatte, zog Mandy Robins Hosenbund herunter, und auf ihr Gesicht trat ein breites Grinsen. »Ist das Ihr erster Ultraschall?«

Robin schüttelte den Kopf. »Ich hatte einen ganz am Anfang.«

Obwohl das so gut wie unmöglich schien, wurde das Lächeln der Frau noch breiter. »Oh, diesmal wird es ganz anders, das verspreche ich Ihnen. Wir werden alle möglichen Dinge sehen können. Bevor wir anfangen, muss ich aber noch fragen, ob Sie das Geschlecht Ihres Kindes wissen wollen.«

Robins Muskeln verkrampften sich. Micah hätte es wissen wollen. Er hatte nie auf etwas warten können, selbst wenn sein Leben davon abhinge. Er wäre mit einem begeisterten Ja von seinem Stuhl aufgesprungen. Sie schluckte das Bild herunter und sah zu Bethany hinüber, als könnte ihre Freundin die Frage für sie beantworten. Aber es war nicht Bethanys Entscheidung. Es war Robins Entscheidung.

»Nein, danke.«

Herr, weiß Micah es? Weiß er, dass er ein Kind hat?

Sie presste die Lippen aufeinander. Mit am schwersten bei all dem war, dass ihr Mann gestorben war, ohne es zu wissen. Das war etwas, womit sie jeden Abend rang, bevor sie schlafen ging. Anderthalb Jahre lang hatten sie sich ein Baby gewünscht, und Micah hatte nie die Freude erleben können, die all das Warten und die Ungewissheit am Ende gebracht hatten. Sie hatte ihm den positiven Schwangerschaftstest nie gezeigt. Sie hatte nie gespürt, wie er sie hochhob und vor Freude im Kreis herumwirbelte. Sie hatte nie gesehen, wie er auf dem Bett herumgehüpft und einen dieser Siegestänze vollführt hatte, die Footballer immer am Spielfeldrand aufführen. Sie hatte nie erlebt, wie er auf die Knie gesunken, sie neben sich gezogen und seinem Herrn und Heiland für dieses großartige Geschenk gedankt hatte. Robin blinzelte das Brennen in ihren Augen fort.

»Also gut.« Mandy setzte sich auf einen Hocker und rollte neben die Liege. »Das fühlt sich jetzt kalt an.« Sie drückte etwas durchsichtiges Gel auf Robins Unterleib.

Robin starrte geradeaus, während ihr Magen sich als Reaktion auf die Kälte zusammenzog, und mied den Blick auf den Bildschirm. Mandy setzte den Schallkopf auf Robins Bauch und begann, ihn über ihre Haut gleiten zu lassen. Bethany rutschte näher und ihr Stuhl kratzte über das Linoleum. »Oh, wow!«

»Wollen Sie Ihr Baby sehen, Mrs Price?«

Robin wandte sich Mandy zu, die den Schallkopf an einer Stelle hielt. Sagte jemals eine Frau Nein? *Nein, tut mir leid, ich möchte mein Baby nicht sehen. Nicht ohne meinen Mann. Und da er nicht mehr zurückkommen wird, will ich mein Baby wohl überhaupt nicht sehen.*

Mandys Lächeln wankte und in ihre Augen trat ein Ausdruck der Verunsicherung. Robin zwang ihre Mundwinkel, nach oben zu wandern. Dann holte sie tief Luft. Atmete wieder aus. Und drehte den Kopf. Als sie das Bild auf dem Monitor sah, schnappte sie nach Luft.

Es war klar und deutlich. Anstelle des Flecks aus schwarz-weißer Watte, den sie erwartet hatte, erblickte sie das Bild eines Babys im Profil. Eine nach oben gereckte Nase, ein kleiner Körper und ein winziger Arm über seinem Kopf, als wollte es ihr winken. Robins Kehle war wie zugeschnürt. Etwas Leichtes und Warmes kroch ihre Beine hoch, breitete sich in ihrem Bauch aus und wanderte dann weiter in ihren Brustkorb. Sie hob eine zitternde Hand an ihren Mund. Gerade noch hatte sie nicht hinsehen können. Jetzt konnte sie den Blick nicht mehr abwenden.

Das Baby war echt. Und dieses Baby gehörte ihr.

Am liebsten hätte sie die Hand ausgestreckt und die winzigen Glieder auf der Scheibe des Monitors berührt.

Mandy bewegte den Schallkopf und erklärte die verschiedenen Bilder von Robins Kind – zeigte den Schädel, das Gesäß, die Arme, die Beine, das Herz. Zehn Finger. Zehn Zehen.

Robins Augen begannen wieder zu brennen. Und diesmal half alles Blinzeln nichts. Eine Träne rann auf ihre Wange und tropfte von ihrem Kinn, gefolgt von der nächsten und noch einer. In viereinhalb Monaten würde dieses Baby aus ihrem Bauch in die Welt hinauskommen. Ein winziger, hilfloser Säugling. Ein kleiner Mensch, der für sein Überleben ganz auf Robin angewiesen war. In diesem Raum mit dem Ultraschallgerät, während sie die Aufnahmen von ihrem Kind über den Bildschirm flimmern sah, wurde ihr plötzlich die Wahl bewusst, vor die Gott sie stellte.

Leben oder Tod.

Alles Feilschen, alles Weinen, alle Wut würden den Vater dieses Babys nicht zu ihr zurückbringen. Micah war tot. Und in den letzten Monaten war sie es auch gewesen. Ihr Herz hatte vielleicht geschlagen, die Synapsen in ihrem Gehirn funktioniert, aber an dem Tag, an dem sie Micah zu Grabe getragen hatten, hatte sie sich selbst ebenfalls begraben. Sie hatte sich zusammen mit ihrem Mann für tot erklärt. Aber in ihr wuchs ein Menschenleben. Ein Mensch, der sie brauchte. Der von ihr abhängig war. Ein Wesen, das ihr gehörte.

In diesem engen Raum wurde Robin das Seil bei einem hässlichen Tauziehen. An einem Ende zog der Tod und am anderen das Leben. Wofür sollte sie sich entscheiden? Welche Seite würde gewinnen?

Das sanfte Flüstern des Heiligen Geistes berührte ihre Seele. *Wähle das Leben, mein geliebtes Kind, damit du leben kannst. Wähle das Leben, um deines Kindes willen.*

Robin kniff die Augen zusammen, um die Tränen aufzuhalten, und ihr Atem ging schnell und keuchend. *Ich will das Leben wählen, Herr. Aber wie lasse ich diese Trauer los?*

Sie stellte sich vor, wie Gott ihre Arme nahm und auseinanderzog, damit sie den Schmerz losließ, den sie an ihre Brust gedrückt hielt. Sie konnte dieses winzige Baby – halb sie und halb Micah, der Inbegriff dessen, wenn aus zweien eins wurde – als Last betrachten. Als grausamen Scherz. Als ungewollte Gabe. Oder sie konnte in diesem winzigen Baby einen Segen sehen. Eine wunderbare Herausforderung. Ein Geschenk der Barmherzigkeit. Ein Stück von Micah. Robin holte zitternd Luft. Und ließ in den tiefsten Winkeln ihrer Seele los. Sie überließ ihren Kummer Gott.

Sie wählte das Leben.

Bethany warf ihre Schlüssel auf die Küchenzeile, wo sie ein paar Zentimeter weiterrutschten, bevor sie neben der Spüle liegen blieben. Robin trat hinter ihr ins Haus, still und blass. Auf der ganzen Heimfahrt von der Arztpraxis hatte sie kein Wort gesagt.

Bethany fuhr sich mit den Fingern über die Augen und starrte auf das stetige Tropfen des Wasserhahns. Aus irgendeinem Grund wollte Robin ihn nicht reparieren lassen. Mit einem Kopfschütteln ließ sie die Hände sinken, ging in ihr Zimmer und klappte ihren Laptop auf. Ihre wachsende Vernarrtheit in das Kind, das in Robin heranwuchs, machte ihr Sorgen.

Eigentlich war Bethany nie der Typ Frau gewesen, der davon träumte, Mutter zu werden, aber sobald das Kind auf dem Monitor erschienen war, hatten sich fingerartige Tentakeln um ihr Herz gelegt und eine Verbindung hergestellt, die sie nicht wollte. Ein Café zu eröffnen, war eine Sache. Das war ein klar umrissenes, zeitlich begrenztes Projekt. Es hatte ein Ende. Einen klaren Anfang und ein klares Ende. Aber ein Baby? Bei Babys gab es keine eingebauten Grenzen. Sie durfte nicht zulassen, dass diese merkwürdige Beziehung zu Robins ungeborenem Kind den Verlauf ihrer Zukunft änderte.

Bethany warf sich aufs Bett, streifte ihre Schuhe ab und ließ sie auf den Boden fallen. Vielleicht war heute der Tag. Vielleicht erwartete sie in ihrem E-Mail-Postfach eine ganze Flut von Stellenangeboten, die der übermäßigen Beschäftigung mit Robins Kind ein natürliches Ende setzen würden. Ermutigt von diesem Gedanken streckte Bethany gerade die Beine auf dem Bett aus, als Robin wie ein Phantom im Türrahmen erschien. Auf ihren Lippen lag der Anflug eines Lächelns.

»Darf ich reinkommen?«, fragte sie.

Das war neu.

Bethany zog die Beine an und rutschte an die Wand zurück. Robin setzte sich zu ihr aufs Bett und versetzte Bethany auf einen Schlag in eine Zeit zurück, in der sie oft so dagesessen und Geheimnisse, Hoffnungen und Ängste miteinander geteilt hatten.

Ihr fiel kein anderer Mensch ein, mit dem sie mehr gelacht oder geweint hätte als mit Robin. Nicht einmal mit Dominic, der nach einer dreijährigen Beziehung zumindest eine potenzielle Konkurrenz hätte sein sollen.

Während Bethany darauf wartete, dass Robin zu sprechen begann, schwankte sie gedanklich zwischen entgegengesetzten Polen hin und her. Distanzierung und Sehnsucht. Da Robin direkt vor ihr saß und die Ultraschallbilder ihr einfach nicht mehr aus dem Kopf gehen wollten, entschied Bethany sich für Distanzierung. Sie blickte auf den Computerbildschirm, auf dem sie gerade die Adresse ihres E-Mail-Postfachs eingetippt hatte. Sie drückte die Enter-Taste genau in dem Moment, in dem Robin ihre Stimme wiederfand.

»Ich habe über das nachgedacht, was du neulich gesagt hast.« Robin zupfte an dem Stoff ihrer Hausschuhe. »Über Sunshine Daisies und unser Café.«

Bethany registrierte sofort ihre Wortwahl. *Unser Café*. Nach der Pseudovereinbarung mit Evan vor ein paar Tagen hatte sie mehrmals versucht, mit Robin über dieses Thema zu reden. Doch die Versuche waren genauso wirkungsvoll gewesen, wie wenn sie auf eine Wand eingeredet hätte. Also hatte Bethany die Idee erst einmal zu den Akten gelegt, ihren Lebenslauf auf den verschiedenen Jobbörsen noch einmal neu gepostet und ein Treffen mit dem nächsten Makler arrangiert.

»Ich weiß, dass ich gesagt habe, ich wollte das nicht. Und ich bin mir immer noch nicht ganz sicher, ob es eine gute Idee ist. Aber ich dachte …« Robin blickte von ihren Füßen auf. »Ich bin es leid, mich so zu fühlen.«

Die Tentakeln legten sich fester um Bethanys Herz. Sie blickte auf den Computerbildschirm und sah, dass drei neue E-Mails eingegangen waren. Ihre Finger zuckten zum Touchpad.

»Ich weiß, dass es nicht logisch ist. Aber ein Teil von mir hat Angst, dass ich Micah noch einmal verliere, wenn ich den Schmerz loslasse.«

Bethany atmete tief ein und riss sich von den E-Mails los, die ihren Namen brüllten.

»Und jetzt, nach dem Ultraschall ...« Das zaghafte Lächeln kehrte zurück. »Das war unglaublich, oder?«

Bethany klappte ihren Laptop zu und stellte ihn zur Seite.

»Das Baby zu sehen ...« – Robins Lächeln wurde zunehmend selbstsicherer –, »*mein* Baby. Das war wie ein Weckruf Gottes.«

Weckruf Gottes? Wohl eher der modernen Technik.

»Ich habe angefangen, darüber nachzudenken, was Micah sich wünschen würde.« Robin zog die Beine unter sich. »Er würde wollen, dass ich das Café eröffne. Er würde wollen, dass ich es mache.«

Jetzt breitete sich auch auf Bethanys Lippen ein Lächeln aus. »Die Location ist super.«

»Hast du dir den Laden schon angesehen?«

Bethany nickte. Nach ihrem Gespräch mit Evan hatte sie die Eigentümerin angerufen und die Immobilie besichtigt. Der Laden war alt. Es gab viel zu tun. Aber es war der perfekte Standort. Wenn sie die Augen schloss, konnte sie sich alles ganz genau vorstellen. Welche Wände durchbrochen werden mussten. Wo neue errichtet werden sollten. Was sie mit der Decke, dem Dach, den Fußböden machen konnten.

»Hat er dir gefallen?«, fragte Robin.

»Die Immobilie hat riesiges Potenzial. Und die Eigentümerin verkauft sie zu einem Spottpreis. Sie hat keinen Makler beauftragt.« Nur in Peaks würde eine Geschäftsfrau so etwas ohne Makler erledigen. »Sie will sich zur Ruhe setzen und keines ihrer Kinder interessiert sich dafür, das Geschäft weiterzuführen.«

Robin holte tief Luft, starrte auf die Wand hinter Bethany und zog die Nase kraus, bis sie schließlich entschlossen nickte. »Dann machen wir's. Lass uns ein Café eröffnen.«

Bethany konnte einfach nicht anders. Robins Lächeln war zu ansteckend. Ihre E-Mails würden bis später warten müssen. Denn jetzt mussten sie erst einmal Pläne schmieden.

Kapitel 27

Am nächsten Morgen fuhr Bethany mit Robin zum Sunshine Daisies. Es dauerte nicht lange, bis sie ihr ihre Vision erläutert hatte. Ein paar Erklärungen und das Potenzial, das Bethany sofort klar gewesen war, leuchtete auch Robin ein.

Auf einmal waren sie wieder zwölf Jahre alt. Sie standen nebeneinander und das Gebäude vor ihnen strotzte nur so vor Möglichkeiten. Nur dass es diesmal kein Puppenhaus war. Diesmal ging es um Robins Zukunft.

Noch am selben Abend sprach Robin mit ihrem Vater, um seinen juristischen Rat einzuholen, und mit ihrem Finanzberater. Beide rieten zur Vorsicht, bevor sie ihr schlussendlich ihren Segen gaben. Also engagierte Robin am nächsten Tag einen Buchhalter und gab ein Angebot ab. Die Eigentümerin akzeptierte ohne ein Gegenangebot, schlug vor, dass Robins Vater den Kaufvertrag aufsetzte, und äußerte nur eine Bitte. Dass Robin den Laden ebenso lieben und wertschätzen möge, wie sie selbst es all die Jahre getan hatte. Da sie nichts davon sagte, dass sie das Innere unverändert lassen sollten, gaben sie ihr ohne alle Schuldgefühle ihr Wort.

Der so mutige Kauf gab Bethany einen enormen Antrieb und versetzte sie in einen Wirbelsturm der Aktivitäten. Bevor sie anfangen konnte, Wände einzureißen, die Elektrik zu überholen oder eine Küche einzubauen, musste sie einen genauen Architektenplan erstellen, einen Bauantrag ausfüllen, sich über Gesetze und Regeln informieren, Material bestellen und jede Menge Entscheidungen fällen. Ihr Puls erwachte wieder zum Leben. Sie hatte ein neues Projekt. Es war vielleicht nicht die Sixtinische Kapelle, aber es war ein Projekt.

Als Bethany schließlich alle Einzelheiten geklärt, die notwendigen Genehmigungen erhalten und die Vorbereitungen für die

Renovierung getroffen hatte, stand auch Robins Geschäftsplan für das Café, und ihr Bauch war doppelt so groß wie vorher. Bethany hatte vierzehn unbeantwortete Sprachnachrichten von ihrer Mutter erhalten – keine davon wegen David – und die Farm hatte Evan total verschlungen. Selbst mit Gavin als Helfer, der das Kalben überwachte, war Evan kaum oder gar nicht zu erreichen.

Bethany stand sporadisch mit ihm in Kontakt und versuchte herauszufinden, welche Arbeiten sie selbst übernehmen konnten und womit sie besser eine Firma beauftragten. Nach einigem Hin und Her beschloss sie, die Küche von Profis machen zu lassen. Selbst in einer Kleinstadt waren all die Regeln und Richtlinien es nicht wert, dass sie sich selbst die Köpfe darüber zerbrachen.

Ungefähr zum gleichen Zeitpunkt, als sie drei Angebote von verschiedenen Baufirmen erhielt, die auf Gastronomieküchen spezialisiert waren, hatte Evan wieder etwas mehr Zeit. Am zweiten Sonntag im Mai setzte er Robin nach der Kirche nicht einfach nur ab, sondern blieb, um die Baupläne zu besprechen. Kaum hatte Robin den Raum verlassen, beugte er sich vor.

»Wie geht es ihr?«, fragte er.

»Gut.«

»Kannst du das ein bisschen ausführen?«

Bethany widerstand dem Drang, die Augen zu verdrehen. Warum hatte er Robin nicht selbst gefragt? Glaubte er, sie würde angesichts einer so einfachen Frage zusammenbrechen? Ihr lag schon eine sarkastische Antwort auf der Zunge, aber Evans haselnussbraune Augen, die durch seine gebräunte Haut viel heller wirkten, starrten sie ganz ernst an.

»Sie gibt sich Mühe«, sagte sie.

»In der Kirche singt sie nicht mehr.«

»Vielleicht hat sie erkannt, dass es nichts gibt, wofür es sich zu singen lohnt.«

Evan legte den Kopf schief und bedachte sie mit einem Blick, der sie an den von Storm erinnerte. Er sah sie nicht nur an, sondern durch ihre äußere Hülle hindurch – in sie hinein –, und was er dort entdeckte, schien ihn traurig zu stimmen.

Sie erstarrte. »Was ist?«

Er trat näher und sein Blick war dabei so durchdringend, dass sie einen Augenblick lang dachte, er würde die Hand ausstrecken und ihre Wange berühren. »Ich hoffe, du findest irgendwann heraus, dass du dich irrst, Bethany. Dass es eine Menge Gründe gibt zu singen.«

Sein verständnisvoller Blick und die Sanftheit in seiner Stimme waren wie ein Schlag auf ihren Solarplexus. Ihr fiel einfach keine Entgegnung ein. Wenn Evan ihr eine Ohrfeige gegeben hätte, wäre sie vermutlich weniger schockiert gewesen.

»Sag mir Bescheid, wenn ich anfangen soll, an dem Café zu arbeiten.«

Bevor sie etwas erwidern konnte, verließ er die Küche und schloss die Tür hinter sich, sodass Bethany mit seinen Worten allein zurückblieb.

Evan wusste es nicht, aber er machte sich umsonst Sorgen. Robin sang zwar vielleicht in der Kirche nicht mit, aber das hatte keine Auswirkungen auf die Zeit, die sie zu Hause mit dem Lesen ihrer Bibel verbrachte. Sie las darin mit einem unvergleichlichen Eifer, und jedes Mal, wenn Bethany sie dabei ertappte, spürte sie, wie etwas Heißes sich in ihrer Brust ausbreitete. Einmal war die brennende Frage, die sich in ihrer Lunge aufgestaut hatte, an ihrer Selbstbeherrschung vorbei herausgeplatzt, bevor sie die Worte hatte unterdrücken können.

»Warum machst du dir die Mühe überhaupt?«, hatte sie gefragt.

Robin hatte von den Seiten aufgesehen.

Bethany war hastig hinter der Tür zur Vorratskammer verschwunden und hatte so getan, als suche sie etwas zu essen, während sie hoffte, dass ihre Geschäftigkeit Robin daran hinderte, die Frage zu beantworten.

Sie las in der Bibel, na und? Solange sie nicht der nächste Pastor Fenton wurde, was kümmerte es Bethany, ob Robin ihre Zeit damit verbrachte, *diese* Art Gott anzubeten? Bethany öffnete und schloss den Clip einer Chipstüte, stapelte ein paar Dosen Erbsen aufeinander und nahm einen Müsliriegel in der Geschmacksrichtung Zimt-Rosine aus der Schachtel, bevor sie wieder aus ihrem Versteck auftauchte.

Robin starrte auf einen roten Fleck auf dem Tisch – von der Tomatensoße am Vorabend. Bethany hatte gedacht, sie hätte die Platte nach dem Essen abgewischt.

»Es ist das Einzige, was mir hilft, den Tag zu überstehen«, sagte Robin schließlich.

Bethany wandte ihre Aufmerksamkeit von der angetrockneten Nudelsoße ab und musterte ihre schwangere Mitbewohnerin. »Du hilfst dir *selbst*, den Tag zu überstehen.«

Robin schüttelte den Kopf.

Bethany schloss die Finger um den Müsliriegel, sodass die Verpackung knisterte. »Warum willst du etwas, das du ganz allein tust, unbedingt als Gottes Verdienst hinstellen?«

Das war doch wirklich zum Durchdrehen! Robin war eine schwangere Witwe und las in der Bibel, als schulde sie Gott Dank und Hingabe. Aber wofür? Dafür, dass er ihr Micah genommen hatte? Obwohl Bethany sich bemühte, ruhig zu bleiben, verwandelte die Hitze in ihrer Brust sich in ein regelrechtes Feuer. Plötzlich verspürte sie das Verlangen, Robin ihren schädlichen Glauben zu entreißen und ihn als den Mist zu entlarven, der er war, damit Robin wieder auf ihre Seite kam. Bethany nahm die Schärfe aus ihrem Tonfall und versuchte eine Gelassenheit auszustrahlen, die sie nicht empfand. »Was hat der Glaube an Gott dir denn gebracht?«

Robins einfache Antwort und die Ruhe, mit der sie sie aussprach, drangen bis tief in die verborgenen Regionen in Bethanys Seele vor.

»Alles.«

Angesichts Robins freimütiger Glaubensbekundungen und Pastor Fentons Erfolgen mit dem MAC-Projekt, durch die er ständig in den Lokalnachrichten erwähnt wurde, war Bethany mehr als erpicht darauf, den Mann von der Baufirma zu treffen, für die sie sich entschieden hatten, einen Gebäudeinspektor hinzuzuziehen und sich zu vergewissern, dass die Pläne den rechtlichen Vorgaben entsprachen. Alles, um sie von der Überdosis Christentum abzulenken, mit der sie sich konfrontiert sah.

Aber es kam zu Verzögerungen. Einem vorübergehenden Stillstand, da die Firma zunächst noch ein anderes Projekt abschließen musste. Sie verschoben ihr Treffen – zweimal. Bethany war ganz kurz davor, eine andere Firma zu engagieren, als der Projektmanager anrief, sich entschuldigte und ein Treffen am nächsten Tag vorschlug. Die Besprechung war sehr produktiv. Sie brauchten keine große Küche, nicht für ein einfaches Café. Einen Kühlraum hatte der Blumenladen bereits. Der Mann war zuversichtlich, dass sie in drei Wochen fertig sein würden. Also Mitte Juni. Beeindruckendes Timing.

Trotz des feinen Nieselregens schlenderte Bethany langsam von ihrem Wagen zum Haus, ließ die Arme schwingen und war froh, endlich Neuigkeiten für Robin zu haben. Als sie das Wohnzimmer betrat, zog der Duft von frisch gebackenem Kuchen in ihre Nase.

Sie atmete das Erdnussbutteraroma ein, streifte die Schuhe ab, die vom Regen an diesem Nachmittag ziemlich dreckig waren, und ging in die Küche. Robin stand mit einer Rohrzange in der Hand vor der Spüle und starrte auf den tropfenden Wasserhahn. Eine benutzte Rührschüssel und eine Kuchenform standen auf der Arbeitsplatte.

»Für wen ist der Kuchen?«, fragte Bethany, während sie die Arme aus ihrer Jacke zog.

»Für Evan. Er hat morgen Geburtstag.«

Bethany hielt in der Bewegung inne. »Ach ja?«

Robin trommelte mit den Fingern auf der Marmorplatte und

ihr Blick folgte jedem Tropfen, der dem Hahn entwich. »Ich habe gedacht, ich könnte den Wasserhahn reparieren.«

Den Wasserhahn? Den in den vergangenen Monaten niemand hatte anfassen dürfen? Wenn das kein Fortschritt war. Bethany hängte ihre Jacke über die Rückenlehne eines Stuhls und krempelte die Ärmel ihrer Bluse hoch. Was machte es schon, dass sie noch nie einen Wasserhahn repariert hatte. So schwer konnte das doch nicht sein. »Soll ich dir helfen?«

»Aber unbedingt.«

Die nächsten zwei Stunden verbrachte Bethany damit, mit der Rohrzange und den Zuläufen herumzuhantieren, während sie Robin hinsichtlich der Renovierung des Cafés auf den neuesten Stand brachte. Zwischendurch legten sie eine Pause ein, damit Robin den Kuchen mit Schokoglasur verzieren konnte, dann machten sie sich wieder an die Arbeit.

»Ich kann immer noch nicht fassen, dass wir das wirklich machen«, sagte Robin, während sie den Kopf aus dem Spülenunterschrank zog und das schwere Werkzeug auf den Boden legte. Sie stand auf, wischte sich die Hände an ihrer Hose ab und drehte den Wasserhahn auf.

Bethany rappelte sich vom Boden auf, gerade rechtzeitig, um zu sehen, wie Robin den Hahn wieder zudrehte. Bethany hielt die Luft an und zählte bis zehn. Kein einziger Tropfen. Ein enormes Glücksgefühl machte sich in ihrer Brust breit. Sie drehte sich zu Robin um und sah, dass sie genauso grinste. Sie klatschten einander mit erhobenen Händen ab, und dann zeigte Bethany auf die verführerisch aussehende Leckerei auf der Küchenzeile.

»Backst du Evan immer einen Geburtstagskuchen?«

Robin deckte den Kuchen mit einer Plastikhaube ab und leckte an ihrem Daumen. »Ich habe ihm und Gavin versprochen, das für sie zu machen, bis sie eine Frau gefunden haben.«

Wärme flammte in Bethanys Bauch auf. Plötzlich stand ihr völlig ungebeten das Bild vor Augen, wie sie Kuchenteig rührte, während Evan auf dem Feld Heu machte. Woher kam das denn?

Sie räusperte sich und nahm ihre Jacke von der Stuhllehne. »Ich muss noch was einkaufen. Wenn du willst, kann ich uns etwas zum Abendessen mitbringen.«

Robin hielt die Kuchenform hoch. »Könntest du das bei Evan vorbeibringen, wenn du sowieso losfährst?«

Bethany zuckte zurück. »Aber sein Geburtstag ist doch erst morgen.«

Robin ließ den Kuchen sinken und spähte aus dem Fenster über der Spüle. Der Regen lief in krummen Linien über die Fensterscheibe. »Heute Abend arbeitet er sicher nicht. Außerdem hast du doch gesagt, dass du sowieso mit ihm über das Einreißen irgendwelcher Wände reden musst.«

Bethanys Magen zog sich zusammen. Krampfhaft suchte sie nach einer Ausrede. Der Gedanke, an einem dunklen, regnerischen Abend mit Evan allein zu sein, versetzte sie in Aufruhr. »Komm doch mit.«

»Das geht nicht. Eine Freundin aus der Gemeinde kommt gleich vorbei, um mir ihren alten Buggy zu bringen, und ich habe versprochen, dass ich dann hier bin.« Sie hielt die Kuchenform wieder hoch. »Und da du sowieso rausmusst …«

Bethany schalt ihre grummelnden Eingeweide dafür, dass sie sich so albern benahmen. Sie hatte tatsächlich ein paar Fragen, die sie Evan bezüglich des Cafés stellen wollte. Und sie hatte ihn schon länger nicht mehr gesehen. Seufzend blickte sie auf die Backform, zog die Jacke über und nahm das Geschenk in die Hand. Evan an einem dunklen, stürmischen Abend einen Kuchen zu bringen, sollte nun wirklich kein Problem sein.

Evan legte ein weiteres Holzscheit aufs Feuer, während die trockene Hitze der Flammen gegen die klamme Luft in seinem Wohnzimmer ankämpfte. Momentan zog eine Kaltfront über sie hinweg, die sich davon, dass ein Wetter wie zu Beginn des Frühlings so spät im Mai eher unwillkommen war, wenig beeindrucken ließ.

Der Regen hielt jetzt schon über eine Woche an und die Sonne war ein seltener Gast. Evan machte das nichts aus. Er hatte seinen Maisanbau gerade beendet und je mehr es regnete, desto besser würde das Gras für das Heu wachsen. Nach der Dürre im letzten Jahr hoffte er auf wenigstens zwei gute Schnitte im Sommer, damit er genug für seine Rinder hatte und noch ein bisschen was darüber hinaus, um Gewinn zu machen. Er konnte jeden Cent gebrauchen, da dies möglicherweise das letzte Mal war, dass er dieses Land bestellen konnte.

Er schürte die Flammen mit dem Schüreisen und sah zu, wie rote Funken von den Holzscheiten aufstieben. Nichts war in Stein gemeißelt. Bethany würde auf keinen Fall vor der Ernte verkaufen. Bis dahin konnte noch viel passieren. Vielleicht verkaufte sie die Farm ja doch nicht. Vielleicht konnte er sie dazu bringen, dass sie ihm das Land dauerhaft verpachtete.

Die glimmende Asche schwebte einen Moment lang über der Glut und sank dann zurück ins Feuer. Genauso wie seine Träumerei. Wem wollte er eigentlich etwas vormachen? Dass Bethany die Farm behielt, war ungefähr so wahrscheinlich wie ein Sieg der Footballmannschaft von Peaks Highschool beim Super Bowl.

Evan setzte sich auf den Teppich, stützte die Ellbogen auf die Knie und dachte darüber nach, wie einfach sein Leben im vergangenen Jahr gewesen war, als Dan noch gelebt hatte. Als sein Lebensunterhalt nicht von der Entscheidung einer Frau abhängig gewesen war, die immer Volldampf voraus in die Richtung fuhr, die ihr am besten passte.

Herr, was soll ich nur ohne diese Farm machen?

Er hatte versucht, sein Herz auf das Unvermeidliche vorzubereiten, und sogar schon im Internet recherchiert, was es kosten würde, hier in der Gegend andere landwirtschaftliche Flächen zu pachten. Die Preise waren höher, als er erwartet hatte, aber selbst wenn sie es nicht gewesen wären, war es dieses Land, das er wollte; dieses Land, das er liebte. Er könnte immer noch Autos und landwirtschaftliche Fahrzeuge reparieren. Das Geldverdienen war nicht das Problem. Es ging ihm um das Leben, das er liebte. Bethany hatte seine Träume auf einen Scheiterhaufen geworfen und drohte damit, ihn in Brand zu setzen.

Die Flammen im Kamin loderten höher und knallten und neben Evans großem Zeh landete etwas Glut. Schnell zog er den Fuß zurück und schloss die Feuertür. Vielleicht war es das Wetter, das seiner Laune so zusetzte. Oder die Tatsache, dass er morgen zweiunddreißig wurde. Er war immer davon ausgegangen, dass er in diesem Alter eine eigene Farm und eine Frau an seiner Seite haben würde. Und Kinder. Er hätte nie gedacht, dass er ein zweiunddreißigjähriger Junggeselle sein würde, der mit nichts als einem alten Bauernhaus und einer Herde potenziell obdachloser Rinder dastand.

In der Hoffnung, dass er seine Gedanken davon würde abhalten können, in ein schwarzes Loch zu fallen, erhob er sich vom Boden und nahm seine Bibel vom Beistelltisch neben dem Sofa. Dann ging er in die Küche, um sich einen Kaffee zu machen. Während er darauf wartete, dass das Wasser durchlief, beugte er sich über die Küchenzeile und blätterte in den dünnen Seiten. Er überflog die klein gedruckten Wörter, bis er im Buch Jeremia auf einen vertrauten Vers stieß: »Denn mein Plan mit euch steht fest: Ich will euer Glück und nicht euer Unglück. Ich habe im Sinn, euch eine Zukunft zu schenken, wie ihr sie erhofft. Das sage ich, der Herr.«

Evan sagte den Vers mehrmals im Stillen vor sich hin, während er sich einen Kaffee einschenkte. Nach dem Autounfall, bei dem sein Kumpel gestorben war, hatten wohlmeinende Gemeindemitglieder diesen Vers zitiert. Bei seinen Eltern hing er sogar irgendwo im Wohnzimmer. Aber als Jeremia diese Worte aufgeschrieben hatte, war er wohl kaum davon ausgegangen, dass sie irgendwann auf irgendwelche Kaffeebecher gedruckt würden. Evan war kein Israelit und er saß auch nicht in Babylon fest.

Aber der Gott, der ein wankelmütiges, gedankenloses Volk zum Blühen gebracht hatte, war derselbe Gott, der Evans Herz wiedergewonnen hatte und ihn niemals losließ. Und das tröstete ihn sehr. Evan klappte das Buch zu, legte eine Hand auf den Ledereinband und neigte den Kopf. Doch bevor er mit seinem Gebet beginnen konnte, hallte ein lautes Klopfen durch die Küche.

Evans Kopf fuhr hoch. Er streckte die Hand nach seinem Becher aus und stieß ihn dabei um. Die verschüttete Flüssigkeit lief über die Küchenzeile, verteilte sich um seine Bibel und färbte die Ränder blassbraun. Er hob das Buch schnell hoch und schüttelte es über der Spüle aus. Wer klopfte denn an einem Montagabend an seine Tür? Gavin? Sein jüngerer Bruder fing allmählich an, sich wieder zu den Lebenden zu gesellen. Vielleicht war er vorbeigekommen, um Evan schon vorab zum Geburtstag zu gratulieren.

Er schnappte sich eine Handvoll Papiertücher und wischte den verschütteten Kaffee auf, bevor er seine feuchte Bibel wieder auf die Arbeitsplatte legte. Wenige Sekunden später riss er die Tür weit auf in der festen Erwartung, Gavin davor stehen zu sehen.

Stattdessen stand Bethany mit einem Fuß auf der Veranda und mit dem anderen auf der obersten Stufe, als könnte sie sich nicht entscheiden, ob sie bleiben oder gehen sollte. Der Regen durchnässte ihre Kleidung.

»Was machst du denn hier?«

Sie drehte sich mit weit aufgerissenen Augen und geröteten Wangen zu ihm um und hielt eine Kuchenform hoch. Ihr Blick wanderte über seinen Körper nach oben, bis er schließlich auf seinem Gesicht zum Liegen kam. »Tut mir leid, dass ich störe.« Sie trat aus dem Regen unter das Vordach und überreichte ihm den Behälter. In ihren langen Wimpern hingen Regentropfen, die im Licht glitzerten. »Robin hat dir einen Kuchen zum Geburtstag gebacken.«

Evan versuchte, ein Dankeschön herauszubringen, aber seine Zunge spielte irgendwie nicht mit. Bethany trat sofort den Rückzug an und stand augenblicklich wieder im Regen. Ohne nachzudenken, hielt er sie mit der freien Hand am Ellbogen fest. Eine völlig unschuldige Bewegung, mit der er sie lediglich aufhalten wollte. Aber die Muskeln in seinem Brustkorb zuckten ganz merkwürdig. Er nahm die Hand von ihrem Arm und bewegte sie zunächst in Richtung Kuchenform, schob sie dann aber in seine Hosentasche. »Du willst schon wieder gehen?«

Er wusste nicht, warum er wollte, dass sie blieb. Er wusste nicht, warum plötzlich Hoffnung in ihm aufstieg, als er sie auf seiner Veranda stehen sah. Er wusste nur, dass es nach einem so regnerischen Tag und so vielen Stunden in der alleinigen Gesellschaft von Kühen und Saatgut schön wäre, sich mit einem anderen Menschen zu unterhalten. Selbst wenn dieser Mensch die Frau war, die seine ungewisse Zukunft in ihren manikürten Händen hielt.

Bethany blinzelte die Regentropfen fort, ihr Körper so regungslos wie eine Statue.

»Du wolltest mir nur den Kuchen bringen und mir nicht zum Geburtstag gratulieren?«

»Dein Geburtstag ist erst morgen.«

Er unterdrückte ein Lächeln. »Und warum bringst du mir dann heute Abend schon den Kuchen?«

Das Rosa in ihren Wangen verwandelte sich in Rot.

Er legte den Kopf schief. »Und wo wir schon mal dabei sind: Warum bringst *du* ihn, wenn Robin ihn gebacken hat?«

»Robin hat mich darum gebeten. Und ich wollte noch was wegen des Cafés mit dir besprechen.«

Natürlich. Alles rein geschäftlich. »Warum siehst du dann so aus, als würdest du am liebsten gleich wieder verschwinden?«

»Weil du« – sie zeigte auf seine Schlafanzughose aus Flanell und sein Unterhemd – »so aussiehst, als wolltest du schlafen gehen.«

Evan konnte nicht anders. Jetzt trat das Lächeln, das er hatte unterdrücken wollen, doch auf seine Lippen. Bethany war es peinlich, dass sie ihn im Schlafanzug erwischt hatte. Das war süß.

Er trat zurück und öffnete weit die Tür. »Komm rein. Ich muss erst in zwei Stunden ins Bett.«

Sie zögerte.

»Komm schon, Bethany. Ich verspreche dir, dass ich nicht beiße.« Er hielt den Kuchen hoch. »Wir könnten ein Stück davon essen.« Offenbar hätte er das besser nicht sagen sollen. Zu persönlich, vermutete er, denn sie wich zurück. Hastig bemühte er sich, seinen Fehler wiedergutzumachen. »Oder wir könnten über die Arbeit sprechen.«

Er ließ die Tür weit offen und ging in Richtung Küche. Sie trat in den Hausflur und schloss die Tür hinter sich. Der Regen musste draußen bleiben. Evan stellte den Kuchen auf die Küchenzeile, nahm den Deckel ab und atmete den reichen Duft von Erdnussbutter und Schokolade ein. »Niemand backt Kuchen wie Robin.«

Bethany folgte ihm in die Küche und legte ihre Handtasche auf den Tisch. »Ich glaube, sie ist die Einzige, die Kuchen noch ohne Backmischung macht.«

Evan holte ein Messer aus der Schublade, schnitt zwei Stücke ab und legte sie auf zwei Teller, von denen er Bethany einen reichte. Sie nahm ihn nicht. Stattdessen starrte sie auf das Durcheinander auf der Arbeitsplatte. Ein Haufen halb brauner, halb weißer Papiertücher lag neben seiner Bibel.

Er nahm die Tücher und warf sie in den Müll. Dann holte er einen zweiten Becher aus dem Schrank, schüttete ihnen beiden Kaffee ein und deutete mit dem Kopf auf die Schublade neben der Spüle. »Gabeln sind da drin.«

»Ich weiß. Ich habe mal hier gewohnt.«

»Ach ja. Klar.«

Er nahm die beiden Teller in eine Hand und versuchte, die Kaffeebecher mit der anderen zu greifen. Bethany seufzte. »Lass mich mal.« Sie legte auf jeden Teller eine Gabel und nahm die Becher.

»Danke sehr, Bethany.«

Sie verdrehte die Augen.

Evan lächelte und ging ins Wohnzimmer. Dort stellte er die Teller auf den Couchtisch, während Bethany halb in, halb außerhalb der Küche stand und sich räusperte, so als wäre sie sich nicht sicher, ob es eine gute Idee war, sich aufs Sofa zu setzen und vor einem gemütlichen Feuer Kaffee und Kuchen zu sich zu nehmen.

»Ich habe die Pläne für die Küche mit dem Inhaber von Roland and Sons besprochen.«

Evan ging zu ihr und nahm ihr die Becher ab.

Bethany schluckte. »Sie fangen gleich morgen mit den Arbeiten an und müssten in drei Wochen fertig sein. Sie haben gesagt, wir können um sie herumarbeiten, wenn wir wollen.«

Evan nahm den Kaffee mit zum Kuchen und setzte sich auf das Sofa.

»Ich habe mir überlegt, dass wir die Ostwand rausreißen könnten. Je eher wir das machen, desto eher können wir anfangen, den …«

»Bethany«, unterbrach er ihren Monolog und klopfte auf das Sitzkissen neben seinem eigenen.

Noch immer stand sie im Türrahmen, ganz die erfolgreiche Geschäftsfrau, und wägte seine Einladung ab, als könnte sie sich aufbäumen und sie ablehnen. Evan musste an den Neujahrsball zurückdenken, an ihre gemeinsamen Momente draußen auf dem Balkon von Shorney's Terrace und dann später auf der Tanzfläche, als sie sich einmal hatte gehen lassen und ihm zwei Minuten lang vertraut hatte. Ihr ungeschütztes, offenes Lächeln, als sie sich bei der Tanzfigur in seinen Arm hatte fallen lassen, hatte ihm den Atem geraubt. Mit dieser Bethany wollte er heute Abend gerne reden – der verletzlichen, ein wenig geheimnisvollen Bethany. Nicht mit dem Bauprofi, der in seinem Haus stand und ihn mit der Emotionalität eines Zaunpfahls über die Arbeiten im Café informierte.

»Ich kann nicht bleiben«, sagte sie.

»Nicht einmal für ein Stück Geburtstagskuchen?«

»Ich mag keinen Kuchen.«

Seine Lippen zuckten. Natürlich nicht. Er hob seinen Becher hoch. »Dann bleib wenigstens für den Kaffee.«

Sie musterte den Dampf, der von der Tasse aufstieg. »Am Abend?«

»Er ist koffeinfrei.«

Nachdem sie noch einen Moment in der Tür gestanden hatte, seufzte sie und setzte sich zu ihm aufs Sofa, allerdings so weit wie möglich von ihm weg.

»Also«, sagte er, während er ihr ihren Becher reichte, und trank aus seinem eigenen einen Schluck, »wann willst du diese Wand rausreißen?«

Sie schlang die Finger um den Henkel des Bechers. »Am liebsten so bald wie möglich.«

Er hatte gerade die erhebliche Hürde der Frühlingsaussaat genommen, und dank des Regenwetters würde er, sobald es wieder trocken war, zum ersten Mal Heu machen können. Vor ihm lag eine volle Woche, aber danach würde er eine kleine Pause einlegen können. »Ich glaube, in ungefähr einer Woche habe ich etwas Zeit.«

Bethany betrachtete die Flüssigkeit in ihrem Becher, trank einen winzigen Schluck und schnitt eine Grimasse, bevor sie den Kaffee auf den Beistelltisch neben sich stellte und auf die Sofakante vorrutschte. »Dann rufe ich dich in den nächsten Tagen an, damit wir die Einzelheiten klären können.«

Evan streckte die Hand aus, um sie am Aufstehen zu hindern. Als seine Finger ihren Arm berührten, prickelten sie. Bethanys Blick huschte zu seiner Hand, als hätte sie das Prickeln auch gespürt, aber dann sprang sie vom Sofa und eilte zur Tür.

Er folgte ihr. »Wo willst du denn hin?«

»Ich muss noch ein paar Dinge erledigen.«

Er trat vor die Tür. »Was denn für Dinge?«

Sie kramte in ihrer Jackentasche und zog ihren Autoschlüssel heraus. »Geschäftliche Dinge.«

Er verschränkte die Arme und lehnte sich mit einem süffisanten Lächeln an den Türrahmen. »Du bist ein kleiner Kontrollfreak, oder?«

Sie hob den Kopf und warf ihm einen ihrer typischen Blicke zu.

»Du denkst immer nur an die Arbeit.«

»Und du denkst immer nur an die Landwirtschaft.«

»Das stimmt nicht. Heute Abend habe ich zum Beispiel an eine ganze Menge anderer Dinge gedacht.«

Sie sah ihn skeptisch an. »Zum Beispiel?«

»An eine Frau und Kinder.«

Eine feine Röte schoss in ihr Gesicht, kroch ihren Hals hinunter und verschwand unter ihrer Jacke. Sie fuhr sich mit der Hand an die Kehle, als wollte sie die verräterische Tatsache, dass sie rot wurde, verbergen.

Mit einem Mal schlug Evans Puls schneller und galoppierte dann förmlich, als sich die Vorstellung von Bethany in seinem Haus – nicht als ein Gast, sondern als sehr viel mehr als das – in seinem Kopf festsetzte. Er wusste nicht, was beunruhigender war: Der Gedanke, mit Bethany verheiratet zu sein, oder die Wärme, die diese Vorstellung in seinem Bauch hervorrief.

Das Schweigen zwischen ihnen dehnte sich aus.

Evan wusste nicht, wie er es durchbrechen sollte, also drehte er den Türknauf und lud das Trommeln des Regens wieder in sein Wohnzimmer ein. Bethany ging in Richtung Tür, kam auf ihn zu. Ihr Haar roch nach Vanille und er fragte sich unweigerlich, wie es sich wohl anfühlen würde, mit den Fingern hindurchzufahren. Bevor er sich daran hindern konnte, streckte er die Hand aus und berührte erneut ihren Arm.

Ihr Atem stockte.

Und wie ein glühendes Eisen, das sich ins Fleisch brennt, brandmarkte Leidenschaft seine Seele. »Bethany.«

Er hob die freie Hand und strich ihr die Haare hinter die Ohren. Einen herrlichen Augenblick lang schmolz der Stahl in ihren Augen zu warmer Schokolade. Sein Daumen fuhr über ihre Halsschlagader, die heftig pulsierte. Dann legte er die übrigen Finger um ihren Nacken und zog sie näher zu sich.

Aber bevor seine Lippen sich auf die ihre senken konnten,

schlüpfte sie unter seinem Arm hindurch und trat auf die Veranda. Jetzt sahen ihre Augen nicht mehr wie geschmolzene Schokolade aus, sondern wie das turbulente Wasser des Mississippi. »Tut mir leid«, sagte sie. »Ich muss los.«

Sie eilte zu ihrem Wagen und ließ ihn allein auf der Veranda zurück. Evan rührte sich nicht vom Fleck, als sie die Auffahrt hinunterjagte. Er rührte sich auch nicht vom Fleck, als sie auf die Straße einbog. Er stand einfach da, umgeben vom Türrahmen, allein gelassen mit seiner Sehnsucht.

Wann immer er sich seine zukünftige Ehefrau vorstellte, hatte er eine Frau vor Augen, die ihre Familie liebte und sich eine eigene wünschte. Eine Frau, die verstand, wie viel Arbeit eine Farm bedeutete, sie aber trotzdem liebte. Eine Frau, die keine Angst davor hatte, sich an seiner Seite die Hände schmutzig zu machen. Jemand, der unkompliziert war und in sich ruhte. Jemand, der seinen Glauben teilte.

Wie also konnte sein Herz sich nach einer Frau sehnen, die nicht das Geringste mit dieser Beschreibung gemeinsam hatte?

Kapitel 28

Bethany rannte auf Robins Haus zu. Sobald sie dem Ansturm der Regentropfen, die vom Himmel herunterprasselten, entflohen war, schloss sie die Tür, holte tief Luft und drückte den Rücken an das kühle Mahagoniholz, als könnte sie damit verschmelzen und verschwinden.

Die Stelle an ihrem Hals, die Evan berührt hatte, summte vor unerschlossener Energie, die bis zu ihrem Unterkiefer kribbelte. Sie drückte eine Hand auf die Stelle und atmete zitternd aus. Hatte Evan vorgehabt, sie zu küssen? Und hatte sie seinen Kuss erwidern wollen?

Vor ihrem geistigen Auge erschien das Bild seines kantigen Kinns, seiner tief liegenden Augen und der dunklen Wellen, die sich um seine Ohren kringelten. Männer, die aussahen wie er, küssten keine Frauen, die aussahen wie sie. Männer, die aussahen wie er, küssten Frauen, die aussahen wie Robin. Und doch … der Blick in seinen Augen, als sie im Türrahmen gestanden hatten. Die Klangfarbe seiner Stimme, als er ihren Namen gesagt hatte.

Eine vor langer Zeit tief in ihrem Inneren vergrabene Sehnsucht drängte aus ihrem Versteck, entfaltete sich und dehnte sich in ihrer Brust aus – ein unerklärliches Bedürfnis, wertgeschätzt, bewundert, geliebt zu werden. Bethany versuchte, diese Sehnsucht dazu zu bringen, die Augen zu schließen und sich wieder schlafen zu legen. Aber die Erinnerung daran, wie Evans Atem ihren Hals gestreift hatte – er hatte so dicht vor ihr gestanden, dass sie die Wärme seines Körpers hatte spüren können – regte die wieder erwachende Sehnsucht stattdessen dazu an, sich aufzusetzen und neugierig in die Welt zu schauen.

Bethany drückte ihre kalten Finger an ihre Wange. Das war doch albern. Selbst wenn sich Evan aus irgendeinem Grund zu ihr hingezogen fühlen sollte, war es eine ganz schlechte Idee, wenn *sie* sich zu *ihm* hingezogen fühlte. Erstens brachte er sie völlig aus dem Gleichgewicht. Und zweitens lebte er in Peaks. Auf einer Farm, die sie verkaufen wollte.

Wenn sie sich gestattete, ihn zu lieben – ihn zu brauchen –, dann würde sie alles verlieren. Die erfolgreiche Bethany. Die unabhängige Bethany. Die Bethany mit den Ambitionen, die bis in den Himmel reichten. Diese Bethany konnte es sich nicht leisten, ihr Herz an einen Mann zu verlieren, der so ernsthaft, so zärtlich, so unberechenbar und so zum Verrücktwerden war wie Evan Price.

Sie stieß sich von der Tür ab und stieg die Treppe hinauf. Unter Robins Zimmertür drang kein Licht mehr hervor, daher ging sie direkt ins Gästezimmer, wo das sanfte Geräusch des Regens in der Dachrinne und ein entferntes Zugsignal durch das geöffnete Fenster drangen. Sie schaltete das Licht an, zog ihre triefende Jacke aus und fuhr ihren Laptop hoch. Mit einem Doppelklick öffnete sie den Internetbrowser und dann ihr E-Mail-Postfach.

Im Posteingang befand sich eine einzelne ungelesene Nachricht. Die beiden einfachen Wörter in der Betreffzeile, fett gedruckt und schwarz, starrten sie von dem Bildschirm an: Einladung Vorstellungsgespräch. Bethanys Hände zuckten von dem Computer zurück. Dann beugte sie sich vor und starrte diese beiden Wörter an, während ihr Herzschlag sich beschleunigte. Sie schickte eine hoffnungsvolle Bitte ins Universum und klickte auf die Nachricht.

Als sie sah, von wem die E-Mail war, wurde ihre Atmung schlagartig flacher. *Gurston and Bleeker Architectural Enterprises* in Minneapolis – eine der größten Architekturfirmen im Mittleren Westen – wollte ein Bewerbungsgespräch mit ihr führen. In drei Tagen. G&B war doppelt so groß wie Parker Crane. Jedes kleinere Architekturbüro, das auf den großen Durchbruch aus war, orientierte sich in seinen Geschäftspraktiken an Gurston and Bleeker. Und jetzt interessierte sich diese Firma für Bethany. Ein Lächeln bildete sich in ihrem Kopf, wanderte zu ihren Lippen und breitete sich dann zu ihren Schultern aus, bis ihr ganzer Körper ein einziges breites Grinsen war.

Sie ging auf die Reisewebseite, über die sie meistens buchte, und suchte nach Flügen. Zwar musste sie am Donnerstag erst um drei Uhr nachmittags in Minneapolis sein, aber wenn sie den Kopf freikriegen und ihre ganze Aufmerksamkeit und Energie auf dieses Vorstellungsgespräch konzentrieren wollte, sollte sie so früh wie möglich abreisen.

In einem Anflug von vorübergehender Schlaflosigkeit buchte Bethany einen völlig überteuerten Flug und ein ebenso überteuertes Hotelzimmer. Offenbar war es nicht sehr günstig, so kurz vor dem Memorial Day Ende Mai zu verreisen. Aber ihr blieb nichts anderes übrig. Nachdem sie eine kleine Tasche gepackt hatte, lag sie im Bett und ging in Gedanken alle möglichen Fragen durch, die man ihr bei dem Vorstellungsgespräch stellen könnte. Gegen halb drei morgens siegte der Schlaf dann doch und hielt sie bis um neun Uhr gefangen.

Als sie aufwachte, erzählte sie Robin von den Neuigkeiten und erinnerte sie an das Treffen mit der Baufirma im Café um zwölf Uhr. Bethany musste schon früher am Flughafen sein. Bei dem Gedanken daran zu gehen, bei dem Gedanken an Evan und bei dem Gedanken an das bevorstehende Vorstellungsgespräch vollführte ihr Magen seltsam widersprüchliche Verrenkungen. Sie brauchte dringend ein Rennie. Aber die Tabletten befanden sich in ihrer Handtasche, und die konnte sie nirgends finden.

Fünf Minuten lang durchsuchte sie ihre Sachen, bis ihr einfiel, wo ihre Tasche war – in Dans Küche. Und auch wenn sie einfach neue Magentabletten kaufen konnte, brauchte sie doch ihren Führerschein, um ihre Bordkarte zu bekommen und durch die Sicherheitskontrolle gehen zu können. Bethany wurde ganz nervös, was ihre Magenbeschwerden nur noch verschlimmerte. Sie machte sich auf die Suche nach Robin, weil sie hoffte, dass ihre Freundin die Handtasche für sie holen könnte. Aber Robin war schon zu ihrem Bibelkreis aufgebrochen, der immer dienstagsvormittags stattfand. Vor elf würde sie nicht zurück sein.

Also blieb ihr nichts anderes übrig; sie musste selbst zum Farmhaus fahren.

Als Bethany sich in ihren Wagen setzte, bemerkte sie das schöne Wetter. Vielleicht war Evan auf dem Feld. Vielleicht hatte er seine Tür nicht abgeschlossen. Vielleicht könnte sie sich reinschleichen und wieder gehen, ohne ihm überhaupt zu begegnen. Sie umklammerte das Lenkrad. Man durfte ja wohl noch hoffen.

Das Glück war jedoch nicht auf ihrer Seite.

Als sie in die Auffahrt einbog, kam Evan gerade aus dem Stall. Er trug etwas auf dem Arm und die beiden Border Collies folgten ihm wie ein Schatten. Sie hielt neben Evans Auto und stellte den Motor aus. Die Knöchel ihrer Hand, die noch immer das Lenkrad umklammerte, traten schon weiß hervor. Warum nur hatte sie gestern Abend nicht daran gedacht, sie mitzunehmen? Von allen Gelegenheiten, bei denen sie ihre Tasche hätte vergessen können, war dies eindeutig die ungünstigste. Sie blieb im Wagen sitzen und starrte auf ihren Schoß.

Evan klopfte an ihr Fenster.

Bethany erschrak und verdrehte dann die Augen angesichts ihrer Schreckhaftigkeit. *Reiß dich zusammen. Fahr dein Fenster runter. Sag ihm, was du willst, und dann hol deine Tasche.*

Bevor sie auf die logische Seite ihres Gehirns hören konnte, öffnete Evan die Tür und legte eine Hand auf das Wagendach. Er war der Inbegriff von Ruhe und Ausgeglichenheit. Hatte sie sich die ganze Beinahe-Kuss-Sache etwa nur eingebildet?

Evan neigte den Kopf ein wenig und auf seiner Wange bildete sich ein Grübchen, obwohl er versuchte, sein Grinsen zu unterdrücken. »Bethany.«

Und dann sprachen sie beide gleichzeitig.

»Welchem Umstand verdanke ich deine…«

»Ich brauche meine Handtasche.«

Er blinzelte verdutzt.

Bethany schluckte. »Ich habe sie auf deinem Küchentisch vergessen.«

Er richtete sich auf und trat einen Schritt zurück. »Und ich dachte schon, du wärst gekommen, um mir zum Geburtstag zu gratulieren.«

Sein entspannter Tonfall verwirrte sie. Also jetzt mal im Ernst! Hatte der gestrige Abend gar nicht stattgefunden? Sie runzelte die Stirn. Evan stand da in seinem ärmellosen T-Shirt, das seinen gebräunten, muskulösen Bizeps, den sie eigentlich gar nicht bemerken wollte, hervorragend zur Geltung brachte, und wirkte einfach nur belustigt.

Ihr bevorstehendes Bewerbungsgespräch hätte zu keinem günstigeren Zeitpunkt kommen können. Sie musste dringend aus Peaks weg und eine frische Sicht auf die Dinge bekommen. Bethany stieg aus dem Auto und zwang sich, Evan ins Gesicht zu sehen. Sie würde ihn nicht attraktiv finden. Sie würde ihre Beziehung nicht unnötig verkomplizieren und so professionell mit Evan umgehen, als wären sie einfach nur flüchtige Bekannte und vorübergehend Geschäftspartner. Je mehr sie auf Abstand ging, desto einfacher würde es, wenn sie die Farm im Herbst verkaufte.

Bethany blickte auf das Land hinaus und betrachtete ihr Erbe. Der offene Geräteschuppen, in dem ihr Großvater viele Abende damit zugebracht hatte, seine Ausrüstung zu reparieren. Der Stall, in dem David und sie als Kinder gespielt hatten. Gegen den Wunsch ihrer Mutter waren sie vom Heuschober in die runden Ballen gesprungen, während Dan das Heu gemacht und ihre Rebellion durch sein belustigtes Lächeln noch ermuntert hatte. Bethanys Blick wanderte zu der leeren Pferdekoppel weiter. Als sie klein gewesen war, hatten mehrere Quarter Horses dort geweidet. Vor dem Unfall ihres Vaters hatte Dan ihnen beigebracht, auf diesen Tieren zu reiten. Er hatte ihre Mutter sogar dazu überredet, Bethany zur Landjugend gehen zu lassen.

»Willst du dir wieder ein Pferd zulegen?« Ihre Frage überraschte sie selbst. Wen kümmerte es, ob er sich ein neues Pferd kaufte?

»Findest du, ich sollte?«

Bethanys Magen zog sich zusammen. Was, wenn sie Ja sagte? Würde er dann tatsächlich eines kaufen? Sie schüttelte den Kopf. Nein, sie wollte kein Pferd. Sie wollte die Farm verkaufen. Die Brücken abbrechen. Sich verabschieden. Was spielte es schon für eine Rolle, dass dieser Ort schöne Erinnerungen in ihr wachrief? Dass er früher mal ihr Ein und Alles gewesen war? Damals war ihre Sehnsucht durch den Blick eines verletzten Kindes gefiltert worden. Während sie als Kind gedacht hatte, sie bräuchte die Farm, wusste sie es als Erwachsene besser. Sie brauchte einen Job. Kein Pferd. Oder einen Scheffel Mais. Oder irgendetwas anderes, was mit einer Farm zu tun hatte.

Bethany räusperte sich und erinnerte sich an ihre Ausbildung. Gerader Rücken, gestraffte Schultern, vorgerecktes Kinn. Man musste Selbstbewusstsein vortäuschen, dann stellte es sich von selbst ein. »Kann ich meine Handtasche holen?«

Evan deutete mit der Hand auf das Haus und verneigte sich leicht. »Fühl dich wie zu Hause.«

Bethany ging zum Seiteneingang und zum Glück folgte er ihr nicht. Ihre Handtasche lag noch immer dort, wo sie sie hingelegt hatte. Sie nahm sie und machte auf dem Absatz kehrt. Das lief doch ganz gut. Sie würde es schaffen – zu ihrem Wagen zurückgehen, Evan danken und dann zum Flughafen fahren. Nach vorne sehen. Das musste sie tun. Die Farm war ihre Vergangenheit. Evan und Robin waren ihre Gegenwart. Sie musste sich ihrer Zukunft widmen. Einem Job bei einem Spitzen-Architekturbüro. Einem Neuanfang in einer neuen Stadt. Einem Ort, an dem sie ihren fünfeinhalbmonatigen Rückschlag vergessen konnte.

Sie ließ die Schultern kreisen und versuchte etwas von der Begeisterung wiederzuerlangen, die sie verloren hatte. Der Schotter knirschte unter ihren Füßen, als sie zum Auto zurückging. Sie sollte euphorisch sein, völlig aus dem Häuschen, erleichtert. Dies war ihre Chance, hier rauszukommen und sich weiterzuentwickeln, aber ihre Gedanken blieben bei Robin und dem Baby hängen. Und bei dem Mann, der da an ihrem Wagen lehnte.

»Wo willst du eigentlich hin?«, fragte er.

Sie blieb stehen. »Was?«

Er deutete mit dem Kopf auf ihren Rücksitz, auf den sie ihre Reisetasche geworfen hatte.

Sie trat zwei Schritte näher. »Minneapolis.«

»Warum?«

Sie griff nach der Wagentür, aber Evan veränderte seine Position etwas, sodass sie die Tür nicht öffnen konnte. »Was gibt es denn in Minneapolis?«

Ihre Zunge presste sich gegen ihren Gaumen.

»Bethany?«

»Ein Vorstellungsgespräch?«

»Ein Vorstellungsgespräch?« Evans Augen flackerten auf.

Sie reagierte sofort allergisch. Er wusste, dass sie auf Stellensuche war. Er hatte kein Recht, sie so anzusehen.

»Du hast doch gesagt, dass du deine Projekte bis zum Ende durchziehst.«

»Das tue ich ja auch.« Bethany presste die Worte zwischen zusammengebissenen Zähnen hindurch.

»Und was soll dann der Mist mit dem Café? Was ist mit dem Versprechen, das du Robin gegeben hast? Was ist mit …« Er verstummte mitten im Satz und eine leichte Röte zog in seine Wangen. Sie hatte noch nie gesehen, dass Evan rot wurde. »Du hast gesagt, dass du das, was du anfängst, auch zu Ende bringst. Aber was ist mit dem Café-Projekt, das du angefangen hast? Warum machst du das nicht fertig?«

»Ich mache es fertig.« Sie hatte Evan versprochen, das Café fertigzustellen, und das würde sie auch tun. Daran änderte ein Vorstellungsgespräch nichts.

»Und was ist mit Robin? Du tust so, als wäre sie dir wichtig. Wie wird es für sie sein, wenn du gehst?«

»Ich habe Robin nur versprochen, dass ich bleibe, bis ich einen Job gefunden habe. Das weiß sie.« Bethany war sogar so weit gegangen, in ihre Bewerbungen zu schreiben, dass sie nicht vor Robins errechnetem Geburtstermin anfangen konnte. Sie tat nun wirklich mehr als nötig.

»Und dann? Dann packst du einfach deine Sachen und haust wieder ab?« Er schüttelte den Kopf, als könnte er es nicht fassen. »Dann sehen wir dich wohl in zehn Jahren wieder.«

Etwas in ihr rastete aus. Er benahm sich unmöglich. Nichts würde ihn zufriedenstellen. Nichts, was sie gab, würde jemals genügen. »Was erwartest du denn noch von mir, Evan? Ich habe fünfeinhalb Monate meines Lebens für Robin geopfert. Wie viel muss ich denn noch geben, damit du zufrieden bist?«

»Ich verlange doch gar nicht von dir, dass du dein Leben aufgibst. Ich erwarte nur, dass du nicht so überstürzt aufbrichst.«

Hinter seiner Äußerung verbarg sich mehr. In ihr schwang eine unausgesprochene Bitte mit, die sie nicht deuten konnte. Ihre Wut legte sich etwas. »Wenn du dir Sorgen um Robin machst, dann ist das unnötig. Sie hat dich und Gavin.« Und Gott. Trotz Bethanys Skepsis konnte sie den friedvollen, beinahe verlockenden Gesichtsausdruck von Robin, wann immer sie sie beim Beten ertappte, nicht leugnen. Bethany verstand das nicht. Es ergab keinen Sinn. Aber sie konnte die Beweise nicht leugnen. Während der Glaube ihre Mutter geschwächt hatte, gab er ihrer Freundin aus irgendeinem Grund Kraft.

»Hör zu, Evan. *Du* kannst dich um sie kümmern. *Du* kannst ihr mit dem Baby helfen. *Du* kannst sie unterstützen.« Und irgendwann könnte er vielleicht Micahs Platz einnehmen. Auch wenn ihr Herz sich bei diesem Gedanken schmerzhaft zusammenzog, konnte sie nicht leugnen, dass Robin besser zu Evan passte, als sie es jemals tun würde.

Evan senkte den Kopf. Er trat von einem Fuß auf den anderen und blickte dann wieder auf. Mit einer Mischung aus Verzweiflung und Zweifel starrte er sie an. So als verstünde sie nicht, was er ihr zu sagen versuchte, und als sei er sich nicht sicher, ob er es ihr erklären sollte. »Warum willst du Peaks so verzweifelt den Rücken kehren?«

Mit dieser Frage hatte sie nicht gerechnet. »Wie meinst du das?«

»Dieser Ort.« Er zeigte auf die Farm und die Welt dahinter. »Du könntest dir nie vorstellen hierzubleiben, oder?«

Bethany zögerte. Seine Frage verunsicherte sie. Meinte er hier, also auf der Farm? Oder hier in der Gegend? Ihre Gedanken überschlugen sich, stolperten übereinander und verknoteten sich zu einem großen Bündel. Wollte Evan, dass sie Robins wegen blieb? Oder wollte er, dass sie seinetwegen blieb? Sie öffnete den Mund und schloss ihn dann unverrichteter Dinge wieder. Sie wusste nicht, was sie sagen sollte. Und Evan kam ihr nicht zu Hilfe.

»Ich muss jetzt wirklich los«, sagte sie.

Er trat beiseite. Und zum ersten Mal, seit sie ihn im vergangenen Winter kennengelernt hatte, öffnete er ihr nicht die Tür.

Kapitel 29

Bethany stand im Gang des Flugzeugs und versuchte krampfhaft, ihr Gepäck in dem Fach über ihrem Sitz zu verstauen. Als es ihr schließlich gelungen war, ließ sie die Klappe einrasten. Ein junges Paar versperrte ihr Händchen haltend und Stirn an Stirn gelehnt den Weg zu ihrem Sitz. Bethany tippte dem Mann auf die Schulter und lächelte entschuldigend, als sie die Knie zu einer Seite drehten. Nachdem sie sich an den beiden vorbeigequetscht hatte, drückte sie sich auf ihrem schmalen Sitz so dicht wie möglich ans Fenster und versuchte, das verliebte Duo zu ignorieren, während die beiden wieder ihre ursprüngliche Stellung einnahmen.

Sie lehnte den Kopf an die harte Kopfstütze und schloss die Augen, während sie in Gedanken das Vorstellungsgespräch noch einmal Revue passieren ließ. Es war gut gelaufen. Sehr gut sogar. Mr Gurtson hatte sie angestrahlt, als sie ihre Erfahrungen aufgezählt hatte. Als er in ihrer Mappe geblättert hatte, war er sichtlich beeindruckt gewesen. Und er hatte seine Sekretärin sogar gebeten, Bethany die Büroräume zu zeigen – es war ein sehr großes Büro, das sich über zwei Etagen erstreckte. Überall herrschte geschäftiges Treiben. Sie hatte förmlich riechen können, wie Ideen und Kreativität durch die Luft waberten, während die Architekten und Konstrukteure über die Gänge eilten, mit aufwendigen Modellen und stapelweise Blaupausen in den Händen.

Seit sie im College ihr Hauptfach gewählt hatte, träumte sie davon, für eine Firma wie G&B zu arbeiten. Es war genau das, was sie wollte; genau das, worauf sie in den vergangenen zehn Jahren hingearbeitet hatte. Sie würde mit der Crème de la Crème arbeiten – sowohl was die Menschen als auch was die Technologie betraf – und das Geld und das Prestige verdienen, was sie als Kind nie gehabt hatte. Sie würde sich nicht mehr mit Umbauten und

Sanierungen zufriedengeben müssen, und ihre Kreativität und Visionen würden nicht mehr von irgendwelchen Mauern eingeschränkt werden, die es schon gab. Warum also konnte sie keine rechte Begeisterung entwickeln? Warum verspürte sie ein vages Gefühl der Unzufriedenheit? Dieses ungewohnte Verlangen nach etwas, das sie nicht definieren konnte?

Der Motor des Flugzeugs erwachte brausend zum Leben, während eine der Flugbegleiterinnen vorne aufstand und die üblichen Sicherheitshinweise für den Notfall abspulte. Bethany wippte mit dem Fuß und spähte aus dem runden Fenster.

»Möchten Sie ein Kaugummi?«

Es dauerte eine Sekunde, bis ihr bewusst wurde, dass die Stimme mit ihr sprach. Sie drehte sich um und sah, dass die eine Hälfte des Pärchens ihr eine Packung Doublemint hinhielt, in dessen Folie sich das Sonnenlicht spiegelte. »Meine Ohren gehen total zu, wenn ich nichts kaue. Habe ich letzte Woche rausgefunden.«

»Nein, danke.«

Voller Begeisterung zeigte die junge Frau auf den Mann neben ihr. »Das ist unser zweiter Flug.«

Bethany gefielen die beiden mit aneinanderklebenden Stirnen besser.

Miss Überschwänglich redete weiter. »Ich wette, Sie sind schon total oft geflogen. Sie sehen so aus.«

Bethany lächelte höflich und nickte kurz. Dann lehnte sie den Kopf an die Rückenlehne und täuschte ein Gähnen vor.

»Wir kommen gerade von unserer Hochzeitsreise zurück. Wir sind zum ersten Mal geflogen und waren zum ersten Mal am Meer.«

Wahrscheinlich waren sie auch zum ersten Mal ohne elterliche Aufsicht unterwegs.

»Aber wir freuen uns total auf zu Hause. Da fängt das echte Leben schließlich erst an, wenn Sie wissen, was ich meine.«

Das echte Leben? Was bedeutete das überhaupt? Das Leben war doch immer echt.

»Verstehen Sie mich nicht falsch. Die Hochzeit und die Flitterwochen waren toll. Besser als toll sogar. Aber jetzt freuen wir uns darauf, endlich unser gemeinsames Leben zu beginnen.«

Bethanys Ohren summten. Warum musste sie von allen Leuten in diesem Flugzeug ausgerechnet neben dieser Quasselstrippe sitzen? Sie nickte noch einmal kurz und unpersönlich, dann zog sie die Zeitschrift der Fluglinie aus der Tasche am Vordersitz.

»Und wohin fliegen Sie?«

Bethany schlug die Beine übereinander und blätterte eine Seite um. »Nach Hause.«

Die Worte fühlten sich im Nachgang in ihrer Kehle an wie ein ausgelutschtes Kaugummi, das darin stecken geblieben war. Nach Hause? Woher war das denn jetzt gekommen? Peaks war nicht ihr Zuhause. Sie blätterte in der Zeitschrift, ohne etwas zu sehen, und wippte mit dem Fuß, während sich ungebeten Bilder von Robin und ihrem Bauch in ihre Gedanken drängten. Weitere Bilder kamen an die Oberfläche – Bilder von den Ultraschallaufnahmen, die an der Edelstahlfront des Kühlschranks hingen, Bilder von der Farm, von dem Café, von Evan. Sie fügten sich zu einer unbeschreiblichen Collage zusammen, die an den tiefsten Sehnsüchten ihres Herzens zerrte. Sie versuchte, die Bilder zusammenzuraffen und wegzuschieben, aber sie liefen vor ihrem geistigen Auge ab wie ein Endlosfilm.

Mr Gurtson hatte gesagt, dass sie sehr bald von ihnen hören würde. Sie war die letzte Bewerberin, mit der sie gesprochen hatten. Bethany hörte auf, gegen die Collage anzukämpfen. Sie überließ sich der Schönheit der Bilder und erlaubte sich, den Anblick zu genießen, weil sie genau wusste, dass diese Bilder in wenigen Tagen keine Rolle mehr spielen würden. Ihr neues Zuhause würde in Minnesota sein.

Evan wischte sich mit einem schwarzen Tuch den Schweiß von der Stirn und steckte es wieder in seine Gesäßtasche. Dann lenkte er den Mähdrescher in das Gerätehaus. Auf seiner Haut klebten überall Grashalme und Erdklumpen. Während er die Arbeitshandschuhe auszog, stieg er von dem großen Fahrzeug und atmete den Duft von Heu und Feuchtigkeit ein. Den Geruch von Heimat. Er schloss die Augen und stellte sich vor, wie Dans Ländereien mit Häusern bedeckt aussehen würden anstatt mit Getreide – ein Bild, das ihn nicht mehr losließ, seit Bethany zu ihrem Vorstellungsgespräch abgereist war.

Herr, was soll ich machen? Ich kann nicht einfach hierbleiben und zusehen, was passiert.

Bethany war in Minnesota und jagte ihrem Traum hinterher und erstickte damit seinen Traum. Im Oktober würde sie die Farm verkaufen, ohne einen weiteren Gedanken an ihn zu verschwenden. Und auch wenn er ihr gesagt hatte, dass er Dans Haus behalten würde, so war das doch vor allem eine Drohung gewesen, weil er gehofft hatte, dass seine Entscheidung, nicht zu verkaufen, ihre Entscheidung, zu verkaufen, erschweren würde. Aber er hatte Bethany unterschätzt. Nachdem er in den vergangenen Monaten immer wieder Zeit mit ihr verbracht hatte, war ihm klar, dass sie sich von einem kleinen Hindernis wie einem Bauernhaus nicht von ihren Plänen abhalten lassen würde. Evan wischte sich die Hände an seinen dreckigen Wranglers ab. Seine letzte Ernte kam mit jedem Tag näher.

Seine Gesäßtasche vibrierte. Er zog sein Handy heraus und hielt es sich ans Ohr. »Ja?«

»Hi Evan. Hier ist dein Lieblingsonkel.«

Trotz seiner düsteren Stimmung musste Evan lächeln. Manny war sein einziger Onkel. Außerdem war er es, der ihn mit der Landwirtschaft in Berührung gebracht hatte. Und ihn freundlich von seiner Farm geworfen hatte, als Evan destruktiv geworden war. »Hi Manny, lange nichts mehr von dir gehört.«

»Stimmt. Hör mal, ich habe gestern Abend mit deiner Mutter gesprochen.«

Evan trat mit dem Absatz auf einen Grasklumpen.

»Sie hat mir erzählt, dass du ein bisschen in der Klemme sitzt.«

Eher in einem riesigen Schraubstock.

»Du wirst es nicht glauben, aber gerade heute Morgen habe ich mit Bill geredet. Du erinnerst dich an Bill, oder? Seine Farm ist auf der anderen Seite des Bachs, gleich neben meiner. Jedenfalls will Bill die hinteren vierhundert Morgen seiner Ländereien verpachten.«

In Evans Kopf überschlugen sich die Gedanken.

»Die Pacht ist spottbillig. Ich rede hier von Peanuts. Keine Ahnung warum, weil das Land richtig gut ist. Das kann ich dir versprechen. Er hat Leute vor Ort, die Interesse haben, also solltest du schnell sein, falls es etwas für dich wäre.«

Jetzt rotierten die Gedanken förmlich. Er war Landwirt. Er brauchte eine Farm. Und hier war sein Onkel Manny und ebnete ihm den Weg, damit sein Traum Wirklichkeit werden konnte. »Wie viel Zeit habe ich, um mich zu entscheiden?«

»Höchstens zwei Tage.«

»Das Angebot kann man nur schwer ausschlagen.«

»Das sehe ich auch so. Und ich muss sagen, ich wäre begeistert, wenn du mein Nachbar würdest.«

Bethany klemmte sich ihr Handy zwischen Schulter und Ohr, während sie im Baumarkt in dem Gang mit den Werkzeugen stand und die Brechstangen anstarrte. »Das verstehe ich nicht. Mr Gurtson hat doch gesagt, meine Bewerbung sei die stärkste, die er in den letzten sechs Monaten gesehen hat.« Ihre Gedanken suchten krampfhaft nach etwas, woran sie sich festhalten konnten, damit sie nicht in den Abgrund stürzte, auf den diese Frau sie gerade zugeschoben hatte.

»Es tut mir leid, Ms Quinn. Wir wissen Ihre Mühe wirklich zu schätzen. Aber Mr Gurtson hat sich für einen Architekten entschieden, der mehr Erfahrung im Bereich Ladenbau hat. Und er wollte die anderen Bewerber über das lange Wochenende nicht im Ungewissen lassen.«

Ein Knurren formte sich in Bethanys Kehle. Warum hatte Mr Gurtson jemanden aus dem Ladenbau eingestellt, nachdem er von ihren Arbeiten so begeistert gewesen war? Sie hatte nie einen Hehl daraus gemacht, dass sie hauptsächlich im Sanierungsbereich Erfahrung hatte. Sie schluckte das Knurren hinunter. »Ich verstehe.«

»Er war von Ihrem Gespräch sehr beeindruckt und lässt Ihnen ausrichten, dass er Ihre Bewerbung gerne behalten würde für den Fall, dass wieder eine Stelle frei wird.«

»Danke. Das weiß ich zu schätzen.«

»Dann wünsche ich Ihnen ein schönes langes Wochenende, Ms Quinn. Und alles Gute bei Ihrer Stellensuche.«

Bethany biss die Zähne zusammen und warf das Handy in ihre Handtasche, während sie wünschte, sie könnte die vergangene Woche noch einmal durchleben. Sie hatte fünfhundert Dollar für ihren Flug nach Minneapolis verschwendet. Und noch einmal fünfhundert für das Hotel. Und wofür das alles? Sie schnappte sich eine Brechstange und rannte durch mehrere Gänge in Richtung Ausgang.

Sie wollte ins Café, nach der Küche sehen und ihre sorgfältig geschmiedeten Pläne endlich mit Leben füllen. Nach Mr Gurtsons Absage schien ihr das Einreißen einer Wand eine herrliche Idee zu sein. Aber bevor sie sich in irgendwelche Abrissarbeiten stürzen konnte, musste sie erst ihr Versprechen halten und Robin dabei helfen, das Babybett und die Kommode zusammenzubauen. Und morgen würde Bethany Robin zu einer Grillparty auf der Farm begleiten. Anscheinend veranstalteten die Prices jedes Jahr am Memorial Day eine solche Party. Evans Eltern und Bryan und Amy waren bereits heute Vormittag in der Stadt eingetroffen.

Das kühle Metall des schwarzen Stahlwerkzeugs drückte gegen ihren Daumen. Obwohl sie Evan seit Dienstag nicht mehr gesehen hatte, hatte er sich seither jeden Tag in ihre Gedanken gedrängt, ja, sogar in ihre Träume. Bethanys Nacken kribbelte, als sie sich in die Schlange an der Kasse stellte, so als wäre Evans Hand mitten in dem Baumarkt aufgetaucht und würde sie da berühren, wo er sie vor ein paar Tagen berührt hatte.

Sie hatte diesen Abend eine Million Mal aus einer Million verschiedener Blickwinkel im Geiste durchgespielt. Jedes Mal offenbarte der Film dasselbe. Bevor sie aus dem Farmhaus geflohen war, hatte Evan sie küssen wollen. Dessen war sie sich sicher. Sie wusste nur nicht, was das bedeutete. Und ob sie ihn auch küssen wollte.

Sie entschied sich, vor allem die letzte Frage lieber unbeantwortet zu lassen, während sie bezahlte und dann zu ihrem Wagen ging. Warum hatte Evan sie gefragt, ob sie sich nicht vorstellen könnte, in Peaks zu bleiben? Warum löste der Gedanke daran, hierzubleiben nicht das übliche Gefühl der Angst in ihrem Magen aus? Und warum machte sie, nachdem sie gerade den Job ihrer Träume nicht bekommen hatte, die Begegnung mit Evan nervöser als ihre Zukunft als Architektin?

Kapitel 30

Evan stocherte mit dem Ende der Metallzange in der heißen Kohle und trat dann einen Schritt von der Hitze und dem Qualm zurück, der davon aufstieg. Ein vertrauter Schmerz verengte seine Kehle. Er sah vor seinem geistigen Auge Dan, wie er mit seinem Schnupftabak auf einem Liegestuhl saß, während er die jungen Maispflanzen auf den Feldern bewunderte. Und er sah Micah, wie er seinen Border Collies eine Frisbeescheibe zuwarf. Dreihundertfünfundsechzig Tage später war so vieles ganz anders.

Die Fliegengittertür ließ ein rostiges Stöhnen erklingen und schlug dann zu, riss ihn aus seinen bittersüßen Erinnerungen. Bryan trat mit einem Teller voller Burger und Hotdogs neben ihn und fing an, sie auf den Grill zu legen. Eine sanfte Brise wehte über das Land und der Geruch von Heu und Erde vermischte sich mit dem der brennenden Holzkohle. Evan atmete tief ein und hoffte, dass der Sommergeruch die Anspannung in seinem Unterkiefer lösen würde.

»Wir hätten uns kein besseres Wetter wünschen können«, sagte Bryan und legte das letzte Stück Fleisch auf den Rost.

Evan blickte zum Himmel hinauf und grunzte zustimmend. Die Sonne schien hell vor einer kobaltblauen Decke. Nirgends war auch nur der Hauch einer Wolke zu sehen, die sie bedecken könnte.

Bryan drückte Evans Schulter und ging dann zu den Picknicktischen, an denen der Rest der Familie saß. Evan drehte die Würstchen und Hackfleischfladen auf dem Grill mechanisch immer wieder um, bis das Geräusch von knirschendem Schotter ihn aus seiner Trance riss. Bethanys Auto brummte die Auffahrt hinauf, dicht gefolgt von Gavins durchgerostetem Dodge. Evans Magen verkrampfte sich, als die beiden ungleichen Fahrzeuge nebeneinander hielten. Als er Bethany das letzte Mal gesehen hatte, hätte er sie beinahe gebeten, in Peaks zu bleiben. Nicht Robin zuliebe. Nicht dem Baby zuliebe. Sondern seinetwegen. Vielleicht sogar *bei* ihm. Er hatte sein Herz einer Frau offenbart, die es nicht wollte, sodass es ebenso nackt dalag wie die Sonne, die über ihnen schien.

Bethanys Wagentür ging auf und ihr Fuß nebst Sandale sowie ein wohlgeformter Unterschenkel wurden sichtbar. Evans Herz stockte und setzte sich dann holprig wieder in Bewegung. Er umfasste die Fleischzange fester und musterte das Grillgut mit unnötiger Genauigkeit.

Drei Wagentüren knallten zu. Dann hörte er Gavins Stimme. Sein Bruder begrüßte Robin und Bethany. Evan schielte über den Rand seiner Sonnenbrille zu den drei Neuankömmlingen hinüber. Gavin ging so dicht neben Bethany her, dass seine Hand leicht ihren Oberschenkel hätte berühren können. Evan nahm die Hotdogs mit der Zange vom Grill und legte sie auf einen Teller.

Als die drei bei ihm angekommen waren, legte Gavin einen Arm um Evans Schulter und verpasste ihm eine Kopfnuss. »Was ist los, Nummer zwei?«

Evan wand sich aus Gavins Griff und stieß ihn etwas fester von sich, als es nötig gewesen wäre. Er war froh, dass es seinem kleinen Bruder endlich wieder besser ging, aber im Moment stand ihm der Sinn nicht nach einer Rauferei. Oder danach, vor Bethany »Nummer zwei« genannt zu werden. Er umarmte Robin, wobei ihr vorgewölbter Bauch gegen seinen eigenen drückte, und vermied es, Bethany anzusehen, deren blaugrünes Top schlanke Arme und sommersprossige Schultern enthüllte.

Gavin nahm ein Würstchen vom Teller und warf es wie eine heiße Kartoffel von einer Hand in die andere. »Wie geht es den Kühen? Haben sie schon alle gekalbt?«

»Auf eine Einjährige warte ich noch.«

»Ist ziemlich spät im Jahr, oder?«

»Sehr spät.« Er drehte einen Burger um und runzelte die Stirn.

Luna war jünger, als es ihm lieb war. Normalerweise setzte er seine Rinder erst zur Zucht ein, wenn sie zwei Jahre alt waren. »Ich habe neulich erst gemerkt, dass sie trächtig ist. Muss passiert sein, als einer der Bullen im letzten Herbst auf die Weide geraten ist.«

»Du musst auf deine Jungs einfach besser aufpassen, Ev.« Gavin biss in das Würstchen.

»Ich habe seit fünf Jahren Kälber. Da brauche ich keinen Rat von meinem kleinen Bruder.«

Gavin biss noch einmal zu und zuckte mit den Schultern.

Robin tätschelte Evans Schulter. »Wir lassen euch beide mal in Ruhe Rindviecher diskutieren.«

Sobald die beiden Damen außer Hörweite waren, wackelte Gavin mit den Augenbrauen und stieß einen anerkennenden Pfiff aus. »Diane hatte schon gesagt, sie würde mir gefallen.«

»Sie ist doch wohl ein bisschen zu alt für dich, oder?«

Gavins Augenbrauen verschwanden hinter seinem langen Pony. »Oh, habe ich da etwa einen Nerv getroffen?«

Evan kratzte die Krusten vom Grillrost, während Gavin mit der Zunge schnalzte. »Romantik für Anfänger. Wenn du eine Frau liebst, solltest du es ihr sagen.«

»Lass mich in Ruhe, Gav.«

»Komm schon. Gib's doch zu. Du stehst auf Bethany.«

Evan warf einen Blick über seine Schulter. »Hältst du jetzt mal den Mund? Wie alt bist du eigentlich – zwölf? Ich stehe auf niemanden.«

Gavin boxte ihm in den Oberarm. »Okay. Willst du damit sagen, dass es dir nichts ausmacht, wenn ich mich mit ihr verabrede?«

Evans Unterkiefer spannte sich an. Er knirschte mit den Zähnen und blickte mit düsterer Miene auf die Holzkohle. Er hatte kein Recht, Ansprüche auf Bethany anzumelden. Sie gehörte ihm nicht. Sie würde niemals ihm gehören. Er nahm die Burger vom Grill und ließ sie neben die Würstchen auf den Teller gleiten. »Ich bin mir zu neunundneunzig Prozent sicher, dass sie Nein sagen wird, aber bitte, meinen Segen hast du.«

»Das glaube ich dir nicht.«

»Glaub, was du willst.«

»Ich werde deinen Bluff auffliegen lassen.«

»Nur zu.« Evan schabte noch etwas von dem verkrusteten Fett vom Rost. »Sind wir jetzt mit dem Thema durch?«

»Warum? Hast du ein besseres?«

»Nächste Woche wollen wir im Café Abrissarbeiten vornehmen. Wir müssen eine Wand rausnehmen. Kannst du dabei helfen?«

»Ich bin dabei.« Gavin gab Evan einen Klaps auf die Schulter und schlenderte dann mit seinem gewohnt lockeren Gang davon, während die Flipflops an seine Fußsohlen klatschten. Der jüngste Sohn von Bryan und Amy kam angerannt und lief in Gavins offene Arme. Gavin warf Brody hoch in die Luft, sodass dieser kreischte und kicherte. Dann stellte er den kleinen Jungen wieder auf den Boden und setzte sich an einen der Picknicktische, wo er Bethany etwas ins Ohr flüsterte.

Evan spürte, wie Feuer durch seine Adern strömte. Im Laufe der letzten zwei Monate war Gavin langsam wieder er selbst geworden. Evan sollte sich freuen, dass sein Bruder wieder Interesse am Leben hatte, anstatt sich darüber aufzuregen, dass er mit Bethany flirtete. Gavin konnte Evan provozieren, so viel er wollte. Bethany würde nie mit ihm ausgehen.

Evan hängte die Fleischzange an den dafür vorgesehenen Haken am Grill, nahm den randvoll beladenen Teller und brachte ihn zu den anderen, wo er ihn auf den Tisch stellte. Während er seinen eigenen Teller mit Chips, Krautsalat, Kartoffelsalat und einem Burger füllte, ignorierte er das enthusiastische Geplänkel seiner Verwandten. Dann setzte er sich und zwang sich, nicht missmutig dreinzuschauen.

Brody parkte sich links von Gavin, und Marshall – der Älteste von Bryan und Amy – tauchte rechts von Gavin auf und quetschte sich auf den engen Platz zwischen ihm und Bethany. Evan konnte nicht anders, er musste den Jungen einfach anlächeln. Dad nahm die kleine Lilly von der Decke im Gras und bot an, das Tischgebet zu sprechen. Bethany spießte ein Stück Melone auf und schob es sich in den Mund, während die anderen die Köpfe neigten und beteten.

»So.« Gavin streckte den Arm nach dem Ketchup aus, der auf dem Tisch stand. »Was machst du denn so zum Vergnügen, Bethany?«

Evan schnaubte.

Gavin sah ihn an. »Was? Ist das so eine ungewöhnliche Frage?«

»Bethany kennt kein Vergnügen.« Evan wurde erst bewusst, dass er die Worte laut ausgesprochen hatte, als die Köpfe aller sieben Erwachsenen sich in seine Richtung drehten.

Seine Mutter warf ihm einen missbilligenden Blick zu. Er konnte den Tadel in ihren Augen lesen. »*Wenn du nichts Nettes zu sagen hast, sag gar nichts.*«

Warum war immer er es, der die meisten Probleme mit dieser Regel hatte?

»Puh, das ist ganz schön hart, Ev.« Gavin bedachte Evan mit einem seltsamen Blick, während er einen großen Klecks Mayonnaise auf seinem Brötchen verteilte. »Robin hat uns erzählt, dass du in Minneapolis bei einem Vorstellungsgespräch warst, Bethany. Wie ist es denn gelaufen?«

Bethany betupfte mit einer Serviette ihre Mundwinkel. »Sie haben jemand anders genommen.«

Evan hustete. Sie hatte den Job nicht bekommen?

»Das ist übel. Aber wer weiß: Vielleicht ergibt sich ja hier in der Gegend was.«

»Bethany will nicht hier in der Gegend bleiben.« Wieder waren aller Augen auf Evan gerichtet, aber er sah Bethany an. Oder besser gesagt, er funkelte sie an. »Wann gehst du eigentlich?«

»Mensch, Evan. Bist du heute Morgen mit dem falschen Fuß aufgestanden?«

Evan ignorierte seinen Bruder und wartete darauf, dass Bethanys Blick wie üblich eiskalt wurde. Stattdessen schmolz er zu einer Lache aus Verwirrung und Unsicherheit. Ihr Blick traf ihn wie ein Schlag in die Magengrube. Was war nur mit ihm los? Bethany hatte nie einen Hehl aus der Tatsache gemacht, dass sie nicht in Peaks bleiben wollte. Er hatte kein Recht, seinen Frust an ihr auszulassen.

»Hast du einen Schlechte-Laune-Tag, Onkel Evan?«, wollte Marshall wissen.

Evan schnitt eine Grimasse. »Ja, den hab ich wohl, Kumpel.« Er wollte sich bei Bethany entschuldigen, aber ihm fiel nichts ein, was er hätte sagen können. Also stand er stattdessen auf. »Entschuldigt mich.«

Während er zum Haus ging, lockerte er seine geballten Fäuste und streckte die Finger aus. Er hatte Bethany zu seinem Sündenbock gemacht, obwohl sein Frust eigentlich Gott galt.

Was soll ich denn machen? Nach Missouri gehen? Willst du mich dort haben?

Wollte er wirklich seine Sachen packen, Dans Erbe verlassen und sechs Stunden von Gavin und Robin und seinem zukünftigen Neffen oder seiner zukünftigen Nichte entfernt leben? Natürlich wollte er Landwirt sein – er *musste* es sein –, aber war das der einzige Weg? Er riss die Fliegengittertür auf, deren Angeln laut protestierten, und ließ sie hinter sich zuknallen. Und was war mit Bethany? Wie hatte eine so sture, unmöglich zu verstehende Frau sich durch den Mörtel seines Herzens hindurchbohren können? Warum hatte er das zugelassen?

Ich muss wissen, was ich tun soll, Herr. Ein brennender Dornbusch wäre nett.

Evan lehnte sich über die Küchenzeile und versuchte innerlich ruhig zu werden, während er auf etwas wartete – auf irgendetwas. Ein Flüstern. Einen Anstoß. Einen Hinweis auf die richtige Richtung. Er würde sich nicht vom Fleck rühren, bis er seine Antwort erhalten hatte. Aber dann ging die Fliegengittertür auf und herein kam die Frau, die er nicht aus dem Kopf bekam. Sie hielt eine Mülltüte in der Hand und ihr Gesicht war so rot, wie er es noch nie gesehen hatte.

»Ich bin nur gekommen, um ein Messer für Robins Kuchen zu holen.«

Er wich ihrem Blick aus und zog ein Messer aus dem Messerblock neben dem Toaster.

»Evan, ich …« Sie stieß einen langen Seufzer aus und schob sich einige Haarsträhnen aus dem Gesicht, die ihr in die Stirn gefallen waren. »Als ich neulich gegangen bin, wollte ich nicht …«

»Hör zu, Bethany. Du bist mir keine Erklärung schuldig. Du hattest recht. Ich habe zu viele Fragen gestellt.« Er nahm ihr die Mülltüte ab. »Du hast nie ein Geheimnis aus deinen Zukunftsplänen gemacht.« Nur war er so verrückt gewesen zu hoffen, dass diese Pläne sich geändert hatten.

Sie öffnete den Mund.

Aber bevor sie etwas sagen konnte, kam er ihr zuvor. »Nimm das doch schon mal mit raus.« Er gab ihr das Messer. »Robin macht einen fantastischen Pfirsichkuchen.«

Kapitel 31

»Wann gehst du eigentlich?«

Die steilen Falten in Evans Gesicht, als er sie das gefragt hatte, gingen Bethany nicht aus dem Sinn. Wie konnte es sein, dass er sie gerade noch mehr oder weniger gebeten hatte zu bleiben und sie jetzt so schnell wie möglich loswerden wollte? Als sie gestern zu der Grillparty gegangen war, hatte sie gehofft, herausfinden zu können, was Evan ihr gegenüber empfand und was es mit ihren eigenen Gefühlen für ihn auf sich hatte. Seine Gefühle hätte er nicht klarer machen können, wenn er sie in eine Flasche Sidolin getaucht hätte. Was konnte innerhalb von vier Tagen eine so dramatische Änderung seiner Einstellung bewirkt haben?

Glaubte er, dass sie sich nicht für Robin und das Baby interessierte? War er der Meinung, sie würde den Job bekommen und einfach verschwinden und das Café und seine Schwägerin im Stich lassen? Sie schnitt eine Grimasse. Wahrscheinlich war seine Befürchtung nicht ganz unbegründet, immerhin hatte sie es vor zehn Jahren schon einmal so gemacht. Und ein zweites Mal, nachdem Robin ihren Mann von den lebenserhaltenden Apparaten genommen hatte.

»Ich finde dich schrecklich wegen der Art und Weise, wie du gegangen bist.«

Das hatte er einmal gesagt. Empfand er jetzt wieder so?

Als Bethany heute Morgen nach einer fast schlaflosen Nacht aufgewacht war, Evans Worte noch frisch im Gedächtnis, hatte sie beschlossen, zu ihm zu fahren und ihm zu erklären, was in ihr vorging. Sie musste das richtigstellen. Er musste wissen, dass Robin ihr wichtig war. Vielleicht könnte sie ihm sogar erklären, warum es für sie so schwierig war, in Peaks zu leben. Aber jetzt, wo sie draußen vor seiner Tür stand, die Vormittagshitze im Nacken spürte und ihre Fingerspitzen vor Nervosität kribbelten, wusste sie nicht, warum all das eine Rolle spielen sollte. Warum interessierte es sie, was Evan dachte? Vor allem nach dem Streit gestern.

In ihrem Inneren fochten zwei gegensätzliche Wünsche einen erbitterten Kampf aus. Einerseits wollte sie Evan alles erklären und seine Gunst zurückerlangen. Andererseits mit intaktem Stolz aus Peaks entkommen. Sie trat einen Schritt zurück. Keiner zwang sie, das zu tun. Evan konnte denken, was er wollte. Was er von ihr hielt, sollte keine Rolle spielen – *spielte* keine Rolle. Schon vor langer Zeit hatte sie gelernt, dass die Leute ohnehin dachten, was sie wollten. Menschen verurteilten, wen sie verurteilen wollten. Aber das war egal.

Bethany fuhr sich mit fahriger Hand durch die Haare. Wem versuchte sie hier eigentlich etwas vorzumachen? So ungern sie es sich auch eingestand, so gerne sie es geleugnet hätte – Evans Meinung war ihr wichtig. Sie lehnte die Stirn an die Tür. Wie in aller Welt hatte sie das zulassen können? Evan war der letzte Mensch, der ihr wichtig sein sollte. Vor allem, wenn man bedachte, dass sie vorhatte, die Farm zu verkaufen. Sie hob die Finger an ihre Lippen und betrachtete die Stelle, an der sie vor ein paar Tagen gestanden hatte – am Vorabend von Evans Geburtstag.

Ein Gefühl der Wärme kroch ihren Hals hinauf. Sie trat von der Veranda und ging zu ihrem Wagen zurück, stieg aber nicht ein. Stattdessen stützte sie die Ellbogen auf das warme Autodach und legte das Kinn auf ihre Hände. Die Vormittagssonne schien durch den schmalen Spalt zwischen Stall und Silo und der auf- und absteigende Gesang der Zikaden erfüllte die feuchte Luft. Sie hatte vergessen, wie laut die Tiere sein konnten. Als sie klein gewesen war, hatte ihre Mutter jeden Sommer einen Ventilator in Bethanys Schlafzimmerfenster stellen müssen, der das Geräusch übertönte, weil sie sonst nicht hatte schlafen können.

Eine Brise ließ das hohe Gras rascheln und brachte einen vertrauten Geruch mit sich. Bethany atmete tief ein – frisch geschnittene Luzerne und einen Hauch Süße. Der nächste Windstoß ließ ihre Haare wehen und trieb sie wie eine Biene, die zum Nektar strebt, um das Farmhaus herum zu der Stelle, an der der Garten endete und die Kuhweide und Maisfelder begannen. Und ein Stück weiter, neben dem Stall – eine Wildblumenwiese.

Bevor Bethany sie betrachten konnte, kam Evan mit seinem Quad auf den Stall zugerast, so vertieft in seine Arbeit, dass er Bethany gar nicht bemerkte. Noch bevor das Fahrzeug ganz zum Stillstand gekommen war, sprang er herunter und rannte in den Stall. Neugierig beschleunigte Bethany ihre Schritte. Halb ging, halb trabte sie den restlichen Hügel hinunter und stieß mit ihm zusammen, als er durch das Tor wieder herausgestürmt kam.

Evan streckte einen Arm aus, damit Bethany nicht fiel. Eine Kette rutschte von seiner Schulter und schaumiges Wasser schwappte über den Rand eines großen Eimers, den er in der anderen Hand hielt. »Bethany?«

Sie musterte ihn – seinen keuchenden Atem, die besorgte Miene, das getrocknete Blut an seinen Händen und Armen. Verwirrung und Schrecken stiegen in ihr auf. »Ist alles in Ordnung?«

»Gott sei Dank, dass du hier bist.« Er schob die Kette wieder über seine Schulter. »Ich habe versucht, das Kalb rauszuziehen, aber es klappt nicht.«

Das Kalb rauszuziehen? Wovon redete Evan da?

»Vor einer Stunde habe ich Luna, eine meiner Einjährigen, draußen auf der Weide gefunden. Ich weiß nicht, wie lange sie schon in den Wehen liegt.« Er packte ihren Unterarm und zog sie zum Quad. »Das Kalb steckt fest.«

Bethanys Herz machte einen Satz. Sie hatte schon einmal gesehen, wie eine Kuh und ihr Kalb in den Wehen verendet waren. Als sie klein gewesen war. Dan hatte den Tierarzt gerufen, aber der war zu spät gekommen. Damals hatte sie nichts tun können. Und sie wusste auch nicht, was sie jetzt tun könnte.

Aber Evan sprang auf das Fahrzeug und hängte den Eimer an die Lenkstange. Dann sah er sie an, als könnte sie helfen. Ohne nachzudenken, stieg sie hinter ihm auf und hielt sich fest. Sie hoffte, dass er das Hämmern ihres Herzens an seinem Rücken nicht spüren konnte.

Evan gab Gas und raste an der Koppel vorbei auf die Weide. »Der Tierarzt hat ihren Zustand falsch eingeschätzt. Wir dachten, es wäre noch mehr Zeit. Mindestens noch ein paar Wochen. Aber jetzt hat sie Wehen und ich habe meinem Nachbarn den Geburtshelfer ausgeliehen.«

Bethanys Herz schlug immer heftiger, während der Wind durch ihre Haare fuhr. Sie wusste nicht, was sie sagen sollte, also sagte sie nichts. Sie schluckte nur, um die Trockenheit in ihrer Kehle loszuwerden, und versuchte nicht daran zu denken, dass sie ihre Arme um Evan geschlungen hatte und unterwegs war, um eine gebärende Kuh zu retten.

Als sie bei dem Tier angekommen waren, stellte er den Motor aus.

Bethany musste kein Farmer sein, um zu sehen, dass etwas nicht stimmte. Das große Tier lag mitten auf dem Feld auf der Seite und sein riesiger Leib zog sich zusammen, wie sie es noch nie bei irgendeinem Tier gesehen hatte. Die Kuh stöhnte und wurde dann still, als hätte der Schmerz sie kurzfristig aus den Klauen gelassen.

Evan sprang von dem Quad und sank neben der Kuh auf die Knie. »Sie liegt schon viel zu lange in den Wehen. Wenn wir das Kalb nicht rausholen, werden beide sterben.«

Bethany schluckte einen Mund voll schwerer Luft hinunter. Schweiß rann zwischen ihren Schulterblättern ihren Rücken hinunter. Was erwartete Evan von ihr? Sie war Architektin, keine Rinderhebamme.

Er ging zum hinteren Ende der Kuh und winkte Bethany zu sich. »Ich werde jetzt diese Ketten um die Beine des Kalbs wickeln, und jedes Mal, wenn sie eine Wehe hat, werden wir ziehen.«

Das laute Rauschen in ihren Ohren übertönte das nächste Stöhnen des Tieres. Und vielleicht auch Evans Worte. Hatte er gerade wirklich gesagt, was sie gehört hatte? Dass sie an den Füßen des

Kalbs ziehen sollten? War er verrückt? »Ich kann kein Kalb auf die Welt bringen, Evan. Ich bin nicht …«

»Du kannst das, Bethany. Ich bin die ganze Zeit bei dir.« Er trat an ihre Seite – sein ärmelloses T-Shirt voller Schweiß und Dreck und Gras –, legte seine starke Hand um ihren Ellbogen und zog sie zu der verängstigten Kuh. Sie sperrte sich, aber entweder bemerkte Evan das nicht oder es war ihm egal.

Nein, ich kann das nicht.

Er zerrte sie vorwärts und ignorierte ihr hektisches Kopfschütteln. Dann zog er sie auf eine Höhe mit dem Hintern des Tieres herunter. Und da sah Bethany sie. Zwei winzige Hufe, die aus dem Hinterteil der Kuh ragten. Ihr stockte der Atem und in ihrer Brust breitete sich etwas aus. Etwas Großes und Schweres und Wichtiges. Alles andere verblasste. Alles, außer diesen beiden mitleiderregenden Hufen. Sie konnte Wolkenkratzer und Brücken entwerfen. Warum sollte sie nicht dabei helfen können, ein Kalb auf die Welt zu bringen?

Evan schlang die Ketten um die klebrigen Füße, zweimal um jedes Bein, und reichte ihr eine der Ketten. »Wenn ich ›jetzt‹ sage, ziehst du, so doll du kannst. Nach unten und etwas zu ihrem Bauch hin.«

Bethany sah auf die Hufe. Sie dachte nicht daran, wo ihre Hände waren. Sie dachte auch nicht an die intensive Hitze, die das Tier ausstrahlte. Sie hielt die Kette fest, als hinge ihr Leben davon ab, und wappnete sich dafür zu ziehen, wie sie noch nie im Leben gezogen hatte.

Evan sah ihr in die Augen. »Bist du bereit?«

Sie nickte.

Und wie auf Kommando presste die Kuh.

»Okay, Bethany … zieh!«

Bethany schnitt eine Grimasse. Und dann zog sie. So kräftig sie konnte. Sie spannte die Muskeln in ihrem Nacken an, in ihrem Rücken, ihren Schultern. Sie rollte die Zehen in ihren Schuhen ein. Sie krallte ihre Finger um die Kette. Mit jeder Faser ihres

Seins konzentrierte sie sich auf diese beiden knochigen Beine und darauf, das Tier lebend herauszuholen. Als hinge alles an dem Leben dieses Kalbs. Sie zog und zog und hörte erst auf, als sie spürte, wie etwas nachgab.

Die Haare auf ihren Armen standen ihr zu Berge.

»Das Kalb kommt«, schrie Evan. »Mach dich bereit, noch mal zu ziehen.«

Bethany holte tief Luft und wappnete sich.

Die nächste Wehe kam.

»Zieh!«

Bethany hörte jemanden grunzen. Sie wusste nicht, ob es sie selbst war oder Evan. Ihre Finger wurden ganz weiß, während sie die Kette umklammerten. Sie warf ihren Körper nach hinten, weg von dem Tier, und verweigerte ihrer Lunge den Sauerstoff, bis sie das Kalb lebend herausgezogen hatte.

»Komm schon, Luna, Mädchen, press! Immer weiterpressen!«

Wieder bewegte sich etwas.

»Super, Bethany! Wir schaffen es! Sie hat immer noch Wehen ... Zieh weiter!«

Ihr Gesicht verzerrte sich. Ihre Gedanken galten nur ihren Muskeln und dem Metall, das sie fest in den Händen hielt. Ohne Evans Befehl zog sie wieder. Und noch einmal. Die Vorderläufe des Kalbs erschienen, dann seine Schnauze.

»Noch ein letztes Mal, Bethany!« Evans Stimme hallte über die Weide und übertönte das schreckliche Stöhnen der Kuh.

Mit einem letzten heftigen Ruck fielen sie auf den Rücken und das restliche Kalb folgte ihnen. Das Tier war heraus.

Sie hatte das Kalb herausgeholt.

Keuchend atmete Bethany die feuchte Luft ein, die nach Schweiß und Blut roch, und das Brennen in ihrer Lunge breitete sich in ihrem ganzen Körper aus.

Das schwere, wichtige Etwas in ihrer Brust riss sich los und flog davon, und zurück blieb eine Leichtigkeit, die sie vom Boden heben und zum Himmel hätte tragen können.

Die frischgebackene Mutter rappelte sich auf und stand bald wieder. Sie senkte ihren großen Kopf, stieß das Kalb an, das auf dem Boden lag, und begann zu lecken. Sie säuberte ihr Baby, als hätte sie es schon ein Dutzend Mal getan. Als hätte Bethany nicht gerade erst mit aller Kraft das Innere des Tieres nach außen gekehrt.

Evan trat zu dem Kalb, tat etwas, woraufhin es niesen musste, und sank dann wieder ins Gras. Sein Blick suchte den von Bethany, doch sie starrte voller Staunen auf das, was sie beide gerade getan hatten. Und sie gerade getan hatte. Sie hatte ein Kalb auf die Welt gebracht – hatte sich hinter ein Sechshundert-Kilo-Tier gestellt und ein Baby aus seinem Bauch gezogen. Ihr Atem ging jetzt etwas ruhiger. Sie spürte, dass Evan sie beobachtete, während sie die beiden Tiere beobachtete. Beide waren am Leben. Beide gesund.

Evan stand auf, ging zu Mutter und Kind und beugte sich zu dem Ohr der Kuh. »Das war dein Erstes, Luna. Ich verspreche dir, dass die anderen nicht so schlimm werden.«

Dann ging er zum Quad. Als er wiederkam, hatte er den Eimer mit dem Seifenwasser in der Hand und bückte sich, um das Euter der Kuh zu reinigen. Doch zunächst überzeugte er sich davon, dass ihre Lunge funktionierte und ihre Beine nicht wegknicken würden. Bethany stand auf und trat zu ihm. Sie hatte gesehen, wie Grandpa Dan dasselbe getan hatte. Das Euter zu reinigen, damit das Kalb trinken konnte.

»Als ich sie bei der restlichen Herde nicht gesehen habe, dachte ich, ich fahre besser raus und suche sie. Ich habe mir ihretwegen Sorgen gemacht. Sie ist noch ziemlich jung zum Kalben.« Evan tauchte den Lappen in das Seifenwasser. »Ich dachte, sie würde es nicht schaffen.«

Bethany spürte, wie Evan sie ansah. Zweifellos sah er die Haare, die an ihrem Nacken klebten, den Dreck und das Blut an ihren Händen und Armen. Sie musste wie ein Albtraum aussehen.

»Danke, Beth. Ich weiß nicht, was ich getan hätte, wenn du nicht genau im richtigen Moment aufgetaucht wärst.«

Das leichte Gefühl in ihrer Brust verwandelte sich in ein Summen. Beth. Evan hatte sie Beth genannt. Bevor sie Zeit hatte, darüber nachzudenken, was das bedeutete, tat das Kalb etwas Erstaunliches. Etwas, das Bethanys Atem stocken ließ. Noch vor wenigen Minuten hatte dieses Tier um sein Leben gerungen. Und jetzt stand es auf. Evan trocknete das Euter der Kuh und trat beiseite. Das Kalb wankte mit unsicheren Schritten vor, neigte den Kopf und dockte bei seiner Mutter an.

Woher wusste es das? Wer hatte diesem hilflosen Tier beigebracht, sich zu bücken und am Euter seiner Mutter zu trinken?

Bethany blickte zum Himmel hinauf und ließ den Blick dann über ihre Umgebung schweifen. Etwas Stilles, Friedvolles stieg in ihr auf, als sie den Anblick in sich aufsog – ein paar runde Heuballen auf den Feldern in der Ferne, Maispflanzen, die sich in Reihen bis zum Horizont erstreckten, der weiße Zaun um die Koppel und die Stelle, die sie vorhin gesehen hatte – wo der Bach durch die Weide sprudelte und hinter dem Stall verschwand.

Erneut stockte ihr Atem.

Blumen barsten in leuchtendem Blau und Violett aus der Erde und erschufen ein Bild, das schöner war als alles, was Bethany mit ihren Händen hätte entwerfen können. Sie verstand nicht, wie das sein konnte, aber Evan hatte recht gehabt. Der Überfluss an Schnee hatte einen Überfluss an wild blühenden Blumen hervorgebracht. Irgendwie hatten diese kalten, leblosen Wintermonate das Land für etwas Atemberaubendes vorbereitet. Etwas Schönes. Etwas, das vor Leben nur so strotzte. Die neue Leichtigkeit, die sie verspürte, wurde noch leichter und wärmer, als weckte dieser Anblick die schlafenden Teile ihrer Seele auf.

Ihr Vater und ihr Großvater hatten Schweiß und Herzblut in jeden Quadratzentimeter dieses Landes gesteckt. Und trotzdem war sie entschlossen gewesen, es loszuwerden. Als würde sie irgendwie die Frau aufgeben, die sie geworden war, wenn sie es behielte. Aber jetzt, wo sie hier saß und ein solches Wunder miterlebt hatte, wo die Last in ihr fort war, wurde ihr mit einem

Mal bewusst, dass sie vielleicht beides haben konnte. Beides sein konnte. Das kleine Mädchen Bethany, das die Farm liebte, und die erwachsene Bethany, deren Herz für Architektur brannte. Vielleicht musste sie sich ja gar nicht entscheiden.

Sie atmete die Weite ein und akzeptierte die tief sitzende Sehnsucht, die in ihrem Herzen aufkeimte. Eine lange verschüttete Liebe schlug neue Wurzeln und blühte auf, und zum ersten Mal seit zehn Jahren fühlte sie sich nicht wie ein Unkraut an.

Blut und Dreck hatten Bethanys Top getränkt und würden sich niemals wieder herauswaschen lassen. Zum Glück lieh Evan ihr ein übergroßes T-Shirt, damit sie ihr Oberteil entsorgen konnte. Bethany wusch sich das Gesicht mit kaltem Wasser und säuberte mit einem Waschlappen ihre Arme und Beine, dann zog sie sich das T-Shirt über den Kopf. Der Duft von Old Spice, der in der Baumwolle hing, half nicht gerade gegen ihre weichen Knie. Evan hatte sie mit dem Quad zum Haus zurückgefahren. Ihr Körper fühlte sich noch immer wie weiches Wachs an von der Fahrt, bei der sie sich an ihn geklammert hatte.

Sie schlüpfte aus dem Bad und schlich die Treppe hinunter. Das vertraute Knarren versetzte ihr einen kleinen Stich. Wie gerne hätte sie jetzt mit ihrem Großvater geredet. Wie gerne hätte sie dem Mann, der besser zuhören konnte als jeder andere, von den berauschenden Erlebnissen dieses Tages erzählt. Stattdessen ging sie auf Zehenspitzen an seinem leeren Fernsehsessel vorbei – als könnte sie sonst sein Andenken stören – und trat auf die Veranda hinaus. Dort saß Evan auf der Schaukelbank. Sie setzte sich auf den Stuhl daneben.

Der Schatten auf der Veranda schützte nicht vor der Hitze des Tages. Die hohe Luftfeuchtigkeit kroch unter das Vordach und legte sich wie eine schwere Decke um Bethanys Schultern. Evan öffnete eine Dose Pepsi und nahm dann eine zweite ungeöffnete

Dose vom Boden, die er ihr reichte. Die Dose war mit Kondenswasser überzogen und eiskalt. Sie hob die Dose hoch und presste das eisige Aluminium an ihren Hals.

Während Bethany an ihrem Getränk nippte, saßen sie in kameradschaftlichem Schweigen da und schaukelten hin und her. Der Dielenboden knarrte ein hypnotisches Wiegenlied. Als die Dose in ihrer Hand leer war, ließ Evan seine eigene auf den Boden fallen und zerquetschte sie unter seinem Fuß. Das laute Knacken hätte den beruhigenden Rhythmus des Augenblicks stören können, aber es waren seine Worte, die ihren Frieden zunichtemachten.

»Du kannst die Farm verkaufen.«

Bethany hielt den Schaukelstuhl an.

»Du kannst deinem Makler sagen, dass ich bereit bin, das Haus zu verkaufen.«

»Ich verstehe nicht. Ich dachte ...«

»Es ist deine Farm. Nicht meine. Mein Onkel hat einen Freund in Missouri. Ich kann nach der Ernte im Herbst sein Land pachten.«

Bethanys Gedanken stolperten über seine Worte. Evan wollte Peaks verlassen?

»Ich werde dir nicht mehr im Wege stehen.«

Vor ihrem geistigen Auge leuchtete das Wort *Heuchler* auf. Ständig hatte Evan ihr das Leben schwer gemacht, weil sie weggehen und woanders Arbeit finden wollte. Und jetzt war er es, der ging. Er war es, der Robin im Stich ließ. Er war es, der die Farm aufgab. Es juckte ihr in den Fingern, ihm eine Ohrfeige zu verpassen. Am liebsten hätten sie ihn angeschrien, weil er aufgab, weil er seinen Traum verriet. Aber sie vergrub die Worte in ihrem Innern und umklammerte die Armlehnen ihres Schaukelstuhls.

»Danke für deine Erlaubnis.«

Ihr eisiger Tonfall traf auf die glühende Spätvormittagshitze und schmolz in einer Pfütze des Grolls zu ihren Füßen. Jetzt gab es nichts mehr, was Bethany noch hier festhielt. Mit einem Mal hatte sie keinen Grund mehr, die Farm zu behalten. Nicht nachdem ihr Anker gerade losgelassen hatte.

Kapitel 32

Einen Monat nach meinem achtzehnten Geburtstag packte ich meinen Wagen, um Peaks zu verlassen, und die letzte Station, an der ich unterwegs haltmachen wollte, war die Farm. Ich legte meine wenigen Habseligkeiten, die das Mitnehmen lohnten, in Kartons, und verstaute sie im Kofferraum meines alten Suzukis – eine furchtbare Mischung aus Blaugrün und Rost. Aber immer noch besser als Mamas Ford Pinto, der – dem Himmel sei Dank – vor zwei Wintern endlich den Geist aufgegeben hatte.

Mom stand da und sah zu, die Arme um ihre Taille geschlungen, als würde sie zu einer Lache auf dem Boden zerfließen, wenn sie sich nicht zusammenhielt. Sie schniefte und tupfte sich mit einem zerknüllten Papiertaschentuch über die Augen. David war vor zwei Jahren weggegangen, und jetzt würde sie ganz allein sein. In ihrem winzigen Trailer.

Ich konnte gar nicht schnell genug fliehen.

Als ich mit dem Packen fertig war, standen wir da. Verlegen. Meine Mutter hielt nichts von Umarmungen. Und ich machte es ihr wahrscheinlich nicht gerade leicht, mich in den Arm zu nehmen. Also verabschiedeten wir uns so. Während Moms Augen feucht waren, blieben meine ganz und gar trocken. Sie fragte mich, ob ich mir etwas zu essen mitgenommen hätte. Ich sagte Ja.

Und dann fuhr ich weg.

Ohne mich noch einmal umzusehen.

Als Nächstes hielt ich bei den Delners, und wie immer wirkte mein Wagen in ihrem Viertel völlig fehl am Platze. Robin hatte beschlossen, in Peaks zu bleiben und an die St. Ambrose University zu gehen, die nur eine Viertelstunde entfernt war – eine Entscheidung, die ich nicht nachvollziehen konnte. Unser Abschied war nicht schwierig. Wir umarmten uns. Wir versprachen, einander zu schreiben. Sie sagte etwas, das mich zum Lachen brachte, aber ich weiß nicht mehr, was. Mr Delner kam aus dem Haus und schloss mich kraftvoll in die Arme. Und dann ging ich, bevor Mrs Delners Abwesenheit unseren fröhlichen Abschied trüben konnte.

Danach fuhr ich zur Farm. Um mich von Grandpa Dan zu verabschieden.

Ich weiß noch, dass ich die lange geschotterte Auffahrt zum Bauernhaus hinauffuhr und mir völlig überrascht bewusst wurde, wie lange ich nicht mehr hier gewesen war. Nachdem ich mit der Highschool begonnen hatte und Mr Delners Worte über die zukünftige Architektin in meinem Kopf dauerhaft Wurzeln geschlagen hatten, war ich immer seltener zu Dan gegangen. Wenn ich nicht mit Robin zusammen war, widmete ich alle meine Zeit den Büchern. Meine Noten waren eines der wenigen Dinge, die ich selbst beeinflussen konnte. Eine Garantie dafür, dass ich Peaks entfliehen und mir ein Leben aufbauen konnte, das ganz anders war als das, was ich kannte. Und tatsächlich hatten meine Noten mir jetzt ein Vollstipendium für eine der angesehensten Schulen für Architektur in den USA eingebracht.

Ich lächelte, als ich Dan sah, wie er auf einem Traktor saß und in einem großen Kreis um das Gerätehaus fuhr. Als er mich aus dem Wagen steigen sah, winkte er und stellte den Motor ab, und einen Moment lang hatte ich das merkwürdige Bedürfnis, zu ihm auf den Traktor zu klettern. Die Schuhe abzustreifen und zu den Pferden zu laufen. Nur einen Augenblick lang wieder das unbeschwerte Mädchen zu sein, das ich gewesen war, bevor alles den Bach runtergegangen war.

Der Drang war so stark und plötzlich, dass er mir Angst machte. Ich hatte mir eingeredet, dass ich über die Farm hinweg sei. Meine Kleinmädchenträume, eines Tages einen attraktiven Farmer wie meinen Vater zu heiraten, hatte ich längst begraben. Die Farm gehörte zu meiner Vergangenheit, und ich wollte keine nostalgischen Gefühle für irgendetwas haben, das mich an Peaks band. Ich war erpicht darauf, neu anzufangen, wo niemand mich kannte. Wo niemand von den Fehlern meiner Vergangenheit wusste. Weit, weit weg von meiner Mutter und ihren Entscheidungen und von der Erinnerung an meinen Vater und seinen Tod. Ich konnte es kaum erwarten, mich selbst neu zu erschaffen – und Bethany, die Architektin, zu werden. Nicht Bethany, das arme, vaterlose Mädchen aus dem Trailerpark, das als Zwölfjährige versucht hatte, sich zu ertränken.

Dan schirmte die Augen gegen die Sonne ab und wir trafen uns am Ende der Auffahrt. Er streckte die Arme aus und ich schmiegte mich an ihn. Ich weiß noch, dass mir auffiel, wie stark er war. Überhaupt nicht wie ein typischer Fünfundsechzigjähriger.

»Meine Enkelin, die College-Studentin«, sagte er und ein leises Lachen ließ seinen Brustkorb beben. Dann löste er sich von mir, umfasste meine Arme und musterte mich von oben bis unten, so als wollte er sich meinen Anblick gut einprägen. »Ich habe etwas für dich. Warte kurz hier.«

Bevor ich protestieren konnte, drehte er sich um und ging zum Haus. Ich schob die Hände in meine Gesäßtaschen, stocherte mit der Fußspitze im Schotter und sah mich um – betrachtete die Koppel, den Stall, das hohe Silo, durch das sich alles geändert hatte. Mit aller Macht kämpfte ich gegen den Kloß an, der mir plötzlich in der Kehle saß, überrascht von diesen Gefühlen, bis Dan mit einer Schachtel zurückkehrte, die in Zeitungspapier eingewickelt war.

»Das wäre doch nicht nötig gewesen, Grandpa.«

»Ich weiß«, sagte er und gab mir das Geschenk, »aber ich wollte dir etwas schenken.«

Ich lächelte, riss die Zeitung fort, öffnete den Deckel der Geschenkschachtel und zog ein braun-graues T-Shirt meiner zukünftigen Uni heraus. Darunter lag eine Biografie über den Architekten Frank Lloyd Wright. Ich legte das Shirt über meinen Arm und nahm das Buch in die Hand, während der Kloß in meinem Hals dicker wurde. »Ich weiß nicht, was ich sagen soll.«

»Du wirst irgendwann eine wunderbare Architektin sein,

Bethany. Daran habe ich keinen Zweifel.« In seinen Augenwinkeln erschienen lauter Lachfältchen, als er lächelte. »Aber vergiss nicht, dass du hier auch immer ein Zuhause haben wirst.«

Er meinte nicht Peaks. Er meinte diesen Ort, an dem wir standen. Die Farm. Und als ich in den Sonnenuntergang davonfuhr, in meine Zukunft – mein neues Leben –, tröstete es mich irgendwie zu wissen, dass die Farm immer da sein würde. Mein erstes Zuhause. Meine erste Liebe.

Kapitel 33

Um jeder Entscheidung in Bezug auf die Farm aus dem Weg zu gehen, stürzte Bethany sich in die Arbeit am Café. Die Küche war fertig. Evan und Gavin hatten geholfen, die Wand einzureißen, die Fenster in der Fassade zu erneuern, das Geländer im zweiten Stock anzubringen und die beiden Toilettenräume zu sanieren. Robin hatte im Garten vor dem Haus Blumen gepflanzt und suchte im Internet nach gebrauchten Küchenutensilien und Espressomaschinen. Bethany hielt den Kontakt mit der Bauaufsicht.

Gemeinsam stießen Robin und sie auf ein super Angebot für fünfzehn runde Tische mit Marmorplatten und dazu passenden schwarzen gusseisernen Stühlen, die genauso aussahen wie die, die ihnen vor Augen standen, wenn sie an ein italienisches Bistro dachten. Bethany überredete Robin, die Fotos von Italien, die Micah und sie während ihrer Hochzeitsreise gemacht hatten, vergrößern zu lassen. Sie ließen sie auf quadratische Leinwände drucken und verstauten diese sicher, bis sie sie an den Wänden aufhängen konnten.

Zwar zwangen die Bauarbeiten Bethany dazu, Evan regelmäßig zu sehen, aber sie hatte die kühle Distanz, die sie während ihres Aufenthalts in Peaks verloren hatte, inzwischen wiedergewonnen und ließ nicht zu, dass ihre Unterhaltungen in irgendeiner Weise über das Geschäftliche hinausgingen. Sie vergrub ihre Gefühle tief in ihrem Inneren und ignorierte die enorme Anziehungskraft, die er auf sie ausübte. Stattdessen konzentrierte sie sich ganz auf ihre Bemühungen, ihre Vision in die Tat umzusetzen.

Das Café würde fertig sein, bevor Robin ihr Baby bekam. Und auch wenn Bethany sich über ihre erfolgreiche Arbeit freute, betrauerte ein Teil von ihr die Fertigstellung. Robins Geburtstermin rückte immer näher. Und bald würde sie keinen Grund mehr haben hierzubleiben. Wenn das Café fertig und Robin nicht mehr schwanger war, würde Bethanys merkwürdige, unfreiwillige Zeit in Peaks enden. Sie klopfte mit dem Griff der Farbrolle auf ihre Hand.

Gerade waren Gavin, Amanda und sie mit dem ersten Farbanstrich fertig geworden und Robin begutachtete das Ergebnis von der Tür aus. Sie lächelte begeistert. »Ich kann nicht fassen, wie viel ihr geschafft habt!«

Gavin erhob sich aus der Hocke und wischte den Schweiß fort, der ihm über die Schläfen rann. »Und es sieht noch dazu ziemlich gut aus, muss ich einfach mal feststellen, auch wenn Eigenlob stinkt. Ich finde, wir sollten feiern. Was macht ihr alle heute Abend?«

Bethany presste den Handrücken auf ihre Stirn und zuckte mit den Schultern. Es war Samstagabend und sie waren in Peaks. Was konnte man da schon machen?

Amanda stöhnte auf. »Wir gehen nicht zu diesem Jahrmarkt, Gavin!«

Gavin drehte sich zu seiner Schwester um. »Hast du ein Problem mit dem Jahrmarkt?«

»Jedes Jahr lasse ich mich von dir überreden mitzugehen. Und jedes Jahr ende ich mit den Füßen in Pferde…«

Gavin hob eine Hand. »Achte auf deine Ausdrucksweise, Schwesterherz!«

Amanda streckte ihm die Zunge heraus. »Ich wollte Mist sagen.«

Wie hatte Bethany den Jahrmarkt vergessen können? Er fand jedes Jahr statt, und zwar immer in der Woche um den vierten Juli. Als sie noch klein gewesen war, war dieses Fest eines der wenigen Dinge gewesen, auf die sie sich gefreut hatte. Grandpa Dan hatte David und ihr immer einige Runden auf irgendwelchen Fahrgeschäften spendiert, bei denen ihnen ganz flau im Magen geworden war, hatte ihnen Zuckerwatte gekauft und war dann mit ihnen zum Streichelzoo gegangen. Als Bethany sieben Jahre alt gewesen war, hatten sie dort ein weißes Babylama gehabt, und Bethany hatte die ganze Zeit über gelacht, während sie den langen Hals des Tieres gestreichelt hatte.

»Was meinst du, Bethany?«, fragte Gavin jetzt. »Bist du für ein bisschen Vergnügen zu haben?«

Gegrillte Maiskolben und Schmalzringe entsprachen nicht gerade ihrer Vorstellung von Vergnügen. Aber einen Abend nicht mit ihrer enttäuschenden Jobsuche zu verbringen und stattdessen zu feiern, was sie erreicht hatten – selbst wenn sie es bei einer Kleinstadtveranstaltung mitten in Hintertupfingen taten –, hatte einen gewissen Reiz. Sie sah zu Robin. »Willst du mitgehen?«

Robin legte die Hände auf ihren Bauch. »Karussellfahren ist für mich momentan eher nichts.«

»Wir können die Karussells ja links liegen lassen und zusammen was anderes machen. Du weißt ja, dass mein Magen es ohnehin nicht verträgt, wenn mir schwindelig wird.«

Gavin zog sein Handy aus der Hosentasche. »Dann rufe ich Evan an. Der Mann arbeitet viel zu viel. Er muss seinen Hintern dringend mal einen Abend lang von der Farm wegbewegen und sich amüsieren.«

Die Abendsonne weigerte sich, den Blick abzuwenden. Erbarmungslos starrte sie die Gruppe vom Horizont aus an. Bethany hob die Hände in den Nacken, schob ihre Haare zusammen und band sie zu einem Pferdeschwanz. Robin, Gavin und sie standen hinter dem Eingang zum Jahrmarkt und warteten auf Evan, der sich bereit erklärt hatte, in die Stadt zu kommen und mit ihnen zu feiern.

Bethany zwang ihre Schultern, sich zu entspannen. Heute Abend wollte sie sich amüsieren. Feiern. Fröhlich sein. Obwohl all das deutlich schwieriger würde, wenn Evan dabei war, würde sie sich ihre guten Vorsätze nicht von seiner Anwesenheit zunichtemachen lassen. Sie holte tief Luft und versuchte, den Jahrmarkt mit frischen Augen zu sehen, denn ihre eigenen waren längst viel zu kritisch. Diese Bethany würde sie diesmal nicht sein. Heute Abend hatte sie vor, sich zu vergnügen.

Gavin lehnte sich an den Zaun. »Hi, Nummer zwei!«, rief er durch die gusseisernen Gitterstäbe. »Wird auch Zeit, dass du endlich kommst.«

Bethany entdeckte Evan, der mit lässigen Schritten auf sie zuschlenderte – die Schultern waren zurückgeschoben, die großen Hände baumelten locker an seiner Seite. Er trug Sandalen, Cargo-Shorts und ein dunkelblaues T-Shirt mit dem Logo der St. Louis Cardinals darauf. Es betonte seinen muskulösen Oberkörper und seine schmale Taille. Dominic hatte immer maßgeschneiderte Anzüge getragen, die von seiner beeindruckenden Karriere zeugten. Die beiden Männer hätten nicht gegensätzlicher sein können. Trotzdem wurde Bethany nun eines klar: Obwohl sie drei Jahre lang behauptet hatte, Dominic zu lieben, waren ihre Knie bei seinem Anblick niemals so weich geworden wie jetzt beim Anblick von Evan.

Nachdem Evan der Dame an der Pforte seine Eintrittskarte gegeben und sich zu ihnen gesellt hatte, schoben sie sich gemeinsam über den vollen Jahrmarkt. Buden und Bierzelte säumten beide Seiten der Straße. Aber all die Geräusche und Gerüche vermochten Bethany nicht von Evan abzulenken, der so dicht neben ihr lief, dass ihre Arme einander gelegentlich berührten, während sie sich durch die Menschenmenge schlängelten. Jedes Mal, wenn das geschah, begann Bethanys Haut zu kribbeln und sie zuckte zurück.

Gavin führte sie zu einer Gasse, in der Kinder und Erwachsene ihr Geld dafür ausgaben, Flaschen von einem Podest zu schießen, Plastikringe über Gummienten zu werfen oder übergroße Bälle durch kleine Reifen zu wuchten, nur um einen Plüschteddy zu gewinnen.

»Was meinst du, Ev? Sollen wir für die beiden reizenden Damen hier etwas gewinnen?«

Evan wandte sich an Robin, die noch nicht viel gesagt hatte, seit sie hier waren. »Willst du das?«

Bethany wusste, dass es ihr nichts ausmachen sollte, dass er sich nur an Robin wandte, aber es traf sie trotzdem.

»Micah und ich waren immer zuerst bei den Tieren. Er brannte für die Landjugend und ihre Ausstellungen.« Robins Blick wurde sehnsüchtig und trübte sich ein wenig, doch dann blinzelte sie und lächelte. »Aber ein paar Wettbewerbe wären sicherlich lustig.«

Während sie in den Gang mit den Schießbuden einbogen, zweifelte Bethany an ihrem Entschluss herzukommen. Den Jahrmarkt zu besuchen, war etwas, das Micah und Robin gemeinsam gemacht hatten. Der Mann war schließlich im Vorstand des Komitees gewesen. Warum hatte Bethany daran nicht gedacht? Und warum war es Evan oder Gavin nicht eingefallen? Gerade wollte sie ihre Bedenken Gavin gegenüber äußern, als sie einige Meter weiter zwei bekannte Gesichter erblickte.

Pastor Fenton stand hinter einer Bude. Und neben ihm nahm ihre Mutter Geldscheine aus der ausgestreckten Hand eines Mädchens entgegen. Bethany blieb wie angewurzelt stehen, sodass Evan von hinten gegen sie stieß, aber sie beachtete seine gemurmelte Entschuldigung gar nicht. Während ihrer Zeit in Peaks hatte sie gelegentlich Kontakt zu ihrer Mutter gehabt. In kleinen Dosen konnte sie mit ihr umgehen, solange sie über ungefährliche Themen sprachen, zum Beispiel über David. Aber sie mit Fenton zusammen zu ertragen, war etwas ganz anderes.

Sie riss den Blick von ihrer Mutter los und bemerkte drei andere Frauen, alle von der Kirche des Ersten Lichts, die sich ebenfalls in dem Stand drängten. Ein rotes Banner mit dem Schriftzug »Projekt MAC« wehte in der warmen Brise. Bevor Bethany unentdeckt in der Menschenmenge untertauchen konnte, blickte ihre Mutter von dem prallvoll mit Geld gefüllten Kanister auf, in den sie die Scheine des kleinen Mädchens gesteckt hatte. Bethany zuckte zurück, aber es war zu spät. Sie war gesichtet worden. Ihre Mutter kam hinter dem Stand hervor. »Bin ich froh, dass du hier bist, Bethany. Ich habe an dich gedacht. Wie es aussieht, macht ihr große Fortschritte beim Café.«

Bethany deutete mit dem Kopf auf das Banner. »Was machst du hier?«

Ihre Mutter blickte über ihre Schulter in Richtung Stand. »Das war Pastor Fentons Idee. Wir sammeln Geld für die Kirche.«

Bethany musterte den Mann, der Plastikbälle ausgab, und bemerkte eine Blässe in seinem Gesicht, die ihr noch nie aufgefallen war.

»Willst du eine Runde spielen? Das Geld ist für einen guten Zweck.«

»Da bin ich mir sicher.«

»Bethany, bitte sei nicht so ...«

Aber bevor Mom sie bitten konnte, nicht so zu sein, wie auch immer sie war, schrie eine der Frauen hinter dem Stand auf. Das durchdringende Geräusch zerschnitt die Luft. Bethany fuhr herum und sah Fenton in einem merkwürdigen Winkel über dem Tisch hängen, halb stehend, halb liegend. Die drei Frauen redeten aufeinander ein, riefen um Hilfe und packten Fentons Arme, während Evan und ihre Mutter zu der Bude liefen.

Bethanys Herzschlag beschleunigte sich nicht. Ihr Atem ging nicht in flachen, keuchenden Zügen. Sie empfand keinerlei Panik. Mit der Gleichgültigkeit eines neugierigen Zuschauers beobachtete sie die Szene, die sich wie in Zeitlupe vor ihr abspielte. Sie sah, wie ihre Mutter sich über den zusammengesunkenen Mann beugte, ihr verzerrter Mund ein Schrei nach Hilfe. Sie beobachtete, wie Evan über den Tisch sprang und Fenton bei den Schultern packte. Sie sah, wie Fenton die helfenden Hände mit einem Arm fortstieß, während sein Gesicht sich auf einer Seite verzog.

Bethany holte ihr Handy aus ihrer Handtasche. Mit ruhigen Fingern wählte sie die Nummer des Notrufs und erklärte den Notfall mit einer Gelassenheit, die den Mann in der Notrufzentrale verwirren musste.

»Ich bin auf dem Jahrmarkt in Peaks und hier hat gerade ein Mann einen Schlaganfall.«

Kapitel 34

Als der Krankenwagen eintraf, war die Sonne hinter dem Horizont verschwunden. Eine Traube Schaulustiger teilte sich und verstummte, als die Sanitäter aus dem Fahrzeug stiegen und sich an die Arbeit machten. Sie überprüften Fentons Vitalfunktionen und stellten Fragen, während sie ihn auf eine fahrbare Trage hoben. Mom und die anderen Frauen standen händeringend daneben und umarmten einander.

Bethany stand so nah, dass sie Fentons schlaffen Unterkiefer und die Angst in seinen Augen sehen konnte, als die Rettungsleute ihm Fragen stellten. Die rechte Seite seines Mundes verzog sich nach unten, während die andere schlaff und reglos blieb. Er blinzelte, stöhnte und sah mit ängstlichem Blick den Sanitäter an. Eine einzelne Träne quoll aus seinem Augenwinkel. Sie lief über seine Wange und verschwand dann unter seinem Kinn.

Bethany spürte eine lodernde Wut in ihrem Bauch. Welches Recht hatte er zu weinen? Mit welchem Recht zeigte er jetzt Schwäche, wo ihm endlich dasselbe Urteil zuteilwurde, das er über ihren Vater verhängt hatte? Bethany schloss die Augen, weil sie keine weiteren Tränen sehen wollte. Sie stellte sich Fenton auf der Kanzel vor, wo er Gottes Verdammnis mit einer Leidenschaft predigte, die sie auf ihrem Platz ganz klein werden ließ. Ihre Mutter hatte ihn mit bewundernder Ehrfurcht angesehen, die Hände auf ihre Oberschenkel gestützt, während Bethany über die Holzbänke weggestarrt und an ihren Dad gedacht hatte. Zu Hause. Im Rollstuhl. Nicht mehr willkommen in der Kirche des Ersten Lichts.

Nach dem Unfall hatte ihr Vater aufgehört, den Gottesdienst zu besuchen. Nicht sofort. Aber allmählich. Pastor Fenton, so schien es, hatte eine deutliche Abneigung gegen Leiden und Schwäche. So etwas wollte er in seiner Kirche nicht sehen.

Bethanys junger Verstand begriff nicht, wieso ihre Familie

zerbrach. Sie wusste nur, dass Pastor Fenton im Zentrum dieses Bruchs stand. Denn seit ihr Vater von diesem Silo gefallen war, hatte der Pastor seine Krallen in ihre Mutter gehauen und sie davon überzeugt, dass der Unfall ein Beweis für Sünde im Leben ihres Mannes war. Seine Lähmung war Gottes Strafe. Fenton zufolge litten nur Sünder.

Aber was war jetzt? Was würde der allmächtige Pastor Fenton zu dieser Situation sagen?

Blinkende Lichter rissen Bethany aus ihren Gedanken. Die Sanitäter luden Fenton in den Rettungswagen und fuhren los. Während das Heulen des Martinshorns über den Jahrmarkt schallte, sah Bethany ihrer Mutter in die Augen. Dann wandte sie sich ab und ging.

Sie lief zwischen den Fahrgeschäften hindurch, vorbei an den Kassenschaltern und an Pferchen mit Schweinen, Ziegen, Kühen und riesigen Kaltblütern, vorbei an Kindern und Müttern und Vätern und lachenden Teenagern. Erst als sie der Menge entflohen war und im Schatten eines großen Baumes stand, holte sie wieder Luft. Zitternd atmete sie ein und ließ sich mit wackeligen Knien ins Gras fallen.

Der Abend hüllte sie in eine Decke aus zirpenden Grillen und leisen Jahrmarktgeräuschen, aber ihre Gedanken waren alles andere als friedvoll. Ihre schmutzige Vergangenheit rührte sich, und sosehr sie sich auch bemühte, sie konnte sie nicht dazu zwingen weiterzuschlafen. Sie krallte die Finger in das hohe Unkraut um sich herum und wappnete sich für den Ansturm lang unterdrückter Erinnerungen.

Als sie neun Jahre alt gewesen war, hatte Bethany ihren Vater unter Wasser in der Badewanne gefunden. Seine offenen Augen hatten sie leblos vom Grund der Wanne aus angestarrt. Aber so furchterregend seine Augen auch gewesen waren, so waren es doch seine Lippen, die ihre Seele mit Hysterie fluteten. Die Farbe reifer Pflaumen. Offen und erstarrt. Ein Schrei war in ihrer Kehle aufgestiegen und hatte die Luft zerrissen, während er an den Wänden des Badezimmers widerhallte.

Dem Autopsiebericht zufolge war ihr Vater ertrunken. Mit geröteten Augen hatte ihre Mutter ihr und David erklärt, dass sein Tod ein Unfall gewesen war. Ein schrecklicher, furchtbarer, unglücklicher Unfall. Ihr Vater musste seine Armhalterung in der Wanne verloren haben und hinuntergerutscht sein. Da er sich nicht selbstständig aufsetzen oder mit den Händen festhalten konnte, war es ihm nicht gelungen, sich hochzuziehen.

Die Leute redeten. Spekulierten. Bethany hörte die Gerüchte und verteidigte ihren Vater mit beispielloser Leidenschaft, weil sie davon überzeugt war, dass sein Tod genau so gewesen war, wie ihre Mutter es gesagt hatte.

Währenddessen wurde ihr ganzes Leben auf den Kopf gestellt. Als wäre es nicht genug, dass sie ihren Vater verloren hatte, zog ihre Mom mit ihnen auch noch in einen schäbigen Trailer – weg von Dan und weg von der Farm. Und sie ging jeden Abend weg, anstatt David und sie ins Bett zu bringen. Zum ersten Mal in Bethanys Leben musste ihre Mutter arbeiten. Die Nachtschicht. Jeden Abend um sieben fuhr Mom zur Aluminiumfabrik.

Bethany musste zwei Tode betrauern. Den ihres Vaters und den des Lebens, das sie geliebt hatte. Sie verbrachte viele Nächte unter Davids Aufsicht und rang mit der Frage, warum sich alles ändern musste. Es war etwas, das sie immer verwirrte.

Bis drei Jahre vergangen waren.

Bis zu dem Sommer, in dem sie zwölf wurde.

Bethany fuhr mit dem Fahrrad durch den schäbigen Trailerpark und hielt vor dem Metallhaufen, in dem sie wohnten. Fentons schwarze Limousine stand in der Auffahrt. Samstags kam er immer vorbei und trank mit ihrer Mom Kaffee. Bethany wusste, dass sie sich dann besser rarmachte.

Sie stieg von ihrem Rad und schlich zur Haustür, weil sie dachte, wenn sie ganz leise wäre, könnte sie sich vielleicht unbemerkt in das Zimmer schleichen, das sie sich mit David teilte. Aber als sie die Tür erreicht hatte, drang Fentons Stimme durch das geöffnete Fenster.

»Je mehr du dich an die Vergangenheit klammerst, desto mehr Macht gibst du Satan.«

Bethanys Hand blieb am Türknauf kleben.

»Aber ich fühle mich furchtbar schuldig.«

»Hast du denn einen Grund, dich schuldig zu fühlen? Es war Tom, der beschlossen hat, sich das Leben zu nehmen, oder nicht? Es war Tom, der beschlossen hat, Gott zu spielen. Er war ein reueloser Sünder, Ruth. Bitte tritt nicht in seine Fußstapfen.«

Bethany ließ die Hand sinken und ihre Gedanken überschlugen sich bei den Worten des Pastors.

»Ich weiß, aber ich habe es ihm nicht gerade leicht gemacht. Ich habe ihn ständig bedrängt. Ich hatte solche Sorgen wegen unserer Zukunft, nachdem er im Rollstuhl saß. Er hatte Depressionen, und ich habe nichts getan, außer ihm immer wieder zu sagen, dass er Gott um Vergebung bitten solle. Und jedes Mal, wenn ich das tat, wurde es schlimmer.«

Bethanys Herz hämmerte schmerzhaft in ihrer Brust und ihr Mund war so trocken, als hätte sie Watte darin.

»Es war richtig, dass du ihn dazu gedrängt hast. Er hätte auf dich hören sollen. Aber das hat er nicht getan. Er hat seine Entscheidung getroffen. Und Menschen, die diese Entscheidung treffen, kommen in die Hölle. Willst du ihm dahin folgen?«

Bethany wich zurück, als hätte jemand sie geschlagen. Sie stürzte die Treppe hinunter und sprang auf ihr Fahrrad. Ihre Beine strampelten wie wild, angetrieben von dem dringenden Wunsch, Fentons Worten zu entfliehen. Und den logischen Schlussfolgerungen. Sie trat in die Pedale, bis ihre Lunge brannte wie ein loderndes Lagerfeuer. Erst als das Blut in ihren Ohren rauschte, sank sie vor Erschöpfung am Stadtrand zusammen, genau unter dem Schild, auf dem die Einwohnerzahl stand. Genau vor Jorners Gemischtwarenhandlung.

Doch selbst dort, zwischen Maisfeldern und der Schotterstraße, legten Fentons Worte sich um ihre Kehle und würgten sie mit ihrer unausweichlichen, widerlichen Wahrheit.

Ihr Vater hatte sich umgebracht.

Und ihre Mutter war eine Lügnerin.

Es war kein Unfall gewesen, dass er in der Badewanne ertrunken war. Er hatte diese Welt absichtlich verlassen. Er hatte sie zurückgelassen und sich dem Mann mit dem finsteren Blick zufolge zu einer Ewigkeit im Höllenfeuer verurteilt. Zu schwach, um Pastor Fenton die Stirn zu bieten, zu schwach, um seine Frau von dem Pastor der Kirche des Ersten Lichts zurückzugewinnen, zu schwach, seine Verletzung zu überwinden, hatte er den Ausweg eines Feiglings gewählt. Während Bethany am Straßenrand saß, drückte die Wahrheit ihre dünnen, zwölf Jahre alten Schultern nieder. Sie verletzte ihre Seele und riss empfindliche Wunden auf, die noch nicht verheilt waren.

Bethany fröstelte und riss sich von diesen schrecklichen Erinnerungen los, während sie ganz still dasaß, bis der pfirsichfarbene Horizont tintenblau geworden war und der Mond zwischen den raschelnden Blättern hindurchschien.

Als sie klein gewesen war, hatte Pastor Fenton jeden Sonntag auf der Kanzel gestanden, überlebensgroß und charismatisch. Ihr Vater hatte seine Worte wie ein von Maden verseuchtes Abendmahl verinnerlicht und war unter dem Urteil des Pastors geschrumpft, als wäre es die ultimative Wahrheit. Ihre Mutter verehrte Fenton. Liebte ihn. Betete ihn an wie Gott. Und Bethany hatte keinen Grund gehabt zu glauben, dass er es nicht war. In ihrer Kleinmädchenwahrnehmung waren Gott und Fenton ein und dieselbe Person gewesen. Sie hatte keine Ahnung gehabt, wie sie die beiden auseinanderhalten sollte.

Bis jetzt.

Fenton so schwach und gebrechlich auf der Krankenliege zu sehen, hatte dem Fundament ihrer Überzeugungen Risse zugefügt. Unter einem sternenübersäten, samtweichen Himmel wurde Bethany etwas Einfaches, aber doch Grundlegendes bewusst. Pastor Fenton war nicht Gott. Er war ein Mensch. Ein gebrochener, sündiger Mensch. Wie ihre Eltern hatte sie mehr in ihm gesehen, obwohl er nie etwas anderes gewesen war als ein Wesen aus Fleisch und Blut.

In der Ferne wieherte ein Pferd. Ihr Handy vibrierte. Es war eine SMS von ihrer Mom. Fenton war außer Lebensgefahr und in Zimmer 236.

Bethany fragte sich, ob ihre Mutter verrückt geworden war. Glaubte sie tatsächlich, Bethany scherte sich darum, wie es Fenton ging oder wo er war? Verstand sie wirklich nicht, wie sehr Bethany ihn hasste?

Gelächter näherte sich ihr in Form von drei Jungen, so um die zwölf, dreizehn Jahre alt. Sie bemerkten Bethany nicht, während sie mit ihren Cowboystiefeln, Tüten voller Toffee, ihren Eintrittskarten und Sonnenbrand auf den Wangen an ihr vorbeigingen. Als Bethany den Kopf wandte, um ihnen nachzublicken, schrak sie zusammen. Evan stand ein paar Schritte von ihr entfernt und beobachtete sie.

Eine schwüle Brise ließ die Haarsträhnen um Bethanys Wangen tanzen. Sie schob sie sich hinters Ohr und schlang die Arme um ihre Beine. Evan hatte sie seit dem Eintreffen der Sanitäter beobachtet, fasziniert von den Emotionen, die über ihr Gesicht gehuscht waren. Als sie sich umgedreht hatte und gegangen war, hatte er vorgehabt, ihr zu folgen. Aber Robin hatte sich nicht gut gefühlt und Gavin und er zuerst dafür sorgen müssen, dass sie nach Hause kam. Sobald sein Bruder sie weggebracht hatte, war Evan in die Richtung gegangen, in der Bethany verschwunden war, und hatte inständig gehofft, dass er sie finden würde. Er musste sie einfach finden.

Und jetzt saß sie da unter einem Baum am Rand des Jahrmarkts von Peaks.

»Ich bin froh, dass ich dich gefunden habe«, sagte er.

Sie wandte den Blick ab und ließ ihn in die Ferne schweifen. Er hatte keine Ahnung, was Pastor Fenton Bethany oder ihrer Mutter bedeutete. Er wusste nicht, welche Fesseln sie miteinander verbanden. Er wusste nur, was er gesehen hatte – den Schmerz in Bethanys Gesicht, als sie ihn in den Krankenwagen geladen hatten. Obwohl er in den letzten Wochen bewusst versucht hatte, auf Distanz zu ihr zu gehen und die Anziehungskraft zu ignorieren, die sie auf ihn ausübte, hatte er den Drang, ihr zu folgen, an diesem Abend nicht ignorieren können.

Er setzte sich zu ihr ins hohe Gras unter dem Baum. »Geht's dir gut?«

Sie blickte auf ihre Finger, die sie um ihre Schienbeine gelegt hatte.

»Ich wüsste wirklich gerne, worüber du gerade nachdenkst«, sagte er.

Der Anflug eines Lächelns erschien auf ihren Lippen, verschwand jedoch gleich wieder. »Du wirst es kaum glauben, aber über Gott.«

Ihre Antwort überraschte ihn. Ihm war noch nie jemand begegnet, bei dem das Konzept eines liebenden Vaters auf mehr Widerstand stieß als bei der Frau, die gerade neben ihm saß. Abgesehen von ihm selbst vielleicht, vor vier Jahren. Ein weiterer Grund, warum er die Beziehung zu ihr nicht vertiefen sollte. »Was ist mit ihm?«

»Ich versuche nur herauszufinden, wer er ist.«

»Und bist du zu einem Ergebnis gekommen?«

Sie seufzte und legte das Kinn auf ihren Knien ab. »Ich weiß zumindest, wer er nicht ist.«

Er hatte noch nie auf diese Weise mit Bethany geredet. So offen und ehrlich. Bisher hatte sie ihm nur in Notsituationen einen Blick in ihr Inneres erlaubt – in heftigen Gefühlsausbrüchen, die er normalerweise provoziert hatte. So wie jetzt war es noch nie gewesen. Dass sie einfach neben ihm saß – ruhig, nachdenklich, offen.

Bethany pflückte ein Kleebatt und drehte es zwischen ihren Fingern. »Er ist nicht Pastor Fenton.«

»Du dachtest, Fenton wäre Gott?«

»Als Kind habe ich das geglaubt. Und irgendwie ist dieser Glaube wohl hängen geblieben.« Sie zuckte mit den Schultern. »Aber er kann nicht Gott sein. Jetzt nicht mehr. Nicht, wenn er in einem Krankenhausbett liegt.«

Evan ließ die Worte sacken und versuchte, sie so zusammenzufügen, dass sie einen Sinn ergaben. Als das Puzzle in seinem Kopf fertig war, stand am Ende eine einfache Frage. Eine, auf die es nur selten eine einfache Antwort gab. Eine, die er ihr schon einmal gestellt hatte, auf einem Felsen am Bach. Nur hatte sie ihm damals keine ehrliche Antwort gegeben. »Warum bist du so wütend auf Gott, Bethany?«

Sie runzelte die Stirn. »Weil ich hasse, was Gott den Menschen antut.« Sie starrte auf ihren Schoß. »Oder jedenfalls habe ich es gehasst.«

Evan sagte nichts. Er saß nur da und wartete.

»Ich mochte nicht, was der Glaube an Gott mit den Menschen machte, die mir wichtig waren. Er hat meinen Vater zerstört und meine Mutter in einen verängstigten Schatten ihrer selbst verwandelt.« Sie riss die Blätter des Klees ab und ließ sie eins nach dem anderen auf den Boden fallen. »Das Christentum hat sie zugrunde gerichtet.«

Evan streckte die Beine aus und lehnte sich zurück, die Hände auf den Boden gestützt. »Ich kenne deine Mom nicht sehr gut. Und deinen Dad habe ich nie kennengelernt. Aber was du gerade beschrieben hast … das ist kein Glaube, Bethany. An Christus zu glauben – ihn zu kennen – hat nichts mit Angst zu tun. Es bedeutet Freiheit.«

Bethany sah ihn an und am liebsten wäre er näher gerückt. Er wollte die Wunden heilen, die Fenton in ihre Seele geschlagen hatte. Ihren Schmerz auslöschen und sie erneuern. Aber so wie seine Familie ihn während seiner wütenden Jahre nicht hatte retten können, wusste er, dass er Bethany jetzt auch nicht retten konnte. Das war eine Sache zwischen ihr und Gott.

»Robin hat gesagt, sie hätte *ihr Leben Christus übergeben.* So hat sie es ausgedrückt.« Bethany wandte sich ihm zu, die Augen leicht zusammengekniffen. Nicht verächtlich oder missbilligend oder spöttisch. Sondern nachdenklich. So als wäre es von größter Wichtigkeit, den Knoten, mit dem sie kämpfte, zu entwirren. »Wie kann es zu Freiheit führen, wenn man jemandem sein Leben übergibt?«

Er dachte über ihre Frage nach und überlegte hin und her, während die Grillen zirpten und die Nacht sich über sie legte. »Manchmal ist es ziemlich befreiend loszulassen.«

»Loslassen, hm? Darin war ich noch nie besonders gut.«

Oh, wie gut er das verstand. Bethany und er waren sich unglaublich ähnlich. Mehr als ihnen bewusst gewesen war. Beide hatten sie jede Menge Zweifel und Fragen. Beide waren sie wild entschlossen, die Zügel ihres Lebens fest in der Hand zu behalten. Denn sie loszulassen, bedeutete, die Kontrolle zu verlieren. Und die Kontrolle zu verlieren, war beängstigend. »Aber es ist nicht unmöglich«, erwiderte er.

Sie lachte leise. »Kennst du mich nicht?«

»Ich weiß, dass du es schon mal getan hast.« Er zog eine Augenbraue hoch und stieß sie mit der Schulter an. »Mit mir auf der Tanzfläche.«

Sie nickte. »Das ist aber ein bisschen was anderes.«

»So anders ist es nun auch wieder nicht.«

»Jedenfalls bin ich mir nicht sicher, ob ich jemals bereit sein werde loszulassen.«

Eine Weile schwiegen sie, während die Grillen und Zikaden ihre nächtliche Serenade erklingen ließen.

»Eins habe ich in den letzten vier Jahren über Gott gelernt. Er wartet oft nicht, bis wir bereit sind.« Wenn er beim Neujahrsempfang gewartet hätte, bis Bethany bereit gewesen wäre, mit ihm zu tanzen, wäre es nie dazu gekommen. Wenn Gott gewartet hätte, bis Evan lange genug wütend gewesen wäre, dann wäre Evan nie zu ihm zurückgekehrt.

Bethany zupfte noch ein paar Kleepflanzen aus der Erde und schlug nach einer Mücke, die auf ihrem Knöchel gelandet war. »Hat Robin dir erzählt, dass ich versucht habe, mich zu ertränken?«

Sie stellte die Frage so beiläufig, so leise, dass er sie in Gedanken noch einmal abspielen musste, um sich zu vergewissern, dass er sich nicht verhört hatte. Als er sich dessen sicher war, kribbelte seine Haut. »Nein. Warum?«

»Das ist die Eine-Million-Dollar-Frage.«

Evan beugte sich vor.

»Ich war damals zwölf. Und anschließend haben alle in Peaks mich behandelt, als wäre ich aussätzig. Meine Mutter hat mich gezwungen, eine Therapie zu machen – was ich getan hatte, hat sie in Angst und Schrecken versetzt.« Sie holte tief Luft. »Ich glaube, weil es die gleiche Art war, wie mein Vater sich das Leben genommen hatte.«

Ihre Worte fegten wie ein eisiger Luftzug durch seinen Schädel. Dans Sohn hatte Selbstmord begangen? Er hatte immer gedacht, Bethanys Vater sei an den Komplikationen eines Sturzes vom Silo gestorben. Nicht ein einziges Mal in ihren gemeinsamen fünf Jahren hatte Dan irgendwelche Andeutungen gemacht, dass es Selbstmord gewesen war.

»Meine Mutter hat allen erzählt, es sei ein Unfall gewesen, aber die Leute haben die Wahrheit erraten. Ich glaube, Mom dachte, dass Gott sie durch das, was ich getan hatte, bestrafen wollte.«

Evan rieb sich die Stirn und versuchte, das Bild von Bethany als verletztes, geächtetes junges Mädchen aus seinem Kopf zu vertreiben. Kein Wunder, dass sie Peaks hasste.

»Die Therapie hat nichts gebracht. Ich habe nie jemandem gesagt, warum ich es getan habe.« Sie stützte die Ellbogen auf die Knie, holte wieder tief Luft und sah ihm in die Augen. »Und weißt du, was verrückt ist?«

Evan blieb ganz still sitzen. Er hatte Angst, wenn er sich bewegte, könnte er den Moment zerstören und Bethany würde sich wieder verschließen.

»Ich habe es getan, weil ich in die Hölle wollte.«

Sie sprach diese Worte in die Dunkelheit hinaus. Sie strömten aus ihrem Mund und hingen in der Luft wie eine Wolke Elektrizität, die ihm die Haare an Armen und Nacken zu Berge stehen ließ. »Warum?«

»Weil Fenton gesagt hatte, dass mein Dad dort sei, und ich den Gedanken, dass er dort ganz allein war, nicht ertragen konnte. Auch wenn ich hasste, was er getan hatte, war er doch mein Dad. Und ich vermisste ihn.«

Ihre Worte brachen Evan das Herz. Es zerbarst in winzige Stücke um der zwölfjährigen Bethany willen. Um eines jungen Mädchens willen, das verletzt war. Das Barmherzigkeit gebraucht hätte und nicht Zorn. Eine Botschaft der Erlösung und nicht der Verdammnis. Um eines jungen Mädchens willen, dessen Familie von einem Mann in Fetzen gerissen worden war, der Gottes Liebe hätte vermitteln sollen, aber stattdessen seine Stellung missbraucht hatte.

»Ich dachte, wenn ich bei ihm wäre, wäre die Hölle vielleicht nicht mehr so schlimm.« Sie blickte auf ihre Knie hinunter. »Aber es hat nicht funktioniert.«

Evan fröstelte. Er hatte keine Ahnung, wo Bethanys Vater war, aber er war auf jeden Fall froh darüber, dass Bethany hier war – auf dem Jahrmarkt, an seiner Seite. Er faltete seine Hände und legte sie auf seinen Schoß. Ob er es tat, um sich selbst daran zu hindern, zum Krankenhaus zu fahren und einen hilflosen Mann grün und blau zu schlagen, oder daran, die Arme um die Frau neben sich zu schlingen, wusste er selbst nicht so genau. »Dann bin ich froh, dass du es herausgefunden hast.«

Die Falten auf Bethanys Stirn wurden tiefer. »Was herausgefunden?«

»Dass Pastor Fenton nicht Gott ist.«

Ihre Mundwinkel wanderten nach oben. »Darüber bin ich auch froh.«

Kapitel 35

Da Gavin sich Evans Wagen geliehen hatte, um Robin nach Hause zu fahren, musste Bethany Evan zur Farm zurückbringen. Sie verspürte eine große Erschöpfung, während sie zusah, wie er im Haus verschwand. Das Licht in der Küche ging an und dann wieder aus. Kurz darauf leuchtete die Lampe in seinem Schlafzimmer im zweiten Stock einige Augenblicke lang, bevor sie wieder ausging. Falls Evan wusste, dass sie eine Stunde lang in seiner Auffahrt saß, ihr Erbe betrachtete und über ihre Zukunft nachdachte, dann ließ er sie das unbehelligt tun.

Eine samtene Schwärze bedeckte das Land und hüllte die Farm in eine dunkle Stille, die ihre Seele ruhig werden ließ. Sie blickte über die Pferdekoppel hinaus zur Weide dahinter und zu den endlos scheinenden Reihen Mais, der auf den sanften Hügeln gepflanzt war. Die feuchte Luft und der Duft von taufrischem Heu krochen zu ihrem Fenster herein und brachten einen ganzen Wust von Kindheitserinnerungen mit sich.

Diese Farm war eine Naht, die ihre Vergangenheit in einen Vorher- und einen Nachherbereich zerteilte. Ihre Kindheit vor dem Unfall ihres Vaters und ihre Kindheit danach. Wenn sie Dans Land verkaufte, wäre das, als würde sie die Naht herausreißen, und in dem Versuch, den schlechten Stoff zu zerstören, den guten mit verkaufen. Wollte sie das wirklich machen? Die Nacht drang in ihren Wagen und in ihre Poren und erfüllte sie mit einem merkwürdigen inneren Frieden. Was sollte sie tun?

Als sie schließlich aus der Auffahrt auf die Straße einbog, verriet die Uhr am Armaturenbrett ihr, dass es fünf Minuten nach Mitternacht war. Die ersten fünf Minuten des neuen Tages. Ein neuer Anfang. Sie fuhr zu Robins Haus und klopfte derweil die wie Kalk verhärteten Schichten um ihre Seele los auf der Suche nach sich selbst unter all den Verkrustungen. Im Laufe der letzten zehn Jahre hatte sie unglaublich viel Energie darauf verwendet weiterzukommen, aufzusteigen und eine beeindruckende Fassade zu errichten. Architektin. In der Großstadt. Eine Frau mit Zielen, Geld, teuren Kleidern und einem schicken Auto. Aber eine Fassade war eben genau das: eine Fassade. Ein unechter Versuch, Unvollkommenheit zu verdecken und das heruntergekommene Gebäude dahinter zu verbergen.

Als sie aus ihrem Wagen stieg und auf Robins Haustür zuging, beschloss sie, ihre Fähigkeiten zu nutzen. Und zwar richtig. Es war an der Zeit, dass sie sich selbst sanierte – die Bethany hinter der Fassade.

In sechs Wochen würde das Baby zur Welt kommen. Also hatte sie sechs Wochen Zeit herauszufinden, welche Mauern eingerissen werden mussten und welche Wände stehen bleiben konnten. Sechs Wochen, um wieder etwas Echtes aufzubauen.

Jemand Echtes.

Sie öffnete leise die Tür, betrat das Foyer und stellte zu ihrer Überraschung fest, dass im Obergeschoss Licht brannte. War Robin noch wach? Sie umfasste den Türknauf und schloss die Haustür, wobei sie versuchte, das Schloss so leise wie möglich zuschnappen zu lassen. Als sie sich umdrehte, stand Robin auf der Treppe und hielt sich den Bauch. Ihr Gesicht war zu einer Grimasse verzogen.

Bethanys Puls machte einen Satz. »Was ist los?«

Robin konzentrierte sich auf die letzte Treppenstufe und antwortete erst, als ihr Gesicht sich entspannt hatte. »Ich war im Bad, weil ich dachte, die Fruchtblase wäre vielleicht geplatzt.«

Ein Schrecken durchfuhr Bethanys Glieder. Entweder die Blase platzte oder sie platzte nicht. Was meinte sie mit *vielleicht*?

»Und seitdem habe ich ein bisschen Schmerzen. So wie wenn ich meine Tage bekomme.«

Bethany machte drei schnelle Schritte auf die Treppe zu.

»Ich habe den Arzt angerufen. Er sagte, ich solle ins Krankenhaus fahren.« Robins Hand zitterte, als sie ihren Hals berührte, so als wollte sie die nächsten Worte dadurch dazu überreden, herauszukommen. »Es ist doch noch zu früh für das Baby, oder? Ich habe ja noch nicht mal eine Tasche gepackt.«

Bethanys Knie wurden weich. Der Arzt hatte gesagt, sie sollten ins Krankenhaus fahren. Sie nahm Robins schwitzige Hand und führte sie zur Tür. »Ich bin mir sicher, dass alles in Ordnung ist. Alles wird gut.«

Sie fragte sich, ob das eine Lüge war.

Plötzlich zog das bisherige Leben des Kindes vor ihrem inneren Auge vorbei. Wie sie den winzigen Herzschlag auf dem Monitor gesehen hatte. Das schnelle Rauschen, das zwei Wochen später im Behandlungszimmer erklungen war und ihre Seele mit Freude, Aufregung und einer merkwürdigen Sehnsucht erfüllt hatte. Mit jedem Tag hatte sie gesehen, wie Robins Bauch runder geworden war, und hatte selbst das Boxen und Treten des Babys mit der Hand gefühlt. Bethany versuchte zu schlucken, aber ihre Halsmuskeln waren zu verkrampft.

Sie rannte in die Küche, schnappte sich Robins Handtasche und führte ihre Freundin dann zu ihrem Wagen. Als sie drinsaßen, verzog sich Robins Gesicht erneut zu einer Grimasse. Als der Schmerz vorbei war, holte sie zitternd Luft und sah Bethany mit Panik im Blick an.

»Ich schaff das nicht, Bethany. Nicht ohne Micah.«

Bethany trat durch die Krankenhaustür und ging schnurstracks auf den Empfangstresen zu. »Ich bin hier, um Robin Price einzuchecken. Sie ist in der vierunddreißigsten Schwangerschaftswoche und die Wehen haben eingesetzt.«

Sie warf einen Blick über ihre Schulter. Robin stand an der Wand, mit großen Augen und kreideweißem Gesicht. Bethany sah wieder die Empfangsdame an, wippte mit dem Fuß, trommelte mit den Fingern auf dem Tresen und widerstand dem

Drang, über den Tisch zu springen und Robins Daten selbst in den Computer einzugeben. Was in aller Welt war so schwierig daran, einen Namen zu tippen? Welchen Teil von *vierunddreißigste Schwangerschaftswoche* hatte sie nicht verstanden?

Die Frau blickte auf, verzog die Lippen zu demselben Lächeln, das sie vermutlich jedem Patienten zeigte, der durch diese Tür kam, und sagte, sie sollten sich zur Neugeborenenstation begeben. Bethany verkniff sich einen sarkastischen Unterton in ihrem »Vielen Dank«, als die Frau ihnen einen Rollstuhl brachte, und eilte dann mit Robin zum Aufzug. Als sie darin waren, schloss Bethany die Augen.

Mach, dass nichts schiefläuft.

Es war keine besondere sprachliche Glanzleistung. Es war nicht einmal eine Bitte. Bethanys Verstand formulierte das Gebet wie eine Forderung, als wäre sie eine Mutter, die ihrem ungezogenen Kind sagt, es solle mit dem Unsinn aufhören, und zwar auf der Stelle. Als die Tür aufging, schob sie Robin zur Schwesternstation. Zwei Krankenschwestern saßen hinter diesem Tresen, beide jung, beide hübsch, beide gelangweilt. Die kleinere von beiden stand auf und kam zu ihnen.

»Dr. Hannigan hat gesagt, wir sollen herkommen. Sie ist gerade erst in der vierunddreißigsten Woche.«

Die Schwester lächelte. »Er ist vor ein paar Minuten eingetroffen.« Sie deutete mit dem Kinn auf ein Zimmer, wobei ihre kurzen Locken hüpften. »Kommen Sie doch bitte mit.«

Sie betraten einen kleinen Raum mit einer Liege und einem Monitor. Weiß und öde. Die Schwester gab Robin ein Krankenhaushemd, das sie anziehen sollte, ging hinaus und kam wenige Minuten später zurück.

»Okay, Robin. Ich heiße Lacy und ich möchte Sie bitten, sich hinzulegen, damit ich nachsehen kann, was los ist.« Sie tätschelte Robins Knie.

Bethany saß auf der vorderen Kante eines Stuhls in der Ecke und wippte mit den Zehen auf dem Linoleumfußboden.

Als Lacy fertig war, rollte sie ihren Stuhl zurück. »Der Muttermund ist vier Zentimeter geweitet.«

Robin setzte sich auf und ihre schwarzen Pupillen waren so geweitet, dass sie das helle Blau ihrer Augen fast völlig übertönten. »Ist es dafür nicht noch zu früh? Kann der Arzt es aufhalten?«

Das Lächeln der Schwester wirkte wie festgeklebt. »Wenn die Fruchtblase geplatzt ist, hält der Arzt die Wehen nicht gerne auf.«

Das war alles. Sie fügte keine Erklärung hinzu. Stattdessen legte sie eine Hand auf Robins Unterarm und drückte ihn ein wenig. »Dr. Hannigan kommt gleich.«

Mit einem schnappenden Geräusch zog Lacy die Einmalhandschuhe von ihren Handgelenken, während sie aufstand. Dann verließ sie das Zimmer, sodass Bethany und Robin mit ihren Ängsten allein zurückblieben. Bethany überlegte krampfhaft, was sie sagen sollte. Sie kramte in ihrem Wortschatz, fand aber nichts als leere Worthülsen. Worte, die keine Hilfe waren. Also hielt sie den Mund, krallte die Finger um ihre Oberschenkel und schob jeden negativen Gedanken beiseite, der ihr in den Sinn kam. Ein *Was ist, wenn?* nach dem anderen kam angeflogen wie Tennisbälle aus einer wild gewordenen Ballmaschine auf einem Übungsplatz, aber Bethany sagte nichts und schlug die Fragen weg, bis die Türklinke sich bewegte und Dr. Hannigan hereinkam, gefolgt von Lacy.

Er setzte sich auf den Stuhl neben Robins Liege, während Lacy etwas aus einem Gerät aushakte, Robins Hemd hochzog und die Vorrichtung über ihre nackte Haut hielt. Sobald sie Robins Bauch berührte, erklang das vertraute rhythmische Rauschen im Raum und ließ einen Kloß der Hoffnung in Bethanys Kehle aufsteigen. Sie holte mehrmals langsam Luft und konzentrierte sich auf eine einfache Tatsache.

Dem Baby geht es gut. Dem Baby geht es gut. Dem Baby geht es gut …

Dr. Hannigan betrachtete den Monitor. »Sieht so aus, als bekämen Sie Ihr Kleines etwas früher als geplant.«

Bethany wollte protestieren. Robin hatte noch sechs Wochen. Das konnte doch nicht gut sein.

»Haben Sie schon Wehen?«, fragte er.

»Nur ein paar.« In dem Moment, in dem Robin das sagte, verzog sich ihr Gesicht erneut zu einer Grimasse.

Es war nicht zu übersehen, dass ihre Freundin wieder eine Wehe hatte, und es gab nichts, was Bethany tun konnte, um Robins Schmerz zu lindern. Sie konnte nur abwarten und zusehen. Und da sie das nicht tun wollte, warf sie Dr. Hannigan ihre Frage an den Kopf. »Ist es dafür nicht zu früh?«

»Es ist schon ein bisschen früh. Normalerweise würden wir versuchen, die Wehen aufzuhalten. Aber da ihre Fruchtblase schon geplatzt ist, würden wir durch eine Verzögerung eine Infektion riskieren, und das wollen wir nicht.« Der Arzt wandte sich an Robin, deren Miene jetzt nicht mehr schmerzverzerrt war. »Babys, die in der vierunddreißigsten Woche geboren werden, haben oft gar keine Probleme.«

Bethany stolperte über seine Wortwahl. *Oft*. Sie verstand etwas von Statistik. *Oft* bedeutete nicht *immer*. Das Gegenteil von *oft* war *selten*. Der Gedanke, dass auch nur ein geringes Risiko bestand, dass etwas mit Robins Baby nicht stimmen könnte, gefiel ihr gar nicht. »Und was passiert jetzt?«

»Sobald das Baby auf der Welt ist, werden wir erst einmal dafür sorgen, dass es sich stabilisiert. Das Baby wird einige Zeit auf der Neugeborenenintensivstation verbringen, wo wir beobachten, wie gut die Lunge entwickelt ist, ob das Baby Gelbsucht bekommt … solche Dinge.«

Eine unterentwickelte Lunge? Gelbsucht? Das klang furchterregend. Das waren ernste Sachen. Um Robins willen hielt sie den Mund, denn ihre Freundin lag mit zusammengepressten Lippen zitternd auf der Liege, während aus dem Monitor weiter das gedämpfte Pochen erklang. Bethany wollte dieses Geräusch festhalten. Sie wollte es an sich drücken und ihm das Versprechen abnehmen, niemals aufzuhören. Aber wie konnte man einen

Herzschlag umarmen? Wie konnte sie eine Situation in den Griff bekommen, die so völlig außerhalb ihrer Macht lag?

Wieder verzog sich Robins Gesicht. Ihr Atem ging schneller. Sie hielt sich den Bauch und wand sich auf der Liege. Bethany wandte den Blick ab, während ihr Herz im Gleichtakt mit dem winzigen Herzschlag des Babys hämmerte. Es war ein hektischer Puls, der um Aufmerksamkeit heischte.

Dr. Hannigan wandte sich an Lacy. »Bringen Sie die Patientin in den Kreißsaal. Ich statte der Intensiv einen Besuch ab. Irgendwie habe ich das Gefühl, dass es schnell gehen wird.«

Lacy sah Robin an und nickte in Richtung Tür. »Ich fahre Sie mit dem Rollstuhl hin. Es ist nur den Flur hinunter. Sobald wir dort sind, schließe ich Sie gleich wieder an einen Monitor an, damit wir sichergehen können, dass es dem Baby gut geht.«

Robin nickte schwach und setzte sich auf. Als sie aufgestanden war, legte sie eine Hand unter ihren Bauch, eine Geste, die Bethany schon hundertmal bei Robin gesehen hatte. Aber diesmal kam Bethany nicht damit klar. Sie konnte das nicht verkraften. Sie hätte doch noch sechs Wochen Zeit haben sollen. Noch sechs Wochen, bis das Baby kam. Sechs Wochen, um sich selbst zu sanieren. Um herauszufinden, wie sie sich ihre Zukunft vorstellte. Das Baby war für diesen Schritt noch nicht bereit. Bethany war noch nicht bereit. Und Robins Miene nach zu urteilen war sie auch noch nicht bereit dafür.

»Oft wartet er nicht, bis wir bereit sind.«

Evans Worte von vor einigen Stunden bekamen mit einem Mal eine ganz neue Bedeutung.

Nachdem sie aus dem Kreißsaal geschlüpft war, rief Bethany Evan an und sagte ihm, er solle sich mit ihr im Wartebereich treffen. Dorthin sollte sie jetzt gehen. Ins Wartezimmer. Warum also ging sie die Treppe hinunter, weg von der Säuglingsstation?

Auf dem Treppenabsatz des zweiten Stocks blieb sie stehen und stieß die schwere Tür auf, die in einen breiten Korridor führte. Der Empfangsbereich vor ihr war leer. Sanfte Lichtkegel warfen helle Flecken auf den Tresen, während alles andere in gedämpfte Grau- und Schwarztöne getaucht war. Ein Stück den Gang hinunter kam eine Schwester aus einem Zimmer und ging gleich darauf in ein anderes. Die Stille schrie geradezu nach Aufmerksamkeit, sodass Bethany die Haare zu Berge standen.

Ohne um Erlaubnis zu bitten, schlich Bethany den dunklen Gang hinunter – und fragte sich bei jedem Schritt, was sie da eigentlich tat. Vor der geöffneten Tür von Zimmer 236 blieb sie stehen. Sie krallte die Finger umeinander und presste die Hände auf ihren Unterleib. Sie sollte bei Robin sein, ihre Hand halten und sie bei den Wehen unterstützen. Sie sollte nicht im Türrahmen zu Fentons Krankenhauszimmer stehen und einen schlafenden Mann beobachten, der einen Schwarz-Weiß-Gott predigte – bei dem gute Umstände ein Beweis für Gottes Gunst waren und schlechte eine Strafe Gottes.

Aber was würde Fenton jetzt sagen, wo er derjenige war, der in einem Krankenhausbett lag? Jetzt, wo er es war, der litt? Jetzt, wo er der Gelähmte war? Am liebsten hätte sie ihn geweckt und ihn gefragt. Sie wollte eine Antwort von ihm einfordern. Sein Stammeln hören. Hören, wie er stockte. Wie er scheiterte. Aber was würde das nützen? Wahrscheinlich konnte er nicht einmal sprechen.

Sie betrachtete die geweiteten Adern an Fentons Hand, das schwache Heben und Senken seines Brustkorbs, und mit einem Mal lockerten die Ketten der Wut, die sich um ihre Seele geschlungen hatten, ihren Griff, entwirrten sich aus dem zerstörerischen Knoten, den sie im Laufe der Jahre gebildet hatten. In der Stille des nächtlichen Krankenhauszimmers, in dem Pastor Fenton lag, sah Bethany sich plötzlich mit einer Frage konfrontiert. Einer Frage, die sie beantworten musste. Nicht in sechs Wochen. Sondern jetzt sofort.

An welchen Gott würde sie glauben? Welchen Gott würde sie zu ihrem machen?

In einer Hand hielt sie Pastor Fentons Gott fest umklammert – einen Gott, der ihre Mutter einschüchterte; einen Gott, der einem gebrochenen Mann im Rollstuhl gegenüber keine Barmherzigkeit zeigte; einen Gott, den Bethany die letzten sechzehn Jahre ignoriert hatte. Und in der anderen Hand hielt sie Robins Gott – einen Gott, der Frieden brachte, wenn Friede eigentlich nicht möglich war; einen Gott, der Freude brachte, wenn alles freudlos war; einen Gott, der eine verwitwete Frau in ihrem Kummer nicht allein ließ.

Ihre Hände zitterten.

Vermutlich hätte die Wahl leicht sein sollen. Aber das war sie nicht. Nicht für sie.

Robins Gott machte Bethany Angst. Nicht auf die Art, wie eine Katze einer Maus Angst einjagt oder gewalttätige Eltern ihrem Kind. Sondern so, wie der Weltraum und die Ewigkeit und jedes unbekannte Konzept einem Menschen Angst machen, der es nicht mag, etwas nicht zu wissen. Wie konnte sie diesen grenzenlosen Gott annehmen und der Mensch bleiben, der sie war? Aber wie konnte sie die Wahrheit leugnen, die vor ihren Augen lag?

Bethanys Brust zog sich zusammen. Sie starrte Fenton an – der jetzt nicht mehr überlebensgroß war.

Dann holte sie tief Luft und öffnete einen verkrampften Finger nach dem anderen. Sie löste ihre Faust. Zwang ihre zitternde Hand, sich weit zu öffnen. Dann drehte sie sie um und ließ Fentons Gott los.

Sie schloss die Augen und lehnte sich an die Tür, während die Ketten der Wut, die ihren Geist so lange erstickt hatten, abfielen und davonschwebten.

Kapitel 36

Eisstückchen prasselten auf den Boden des Eimers und purzelten in dem Bestreben, die Maschine so schnell wie möglich zu verlassen, wild durcheinander. Evan nahm den Eimer und wandte sich dem Gang zu, um so schnell wie möglich zu Robin zurückzugehen. Er wollte Micah vertreten und für sie da sein, aber er hatte keine Ahnung, was er tun sollte. Dieser Eimer mit Eis schien die einzige Unterstützung zu sein, die er ihr geben konnte. Auch wenn sie ihn nicht darum gebeten hatte, wusste er doch aus Filmen, dass dies eine Aufgabe war, die normalerweise dem werdenden Vater zufiel, also hatte er sich ihrer mit einer Mischung aus Erleichterung und Eifer angenommen.

Wo in aller Welt war Bethany?

Nach ihrem Anruf war er aus dem Bett gesprungen, hatte sich eine Jeans und ein zerknittertes T-Shirt übergezogen und war in ein Paar Sandalen geschlüpft. Dann war er zum Krankenhaus gefahren. Als er bei Robin im Kreißsaal angekommen war, hatte er erwartet, Bethany neben ihr sitzen zu sehen und nicht eine Krankenschwester. Der Anblick von Robin, die angesichts der unsichtbaren Schmerzen, die ihren Unterleib fest im Griff hielten, Grimassen schnitt, hatte ihn in Schweiß ausbrechen lassen. Noch nie hatte er Micahs Abwesenheit so deutlich gespürt wie in diesem Augenblick.

Evan lief mit dem Eimer in der Hand den Gang hinunter, wild entschlossen, wenigstens einen Teil der riesigen Lücke in diesem Raum zu füllen. Gerade als er an den Aufzügen vorbeikam, schwang die Tür zum Treppenhaus auf. Er hob die Hand, damit die Tür ihn nicht ins Gesicht traf, und kämpfte verzweifelt mit dem Eimer mit dem Eis, als Bethany durch die Tür trat.

»Wo warst du?«

»Evan.« Die Erleichterung und Dankbarkeit, mit der sie seinen

Namen aussprach, jagte einen Wärmeschauer durch seinen Körper, der sich bis in seine Fingerspitzen ausbreitete. Dort traf er auf die Kälte des Eimers. Mit zitternder Hand schob Bethany sich den Pony aus der Stirn. »Bin ich froh, dass du da bist. Wie geht es ihr? Wie geht es dem Baby?«

»Dr. Hannigan sagt, dass alles sehr schnell geht. Als sie das letzte Mal nachgesehen haben, war der Muttermund schon sieben Zentimeter geöffnet. Sie hat echt Angst.« Er konnte genauso gut ehrlich sein. »*Ich* habe echt Angst.«

Bethanys Finger krallten sich um den Riemen ihrer Handtasche. Er erkannte die Entschlossenheit in ihrer Miene wieder, nur dass sie jetzt überhaupt nicht wie die kalte Granitstatue wirkte, mit der er sie verglichen hatte, als er ihr auf Dans Veranda zum ersten Mal begegnet war. Bewunderung stieg in ihm auf. Vor sieben Monaten hatte er gewollt, dass Bethany nach Chicago zurückging. Dass sie Robin und Dan in Ruhe ließ. Jetzt konnte er sich nicht vorstellen, wie er Micahs Frau ohne Bethany an seiner Seite unterstützen sollte.

Diesmal war noch eine weitere Person in Robins Zimmer, als sie dort ankamen – eine ältere Frau im Kittel. Sie kümmerte sich um etwas auf der anderen Seite des Raumes, während die junge Krankenschwester versuchte, seiner Schwägerin, die zusammengerollt auf der Seite lag und leise stöhnte, Mut zu machen. Evan ging zum Bett und tröstete sich mit dem schnellen Herzschlag des Babys, den der Apparat wiedergab.

Robins Zähne klapperten mit ihren zitternden Gliedern um die Wette. Er stellte den Eimer auf den Nachttisch. »Warum friert sie denn so?«

Die Schwester regelte etwas an dem Monitor, der mit Robins Bauch verbunden war. »Das Zittern kommt von den Hormonen.«

Beim Klang seiner Stimme hob Robin den Kopf und suchte mit panischen Blicken den Raum ab. »Wo ist Bethany?«

Bethany trat um Evan herum, aber bevor sie am Bett war, verzog Robins Mund sich zu einer schmerzhaften Grimasse und sie vergrub das Gesicht im Kopfkissen. Die Schwester legte beruhigend die Hand auf Robins gekrümmten Rücken. »Sie machen das super. Richtig gut. Atmen Sie nur weiter.« Aber ihre Miene wirkte besorgt.

Evans Herz stockte.

»Ich gehe nur kurz den Arzt holen und bin gleich wieder da«, sagte sie.

Robins Miene entspannte sich, aber das Zittern ließ nicht nach. Sie verbarg das Gesicht noch tiefer im Kissen und unterdrückte einen leisen Schluchzer. »Ich schaff das nicht.«

Bethany legte ihre Hand auf Robins Stirn und strich dann die Haarsträhnen fort, die daran klebten. »Heute Nacht lernst du dein Baby kennen, Robin. Dieser Herzschlag, den wir da hören, dieser winzige Mensch, den wir auf dem Bildschirm gesehen haben …? Schon bald wirst du dein Kleines im Arm halten.«

Evan spürte einen Kloß in seiner Kehle.

Robin tauchte aus dem Kissen auf, ihre Augen getränkt mit einem Schmerz, wie er ihn noch nie zuvor gesehen hatte. »Ich kann das nicht alleine.«

»Du bist nicht alleine«, sagte Bethany. »Du hast uns.«

Uns. Das klang gut.

»Und du hast Gott.«

Evans Kopf fuhr hoch. Waren diese Worte wirklich gerade aus Bethanys Mund gekommen? Robin holte zitternd Luft. »Aber Gott kann nicht meine Hand halten. Und mein Baby kann er auch nicht im Arm halten.«

Der Kloß in Evans Kehle wurde größer. Was Robin sagte, stimmte. Gott konnte das Baby nicht im Arm halten. Jedenfalls nicht so, wie Micah es gekonnt hätte, wenn er am Leben geblieben wäre.

»Das ist wahr«, sagte Bethany.

Evan warf ihr einen Blick zu. Jetzt war wirklich nicht der richtige Zeitpunkt, um zu sagen, was sie wirklich dachte.

»Aber er hat Menschen in dein Leben gestellt, die es können.«

Bethany schob ihre Finger zwischen die von Robin und drückte ihre Hand. »Wir werden deine Hand halten, Robin. Und wir werden auch dein Baby im Arm halten.«

Mit einem Schlag wurde ihm die Wahrheit ihrer Worte bewusst. *Sie hat recht, Gott. Sie hat vollkommen recht.*

Aber wie könnte Evan Robins Hand halten – oder ihr Baby –, wenn er in Missouri lebte?

Robin schloss die Augen. Schnelle Atemzüge passierten ihre Lippen, einer nach dem anderen. Dr. Hannigan kam ins Zimmer geeilt, gefolgt von der Schwester. Beide runzelten die Stirn.

»Robin, Liebes«, sagte die Schwester, »ich sehe nach, ob Sie jetzt pressen können.«

Robin stöhnte.

Evan kam es so vor, als hätte er einen ganzen Stock wütender Bienen verschluckt. Was war los? Warum sah der Arzt so besorgt aus? Sein Blick suchte den von Bethany. Sie hatte es auch bemerkt.

»Gut, Robin.« Die Schwester blickte von Robins gespreizten Beinen auf. »Sie sind bei zehn Zentimetern. Dr. Hannigan und ich möchten, dass Sie jetzt jedes Mal pressen, wenn Sie eine Wehe haben.«

Robins Kopf wackelte auf ihrem Hals hin und her, während ihre Glieder auf den Baumwolllaken zitterten.

»Robin«, sagte Dr. Hannigan. »Der Puls Ihres Babys ist im Moment niedriger, als uns lieb ist. Wir müssen es schnell rausholen.«

»Ist was mit dem Baby?«

Dr. Hannigan hörte Robins leise Frage nicht. Er wandte sich an die ältere Frau im Kittel. »Wenn wir das Baby nicht mit ein paar Presswehen rausbekommen, müssen wir es mit einem Kaiserschnitt holen.«

Aber Bethany musste die Frage gehört haben. Denn sie beugte sich über Robin und hielt ihre Hand ganz fest. »Sieh mich an, Robin. Mit deinem Baby wird alles in Ordnung sein. Konzentrier dich nur auf das Pressen. Mehr musst du im Moment gar nicht machen.«

Die Schwester umfasste Robins rechtes Bein und gab Evan zu verstehen, dass er das linke halten sollte. »Halten Sie gut fest. Lassen Sie sie gegen Ihre Hand pressen.«

Das Blut rauschte in seinen Ohren und seine Kehle war so heiß und trocken, wie es durch die Temperatur im Zimmer nicht zu erklären war. Er ahmte die Haltung der Krankenschwester nach. Und dann kam eine Wehe. Sie erfasste Robins Körper, verzerrte ihr Gesicht. Sie krümmte sich im Bett und tat genau, was Bethany ihr zubrüllte.

Sie presste.

Robin löste ihren eisernen Griff um Bethanys Hand und ließ sich aufs Bett zurückfallen. Bethany starrte auf den Monitor. Wenn sie gekonnt hätte, hätte sie sich das Herz aus der Brust gerissen und es mit dem hektischen Pochen des Babys geteilt, das in Robins Gebärmutter kämpfte.

Dr. Hannigan betrachtete den Monitor mit kleinen Falten auf der Stirn. Bei jedem Stirnrunzeln stockte Bethany das Herz. Sie wollte diese Falten fortwischen. Sie wollte die Hände in Robins Leib tauchen und den kleinen Menschen in Sicherheit bringen. Dem Herzschlag des Babys befehlen, sich zu benehmen. Aber da sie all das nicht tun konnte, ertappte sie sich dabei, dass sie einen Gott anflehte, anbettelte, mit ihm feilschte, den sie die meiste Zeit ihres Lebens ignoriert oder verachtet hatte.

Robin keuchte auf ihrem Bett, während Bethany einen Schrei unterdrückte. Mussten sie wirklich hier sitzen und warten, bis die nächste Wehe kam? Warum konnte sie nicht weiterpressen?

Robin zuckte zusammen, dann richtete sie sich auf und beugte sich über ihre gespreizten Beine. Okay. Sie mussten also nicht lange warten. Rote Flecken traten auf Robins Wangen und breiteten sich aus, bis ihr ganzes Gesicht und ihr Hals leuchtend rot waren. Sie drückte Bethanys Hand und zermalmte ihr förmlich die Knochen. Bethany ignorierte den Schmerz und forderte Robin auf, fester zu drücken. Fester zu pressen.

Dr. Hannigan sah auf den Monitor. »Pressen Sie weiter, Robin. Ganz fest. Ich kann das Köpfchen des Babys sehen. Weiter! Ja, so ist gut!«

Bethanys Muskeln verkrampften sich. Die Luft in ihrem Brustkorb brannte wie Feuer. Jede Sekunde würde der Arzt jetzt ein schreiendes Baby herausziehen. Sie hielt den Atem an. Hielt die heiße Luft in ihrer Lunge gefangen. Ließ sie nicht los, bis sie sich sicher sein konnte, dass das Baby geboren und am Leben war.

Robin holte keuchend Luft. Sie ließ Bethanys Hand los und sank aufs Bett zurück, während die Röte langsam aus ihrem Gesicht wich. »Ich schaff das nicht. Ich …«

Lacy ließ eine Hand auf Robins Bein liegen und drückte mit der anderen Robins Schulter. »Sie schaffen das, Liebes. Noch ein-, zweimal kräftig pressen, dann lernen Sie Ihr Baby kennen.«

Bethany blickte zum Bildschirm hinüber. Seit der Arzt gesagt hatte, dass der Puls des Babys niedriger sei als normal, hatte sie den Blick nicht mehr von dem Monitor abwenden können. Und was sie sah, gefiel ihr gar nicht. Warum geschah das? Warum die Verschlechterung? Sie öffnete den Mund. Die aufgestaute Luft drängte in einer hitzigen Frage heraus, die an den Arzt gerichtet war. »Soll das so sein?«, flüsterte sie und deutete mit einer ruckartigen Kopfbewegung auf den Monitor.

Dr. Hannigan sah sie mit ernsten Augen an und die Antwort stand ihm ins Gesicht geschrieben. Nein. Nein, natürlich sollte das nicht so sein.

Robins Haltung versteifte sich. Sie griff nach Bethanys Hand, die Bethany willig opferte.

»Also gut, Robin«, sagte der Arzt. »Sie müssen jetzt pressen. So fest und so lange Sie können.«

Robin beugte sich vor und presste gegen Lacy und Evan, während ihr ganzer Körper sich zitternd anspannte.

»Der Schädel des Babys ist schon ein Stück heraus. Sie müssen weiterpressen, Robin. Pressen Sie für Ihr Baby!«

Bethany konnte sich nicht von dem Monitor losreißen. Stopp! Hör auf zu fallen! Holt das Baby raus! Innerlich schrie sie vor Verzweiflung. *Es reicht, Gott! Hör auf!* Sie stellte sich vor, wie sie sich auf den Boden warf und mit den Fäusten auf den Boden trommelte, eine Achtundzwanzigjährige mit einem Wutanfall. Sie sah, wie Robins Gesicht erst rosa, dann rot, dann lila wurde. Und dann wieder rot und rosa.

Nein! Press weiter!

Dr. Hannigan musste die Veränderung in Robins Haltung auch bemerkt haben. Er bewegte sich ruckartig und schob sich näher. »Der Kopf ist jetzt fast ganz draußen. Pressen Sie noch ein bisschen weiter, Robin. Noch ein bisschen mehr. Wir müssen Ihr Baby rausholen.«

»Ich kann nicht … Ich schaff das nicht …« Robins Stimme klang schwach und atemlos, und ihre halb geschlossenen Lider senkten sich noch mehr. »Bethany, ich schaff das nicht.«

Diesmal drückte Bethany ihre Hand. »Press noch einmal. Du hast das Zeug dazu, das weiß ich.« Sie drückte fester zu, um Robin von ihrer Kraft abzugeben. »Komm schon, mach. Noch einmal pressen!«

Robin verzog das Gesicht zu einer letzten Grimasse. Ihr Körper krümmte sich völlig zusammen … und sie presste. Sie presste, bis von Bethanys Hand nichts mehr übrig war als ein gefühlloses, schlaffes Etwas ohne Nerven und Blut. Und als Bethany schon glaubte, Robin würde ihr die Hand abreißen, hörte das Pressen auf. Robin ließ Bethanys Hand los und fiel auf die Matratze zurück.

Einen Moment lang war es ganz still im Raum. Nichts war zu hören. Bethanys Herz stockte. Ihre Lunge erstarrte. Alles gefror, während sie auf das Geräusch wartete, von dem sie wusste, dass es kommen musste. Aber es kam nichts.

Robin lag kraftlos auf dem Bett. Der Arzt sagte nichts mehr davon, dass sie pressen sollte. Genau genommen kümmerte er sich gar nicht mehr um Robin. Stattdessen hatten die Schwestern und er sich um ein Baby versammelt, das Bethany nicht sehen konnte. Ein Baby, das nicht schrie.

Bethanys Herz raste und ihr wurde ganz schwindelig, so als würde sie jeden Augenblick das Bewusstsein verlieren, bis eine schnelle Bewegung der Krankenschwester ihre Panik durchbrach und ein schriller Schrei ertönte.

Ein wunderbares, herrliches, erstaunliches Heulen.

Bethanys Lunge sog sich zitternd voller Luft, als sie das Geräusch vernahm.

»Sie haben einen kleinen Jungen. Einen gesunden kleinen Jungen.«

Dr. Hannigans Worte schlugen über Bethany zusammen. Ihre Augen brannten, bis ihr die Tränen kamen und diese ungehindert flossen. Sie wandte sich zu Evan um, der mit großen Augen zusah, wie Lacy sich um das weinende Baby kümmerte. Er fuhr sich mit der Hand durch die zerzausten Haare. »Micahs Sohn. Robin, das ist Micahs Sohn.«

Robins Miene verzog sich und dann schlug sie sich die Hände vors Gesicht.

Lacy kam mit dem Säugling zurück, der inzwischen warm in eine Decke eingepackt war und eine Mütze auf dem Kopf trug. Tränen rannen über Robins Wangen und tropften von ihrem Kinn, um dann auf das kostbare Stück Micah zu fallen, das in ihrem Arm lag.

Bethany stand daneben und war von Kopf bis Fuß überwältigt von Ehrfurcht. Sie verschlang jede Falte, jedes Grübchen, jeden Zug des kleinen Kindes mit ihren Blicken, von der gerümpften Nase über die winzigen Fingerchen bis zu dem süßen Kinn. Sie staunte über dieses kleine Menschenwesen und konnte nicht leugnen, dass hier ein Schöpfer am Werk gewesen war. Ein Meister, der sein Meisterwerk sechs Wochen zu früh veröffentlicht hatte, offenbarte ihnen etwas Vollkommenes und Ganzes und unglaublich Schönes. Wie eine Wiese voller Blumen nach langen, rauen Wintermonaten. Ein Geschenk, das neues Leben symbolisierte. Neue Hoffnung. Und einen neuen Anfang.

Kapitel 37

Robin durfte Caleb Micah Price zwei Minuten lang halten, bevor er auf die Neugeborenenintensivstation gebracht wurde. Obwohl er selbstständig atmete und ordentliche 2.400 Gramm wog, mussten sie sich an die Regeln halten.

Bethany nahm auf dem Fußboden im Flur Platz, damit Robin Zeit hatte, sich auszuruhen. Evan brauchte Zeit für seine Familie, die sich im Wartezimmer versammelt hatte, und sie selbst brauchte Zeit, um ihre zerstreuten Gedanken zu ordnen. Sie lehnte den Kopf an die Wand und schloss die Augen, während ein tiefes Gefühl der Dankbarkeit in ihr aufstieg.

Dass sie dabei gewesen war, als Robin Caleb zur Welt gebracht hatte, und dass sie ihn in all seiner Vollkommenheit und Unschuld hatte schreien hören, hatte einen Teil ihres Herzens berührt, den sie sich gerade erst einzugestehen begann. Sie hatte etwas extrem Tiefgreifendes miterlebt. Etwas, das sie mit so viel mehr Sinn erfüllte als der Erfolg und die Anerkennung, denen sie in den vergangenen zehn Jahren nachgejagt war. Die Geburt von Caleb hatte in wenigen Minuten erreicht, wofür sie Wochen, Monate, vielleicht sogar Jahre gebraucht hätte. Zu sehen, wie Calebs winziger Körper aus ihrer verzweifelten Freundin geborgen wurde, hatte die sorgfältig errichtete Fassade einfach weggefegt. Und jetzt stand Bethany hinter der bröckelnden Gebäudewand, ungeschützt und nackt.

Und mit dieser Freilegung der eigentlichen Bausubstanz verbunden war eine tiefe Sehnsucht nach etwas, das größer war als sie selbst. Etwas, das stark genug war, die Bruchstücke ihrer Vergangenheit und die Ungewissheit ihrer Zukunft festzuhalten. Etwas, das ein gesundes Baby hervorgebracht hatte trotz des sich verlangsamenden Herzschlags und obwohl es sechs Wochen zu früh war. Konnte Bethany dieses Etwas – diesen Gott der Stärke und Zärtlichkeit, diesen Gott ohne Grenzen – als ihren Gott annehmen?

Ein Gefühl der Hilflosigkeit durchströmte sie, so als wäre sie im freien Fall, nur dass sie gar nicht eingewilligt hatte, aus dem Flugzeug zu springen. Sie wollte sich diesem Gott überlassen. Sie sehnte sich danach, sich diesem Gott zu überlassen. Aber wie könnte sie Gott etwas von sich geben, ohne ihm wirklich alles zu geben?

Sie kniff die Augen zusammen, während die tiefe Sehnsucht in ihrem Inneren schmerzlich anschwoll – ihr Drang festzuhalten rang mit ihrer Sehnsucht loszulassen. Sich nicht mehr zu wehren. Die Arme auszubreiten und den Fall zu genießen. Aber sie war so ganz anders als Robin. Sie hatte keinen einfachen Glauben. Es fiel ihr nicht leicht zu vertrauen. Sie würde immer damit ringen, die Kontrolle haben zu wollen. Wie konnte eine Frau wie sie ihr Leben jemals ganz Gott hingeben?

Ich werde nie ein einfacher Fall sein, Gott. Vielleicht willst du mich ja gar nicht.

Aber die Sehnsucht in ihr wuchs und weigerte sich zu verschwinden. Sie drückte auf ihre Brust, verlangte Aufmerksamkeit. Trotz ihrer Zweifel, trotz ihrer tiefen Bedenken stieg eine Antwort aus ihrer Seele auf. Vielleicht war sie noch nicht bereit. Vielleicht hatte sie keine Ahnung, was sie hier tat. Vielleicht kannte sie die Schritte für diesen Tanz nicht. Aber vielleicht erwartete Gott das auch gar nicht von ihr. Vielleicht war ja gerade das das Entscheidende.

Sie ließ den Kopf sinken und bündelte zögernd und mit schmerzenden Muskeln ihre Tränen und ihre Vergangenheit und ihre Narben und ihre Hoffnungen zu einer Opfergabe. Dann hielt sie dieses Bündel einem Gott hin, dem sie zu vertrauen beschloss.

Nimm es, Gott. Bitte nimm es.

Und das tat er. Nicht jeden letzten Tropfen, aber genug, um den nächsten Schritt zu tun. Vielleicht würde es für sie nicht so sehr ein freier Fall in den Glauben sein als vielmehr eine beständige Kletterpartie auf ihn zu. Und vielleicht war das ja in Ordnung so.

»Bethany!«

Evan erschien am Ende des Ganges, dicht gefolgt von Gavin und Amanda. Bethany konnte von ihrem Platz auf dem Boden aus sehen, wie aufgeregt die drei waren. Evan bedeutete seinen Geschwistern, dass sie ohne ihn weitergehen sollten. Als er bei ihr angekommen war, runzelte er die Stirn. »Hi.«

Bethany versuchte zu antworten. Sie versuchte zu lächeln oder zu nicken oder irgendetwas Angemessenes zu sagen, aber ihre Stimme klemmte und ihre Augen füllten sich mit Tränen. Evan rutschte an der Wand hinunter und setzte sich neben sie. Sie wollte ihre Wangen verbergen, die Hitze verstecken, die sie sicherlich rot leuchten ließ. Warum heulte sie immer, wenn dieser Mann in der Nähe war?

Evan streckte seine schwieligen Finger aus und nahm ihre Hand von ihrem Schoß. »Alles in Ordnung mit dir?«

Sie schniefte und wischte sich mit dem Ärmel übers Gesicht. Was für eine Untertreibung. In diesem Augenblick war alles viel mehr als nur in Ordnung. Wieder fuhr sie sich mit dem Arm übers Gesicht.

»Du siehst echt mitgenommen aus«, sagte Evan.

Sie lachte. »Danke.«

Sein Mund verzog sich zu einem schiefen Lächeln, während er mit dem Daumen eine Träne von ihrer Wange wischte. »Aber wunderschön.«

Eine Gänsehaut kroch über ihren Körper. Sie begann an ihren Fußgelenken und raste zu ihren Armen und schließlich zum Hals hinauf.

»Du warst umwerfend. Unglaublich, wie du Robin durch diese Wehen gebracht hast.«

Sie tat sein Lob mit einem einzigen Kopfschütteln ab. »Das war nicht ich. Ich habe Robin nicht durch die Wehen gebracht.«

Evan sah sie an, sah durch ihr Äußeres hindurch, in sie hinein. Sie wollte ihn fragen, was er da sah. Wie sah diese ungeschützte, nackte Bethany aus?

»Vielleicht nicht«, erwiderte er. »Aber du hast auf jeden Fall geholfen.«

»Er ist vollkommen, nicht wahr?«

Evan wischte die nächste Träne fort und ließ seine Hand sinken. Dann lehnte er sich an die Wand und schloss die Augen. »Ein Beweis dafür, dass Gott doch gut ist.«

Bethany betrachtete sein Profil. »Hattest du Zweifel daran?«

Er schüttelte den Kopf. »Nein, aber ich glaube, Robin hat es bezweifelt.« Er sah sie an. »Und dann gibt es da noch dich. Du hast es sogar mehr als bezweifelt.« Evan hob ihre Hand an seine Brust und fuhr mit dem Daumen über ihre Finger. Sofort strömte ein heißes Gefühl durch ihre Hand und tanzte ihren Arm hinauf. »Aber jetzt bezweifelst du es nicht mehr, oder?«

Sie atmete ruckartig aus. »Nein, jetzt nicht mehr.«

»Und was machen wir nun?«, fragte er.

»Wie meinst du das?«

»Was willst du mit der Farm machen? Und mit Robin und dem Café?«

Bethany zog ihre Hand zurück. »Hast du nicht gehört, was ich im Kreißsaal gesagt habe?«

»Aber was ist mit deiner Karriere?«

»Das ist das Schöne am Architektenberuf. Den kann man so ziemlich überall ausüben.« Bethany faltete ihre Hände auf ihrem Schoß. »Ich hätte nie gedacht, dass ich das einmal sagen würde, aber ich glaube, ich würde gerne noch mehr Projekte wie das Café machen.« Vielleicht waren Umbau- und Renovierungsarbeiten doch nicht so schlecht.

Auf Evans Gesicht zeichnete sich ein Anflug von Hoffnung ab. »Du würdest also Robin zuliebe in Peaks bleiben?«

»Nicht nur ihr zuliebe.«

»Und wegen Caleb.«

Bethany zuckte mit den Schultern.

»Wegen der Farm?«

Sie saß ganz still. »Die gibt es natürlich auch noch.«

Er rückte ein wenig näher. »Gibt es noch einen Grund?«

»Dich.«

»Du würdest meinetwegen hierbleiben?«

»Was ich anfange, beende ich auch, erinnerst du dich?«

Evan überbrückte den kleinen Abstand zwischen ihnen und berührte ganz vorsichtig, als würde er einen Zeh in einen Teich tauchen, um zu testen, wie kalt das Wasser ist, mit den Lippen ihren Mund. Die zärtliche Berührung weckte ein süßes Verlangen in Bethany. Dann legte Evan eine Hand an ihren Rücken und zog sie näher. Und Bethanys Körper entbrannte. Sie schlang die Arme um seinen Hals und genoss den minzigen Geschmack seiner Lippen, den würzigen Duft seiner Haut und die Kraft seiner Arme.

Sie wollte mit ihm verschmelzen. Sich an seinen starken Körper lehnen und nie wieder loslassen. Aber sie saßen auf einem Krankenhausgang. Und Evans Verwandte warteten in Robins Zimmer auf sie. Deshalb wand sie sich aus seinen Armen, als Evan den Kopf hob.

»Wow.« In seiner heiseren Stimme schwang ein Verlangen mit, das ihres widerspiegelte.

Bethany nickte. Er hatte völlig recht. Sonst gab es dazu nichts zu sagen.

»Ich muss meinen Onkel anrufen, dass ich das Land nicht pachten werde.«

»Mach das bitte.«

Evan stand auf und zog sie ebenfalls auf die Füße. »Komm. Gehen wir meinen jüngsten Neffen begutachten.« Dann gab er ihr noch einen Kuss – sanft und süß und viel zu kurz. Ein Nachschlag zu ihrem gemeinsamen Augenblick auf dem Boden. Es fühlte sich gleichzeitig ungezwungen und neu und belebend an.

Gemeinsam gingen sie den Flur hinunter. Auch als sie den Raum betraten, ließ Evan ihre Hand nicht los. Er hielt sie mit einem charmanten Besitzanspruch, der dazu führte, dass sie seine Hand nur noch fester umklammerte. Amanda hielt den kleinen Caleb auf dem Arm, während Gavin mit seiner Kamera eine kleine Fotosession veranstaltete. Robin sah vom Bett aus zu, mit müden Augen, aber einem Lächeln, das innere Kraft ausstrahlte, geboren aus dem Schmerz.

Und obwohl Bethany noch immer Fragen hatte, konnte sie nicht leugnen, was hier geschah. Irgendwie erneuerte Gott sie, mitten in Peaks, mitten in einem Ort, dem sie so verzweifelt hatte entfliehen wollen. Er erweckte sie zum Leben.

Langsam, aber sicher.

Wie ein Meisterarchitekt, der ein heruntergekommenes Gebäude saniert. Eines mit hartnäckigem Schimmelbefall und bröckelnden Backsteinen und zerbrochenen Fensterscheiben. Der Umbau würde nicht über Nacht geschehen. Sie brauchte Zeit. Und in dieser Zeit musste sie vertrauen. Sich immer wieder einlassen auf den Prozess. Sooft, wie es nötig war. Vielleicht würde es kein einfacher Weg, aber ganz sicher ein schöner.

Amanda übergab das winzige Bündel dem ehrfürchtig staunenden Evan, und als Bethany dieses vollkommene neue Menschenkind in seinen Armen sah, floss ihr Herz vor Freude über.

Epilog

Zwei Tage später durfte Robin nach Hause. Und noch einmal zwei Tage später feierten sie die Ankunft von Caleb Micah Price. Sie versammelten sich alle um den kleinen Jungen. Sie hielten einander bei den Händen. Und Evan betete für ihn. Er bat um Gesundheit. Er bat um Liebe und Geduld und Weisheit und alles andere, was Eltern sich für ihre Kinder wünschen. Und dann bat er Gott, seinem Bruder etwas zu sagen. Dass der kleine Caleb diesseits des Himmels gut versorgt sein würde. Dass er in dem Wissen aufwachsen würde, was für ein guter Mann sein Vater gewesen war.

Sechs Wochen nach Calebs Geburt, an Micahs Geburtstag, schlossen Bethany und eine genesende Robin die Türen zum Willow Tree Café auf. Angezogen von Neugier und einer kostenlosen Tasse Gourmetkaffee strömten die Bewohner von Peaks herbei, um die Eröffnung zu feiern. Bethanys Mutter war auch unter den Gästen. Sie saß allein an einem der Tische – ohne Pastor Fenton, der in der Woche zuvor in ein Pflegeheim verlegt worden war – und nippte an einem kostenlosen Caffè Mocha. Sie sprach mit niemandem. Aber als Robin sich ans Klavier setzte, trat der Anflug eines Lächelns auf Ruths Lippen.

Als Robin geendet hatte, klatschten alle im Café, bewunderten Caleb und gratulierten ihnen zu einem so schönen Lokal. Bethany verwies alle Gratulanten an ihre müde Freundin und konnte bei aller Freude doch eine gewisse Besorgnis nicht leugnen. Sie wusste nicht, wie Robin als alleinerziehende Mutter klarkommen würde. Sie wusste nicht, wie lange es dauern würde, bis die Einsamkeit in den Augen ihrer Freundin nachlassen würde. Sie wusste nicht, ob diese Leute wiederkommen würden, wenn der Kaffee nicht mehr kostenlos war. Sie wusste nur, dass das Café in diesem Augenblick ein Erfolg war und Robin lächelte, wann immer sie ihren Sohn ansah.

Bethany schloss die Augen und ließ sich in diesen Moment fallen.

Irgendwie waren während der Arbeit am Café der ganze Schweiß und das viele Planen und die Vision in ihre Seele gesickert und hatten dort Wurzeln geschlagen. So wie die Farm, als sie klein war. So wie Robin vor all den Jahren. So wie Evan seit ihrer Rückkehr nach Peaks. Und so wie Caleb, sobald sie den ersten Herzschlag auf dem Ultraschallmonitor gesehen hatte.

Sie blickte auf den Kleinen hinunter, der in seinem Maxi-Cosi tief und fest schlief, die Lippen gespitzt, so als würde er im Traum gestillt. Dieser Ort – diese Stadt, die sie mit ganzer Kraft zu hassen, zu ignorieren, zu verdrängen versucht hatte – hatte sie zu dem Mädchen zurückgeführt, das sie gewesen war, bevor alles zerbrochen war, und sie mit der Frau versöhnt, die sie seit damals geworden war. Peaks hielt sie fest – trotz all ihrer Bemühungen, sich davon loszureißen – und weigerte sich loszulassen.

Bethany lächelte und lehnte sich an Evan. Er legte den Arm um ihre Taille und zog sie sanft an sich.

Dank

Ich weiß nicht, wie es Ihnen geht, aber hier sehe ich immer zuerst nach, wenn ich ein neues Buch kaufe. Vielleicht liegt es daran, dass ich selbst Bücher schreibe. Vielleicht auch daran, dass ich immer davon geträumt habe, ein eigenes Buch zu schreiben. Oder vielleicht liegt es daran, dass ich weiß, dass man Träume niemals allein erreicht, und ich mich danach sehne, Danke zu sagen.

Also: Danke. Von tiefstem Herzen. Allen, die Teil dieses Weges waren. Ohne euch alle wäre dieser Traum nur ein Traum geblieben.

Danke, danke, danke …

Jenny, Grandma Pfau, Holly und Erin – dafür, dass ihr vor der Veröffentlichung tapfer alles gelesen habt. Dass ihr an meine Geschichten glaubt, hat mich durch das lange Warten und alle möglichen Zweifel hindurchgetragen.

Ms Alli Schurr – dafür, dass Sie meine wahllosen Fragen zur Landwirtschaft beantwortet haben, während wir auf den Bus warteten, und Matt und Heidi dafür, dass ihr mir euren Hof gezeigt habt, damit ich Grandpa Dans Farm zum Leben erwecken konnte.

Richard Mabry – dafür, dass er mich auf sein Buch *The Tender Scar* aufmerksam gemacht hat, das mir geholfen hat, Robins Trauer so zu beschreiben, dass es hoffentlich authentisch ist.

Allen bei WaterBrook Multnomah, meinem amerikanischen Originalverlag – dafür, dass ihr mein Autorinnendebüt auf so erstaunliche Weise ermöglicht habt, und für all die Arbeit, die ihr in dieses Buch gesteckt habt. Ihr seid großartig!

Shannon, Jen und Lissa – dafür, dass ihr an diese Geschichte geglaubt habt und mich angespornt habt, damit sie so gut wie möglich wird. Selbst als ich sie aus dem Fenster werfen wollte.

Ich bin davon überzeugt, dass ich die besten Lektorinnen der Welt habe.

Rachelle – dafür, dass du meinen Traum wahr gemacht hast. Es gibt niemanden, den ich lieber in meinem Team hätte. Du bist eine Traumagentin.

Jeannie und Erica, meinen wunderbaren Kritikerinnen – dafür, dass ihr in diesem Projekt Potenzial gesehen habt, als es in einem fürchterlichen Zustand war.

Mom, Dad und Peggy – dafür, dass ihr euch so geduldig meine Geschichten angehört habt, als ich klein war. Ihr hättet auch lachen können, aber das habt ihr nie getan. Nicht einmal, wenn ich sie mit Akzent vorgelesen habe.

Melissa und Susan – nicht nur dafür, dass ihr meine Bücher lest, sondern auch dafür, dass es mit euch so unglaublich viel Spaß macht. Ich werde nie vergessen, wie ihr mit mir gekreischt habt und herumgehüpft seid, als ich euch erzählt habe, dass mein Buch verlegt wird. Ich kann nicht in Worte fassen, wie dankbar ich euch beiden bin.

Ryan – für deine unendliche Unterstützung. Für dich war es nie eine Frage, *ob* meine Bücher veröffentlicht werden, sondern nur *wann*. Gott hätte mir keinen vollkommeneren Ehemann schenken können.

Meinen Leserinnen und Lesern – dafür, dass Sie an der Geschichte von Bethany und Evan Anteil genommen haben. Ich hoffe, dass Sie nach Peaks zurückkehren, um im nächsten Buch Robins Geschichte weiter mitzuerleben. Ohne Sie würde ich nicht schreiben.

Und Jesus – dafür, dass du mich auf einen Weg geführt hast, der mich ganz bescheiden, ganz von dir abhängig, ganz ehrfürchtig bleiben lässt. Wer bin ich schon, dass du mir meine Herzenswünsche erfüllst? Wer bin ich?